W0063543

LYNSAY SANDS
Ein Vampir für jede Jahreszeit

LYNSAY SANDS

Ein Vampir für jede Jahreszeit

Ins Deutsche übertragen von
Katrin Reichardt

EGMONT

Deutschsprachige Erstausgabe April 2013 bei LYX
verlegt durch EGMONT Verlagsgesellschaften mbH,
Gertrudenstraße 30–36, 50667 Köln.
Ein Vampir unterm Weihnachtsbaum erschien 2011 unter dem Titel
The Gift in der Anthologie »Bite before Christmas«.
The Gift © 2011 by Lynsay Sands
Ein Vampir zum Valentinstag erschien 2010 unter dem Titel
Vampire Valentine in der Anthologie »Bitten by Cupid«.
Vampire Valentine © 2010 by Lynsay Sands
(K)ein Bund fürs Leben erschien 2002 unter dem Titel *Mother, may I?*
in der Anthologie »A Mother's Way«
Mother, may I? © 2002 by Lynsay Sands
Published by arrangement with Lynsay Sands.
Dieses Werk wurde vermittelt durch die Literarische Agentur
Thomas Schlück GmbH, 30827 Garbsen
Copyright © der deutschsprachigen Ausgabe 2013
bei EGMONT Verlagsgesellschaften mbH
Alle Rechte vorbehalten.

1. Auflage
Redaktion: Jörn Rauser & Robin Gates
Satz: Greiner & Reichel, Köln
Printed in Germany (670421)
ISBN 978-3-8025-9073-3

www.egmont-lyx.de

Inhalt

*Ein Vampir unterm
Weihnachtsbaum*

1

Als Teddy aufwachte, stellte er fest, dass er sich über Nacht wie ein Maulwurf unter der Bettdecke eingegraben hatte und fror. Das war seltsam, denn normalerweise strampelte er im Schlaf immer die Laken weg, und kalt war ihm beim Aufwachen eigentlich auch nie.

Anscheinend war die Heizung ausgefallen. Er warf die Decke von sich, setzte sich auf und sah sich um. Im grellen Sonnenlicht, das von draußen ins Zimmer flutete, konnte er sehen, wie sich bei jedem Atemzug ein Wölkchen vor seinem Mund bildete.

Oh ja, die Heizung war definitiv aus. Er zog eine Grimasse, schwang sich aus dem Bett und eilte durch den Flur. Der Teppich unter seinen Füßen fühlte sich kalt an. Am Ende des Korridors lag der weitläufige Hauptraum des Hauses, eine Kombination aus Wohnzimmer, Küche und Esszimmer. Die linke, mit Teppich ausgelegte Hälfte bildete den Wohnbereich. Dort standen zwei Sessel, ein Sofa und eine Schrankwand mit einer Heimkino- und Musikanlage. Außerdem gab es einen offenen Kamin. Die rechte Hälfte war gekachelt und beherbergte die Küche und den Essbereich.

Auf dem Weg zum Wandthermostat warf Teddy automatisch einen Blick auf die Digitaluhr am Herd. Irritiert stellte er fest, dass die Anzeige nicht funktionierte, und blieb stehen. Auch das Display des DVD-Players unterm Fernseher war tot. Teddy ahnte schon, was los war. Probeweise betätigte er den Lichtschalter und war kaum überrascht, als nichts geschah. Nicht nur die Heizung war ausgefallen, sondern die komplette Stromversorgung.

»Na toll«, murmelte er verärgert und machte sich auf den Weg zurück ins Schlafzimmer. Im Cottage war es jetzt schon unangenehm kalt, und durch den Stromausfall würde es noch schlimmer werden. Wenn er weiter so – bloß im Schlafanzug und barfuß – im Flur herumstand, verschwendete er nur sinnlos Körperwärme. Also beschloss er, sich schnell anzuziehen und sich dann ein warmes Örtchen in der Stadt zu suchen, von dem aus er sich bei Marguerite melden und sie fragen konnte, wer für die Behebung des Stromausfalls zuständig war.

In einer Ecke des Schlafzimmers, das er für sich ausgewählt hatte, stand ein Stuhl, auf dem er seinen Koffer abgestellt hatte. Teddy klappte den Deckel auf und nahm sich das dickste Paar Socken heraus, das er finden konnte – und zur Sicherheit noch ein weiteres. Er ging mit den Socken in der Hand zum Bett, sah dabei zufällig aus dem Fenster und blieb jäh stehen.

Bei seiner Ankunft gestern Abend war es bereits dunkel gewesen, und im Scheinwerferlicht des Wagens hatten die vereisten Äste der Bäume und der hohe Schnee links und rechts der Einfahrt wunderschön ausgesehen und wie Edelsteine geglitzert. Doch heute wirkte die Landschaft schon nicht mehr so bezaubernd. Missmutig stellte er fest, dass über Nacht mindestens ein halber Meter Neuschnee gefallen war. Sein Pick-up war nur noch ein Schneehaufen in der Einfahrt.

»Mist«, fluchte er leise und versuchte, seine Gedanken zu ordnen. Was war nun zu tun? Warm anziehen, eine Schaufel suchen, seinen Truck ausgraben, dann in die Stadt fahren und dort ein warmes Café suchen, wo es gemütlicher war als hier, und von dem aus er Marguerite anrufen konnte.

Oder sollte er sie lieber gleich verständigen? Inzwischen war Teddy mit den Socken fertig und zog nun Jeans und Pullover über seinen Schlafanzug. Die Einfahrt freizuschaufeln, würde sicher eine ganze Weile dauern, und wenn er jetzt gleich anrief, wäre derjenige, der den Stromausfall beheben konnte, wahrscheinlich schon hier, ehe Teddy die Räumarbeiten beendet hätte.

Ja, dieser Plan war besser. Also zog sich Teddy fertig an und eilte in die Küche, wo er sein Telefon abgelegt hatte. Am Vorabend hatte er es noch ans Ladegerät angeschlossen. Dummerweise schien der Strom bereits kurz danach ausgefallen zu sein, denn die Ladestandanzeige war inzwischen weiter gesunken. Als er das Handy einschaltete, piepste es noch einmal warnend und ging dann aus.

Knurrend schob Teddy es in die Hosentasche, zog Mantel, Schal und Stiefel an, nahm sich seine Handschuhe und öffnete die Küchentür. Die Wohnräume im Cottage waren schon kalt, aber im Windfang herrschten erst recht eisige Temperaturen. Missmutig verzog er das Gesicht, blieb aber nicht stehen, sondern nahm sich schnell die Schaufel, die an der Wand lehnte, und eilte nach draußen.

Sobald er von der Veranda trat, steckte er knietief im Schnee. Er stapfte durch das pulvrige Weiß zum Pick-up, lehnte die Schaufel gegen den Truck und wischte den Schnee dann so lange vom Auto, bis er den Griff der Seitentür gefunden hatte. Er würde den Wagen starten, das Handy am Zigarettenanzünder laden und die Heizung aufdrehen, damit die Scheiben schon mal abtauen konnten, während er den Rest des Autos freilegte. Dummerweise hatte er die Wagentür am Vorabend abgeschlossen, und nun war das Schloss eingefroren – und den Enteiser hatte er, als er alles für seinen Trip zusammengepackt hatte, achtlos ins Handschuhfach geworfen – dort lag er noch immer. Er seufzte und ärgerte sich, dass er vergessen hatte, ihn mit ins Haus zu nehmen.

»Heute ist nicht mein Tag«, knurrte er und blickte zur Straße hinüber. Die schmale Auffahrt des Hauses wand sich unter einigen Bäumen entlang und gewährte den Bewohnern ein Maximum an Privatsphäre. Leider war sie aber auch sehr lang, und an einem Tag wie heute war das zweifellos ein Nachteil. Den Weg freizuschaufeln, würde Stunden dauern. Allerdings durfte Teddy darauf hoffen, dass ihm diese Arbeit erspart bliebe und er nur sein Auto und die unmittelbare Umgebung freischippen musste, denn Marguerite hatte erwähnt, dass die Bezirksverwaltung für die Räumung der Straßen verantwortlich war und es außerdem einen Hausmeister gab, der unter anderem die Einfahrt des Cottages frei hielt und sich auch sonst um alle anfallenden Arbeiten rund um das Haus der Willan-Schwestern kümmerte.

Bis die Straßen wieder geräumt waren und der Hausmeister herkommen konnte, um für die Einfahrt zu sorgen, wäre hoffentlich auch das Türschloss aufgetaut. Das Beste war wohl, erst einmal Feuerholz aus dem Schuppen zu holen, den Kamin im Wohnzimmer anzuzünden und sich etwas aufzuwärmen, während er wartete.

Aber ein Kaffee am Feuer wäre doch zu schön, dachte Teddy und spähte wieder sehnsüchtig in Richtung der Straße. Was war bloß mit dem Strom los?

Ihm lag es nicht, tatenlos herumzusitzen und auf Rettung zu warten. Also machte er sich auf und kämpfte sich die Auffahrt hinab. Er würde sich nur kurz eine Übersicht über die Lage verschaffen. Wenn die Straße frei wäre, würde er wieder umkehren, ein Feuer machen und auf den Hausmeister warten. Und wenn sie nicht geräumt war … na ja, er hoffte einfach darauf, dass dem nicht so wäre.

Der Weg zur Straße zog sich schier endlos hin. Als er endlich das Ende der Auffahrt erreicht hatte, war Teddy verschwitzt und außer Atem. Nach dem anstrengenden Marsch taten ihm außerdem die Knie weh – vor vierzig oder zwanzig Jahren wäre das noch ganz anders gewesen. Alt zu werden war wirklich furchtbar, dachte er bei sich und begutachtete missgelaunt die verschneite Straße. Sie war nicht geräumt worden, zumindest nicht bis zum Cottage. Schon in drei Metern Entfernung war sie nicht mal mehr zu erkennen.

Er überlegte, was er als Nächstes tun sollte. Sein Magen knurrte, die Beine schmerzten vom Ausflug in den Schnee, sein Mund war ganz ausgetrocknet und er schwitzte stark. Sein Gesicht dagegen brannte schon vor Kälte. Er zog den Schal weiter vors Gesicht, um sich vor den niedrigen Temperaturen zu schützen, und zwang sich dann weiterzugehen. Nur noch drei Meter, dachte er. Er würde nur noch um die nächste Kurve marschieren, um einen Blick auf die Straße zu werfen, und dann wieder ins Haus zurückkehren und den Kamin anzünden.

Als er die Abzweigung erreichte, wünschte Teddy, er hätte sich die Mühe erspart. Der Anblick der verschneiten Straße, die sich bis zum Horizont schlängelte, war einfach deprimierend. Sie war nicht geräumt, und so wie es aussah, würde es auch noch eine ganze Weile so bleiben. Entweder hatte es in der vorherigen Nacht neben dem Schneefall auch noch gestürmt, oder aber einige ältere Bäume hatten unter der Schneelast nachgegeben. Jedenfalls waren mindestens zwei auf die Straße gestürzt, der erste nur etwa drei Meter von seinem Standort an der Kurve entfernt, der zweite lag weiter weg. Sie müssten erst weggeschafft werden, ehe die Schneepflüge die Straße räumen könnten.

Die abgeknickten Bäume hatten Stromleitungen mitgerissen und so auch den Stromausfall verursacht. Der würde sich also nicht so schnell beheben lassen. Es sah ganz danach aus, als müsse er noch eine ganze Weile ohne Elektrizität auskommen – vorausgesetzt, dass er hierbliebe, dachte er seufzend. Vielleicht sollte er, sobald die Bäume entfernt und die Straßen frei wären, sofort kehrtmachen und die sechsstündige Rückfahrt nach Port Henry antreten.

Die Vorstellung bedrückte ihn. In zwei Tagen war Weihnachten – und um diese Jahreszeit versuchte Teddy, Port Henry so gut es ging zu meiden. Darum war er ja auch hier herausgefahren und hatte das Cottage gemietet. In Port Henry wussten alle, dass er keine Familienangehörigen mehr hatte, mit denen er die Feiertage verbringen konnte, und luden ihn darum zu sich ein. Wäre er in der Stadt geblieben, dann hätte er eine dieser Mitleidseinladungen annehmen müssen. Der Gedanke, Weihnachten als Fremdkörper in einer Familie zuzubringen, die ihn nur aus Barmherzigkeit bei sich aufnahm, deprimierte ihn.

Er schüttelte den Kopf und wollte sich gerade wieder auf den Rückweg machen, als er unter den Bäumen an der gegenüberliegenden Seite der Auffahrt eine Person entdeckte. Sie trug einen hellroten Skianzug und starrte ihn völlig bewegungslos aus dem Schatten der Bäume an. Sie war so dick vermummt, dass sich schwer beurteilen ließ, ob es sich um eine Frau, einen schlanken Mann oder einen Jugendlichen handelte. Doch dass beunruhigte Teddy nicht so sehr wie die absolute Starre dieser Person. Er spürte ein nervöses Kribbeln im Nacken. Dann schlug die Person die Kapuze zurück und Teddy erkannte, dass er es mit einer hübschen, jungen Blondine zu tun hatte. Sie lächelte ihn fröhlich an.

»Hallo, Sie müssen mein Nachbar sein«, begrüßte sie ihn freundlich und kam auf ihn zu.

»Sieht ganz so aus«, entgegnete Teddy und musste unwillkürlich lächeln. Er ging ihr entgegen und erklärte mit einem Nicken nach der Auffahrt hin: »Ich habe das Willan-Cottage über die Feiertage gemietet.«

»Und ich bin im Haus nebenan«, entgegnete sie und wies mit dem Daumen hinter sich. »Es gehört meinem Cousin Decker.«

Teddy spähte über ihre Schulter und konnte jenseits der kahlen Bäume ein großes Ferienhaus erkennen. Mit einem ironischen Lächeln sagte er: »Wir haben uns wohl einen ungünstigen Zeitpunkt ausgesucht, um hier herauszukommen.«

Schmunzelnd schüttelte sie den Kopf. »Ein bisschen Schnee hat noch niemandem geschadet. Es wird ja außerdem bald geräumt werden.«

»Da wär ich mir nicht so sicher«, entgegnete Teddy. »Einige Bäume sind umgekippt, und einer hat die Stromleitung gekappt. Es dürfte ein Weilchen dauern, das wieder in Ordnung zu bringen.«

»Mist«, hauchte die Blondine, während sich ihre sorglose Miene verfinsterte. »Jemand wollte vorbeikommen und mir … Proviant bringen.«

»Dann sitzen wir im selben Boot«, erklärte Teddy. »Ich hatte eigentlich vor, gestern noch etwas einzukaufen, aber dann habe ich so viel Zeit in einem Geschäft für Anglerbedarf in Vaughan und in einigen Antiquitätenläden verbracht, dass ich zu spät hier ankam und die Besorgungen auf heute verschoben habe. Keine gute Idee, wie sich herausgestellt hat«, gestand er kopfschüttelnd und meinte noch: »Aber ich komme schon klar. Ich hab einen Kamin und eine Menge Feuerholz. Frieren muss ich zumindest nicht.«

Die Frau spähte nach der Straße und rang sich dann ein Lächeln ab, obwohl Teddy ihr die Beunruhigung ansehen konnte. »Ich habe etwas zu essen. Sie sind eingeladen.«

»Ich dachte, Sie warten auf eine Proviantlieferung?«, fragte er verwundert.

Sie wandte kurz den Blick ab, lächelte dann aber gleich wieder strahlend und erklärte: »Ich habe getrocknetes Essen und Dosen, aber jemand sollte heute noch frisches Obst und Gemüse und solche Sachen vorbeibringen. Und Kraftstoff für den Generator.«

»Sie haben einen Generator?«, fragte Teddy und horchte auf.

Sie nickte und verzog dann das Gesicht. »Leider läuft er momentan nicht. Ich wurde schon vorgewarnt, dass der Tank fast leer wäre, aber ich hab mich darauf verlassen, dass heute Nachschub käme. Als letzte Nacht der Strom ausfiel, muss sich der Generator automatisch eingeschaltet haben, und vor einigen Minuten ist er dann stehengeblieben. Darum bin ich auch hergekommen. Ich wollte nach dem Boten Ausschau halten.« Mit einem Blick auf die Straße fügte sie hinzu: »Aber die Lieferung wird wohl in nächster Zeit nicht kommen.«

»Nein«, pflichtete ihr Teddy bei und überlegte, wie lange es wohl ohne den Generator in ihrem Haus warm bliebe. Bestimmt nicht sehr lange. Er war gerade im Begriff ihr anzubieten, doch zu ihm zu kommen, als sie sich nach ihm umwandte und verschmitzt lächelnd erklärte: »Ich habe also Essen, aber keine Heizung – und Sie haben zwar Feuerholz, aber kein Essen. Sollen wir teilen?«

Irgendwie wirkte ihr Lächeln angespannt, aber Teddy schob es darauf, dass die arme Frau mitten im Wald mit einem Wildfremden gestrandet war. Sie hatte schließlich keine Ahnung, wer er war und allen Grund zur Sorge. Er hätte ja auch ein Axt schwingender Mörder sein können.

»Das hört sich vernünftig an, junge Frau. Aber dann sollte ich mich vielleicht erst einmal vorstellen.« Er streckte ihr die behandschuhte Hand hin. »Mein Name ist Theodore Brunswick. Ich bin Polizeichef in einer kleinen Stadt namens Port Henry. Das liegt südlich von hier.«

Sie starrte ihn für einen Augenblick ausdruckslos an. Dann strahlte sie. »Das ist so süß von Ihnen.«

Teddy fragte sich verwundert, was denn so süß daran sein sollte, Polizeichef von Port Henry zu sein. Gut, die Stadt war ziemlich klein, aber -

»Sie versuchen mich zu beruhigen, damit ich mich nicht von Ihnen bedroht fühle. Das ist so nett von Ihnen. Vielen Dank.«

»Oh«, machte Teddy nur und fühlte, wie seine Gesichtshaut schon wieder brannte. Diesmal lag es allerdings nicht an der Kälte. Er errötete wie ein Schuljunge. Wie peinlich, hoffentlich hielt sie seine roten Wangen für eine Folge des Frosts. Er gab ihre Hand frei und murmelte rechtfertigend: »Na ja, heutzutage können junge Frauen nicht vorsichtig genug sein. Ich wollte nicht, dass Sie mich möglicherweise für gefährlich halten und sich Sorgen machen.«

»Sie haben ja so recht«, stimmte sie fröhlich zu und bemerkte dann: »Allerdings stellen sich Vergewaltiger oder Serienkiller selten als solche vor. Eigentlich ist es sogar die beste Masche, sich als Polizist auszugeben und das Mädchen auf diese Weise in Sicherheit zu wiegen, um sich einen Vorteil zu verschaffen.«

Teddy riss die Augen auf und erklärte verdrießlich: »Ich habe meine Marke im Haus. Ich kann sie Ihnen zeigen und auch meine Waffe und – « Sie kicherte, und er unterbrach sich.

»Ist schon gut, ich glaube Ihnen«, beteuerte sie grinsend. »Warum machen Sie nicht schon mal Feuer? Ich hole uns inzwischen was zu essen.«

»Klingt nach einem guten Plan«, brummte Teddy irritiert. Irgendetwas an diesem Mädchen war seltsam. Er beobachtete, wie sie zum Haus zurückkehrte, und beneidete sie für die Mühelosigkeit ihrer Bewegungen.

»Theodore?«

Sie hatte sich nach ihm umgedreht und lächelte ihn nun neckisch an. Teddy entging das vorwitzige Glitzern in ihren Augen nicht. Etwas schroff erwiderte er: »Nenn mich einfach Teddy.«

»Teddy«, murmelte sie, als ließe sie sich den Namen auf der Zunge zergehen. Offenbar gefiel er ihr, denn ihr Lächeln wurde immer frecher und ihre Augen wanderten über seinen Körper, bis sie an seinen Lenden hängen blieben. »Ich glaube, ich würde mir nachher gern deine Kanone ansehen«, sagte sie gedehnt.

Teddy klappte die Kinnlade herunter, und er starrte ihr mit offenem Mund hinterher. Hatte sie gerade tatsächlich – nein, es war sicher nicht so gemeint gewesen, wie er dachte, dass …

»Nein«, sagte Teddy zu sich selbst und schüttelte den Kopf. Sie hatte es nicht so gemeint. Um Himmels willen, er war ein alter Mann und sie ein ganz junges Ding, jung genug, um seine Enkelin zu sein. Wahrscheinlich hatte sie das nur noch nicht bemerkt, weil er sich so gründlich gegen die Kälte vermummt hatte und während des Gesprächs eigentlich nur seine Augen sichtbar gewesen waren.

Teddy wandte sich ab und trottete wieder die Auffahrt hinauf. Dabei redete er sich ein, dass sie ganz sicher das Interesse an ihm verlieren würde, wenn sie seine knittrige Visage zu sehen bekam. Wahrscheinlich wäre es dem armen Mädchen dann sogar peinlich, dachte er amüsiert. Erst, als er bereits die halbe Strecke hinter sich gebracht hatte, fiel ihm auf, dass sie ihm ihren Namen überhaupt nicht verraten hatte.

Fröhlich pfeifend sammelte Katricia Dosen und Tüten zusammen und räumte sie in zwei leere Pappkartons, die sie in der Speisekammer entdeckt hatte. Sie achtete kaum auf das, was sie da einpackte, aber sie wusste ja auch nicht, was Teddy Brunswick gern mochte – oder was sie selbst mochte. Schon seit Jahrhunderten hatte sie das Essen der Sterblichen nicht mehr angerührt.

»Katricia Argeneau Brunswick.« Das klang gut, stellte sie lächelnd fest.

»Katricia und Teddy Argeneau Brunswick.« Noch viel besser, befand sie und packte verträumt seufzend eine weitere Büchse in den Karton.

Verdammt. Sie hatte doch tatsächlich ihren Lebensgefährten getroffen. Katricia kostete den Gedanken genüsslich aus. Es gab nichts auf der Welt, was für einen Unsterblichen so wichtig war wie ein Lebensgefährte. Sie alle sehnten sich danach und warteten darauf, denjenigen zu treffen. Manchmal dauerte es Jahrhunderte, manchmal sogar noch länger. Manche fanden diesen Gefährten aber auch niemals. Doch wenn es geschah, wenn man die einzige Person fand, gleichgültig ob sterblich oder unsterblich, die man nicht kontrollieren konnte und deren Gedanken man nicht lesen konnte, dann war das der wichtigste Moment im Leben eines Unsterblichen. Denn mit diesem Gefährten würde man den Rest seines langen Lebens teilen. Als sie gestern von Toronto hierhergekommen war, hatte sie mit so etwas nicht gerechnet. Obwohl – eigentlich hätte sie doch eine Ahnung haben müssen. Marguerites erfolgreiche Kuppeleien sprachen sich, zumindest innerhalb der Familie, langsam herum. Man munkelte, dass sie über die gleichen außergewöhnlichen Fähigkeiten verfügte wie einst Katricias Großmutter, das weibliche Familienoberhaupt Alexandria Argeneau. Alexandria hatte bis zu ihrem Tod vor etwa zweitausend Jahren für den Großteil ihrer Kinder und viele andere ihresgleichen Lebenspartner gefunden. Es wurde erzählt, dass sie eine Art sechsten Sinn dafür besessen hatte. Jedes Paar, das sie zusammenführte, wurde zu Lebensgefährten – und bei Marguerite war es nun genauso.

Trotzdem hatte Katricia genau damit nicht gerechnet, als Marguerite sie eingeladen hatte, Weihnachten mit der Familie zu verbringen. Insbesondere, da sie das Angebot aus Gewohnheit höflich aber bestimmt abgelehnt hatte. Hätte sie vorher darüber nachgedacht, hätte sie sich bestimmt darauf eingelassen, nämlich in der Hoffnung, dass Marguerite einen Lebensgefährten für sie gefunden hätte. Doch leider hatte sie nicht nachgedacht, und so war ihre Antwort sehr bestimmt ausgefallen. Katricia mied Familienzusammenkünfte. Eigentlich mied sie alle Arten von Gruppenveranstaltungen. Sie fand es so ermüdend, ständig ihre Gedanken kontrollieren zu müssen, dass sie sich mit der Zeit mehr und mehr zurückgezogen hatte. Besonders Feiertage, an denen sich vor allem die älteren Familienmitglieder trafen, verbrachte sie lieber allein. Ihre Gedanken vor ihnen abzuschirmen, war unmöglich, und Katricia wollte doch nicht, dass einer ihrer Onkel in ihrem Kopf herumspionierte.

Die einzige familiäre Verpflichtung, die sie in den letzten zehn Jahren wahrgenommen hatte, war die große Hochzeit in New York im Februar letzten Jahres gewesen. Da sie in New York lebte und arbeitete, hätte ihre Abwesenheit nur unnötige Fragen aufgeworfen. Doch wie erwartet war die Feier die reine Hölle gewesen. Ihre Gedanken abzuschirmen und gleichzeitig Konversation zu betreiben, war ungefähr so schwierig gewesen, wie einen Purzelbaum zu schlagen und gleichzeitig mit Messern zu jonglieren – schlicht unmöglich. Sie war sich sicher, dass mehrere Verwandte ihre Gedanken mitbekommen hatten, denn einige ihrer Onkel und sogar Marguerite hatten besorgt gewirkt, als sie sich mit ihr unterhalten hatten. Bestimmt hatten sie alle bemerkt, wie düster und deprimierend es in ihrem Kopf aussah.

Katricia musste unwillkürlich lächeln. All die Finsternis und Traurigkeit waren mit einem Schlag vergessen gewesen, als sie Teddy Brunswick auf der Einfahrt entdeckt und ganz automatisch versucht hatte, seine Gedanken zu lesen, um herauszufinden, wer er war und was er hier zu suchen hatte. Doch dann hatte sie feststellen müssen, dass es ihr unmöglich war, in seinen Kopf einzudringen. Das war ein Schock gewesen – und plötzlich sah sie auch die vielen Schwierigkeiten, die sie mit ihrem Last-Minute-Urlaub gehabt hatte, in einem ganz neuen Licht.

Ursprünglich hatte sie vorgehabt, Skiurlaub in Colorado zu machen, doch dann war ihr Flug ärgerlicherweise nach Toronto umgeleitet worden. Katricia hatte stinksauer reagiert. Der Pilot konnte ihr auch keine Erklärung für diese Anweisung liefern, und als sie schließlich in Toronto aus dem Privatflugzeug der Argeneaus stieg, war sie bereits auf hundertachtzig. Auf dem Rollfeld erwartete sie schon ihr Onkel Lucian Argeneau.

Er erklärte die Umleitung des Fluges mit schlechtem Wetter und verfrachtete sie in seinen Wagen. Ihre Frustration hatte einen Höchststand erreicht. Sie saß im Auto und sagte im Kopf Kinderreime vor sich her, damit Onkel Lucian ihre Gedanken nicht lesen konnte, und machte sich gleichzeitig Sorgen, dass sie nun über die ganzen Feiertage bei ihrer Familie festsitzen würde und die Kinderreime wahrscheinlich von früh bis spät wiederholen müsste. Lucian hatte sie zu Marguerite gebracht, und als diese erwähnte, dass Decker ein Ferienhaus besaß und dass sie, statt Weihnachten mit der Familie zu verbringen, auch dort hinfahren könnte, hatte sich Katricia auf diese Möglichkeit wie eine Ertrinkende auf einen Rettungsring gestürzt. Bereits kurz darauf saß sie schon wieder mit ihrem Gepäck im Auto und ließ sich vom Navigationssystem zum Haus leiten.

Und nun war sie hier eingeschneit, mitten in der Wildnis von Zentralontario, mit Teddy Brunswick, dessen Gedanken sie nicht lesen konnte. Das war das erste Anzeichen, dass der Sterbliche möglicherweise ihr Lebensgefährte war. Normalerweise konnten Unsterbliche wie sie in Sterblichen wie in einem offenen Buch lesen. Dass dies bei Teddy nicht gelang, hatte ihr einen höllischen Schrecken versetzt – einen positiven Schrecken allerdings. Ein Lebensgefährte ... bei dieser Vorstellung lächelte sie selig.

Natürlich war seine verschlossene Gedankenwelt nur ein erstes Anzeichen, ermahnte sie sich. Es gab auch vereinzelte Sterbliche, die sich generell nicht lesen ließen. Normalerweise waren das Verrückte oder Menschen, die unter einer speziellen Krankheit litten – wie beispielsweise einem Gehirntumor. Teddy Brunswick wirkte allerdings nicht geisteskrank. Allerdings musste sie sich eingestehen, dass ein Tumor oder etwas Ähnliches immer noch infrage kam.

Bald würde sie es genau wissen. Wenn Teddy tatsächlich ihr Lebensgefährte wäre, würden sich in Kürze weitere Symptome einstellen. Dass sie wieder Appetit auf normales Essen verspürte, gehörte jedenfalls schon mal dazu. Neugierig nahm sie eine weitere Packung in die Hand und studierte das Etikett.

»Bisquik.«

Schulterzuckend stopfte sie sie in den Karton. Plötzlich fiel ihr der Haken an dem Szenario, das sie sich ausgemalt hatte, auf. Ihre gute Laune bekam einen Dämpfer.

Katricia war sich ziemlich sicher, dass ihr Flug nicht wegen schlechten Wetters umgeleitet worden war, sondern dass dies zu einem ausgeklügelten Plan gehört hatte, der zum Ziel hatte, sie mit ihrem Lebensgefährten zu verkuppeln. Soweit schön und gut, aber der Schneesturm der letzten Nacht war sicherlich nicht eingeplant gewesen, und daraus könnten sich noch weitere Schwierigkeiten ergeben.

Beide Kisten waren inzwischen voller Lebensmittel. Katricia stapelte sie aufeinander und trug sie aus der Speisekammer.

Mit Sicherheit hatte Marguerite ihr Aufeinandertreffen arrangiert. Ob Teddy wohl über die Unsterblichen Bescheid wusste? Allgemein wurden sie als Vampire bezeichnet, doch diesen Begriff schätzten Katricia und ihresgleichen nicht besonders. Sie waren schließlich keine verfluchten, seelenlosen Monster, die jedem Sterblichen an die Kehle gingen. Ihre Lebensspanne war zwar sehr lang und sie wurden körperlich niemals älter als fünfundzwanzig, dreißig Jahre, doch dafür und für ihr Verlangen nach Blut gab es eine rein wissenschaftliche Erklärung. Seit man über Blutbanken verfügte, vermieden sie es grundsätzlich, sich noch direkt von Sterblichen zu ernähren. Aber dass Marguerite sie hier hinaufgeschickt hatte, um sie mit Teddy zusammenzubringen, hieß noch lange nicht, dass der auch von ihresgleichen wusste. Was bedeutete, dass sie nicht riskieren durfte, ihm die Wahrheit zu sagen – nämlich, dass der Nachschub, den sie erwartete, nicht aus Benzin und Nahrungsmitteln, sondern aus Benzin und Blutbeuteln bestand. Wahrscheinlich würde es ihn berechtigterweise beunruhigen, wenn er erfuhr, dass er zusammen mit einem Vampir eingeschneit war, dem die Blutvorräte ausgegangen waren.

2

Teddy brauchte nicht lang, um den Kamin in Gang zu bringen. Er machte ein großes Feuer und hoffte, dass das Haus schnell wieder warm werden würde. Gerade hatte er sich erhoben, um nach nebenan zu gehen und dem Mädchen mit den Vorräten zu helfen, als er auf den Stufen zur Veranda Schritte hörte. Schnell eilte er zur Tür und riss sie auf. Draußen stand seine Nachbarin schon, balancierte zwei Kartons in einer Hand und hatte die andere gerade angehoben, um zu klopfen.

»Ich wollte gerade rüberkommen und dir helfen. Du hättest das nicht alles allein schleppen sollen«, ermahnte er sie und griff nach einem der Kartons.

»Die Kisten sind nicht schwer«, beteuerte sie und huschte schnell an ihm vorbei, bevor er ihr etwas abnehmen konnte. Sie stellte die Kartons hinter Teddy in der offenen Küche ab und zog sich danach die Stiefel aus. Teddy schlug die Tür zu, um die Kälte auszusperren, und wandte sich dann zu ihr um. Nachdenklich beobachtete er, wie sie aus den Schuhen schlüpfte. Sie waren voller Schnee, also konnte sie sie im Haus natürlich nicht anbehalten. Auch er hatte seine vor der Tür gelassen, aber dafür trug er noch immer Mantel, Schal, Mütze und Handschuhe. Im Cottage war es so frostig wie in einem Kühlschrank, und der Boden fühlte sich so kalt wie eine Eisbahn an. Die dünnen Söckchen, die sie trug, waren für diese arktische Kälte nicht geeignet.

»Hier«, sagte er zu ihr, streifte schnell die Slipper ab und gab sie ihr. »Sie sind zwar zu groß, aber du bekommst zumindest keine kalten Füße.«

»Und was ist mit dir?«, fragte sie verwundert.

»Ich trage zwei Paar Thermosocken übereinander. Das sollte genügen«, murmelte er und ging in die Küche, um die Kisten auszuräumen. Er hob eine von ihnen an und stellte erstaunt fest, wie schwer sie war. *Ist die Kleine Bodybuilderin oder was?*, dachte er irritiert, während er beide Kartons auf die Theke hievte und deren Inhalt untersuchte.

»Vielen Dank.«

Die Blondine kam in den übergroßen Hausschuhen aus dem Windfang geschlurft. Beinahe hätte er gegrinst, doch dann riss er sich noch schnell zusammen, denn er wusste, wie einfach es war, junge Leute zu beschämen – und sie sollte sich auf keinen Fall unwohl fühlen. Sie schloss die Tür zum Windfang. Teddy senkte den Blick auf die Kisten und entgegnete: »Gern geschehen. Wie heißt du eigentlich?«

»Oh, ich hab mich wohl noch gar nicht vorgestellt?«, realisierte sie schmunzelnd, trat neben Teddy an die Theke und half ihm dabei, die Kartons auszuräumen. »Ich heiße Katricia, aber du kannst mich Tricia nennen.«

Teddy entging nicht, dass sie ihren Nachnamen nicht erwähnte, doch er fragte nicht weiter nach. Stattdessen erkundigte er sich: »Warum Tricia und nicht Kat?« Er nahm eine Dose aus der Kiste und studierte das Etikett. Tomatensuppe.

»Ich finde, dass Kat irgendwie zickig klingt«, erklärte sie gedankenverloren und räumte die Lebensmittel weiter aus. »Außerdem machen Männer mit dem Namen gern Unsinn und verniedlichen ihn, nennen mich Kitty Kat oder Kätzchen – oder gleich Muschi.«

Teddy fiel vor Verblüffung die Dose, die er gerade aufgenommen hatte, wieder aus der Hand. »Muschi?«

Sie grinste über seine entgeisterte Reaktion und erklärte: »Normalerweise kommt das von Typen, die mir an die Wäsche wollen. Kannst du dir vorstellen, wie ein Kerl darauf kommt, dass er mich so ins Bett kriegen könnte?«

»Ähm.« Teddy starrte sie vollkommen verdattert an. Er war es nicht gewohnt, dass eine Frau so offen mit ihm sprach. Normalerweise behandelte man ihn eher mit Hochachtung und Respekt, was wohl an seinem Posten lag. Als Polizeichef betrachteten einen die Leute eben anders. Zumindest die meisten. Er musste an Mabel und Elvi denken. Sie kannten sich schon seit der Schulzeit, und die beiden behandelten ihn trotz seines Titels nach wie vor als einen Freund. Doch selbst sie sagten nicht solche Sachen zu ihm wie …

»Du würdest mich doch nicht so nennen und glauben, dass du mich damit rumkriegst, oder, Teddy?«

Er zwinkerte irritiert und versuchte, ihre Worte zu verdauen. Ihm fiel auf, dass sie sich umgewandt hatte und näher zu ihm aufgerückt war. Sie sah ihn aus großen, blauen Augen an, während ihr Mund leicht geöffnet war. Teddy musste an Mary Martin aus Port Henry denken. Die Dame war etwa zwei Jahre jünger als er, verwitwet, und jedes Mal, wenn er ihr über den Weg lief, klebte sie wie eine Klette an ihm. Mary hatte zweifellos ernsthaftes Interesse an ihm und war wahrscheinlich fest entschlossen, ihn zu heiraten, doch er war verdammt noch mal viel zu alt, um ans Heiraten zu denken. Zwar tat es ihm leid, dass er diese Erfahrung nie im Leben gemacht hatte, aber …

Katricias kleine, rosafarbene Zunge zuckte hervor. Sie leckte sich die Lippen, und Teddys Gedanken verstreuten sich in alle Himmelsrichtungen. Sie war noch näher herangekommen, stellte er erschrocken fest. Ihre Mäntel berührten sich bereits. Dann hob sie eine Hand und legte sie an seine Brust. Neuer Schrecken überkam ihn, denn er wankte so widerstandslos auf sie zu wie eine Motte, die zum Licht gezogen wurde – nur handelte es sich in diesem Fall um eine ziemlich alte Motte und ein sehr junges Licht.

Er schüttelte den Kopf, trat schnell einen Schritt zurück und zog sich die Mütze herunter. Zwar war es im Haus noch immer bitterkalt, aber dieses junge Mädchen sollte endlich sehen, mit wem sie es hier zu tun hatte. Wahrscheinlich würde es sie beschämen, dass sie mit einem so alten Sack geflirtet hatte, aber wenn sie nicht damit aufhörte, würde es für sie beide nur noch peinlicher werden.

Um nicht miterleben zu müssen, wie entsetzt sie wahrscheinlich auf sein ergrautes Haar reagierte, wandte er sich ab, durchschritt das Zimmer und legte die Mütze auf den Esstisch. Um ihr Zeit zu geben, sich von dem Schock zu erholen, einen Senioren angebaggert zu haben, zog er auch noch den Schal aus und faltete ihn ordentlich zusammen, ehe er sich wieder umdrehte und ihr sein verwittertes Gesicht zeigte.

Er hatte damit gerechnet, dass sie ihn mit schreckgeweiteten Augen und offenem Mund anstarren würde. Doch stattdessen begutachtete sie ihn nur interessiert von oben bis unten, als wäre er ein Pferd, das sie kaufen wollte. Dann verkündete sie lächelnd: »Teddy Brunswick, du bist ein gutaussehender Mann.«

Er zwinkerte und runzelte die Stirn. »Ich bin ein *alter* Mann.«

Schmunzelnd schüttelte sie den Kopf. »Du bist zwar nicht mehr fünfundzwanzig, aber das bedeutet noch lange nicht, dass du nicht toll aussiehst. Du hast ein markantes Gesicht, schöne Augen und volles, sexy silbergraues Haar.« Da er sie daraufhin nur noch skeptischer ansah, fügte sie hinzu: »Wie? Glaubst du etwa, dass dich dein Alter unattraktiv macht? Was meinst du, wie viele Frauen würden Sean Connery von der Bettkante schubsen?«

Er riss die Augen auf. Katricia grinste frech und zog sich nun selbst Schal und Mütze aus. Glücklicherweise kam sie nicht noch näher, sondern legte beides ordentlich auf die Theke und fuhr dann mit dem Auspacken der Kisten fort.

Sobald sie sich von ihm abwandte, wich auch Teddys Anspannung. Doch er gesellte sich trotzdem nicht wieder zu ihr, sondern blieb unbeweglich stehen und musterte ihr Profil. Sie war keine ausgesprochene Schönheit. Teddy hatte Rothaarige schon immer lieber gemocht als Blondinen. Sie war sehr bleich und ihre Gesichtszüge schienen einem Renaissancegemälde zu entstammen. Trotzdem hatte sie etwas, das ihn ansprach. Erschrocken verdrängte Teddy diesen Gedanken ebenso schnell, wie er ihm gekommen war.

Nichts an dieser jungen Frau war ansprechend, wies er sich selbst zurecht. Sie war ein Kind, konnte kaum fünfundzwanzig sein – im Vergleich zu ihm ein Baby. Das durfte er nicht vergessen. Teddy Brunswick würde sich nicht wie ein alter Narr aufführen, der kleinen Mädchen hinterherjagte, die jung genug waren, um seine Enkelin zu sein. O nein, er würde keine von diesen Witzfiguren werden, hinter deren Rücken sich alle lustig machten.

Nach dieser erfolgreichen Gardinenpredigt begab sich Teddy zum Feuer, warf noch ein Holzscheit in die Flammen und fachte die Glut wieder an, bis das Feuer hoch loderte. Zufrieden mit der Hitze, die der Kamin nun wieder ausstrahlte, sah er sich im Raum um, bis sein Blick an den offenen Schlafzimmertüren hängen blieb und er nachdenklich die Stirn runzelte.

»Was ist los?«, wollte Katricia wissen. Sie wühlte nicht mehr in den Kisten, sondern musterte ihn neugierig.

»Ich habe nur gerade gedacht, dass ich die Schlafzimmertüren schließen sollte, damit die Wärme hier im Raum bleibt«, erklärte er und hängte den Schürhaken zurück.

»Ich mache das«, bot sie an und marschierte los.

Teddy ließ sie gewähren. Auf diese Art würde sie auch gleich sehen, wo sich das Badezimmer befand und müsste später nicht mehr nachfragen. Nachdem sie den Raum verlassen hatte, wagte er sich wieder zu den Kisten und fuhr fort, die Lebensmittel zu sortieren. Als er die Dose mit Kaffeepulver entdeckte, hätte er beinahe laut aufgestöhnt. Natürlich funktionierte ohne Strom auch die Kaffeemaschine nicht. Aber vielleicht könnte er ja im Kamin Wasser kochen und dann mithilfe eines Filters und einer Kaffeekanne einen einigermaßen trinkbaren Kaffee brauen. Eine Tasse Kaffee – was für eine verlockende Vorstellung. Vielleicht würde er danach auch wieder klarer denken können. Er stellte die Dose zur Seite und machte sich auf die Suche nach einer Kanne.

Katricia ließ sich Zeit und spähte neugierig in jedes der Schlafzimmer, einerseits aus echtem Interesse und andererseits, damit Teddy ein bisschen Zeit für sich hatte. Sie musste seine Gedanken nicht lesen, um zu wissen, dass er sich in ihrer Gegenwart unwohl fühlte. Wahrscheinlich war sie zu schnell und offensiv vorgegangen, doch sie hatte sich einfach nicht zurückhalten können, denn sie wollte unbedingt herausfinden, ob er ihr Lebensgefährte war. Appetit verspürte sie jedenfalls noch keinen, aber das einzige Essen, das ihr momentan zur Verfügung stand, war ja auch Dosen- und Tütenfutter und nicht sehr verlockend. Der sicherste Weg wäre, Teddy zu küssen und auszuprobieren, ob sich die gemeinsame Lust einstellte, von der sie schon so viel gehört hatte.

Doch das würde wohl nicht so einfach werden. Teddy hatte unübersehbar Probleme mit dem scheinbaren Altersunterschied, der zwischen ihnen bestand. Das hatte sie ganz klar erkannt, als er vorhin Schal und Mütze ausgezogen und ihr sein Gesicht wie eine Monstrosität vorgeführt hatte. Sie würde geduldig sein müssen – was nicht gerade eine von Katricias Stärken war. Sie kämpfte sowieso schon mit dem Drang, einfach zurück in die Küche zu spazieren und ihn schlichtweg zu bespringen.

Das Einzige, was sie davon zurückhielt, war die Sorge, dass der arme Kerl möglicherweise einen Herzinfarkt oder etwas Ähnliches bekommen könnte. Es wäre schon ein riesiges Pech, wenn sie ihren Lebensgefährten mit einer Herzattacke ins Jenseits schicken würde, ehe sie die Chance bekam, um ihn zu werben und ihn zu wandeln.

Die Vorstellung gefiel ihr nicht, und sie setzte schnell die Inspektion der Schlafzimmer fort. In einem Raum entdeckte sie Teddys Koffer und lächelte. Dieses Zimmer hätte sie sich auch ausgesucht. Es lag am linken hinteren Ende des Korridors. Vom Fenster aus konnte man die gesamte Auffahrt überblicken und würde eventuelle Besucher sofort bemerken. Es bot eine optimale Verteidigungsposition. Bestimmt hatte er es ausgewählt, weil er ein Cop war. Lächelnd zog sie die Tür ins Schloss und ging zurück. Im Wohnzimmer fand sie Teddy kniend am Kamin vor. Verwundert registrierte sie die Kessel und Kannen, die er am Rand des Feuers aufgereiht hatte.

»Was tust du da?«, fragte sie interessiert, trat hinter ihn und schaute ihm über die Schulter. Als sie bemerkte, wie er sich versteifte, rückte sie ein wenig von ihm ab.

»Ich experimentiere«, entgegnete er schroff, stand auf und ging um sie herum in die Küche zurück. »Ich koche Wasser für Kaffee und Hühnersuppe. Das ist zwar keine klassische Frühstückskombination, aber in unserer Lage dürfen wir nicht wählerisch sein.«

»Clever«, kommentierte Katricia und beobachtete, wie Teddy in der Küche Kaffee in einen Filter schaufelte.

»Clever?«, sagte er belustigt, stellte den Kaffee zur Seite und wühlte in einer Kiste. »Eher verzweifelt. Ohne meinen Java bin ich nicht zu gebrauchen.«

»Java?«, fragte Katricia und hielt die Hände ans wärmende Feuer.

»Kaffee«, erläuterte er. »Da du sowieso schon vorm Feuer sitzt, könntest du die Suppe für mich im Auge behalten?«

»Klar«, antwortete Katricia und beobachtete ihn dabei, wie er Mütze und Schal wieder anzog.

»Ich will mal sehen, ob ich die Tür meines Trucks inzwischen aufbekomme. Dann könnte ich den Motor starten und das Handy im Auto aufladen«, erklärte er und ging zur Tür. »Wenn es wieder funktioniert, kann ich Marguerite anrufen und vielleicht einen Weg finden, wie wir wieder zu Strom kommen.«

»Marguerite?«, rief Katricia verblüfft.

Teddy musterte sie fragend, wahrscheinlich, weil sie vor Überraschung laut geworden war. Sie räusperte sich und fragte etwas gelassener: »Wer ist denn Marguerite?«

»Marguerite Argeneau ist eine Freundin von mir. Dank ihr konnte ich dieses Cottage mieten. Ich möchte sie fragen, ob sie weiß, an wen ich mich wegen des Stromausfalls wenden muss«, antwortete er gedehnt und sah sie immer noch seltsam an. Dann schüttelte er den Kopf, ging in den Windfang, wo seine Stiefel standen, und zog die Tür hinter sich zu. Katricia starrte ihm hinterher und biss dabei auf ihrer Lippe herum.

Sie hatte auch ein Handy. Es steckte schon seit dem Morgen in ihrer Tasche, und bisher war sie überhaupt nicht auf die Idee gekommen, es zu benutzen, nicht mal, um Erkundigungen über die ausstehende Blutlieferung einzuholen. Das war wirklich ein überdeutliches Zeichen dafür, dass sie seit der Entdeckung, Teddys Gedanken nicht lesen zu können, völlig neben sich stand.

Leise murmelnd zog sie das Telefon aus der Tasche und wartete dann ab, bis Teddy im Nebenraum mit den Stiefeln fertig war und ins Freie stapfte.

Schnell rührte Katricia noch einmal die Suppe um, ging dann in die Küche und spähte durchs Fenster. Teddy stand neben dem Wagen und hantierte an der Seitentür. Rasch öffnete sie das

Telefonbuch des Handys und rief die Nummer ihrer Tante an. Marguerite nahm beim zweiten Klingeln ab und fragte fröhlich: »Hallo Tricia, meine Liebe, wie ist dein Urlaub?«

»Ich kann Teddy nicht lesen!«, platzte sie direkt heraus, ohne sich mit Höflichkeiten aufzuhalten.

»Oh, wie schön!« Sie klang nicht im Mindesten überrascht. »Ich hatte gehofft, dass ihr euch begegnet. Ist er nicht ein stattlicher Mann?«

»Ja«, hauchte Katricia. Noch nie zuvor war ihr ein so schöner Mann begegnet wie Teddy Brunswick. Natürlich war sie aufgrund der Tatsache, dass sein Kopf vor ihr verschlossen blieb und er darum möglicherweise ihr Lebensgefährte wäre, etwas voreingenommen. Das konnte einem den Blick schon trüben. Aber auch objektiv betrachtet war er ein gutaussehender Kerl.

»Er wirkt so würdevoll und ist ein richtiger Gentleman. Ich habe auf Fotos gesehen, wie er als junger Mann aussah und kann dir versprechen, wenn er erst mal gewandelt ist, wird er noch umwerfender aussehen. Er … «

»Weiß er über uns Bescheid?«, unterbrach sie Katricia mit der Frage, die ihr am meisten auf der Seele brannte. Wenn er Bescheid wusste, dann konnte sie ihm einfach gestehen, dass sie ihn nicht lesen konnte und ihn dann vernaschen und so herausfinden, ob er ihr Lebensgefährte war – oder doch nicht.

»Ja, meine Liebe, das tut er. Er ist der Polizeichef von Port Henry, einer reizenden Kleinstadt. Dein Onkel Victor ist mit seiner Elvi dort hingezogen. Viele dort wissen von uns. Du kannst ihm ruhig verraten, was du bist. Er wird keine Angst haben.«

»Wie viel weiß er genau? Ich meine, kennt er sich mit Lebensgefährten und solchen Dingen aus?«

Marguerite zögerte. Katricia erwartete bereits ein Nein von ihr, als sie erklärte: »Nun … ja, er weiß darüber Bescheid, Liebes. Allerdings hielte ich es für klüger, wenn du ihm die Chance geben würdest, dich noch ein bisschen besser kennenzulernen, bevor du ihn damit konfrontierst, dass du ihn nicht lesen kannst.«

»Was?«, entfuhr es Katricia erstaunt. Beinahe weinerlich fragte sie: »Aber warum?«

Marguerite lachte leise. »Ich kann schon verstehen, dass es verführerisch ist, ihm sofort zu eröffnen, dass er dein Lebensgefährte ist, aber … «

»Ist er es denn überhaupt?«, unterbrach sie Marguerite abrupt.

»Was? Dein Lebensgefährte?«, entgegnete Marguerite verwundert. »Ich dachte, du könntest ihn nicht lesen?«

»Das stimmt, aber manchmal kann man ja auch die Gedanken der Sterblichen nicht lesen, weil … «

»Teddy lässt sich sehr gut lesen«, beruhigte sie Marguerite. »Tatsächlich bist du, soweit ich weiß, die erste Unsterbliche, die nicht in seinen Kopf eindringen kann. Selbst Elvi und Mabel gelingt es schon hin und wieder, und die beiden sind ja noch ganz ungeübt.«

»Oh«, raunte Katricia und biss sich auf die Lippe. »Aber warum sollte ich ihm dann verschweigen … «

»Er ist sterblich, Liebes«, unterbrach Marguerite sie sanft. »Vielleicht wäre es ein bisschen viel auf einmal. Gib ihm die Gelegenheit, dich erst ein wenig kennenzulernen. Du willst ja wohl nicht, dass er panisch in seinen Truck springt und nach Port Henry flüchtet.«

»Das kann er gar nicht«, versicherte Katricia und erzählte ihrer Tante von den Bäumen, die die Straße blockierten, und von dem Stromausfall.

»O je. Ich werde Lucian verständigen, damit er ein paar Männer schickt, die die Straße räumen, und – «

»Oh, nein, tu das nicht«, widersprach Katricia sofort. »Wenn die Straße frei ist, fährt er vielleicht weg. Im Augenblick bin ich gerade bei ihm im Haus. Wir teilen uns Deckers Vorräte. Wenn du die Straße freimachen lässt … «

»Dann gibt es keinen Grund mehr für euch, das Haus zu teilen«, vollendete Marguerite den Satz für sie. »Ihr habt also Feuerholz und genug zu essen?«

»Ja.«

»Dann ist es ja nicht unbedingt nötig, dass die Straße sofort geräumt und der Strom repariert wird, nicht?«, meinte Marguerite. »Aber melde dich augenblicklich, falls sich die Situation ändert oder es notwendig werden sollte, dass alles schnell gerichtet wird.«

»Versprochen.«

»Ich werde mich mit Bastien wegen der Blutlieferung in Verbindung setzen. Sie können sie ja mit einem Schneemobil vorbeibringen. Vielleicht kann ich ja auch eines für euch arrangieren. Dann könnt ihr weiter das Haus teilen, habt aber die Möglichkeit, nötigenfalls Proviant zu besorgen oder sogar essen zu gehen, damit euch nicht irgendwann die Decke auf den Kopf fällt.«

»Das wäre schön«, sagte Katricia und musste lächeln. Die Vorstellung, dass Teddy hinter ihr auf einem Schneemobil saß, war toll. Er würde die Arme um sie legen, und gemeinsam würden sie in die Stadt brettern, um einzukaufen oder eben essen zu gehen. Und auf dem Rückweg würde sie wahrscheinlich hinten sitzen und sich an ihm festklammern. Erfahrungsgemäß wollten Männer ja immer lieber selbst fahren, und sie war bereit, Zugeständnisse zu machen, insbesondere wenn sie die Arme um ihn schlingen und die Brust an seinen Rücken schmiegen könnte und …

Lieber Gott, bin ich vielleicht bedürftig!, dachte Katricia kopfschüttelnd. »Du bist ganz sicher, dass ich es ihm nicht gleich sagen sollte? Vielleicht würde es ihm ja gar nichts ausmachen.«

»Vielleicht«, lenkte Marguerite zwar ein, doch es klang nicht sehr sicher. »Ich finde es nur besser, vorsichtig zu bleiben. Eine Lebensgemeinschaft ist eine delikate Angelegenheit. Ich würde dir raten, noch ein oder zwei Tage zu warten. Momentan bist du schließlich eine vollkommen Fremde für ihn, mein Liebes.«

»Stimmt«, gab Katricia seufzend zu und ließ den Blick zu Teddy wandern, der sich noch immer am Auto zu schaffen machte.

»Ich werde Bastien vorschlagen, dass der Kurier nicht nur Blut, sondern auch Lebensmittel bringen soll«, sagte Marguerite plötzlich. »Vielleicht auch noch ein paar Decken und … Katricia, es könnte etwas dauern, bis die Lieferung bereit ist. Hältst du es noch bis morgen früh oder eventuell auch etwas länger ohne Blut aus?«

»Ja, kein Problem«, beteuerte Katricia. »Wenn es sein muss, geht es auch noch zwei, drei Tage ohne. Vierundzwanzig Stunden sind kein Problem.«

»Gut, dann überlass alles Weitere mir. Ich werde alles arrangieren.«

3

Fluchend brach Teddy seine Bemühungen ab. Es gab keine Möglichkeit, das Auto zu öffnen, es sei denn, man schlug eine Scheibe ein – und dazu war er noch nicht bereit. In einer Notsituation hätte er es womöglich getan, aber so schlimm war es nicht. Sie hatten Feuer, Essen und ein Dach über dem Kopf, ja, sogar Kaffee. So ließ es sich noch eine Weile aushalten.

Er trat vom Auto weg, warf einen Blick in Richtung der Straße und überlegte, ob er nachsehen sollte, ob bereits geräumt worden war oder jemand die umgeknickten Bäume beseitigt hatte. Doch er entschied sich dagegen, denn es war schon sehr unwahrscheinlich, dass sich in der Zwischenzeit etwas getan hatte. Laut Marguerite war das County für die Straßen zuständig, und diese abgelegene Strecke hatte für die Räumungskräfte sicher keine hohe Priorität. Wahrscheinlich würden sie hier erst ganz zum Schluss auftauchen, was bedeutete, dass vor dem Abend oder sogar erst dem morgigen Tag niemand käme, um sich um die Schneeverwehungen zu kümmern und dabei die defekten Stromleitungen bemerkte, was wiederum hieß, dass vor übermorgen voraussichtlich niemand den Stromausfall beheben würde. Aber da übermorgen Heiligabend war, schien auch dies ziemlich aussichtslos. Wahrscheinlich würden sie noch bis nach dem zweiten Weihnachtsfeiertag im Dunkeln sitzen. Bei dem Gedanken, dass das Weihnachtsessen in diesem Jahr dann aus Hühner- oder Tomatensuppe bestehen würde, zog er eine Grimasse.

»Fröhliche Weihnachten«, knurrte er in sich hinein und machte sich schließlich auf den Weg zurück zum Haus. Als er die Treppen erklomm, fiel ihm ein, dass das Wasser inzwischen kochen müsste. Endlich konnte er den Versuch starten, einen Kaffee aufzubrühen. Diese Aussicht heiterte ihn wieder etwas auf, und er beschleunigte seinen Schritt.

Im Windfang streifte er die Stiefel ab und betrat den Wohnraum. Hier war es inzwischen merklich wärmer geworden, sogar so mollig, dass er nicht nur Schal und Mütze, sondern sogar den Mantel ausziehen konnte. Gerade hatte er begonnen, sich aus der warmen Kleidung zu pellen, als sein Blick auf Katricia fiel, die nach vorn gebeugt vor dem Feuer stand und in der Suppe rührte. Auch sie hatte Schal und Mütze abgelegt – und den Skianzug. Sie trug jetzt noch einen babyblauen Pullover und dünne, hautenge Leggings. Die saßen so knapp, dass sie genauso gut hätte nackt sein können. Außerdem konnte Teddy erkennen, dass sich unter dem geschmeidigen Stoff kein Höschen abzeichnete. Fasziniert musterte Teddy ihre Kurven. Du liebe Güte, es würde ihn nicht verwundern, wenn sich der blaue Stoff nur als Bodypainting herausstellte. O Mann, das waren wirklich der knackigste, kleine Hintern und die wohlgeformtesten Beine, die er seit Langem gesehen hatte.

»Das Wasser kocht, aber ich wusste nicht, ob ich es schon in dieses Konstrukt, das du vorbereitet hast, eingießen darf oder ob du es lieber selbst tun möchtest. Soll ich das übernehmen?«

Sie sah ihn über die Schulter hinweg an. Verwirrt registrierte Teddy ihre Frage und riss sich vom Anblick ihres straffen Pos los.

»Ähm … nein, ist schon in Ordnung. Ich mach das«, murmelte er und zog sich endlich den Mantel aus. Mütze und Schal stopfte er in die Taschen und drapierte dann alles über einen Stuhl im Esszimmer. Dort hing auch schon ihr Skianzug. Besser, sie legten die Sachen hier ab als im Windfang, denn dann wären sie später, wenn sie sie wieder anziehen wollten, nicht so kalt. Teddy kam die Idee, ein Handtuch zu suchen und auch noch die nassen Stiefel in den Wohnraum zu holen, damit sie trocknen konnten und er beim nächsten Trip nach draußen die Füße nicht wieder in steife, schneeverkrustete Schuhe zwängen musste.

Er setzte den Einfall sofort in die Tat um, ging in sein Schlafzimmer und nahm das große Badehandtuch, das er mitgebracht hatte, aus dem Koffer. Auf dem Weg ins Wohnzimmer faltete er es ordentlich zusammen, holte dann die zwei Paar Stiefel aus dem Windfang und stellte sie darauf ab.

Dabei fiel ihm ein, dass inzwischen sicherlich auch schon die Suppe kochte. Er nahm sich zwei Ofenhandschuhe, die auf der Mikrowelle lagen, und ging zum Feuer. Als Katricia ihn bemerkte, richtete sie sich auf und trat zur Seite. Teddy war erleichtert. Jetzt hatte sie wohl begriffen, dass er ein alter Mann war, und die unsinnige Flirterei aufgegeben.

»Wie lange kocht die Suppe denn schon?«, fragte er und zog die Handschuhe über.

»Seit einigen Minuten«, antwortete sie und murmelte dann andächtig: »Das riecht toll.«

Teddy musterte sie verwundert von der Seite. Es war doch nur Dosensuppe, nichts Besonderes. Aber andererseits hatte sie wahrscheinlich, genau wie er, seit dem Vortag nichts mehr gegessen und – Dosensuppe hin oder her – auch er war so hungrig, dass der Duft, der aus dem Topf gestiegen war, als er ihn vom Feuer genommen hatte, verführerisch auf ihn wirkte.

Vorsichtig trug Teddy die Suppe in den Küchenbereich und stellte sie zum Abkühlen auf dem Herd ab. Katricia folgte ihm. Sie blieb neben dem Herd stehen, während Teddy zur Theke ging und Wasser durch den Filter goss, den er von der Kaffeemaschine abmontiert und auf eine Kanne gesetzt hatte.

Dampf stieg auf und umhüllte sein Gesicht mit Kaffeeduft. Teddy seufzte voller Vorfreude und musste sich zusammenreißen, um nicht gleich das ganze Wasser auf einmal in den Filter zu schütten. Immer mit der Ruhe. Schließlich sollte ein guter Kaffee dabei herauskommen und nicht nur braune Brühe. Interessiert schielte er zu Katricia hinüber, und ein leises Lächeln stahl sich auf seine Lippen. Sie hatte den Topf geöffnet und inhalierte mit geschlossenen Augen den Duft der Suppe.

»Hol' doch zwei Schüsseln und eine Schöpfkelle, dann kannst du schon mal servieren«, schlug Teddy vor.

Das ließ sich Katricia nicht zweimal sagen und machte sich sofort auf die Suche. Bis er das letzte Wasser durch den Filter gegossen hatte, hatte sie die Suppe auf zwei Schalen aufgeteilt und sogar noch zwei Suppenlöffel gefunden. »Möchtest du am Tisch essen oder beim Feuer?«, fragte sie.

»Am Feuer«, entschied Teddy und nahm zwei Kaffeetassen zur Hand. Als er vorhin aus der Kälte hereingekommen war, war ihm der Raum noch mollig warm vorgekommen. Doch inzwischen hatte er sich akklimatisiert, und je weiter man sich vom Feuer entfernte, desto kühler wurde es im Zimmer.

Während Katricia die Suppe ins Wohnzimmer brachte, goss er schnell für jeden von ihnen eine Tasse Kaffee ein, nahm dann noch zwei Kaffeelöffel, die Zuckerdose und ein Päckchen Kaffeeweißer und folgte ihr. Sie hatte den Wohnzimmertisch ein wenig näher zum Feuer geschoben und sich daneben auf den Teppich gesetzt. Teddy tat es ihr gleich und hockte sich an die andere Seite des Tisches.

»Mmm.«

Er sah von seinem Kaffee auf und beobachtete Katricia, die das Getränk links liegen gelassen und sich sofort auf die Suppe gestürzt hatte. Seufzend genoss sie das einfache Mahl, während Teddy amüsiert grinste. »Deine Mutter kocht wohl nicht besonders gut.«

Sie sah verwundert auf. »Wie kommst du denn darauf?«

»Na ja, wenn du über aufgewärmter, salziger Suppe aus der Dose mit schlappen Nudeln dermaßen in Verzückung gerätst, dann wirst du zu Hause wahrscheinlich nicht anständig bekocht, meine Kleine.«

Nachdenklich legte sie den Kopf schief und erklärte dann: »Also erstens bin ich keine *Kleine*, und zweitens koche ich für mich selbst. Ich lebe schon seit langer, langer Zeit nicht mehr bei meiner Mutter.«

»O je, für euch junge Leute sind doch schon zwei Wochen eine sehr lange Zeit«, entgegnete er lachend. »Wo wohnst du denn?«

»In New York.«

Diese Antwort verblüffte Teddy. Er hatte damit gerechnet, dass sie in einem Studentenwohnheim oder dergleichen lebte. New York, das war etwas ganz anderes: eine richtige Metropole – und die Hauptstadt des Verbrechens. Hätte er eine Tochter ihres Alters gehabt, er hätte ihr verboten, dort hinzuziehen. Teddy lehnte sich zurück und betrachtete sie etwas eingehender. Ihr Körperbau war athletisch, die Schultern breiter als die Hüften und ihre Brust schien ihm eher klein. Teddy mochte Frauen mit richtigen Kurven eigentlich lieber. Elvi, die Frau, in die er fast schon sein ganzes Leben lang verliebt war, hatte tolle Kurven. Und rote Haare. Tricia dagegen war blond und jugendlich – und trotzdem fand er sie aus irgendeinem Grund anziehend.

Gedankenversunken widmete sich Teddy der Suppe und erkundigte sich: »Was tust du dort?«

»Momentan bin ich in der Strafverfolgung tätig, aber ich denke gerade über alternative Karrieremöglichkeiten nach.«

Teddy riss den Kopf hoch, doch Katricia löffelte schon wieder seelenruhig ihre Suppe.

»Strafverfolgung?«, fragte er entsetzt. »In New York?«

Die Vorstellung, dass dieses kleine Mädchen im Big Apple Verbrecher jagte, brachte ihn ganz außer Fassung. Zur Hölle, nicht mal er hätte das riskiert! Und er war schon fast sein ganzes Leben im Polizeidienst und hatte zuvor auch noch bei der Armee gedient. Hätte man ihn vor die Wahl gestellt: Kriegsgebiet oder New York, er hätte sich für den Kriegseinsatz entschieden. »Es wundert mich nicht, dass du dich schnell wieder beruflich verändern möchtest.«

Sie hob den Kopf und lächelte ihn sanft an. »Na, so schnell ist das auch wieder nicht. Schließlich arbeite ich schon fast ein Jahrhundert in diesem Bereich.«

Teddy erstarrte mit dem Suppenlöffel in der Hand, fixierte sie mit zusammengekniffenen Augen und betrachtete ihr Gesicht zum ersten Mal ganz genau. Bisher hatte er sich zurückgehalten, weil er nicht wollte, dass sie sich unwohl fühlte, doch nun starrte er sie unverhohlen an und konzentrierte sich dabei besonders auf die Augen. Der Silberschimmer im Blau der Iris fiel ihm sofort auf. Ganz langsam ließ er den Löffel sinken und sagte leise: »Unsterblich.«

Tricia nickte bedächtig. »Ich heiße Katricia Argeneau, Marguerite ist meine Tante.«

Teddy glotzte sie entgeistert an und versuchte, die wirren Gedanken in seinem armen Kopf zu ordnen. Er hatte sie für ein ärmliches, wehrloses, junges Ding gehalten, eingeschneit mitten in der Wildnis. Doch als Unsterbliche war sie alles andere als wehrlos … oder jung. Nicht, wenn sie bereits seit einem Jahrhundert im Strafvollzug arbeitete. Nun sah er alles in einem ganz neuen Licht. Sein Blick wanderte über ihren Oberkörper und den hellblauen Pullover. Sie sah jung aus, doch sie war es nicht. Also war er auch nicht auf ein blutjunges Mädchen scharf. Nein, scharf war er ja gar nicht auf sie, ermahnte er sich, konnte sich gleichzeitig aber kaum beherrschen, sie zu fragen, ob sie denn jetzt vielleicht seine *Kanone* sehen wollte.

Er schüttelte sich schnell, räusperte sich dann und fragte sie:

»Gesetzesvollzug bedeutet wohl, dass du für den Bezirk als Vollstreckerin arbeitest? Jagst du Abtrünnige für Lucian?«

Sie nickte und ließ ihn keine Sekunde aus den Augen.

Teddy kam wieder in den Sinn, wie sie die Suppe genossen hatte. Die meisten Unsterblichen aßen nach einhundert, zweihundert Jahren nicht mehr. Demnach musste sie jünger sein. Er legte den Kopf schief und begutachtete sie andächtig. »Der Nachschub, den du erwartet hast. Das waren nicht nur Benzin und Nahrungsmittel?«

»Zusätzlich noch Blut«, erwiderte sie ruhig.

»Hast du noch welches?«

Katricia schüttelte den Kopf. »Nein. Im Wagen hatte ich ein paar Beutel, aber ich hab sie getrunken, bevor ich mich gestern hingelegt habe.«

Nachdenklich presste Teddy die Lippen aufeinander und bemerkte dann mit einem Blick auf die Suppe: »Aber du isst noch.«

Sie zögerte kurz und nickte dann stumm.

Teddy lehnte sich seufzend zurück und überdachte die neue Situation. Er war also eingeschneit, ohne Strom, mit spärlichen Vorräten und einem Vampir, der keinen Blutvorrat mehr hatte – mal abgesehen von Teddy selbst. »Warum erzählst du mir ausgerechnet jetzt davon? Brauchst du einen Blutspender?«

»Nein, danke«, entgegnete sie lachend. »Momentan benötige ich nichts, und der Nachschub wird sicherlich eintreffen, bevor, wie du so schön formulierst, ein *Blutspender* nötig wird.«

»Nicht bei diesen Straßenverhältnissen«, bemerkte er trocken.

Katricia zuckte mit den Schultern und erklärte sorglos: »Wenn sie nicht über die Straße zu uns kommen können, bringen sie es eben mit einem Schneemobil. Sie werden mich schon nicht hängen lassen.«

Es beruhigte Teddy ein wenig, dass er doch nicht befürchten musste, auf der Speisekarte zu landen, doch ganz war sein Misstrauen noch nicht verschwunden. »Warum hast du es mir jetzt erzählt? Woher wusstest du, dass ich über euch Unsterbliche Bescheid weiß?«

»Tante Marguerite«, erwiderte sie unumwunden. »Als du ihren Namen erwähnt hast, hab ich mich daran erinnert, dass Port Henry die Stadt ist, in der mein Onkel Victor lebt und dass man uns Unsterblichen dort freundlich gesinnt ist. Nachdem du offensichtlich Tante Marguerite kennst, bin ich davon ausgegangen, dass du auch in alles andere eingeweiht bist.«

Teddy schwieg. Normalerweise witterte er eine Lüge eine Meile gegen den Wind – und Ms Argeneau sagte in mindestens einem Punkt nicht die Wahrheit. Das Problem war nur, dass er keineswegs beurteilen konnte, was an ihrer Geschichte nicht stimmte. Sie klang soweit schlüssig, aber er fragte sich trotzdem, warum sie sie ihm nicht gleich erzählt hatte, als er Marguerite erwähnt hatte.

»Ich hätte es außerdem an deiner Reaktion auf meine Behauptung, dass ich schon hundert Jahre als Vollstrecker arbeite, gemerkt. Notfalls hätte ich halt behauptet, ich hätte es als Witz gemeint«, beeilte sie sich zu erklären und griff nach der Kaffeetasse.

Mit zusammengekniffenen Augen verfolgte Teddy, wie sie daran nippte. Ihr hektischer Erklärungsversuch und die Art, wie sie seinem Blick auswich, bestätigten seinen Verdacht nur noch. Gerade, als er beschloss, sie damit zu konfrontieren, rümpfte sie die Nase und stellte die Tasse angeekelt ab.

»Bäh. Dieses Zeug brauchst du jeden Morgen?«

»Mit Milch und Zucker schmeckt er besser«, riet er ihr gedankenverloren und schob beides in ihre Richtung. Er setzte erneut dazu an, sie auf die Lüge anzusprechen, als er plötzlich selbst auf die Lösung kam. Nachdem er ihre Tante erwähnt hatte, hatte sie höchstwahrscheinlich seine Gedanken gelesen und dabei herausgefunden, dass er von den Unsterblichen wusste. Und nun log sie, damit er sich nicht befangen fühlte, weil sie in seinen Kopf eingedrungen war.

»Oh ja, das ist viel besser«, verkündete Katricia und trank ihren Kaffee, den sie mit Zucker und Kaffeeweißer verbessert hatte, in großen Schlucken.

»An deiner Stelle würde ich ein bisschen vorsichtiger sein«, ermahnte Teddy sie vergnügt. »Manche Unsterblichen vertragen kein Koffein.«

»Ach ja?«, entgegnete sie verwundert.

»Victor kommt damit ganz gut zurecht, und auch DJ verträgt ein, zwei Tassen, aber Alessandro wird davon richtig hektisch. Erst dreht er durch, als wäre er auf Vampirspeed, und dann kippt er um.«

»DJ ist ein Freund von Onkel Victor, soviel weiß ich. Aber wer ist Alessandro?«, erkundigte sich Katricia und stürzte den Rest des Kaffees hinunter.

»Alessandro Cipriano. Ein Unsterblicher aus Port Henry.«

»Ah«, antwortete sie abwesend und schielte zur Küchentheke, auf der die Kaffeekanne stand. Gleich darauf war sie auch schon mit beiden Kaffeetassen aufgesprungen.

Kopfschüttelnd aß Teddy die Suppe weiter, doch sein Blick folgte ihr auf dem Weg durchs Zimmer, und insbesondere ihren Po ließ er keine Sekunde aus den Augen. Sie mochte vielleicht über hundert Jahre alt sein, doch sie sah wie eine junge Frau aus, und ihr Hintern war einfach großartig. Fasziniert verfolgte er, wie sich die Pobacken bei jedem Schritt wiegten, und stellte erneut fest, dass sie unter den engen Leggings mit Sicherheit keine Unterwäsche trug. Wenn er sie aus ihr herauspellte, würde er ausschließlich auf nacktes, makelloses Fleisch stoßen.

»Sofern du mir nicht deine Kanone zeigen willst, solltest du damit aufhören, mich so anzusehen.«

Teddy riss seinen Blick von Katricias Po los und stellte fest, dass sie ihn über die Schulter hinweg ansah. Sie hatte ihn dabei erwischt, wie er ihr auf den Hintern geglotzt hatte. Teddy errötete beschämt. Dann begriff er, was ihre Worte bedeuteten und die Röte in seinem Gesicht vertiefte sich noch. Verflucht, das war ein reizvolles Angebot. Leider hatte er keine Ahnung, wie er darauf reagieren sollte. Wenn er jetzt versuchte, den Mund aufzumachen, würde er stottern wie ein Schuljunge. Die Frauen, mit denen er gewöhnlich zu tun hatte, waren nicht so … ähem … direkt wie sie. Und auch nicht so hübsch. Nicht, dass es in Port Henry keine schönen Frauen gab, o nein. Über die Jahre hatte er sich dort in einige Frauen verguckt, die meisten davon waren in seinem Alter gewesen, aber es war schon eine ganze Weile her, seit er … Katricia hatte einfach etwas, das … na ja, schon ein Blick auf sie genügte, und seine Kanone war geladen und scharf. Traurig, oder? Würde er sich auf ihr Angebot einlassen, wäre wahrscheinlich die gesamte Ladung schon verschossen, bevor er überhaupt zum Zielen kam. Sozusagen.

»Dort in der Schublade liegt meine Waffe. Falls du sie dir ansehen möchtest«, sagte er. Sie kam zu ihm zurück. Er heftete den Blick krampfhaft auf seine Suppenschüssel. »Meine Marke ist auch dabei.«

Katricia ließ ihn davonkommen. Sie stellte kommentarlos die Kaffeetasse vor ihm ab, setzte sich dann auf den Boden und beschäftigte sich mit ihrem Kaffee. Aber die schmutzigen Gedanken blieben in seinem Kopf und drifteten in nicht jugendfreie Gefilde ab, in denen er ihr die enge Hose auszog und ihr festes Fleisch berührte. Seine Hände, seine Lippen, seine Zunge … Himmel, eigentlich stand er gar nicht aufs Beißen, aber er verspürte den unwiderstehlichen Drang, die Zähne in einer der festen Backen zu versenken, um zu sehen, ob sie wirklich so prall waren, wie er vermutete. Und dann …

Teddy verspürte ein Ziehen zwischen den Beinen und begriff, dass seine Kanone nun definitiv geladen war. Eine ausgewachsene Erektion presste sich gegen seine Hose und bettelte darum, freigelassen zu werden. Herrgott, er benahm sich tatsächlich wie ein kleiner Junge, der die Pornosammlung seines Vaters entdeckt hatte … und die Frau war ja nicht mal nackt. Wie erbärmlich. Er musste seine Augen und auch seine Gedanken besser unter Kontrolle halten. Das hätte er schon die ganze Zeit tun sollen, denn immerhin war sie unsterblich und konnte, wenn sie wollte, seine Gedanken lesen. Vorsichtig spähte er zu Katricia und versuchte, ihren Gesichtsausdruck zu deuten. Sie lächelte und sah eigentlich nicht gekränkt aus. Das erleichterte ihn. Sie hatte offenbar nicht in seinen Kopf geblickt. Trotzdem beschloss er vorsichtshalber, sie während der restlichen Mahlzeit nicht mehr anzusehen.

Nachdem sie fertig waren, trugen sie das schmutzige Geschirr in die Küche. Das Feuer war heruntergebrannt und Teddy legte einige Holzscheite nach. Dabei stellte er fest, dass sich der Holzvorrat beträchtlich vermindert hatte, und schickte sich an, Schuhe und Mantel anzuziehen.

»Wo willst du hin?«, fragte Katricia erstaunt.

»Neues Feuerholz holen«, antwortete er und stieg in die Stiefel.

»Ich helfe dir«, bot sie an und war sofort auf den Beinen, um ihre dicke Skikleidung anzulegen.

»Wir müssen doch nicht beide in die Kälte hinaus«, entgegnete er ruhig.

»Warum denn nicht? Schließlich wärmt das Feuer auch uns beide«, widersprach sie lachend und zog sich die Handschuhe über.

Stirnrunzelnd ließ er sie gewähren. Von Mabel und Elvi hatte er gelernt, dass es keinen Sinn hatte, sich mit einer starken Frau zu streiten. Den meisten Frauen hätte es nichts ausgemacht, ihn in den Schnee zu schicken, während sie im Warmen die kleine Hausfrau spielten. Doch bei Elvi und Mabel war das nicht so, und er ging davon aus, dass auch Katricia aus demselben, mit Samt umhüllten Stahl geschmiedet war wie diese beiden. Eine Frau, die im Gesetzesvollzug arbeitete, brauchte ein starkes Rückgrat, ganz gleich, ob sie nun sterblich oder unsterblich war.

»Die Luft ist zwar kalt, aber auch unvergleichlich sauber«, sagte Katricia auf der Veranda.

Teddy lächelte matt. »In New York ist die Luft wahrscheinlich nicht so rein.«

»Nein, dafür gibt es dort zu viel Verkehr.«

Sie gingen quer über den Hof zum Schuppen, wo sich auch der mit einer Plane verdeckte Brennholzstapel befand. »Gefällt es dir in der Stadt?«, fragte Teddy neugierig.

»Eigentlich nicht«, erwiderte sie leichthin und lachte über seinen verblüfften Gesichtsausdruck. »Wahrscheinlich fragst du dich jetzt, weshalb ich dann überhaupt dortbleibe.«

»Stimmt.«

Sie hatten den Holzstapel erreicht und zogen die Plane beiseite. Mit einem Schulterzucken erklärte Katricia: »Anfangs fand ich es dort aufregend. Nach einigen Jahrhunderten kann das Leben schon mal langweilig werden, aber New York erschien mir so lebendig, pulsierend – und dann kann man dort so viel unternehmen und erleben. Deshalb zieht es auch viele der älteren Unsterblichen dorthin. In den letzten Jahrzehnten haben sich einige da niedergelassen.«

»Tatsächlich?«, fragte er interessiert. Katricia lud sich einige Scheite auf, und Teddy zog die Plane zurück über den Stapel.

»Ja, New York und Los Angeles sind unter meinesgleichen die beliebtesten Städte in den USA. In Kanada leben die meisten in Toronto und Montreal.«

»In den bevölkerungsreichsten Städten also«, murmelte Teddy und wandte sich zurück zum Haus.

Katricia nickte. »Je mehr Menschen dort leben, desto länger hat alles geöffnet und desto mehr Zerstreuungsmöglichkeiten gibt es … und in den Zeiten, als wir uns noch direkt von den Lebenden ernährten, gab es auch immer eine entsprechend große Auswahl an Spendern.«

Bei dem Gedanken, dass die Unsterblichen einst seinesgleichen das Blut ausgesaugt hatten, verzog Teddy angewidert das Gesicht. Heutzutage gab es Blutbanken und den Unsterblichen war es per Gesetz verboten, außer im Notfall einen Sterblichen zu beißen. Doch Katricia war alt genug, um sich früher ebenfalls von den Lebenden ernährt zu haben. Er musterte sie neugierig und malte sich dabei aus, wie sie auf der Suche nach Opfern durch die Straßen von New York schlich.

»Hör auf«, ermahnte sie ihn lachend.

»Womit?«, fragte er unschuldig und eiste den Blick von ihr los. Danach stiegen sie die Stufen zum Cottage hinauf.

»Damit, mich anzustarren, als würden mir gleich Fangzähne wachsen und ich dir jeden Augenblick an die Kehle springen«, erklärte sie trocken. »So was tun wir nicht mehr.«

Schweigend betraten sie das Haus, streiften die Schuhe ab und trugen das Holz zum Stapel neben dem Kamin. Nachdem sie die Last losgeworden waren, fragte Teddy: »Du bist also nach New York gegangen, weil es dort so aufregend ist, aber jetzt gefällt es dir nicht mehr?«

Schulterzuckend ging sie zu ihren Stiefeln. »New York hat schon seinen Reiz. Ich gehe gern ins Theater, es gibt auch einige gute Clubs, aber es fehlt doch vieles.« Sie wollte die Jacke öffnen und fragte Teddy: »Sollen wir nochmal zur Straße gehen und nachsehen, ob die Räumungskräfte schon da waren?«

»Klar«, stimmte er leichthin zu. Immer noch besser, als im

Haus herumzusitzen. Er zog sich die Schuhe wieder an und zusammen verließen sie das Cottage. Draußen hakte er nach: »Was fehlt New York denn?«

»Der Sternenhimmel«, antwortete sie sofort. »Als ich hier ankam, konnte ich kaum fassen, wie viele Sterne man am Himmel sieht. Ich hatte vergessen, dass es so viele gibt.«

Teddy nickte verständnisvoll. Je näher man den Städten kam, desto spärlicher wurden die Sterne am Himmel. Selbst in Port Henry sah man nicht so viele wie hier oben. Wahrscheinlich, weil Port Henry so dicht bei London lag.

»Und frische Luft. Manchmal kommt es einem dort so vor, als würde man direkt an einem Auspuff saugen.«

Über dieses Bild musste Teddy grinsen.

»Und Ruhe und Frieden. Ich meine, hör doch mal.« Sie verstummte, schloss die Augen und lauschte. Teddy tat es ihr gleich. Stille umfing sie, nur vom Geräusch ihres Atems unterbrochen, von den Bewegungen kleiner Tiere in den schneebedeckten Wäldern und dem dumpfen Plumpsen, mit dem der Schnee von den Ästen der Bäume glitt und in den Schneeverwehungen landete. Näher konnten sie der absoluten Stille nicht mehr kommen.

Katricia seufzte beinahe schon glückselig. »Kein Verkehr, keine Motorengeräusche, keine Fabriken, keine Menschen. Gar nichts. In New York ist es niemals still.«

Teddy schlug die Augen auf und nickte andächtig. Selbst in Port Henry gab es vollkommene Stille nur selten. In wortlosem Einvernehmen gingen sie weiter und Teddy fragte: »Warum ziehst du dann nicht weg?«

»Vielleicht tue ich das noch. Gibt es denn bei der Polizei von Port Henry freie Stellen?«

Teddy amüsierte sich über ihre Frage und erklärte: »Zufällig wird demnächst eine frei.«

»Tatsächlich?«, hakte sie interessiert nach.

Teddy nickte. »Ich werde mit Lucian darüber sprechen, und wenn er dir ein gutes Zeugnis ausstellt, dann will ich mal sehen, was ich für dich tun kann.«

Als sie nichts erwiderte, wandte er sich zu ihr um und stellte fest, dass sie in sich hineingrinste. Offenbar gefiel ihr die Vorstellung, New York gegen eine Kleinstadt einzutauschen. Teddy warnte: »Port Henry ist bei weitem nicht so aufregend wie New York. Zum nächsten Kino oder Theater muss man eine halbe Stunde fahren, und Nachtclubs gibt es auch keine.«

»Klingt gut«, befand sie.

Teddy lächelte matt und schüttelte den Kopf.

»Und du, lebst du schon immer in Port Henry?«, erkundigte sie sich.

»Ja, seit meiner Geburt. Nur während der Zeit in der Armee war ich nicht dort.«

»Und wie war es bei den Streitkräften?«, fragte sie neugierig.

»Es hatte gute und schlechte Aspekte«, sagte er bedächtig. »Ich habe Disziplin und ordentliches Verhalten gelernt. Dort haben sie mich quasi zum Mann gemacht. Und ich bin ein bisschen in der Welt herumgekommen, aber Port Henry habe ich die ganze Zeit über vermisst.«

»Klingt, als ob du dich darüber wunderst.«

»Ja, es war schon irgendwie seltsam«, gestand er lachend. »In meiner Jugend wollte ich immer nur weg von Port Henry, die Welt sehen und Abenteuer erleben«, berichtete er kopfschüttelnd und amüsierte sich über sein jugendliches Ich. »Ich musste wohl erst fortgehen, um Port Henry wirklich schätzen zu lernen.«

»Gibt es nicht ein altes Sprichwort, das besagt, dass man erst dann etwas zu schätzen weiß, wenn man es verloren hat? Vielleicht ist das auch nur eine Zeile aus einem Lied.«

»Oder beides«, meinte er gelassen. »Jedenfalls stimmt es. Zumindest für mich traf es damals zu.«

Nach kurzem Schweigen fragte sie: »Warst du eigentlich jemals verheiratet, Teddy?«

Er schüttelte den Kopf. »Dieses Vergnügen hatte ich nie. Du?«

Sie schmunzelte ironisch. »Nein, aber das ist für meinesgleichen auch nicht ungewöhnlich. Bei uns kann es Jahrhunderte, manchmal sogar Jahrtausende dauern, ehe wir unseren Lebensgefährten finden.«

»Ah ja, die Lebensgefährten der Unsterblichen. Die einzige Person, die ein Unsterblicher nicht lesen oder kontrollieren kann. Nur in seiner Gegenwart können sie sich entspannen und ganz sie selbst sein.«

»Da steckt noch weitaus mehr dahinter«, erklärte Katricia feierlich. »Alles ist schöner, wenn man es mit einem Lebensgefährten teilen kann. Das Essen schmeckt besser, Farben erscheinen leuchtender, alles ist einfach … mehr … und natürlich können wir unsere Träume und unsere Lust miteinander teilen. Das muss das Großartigste überhaupt sein.« Sie seufzte voller Leidenschaft. »Ich kann es kaum erwarten.«

Teddy schmunzelte über ihr glückseliges Lächeln. »Dann solltest du dich mal mit Marguerite unterhalten. Sie scheint so etwas wie eine übersinnlich begabte Kupplerin zu sein, die Königin der unsterblichen Verbandelung. Gib dich vertrauensvoll in ihre Hände, und du wirst in null Komma nichts deine Lust teilen können.«

»Würdest du so etwas nicht auch gern erleben?«

Teddy starrte sie an und entgegnete verblüfft: »Ich bin sterblich. Wir Sterblichen haben keine Lebensgefährten – so wie ihr.«

»Ein Sterblicher kann aber der Lebensgefährte eines Unsterblichen sein«, bemerkte sie gleichmütig.

»Stimmt.« Schweigend dachte Teddy nach. Er hatte schon einige Male miterlebt, wie sich solche Paare gefunden hatten – und offen gestanden beneidete er jedes von ihnen unglaublich. Doch er war kein Idiot und gab sich keiner falschen Hoffnung hin, dass auch ihm eines Tages so etwas widerfahren könnte.

Inzwischen hatten sie das Ende der Auffahrt bereits überschritten und standen nun an der Straße – die genauso aussah wie am Morgen. Die Bäume lagen noch immer auf der Fahrbahn, die, soweit das Auge reichte, unter einer dicken Schneedecke verschwunden war. »Sieht ganz so aus, als würden wir hier noch eine ganze Weile nicht durchkommen.«

»Na, zum Glück haben wir Essen und Feuerholz«, meinte Katricia fröhlich und machte sich auf den Rückweg. Teddy nickte zustimmend, blieb aber noch einen Augenblick stehen. Er starrte die Straße an und fragte sich, wie lange sie wohl zu Fuß bis in die Stadt brauchen würden, nur für den Fall, dass sie am morgigen Tag auch nicht geräumt wäre. Zwar würde ihnen das Feuerholz bestimmt nicht ausgehen, denn die Vorräte reichten noch eine ganze Weile, doch die zwei Kisten mit Proviant würden möglicherweise nicht so lange vorhalten. Aber vielleicht hätten sie ja Glück, und die Räumfahrzeuge würden bald eintreffen und dann würde man auch die umgeknickten Bäume wegräumen und die Stromleitungen sehr bald reparieren. Dann könnten sie in die Stadt fahren, Nachschub besorgen und einen großen Truthahn und dann gemeinsam ein schönes, weihnachtliches Festessen genießen.

Die Vorstellung brachte ihn zum Lächeln. Ein schönes, gemütliches Weihnachtsessen mit Katricia. Vielleicht sollte er ihr auch ein Geschenk kaufen, nur eine Kleinigkeit, damit sie nicht beschämt wäre, weil sie nichts für ihn hatte. Und er könnte Nikolaussocken aufhängen, sie mit Schokolade füllen und ihr ein paar dicke Socken besorgen und …

Teddys Gedankengang wurde jäh unterbrochen, als ihn etwas hart am Hinterkopf traf. Vor Schreck wäre er beinahe auf den

Hintern gefallen. Er schaffte es gerade noch, sich zu fangen, drehte sich um und entdeckte Katricia, die schon dabei war, eine neue Handvoll Schnee zu sammeln.

»Du hast ausgesehen, als wärest du im Stehen eingeschlafen«, neckte sie ihn grinsend. »Ich wollte dich nur wieder aufwecken.«

»Aha, aufwecken nennst du das«, entgegnete er und beobachtete mit zusammengekniffenen Augen, wie sie unbeirrt einen Schneeball in der Hand formte. Er stand ganz still. Erst als sie auf ihn zielte und den Ball nach ihm warf, duckte er sich blitzschnell und griff mit beiden Händen in den Schnee. Katricias Geschoss flog an ihm vorbei. »Junge Dame, du hast gerade einen großen Fehler begangen. Ich bin ein Weltmeister in Sachen Schneeballschlacht.«

»Ach ja?«, fragte sie lachend und fasste schon wieder in den Schnee. »Na dann zeig mal, was du kannst.«

4

»Mau-Mau!«, kreischte Katricia vergnügt und legte ihre Spiel-
karten ab.

»Schon wieder?«, maulte Teddy und warf sein Blatt auf den
Tisch. »Du mogelst doch.«

Sie lachte nur über seinen Vorwurf. »Wie soll ich denn mo-
geln? Du hast doch die Karten ausgeteilt.«

»Hmm«, brummelte Teddy als Antwort.

Katricia notierte den neuen Spielstand, sammelte die Karten
ein und mischte sie, während er ein neues Holzscheit ins Feuer
legte. Sie musste lächeln. Nach ihrer Schneeballschlacht, die un-
entschieden ausgegangen war, waren sie ins Haus zurückgekehrt,
hatten sich am Feuer aufgewärmt und noch mehr wundervollen
Kaffee und eine Suppe genossen. Danach hatten sie sich unterhalten und den ganzen Nachmittag Poker und Mau-Mau gespielt, bis es Zeit fürs Abendessen wurde.

Sie kochten sich erneut eine Suppe, diesmal mit einer Art
Klößchen, die Teddy aus dem *Bisquik*-Pulver gemacht und in der
Suppe mitgekocht hatte. Er hatte sie zwar vorgewarnt, dass die
Klöße wahrscheinlich nicht gelungen wären, weil er nur Milch-
pulver und keine richtige Milch zur Verfügung gehabt hatte, aber
Katricia schmeckten sie trotzdem sehr gut. Nach dem Essen er-
ledigten sie den Abwasch, der sich etwas umständlich gestaltete,
da sie das Spülwasser erst einmal über dem Feuer erwärmen
mussten. Dann setzten sie sich wieder zusammen, redeten und
spielten weiter Karten. Teddy brachte ihr Gin bei, ein Spiel, das
Katricia außerordentlich gut gefiel, denn im Gegensatz zu den

anderen Kartenspielen, bei denen die Gewinnquote immer sehr ausgeglichen gewesen war, gewann sie beim Gin eine Runde nach der anderen. Teddy hatte keine Chance – und Katricia einen Riesenspaß.

»Das ist ein wirklich tolles Spiel«, erklärte sie gut gelaunt und mischte die Karten zu Ende. »Es ist mir unbegreiflich, dass ich noch nie davon gehört habe.«

»Mir auch«, pflichtete ihr Teddy sarkastisch bei und stocherte mit dem Schürhaken im Feuer, bis es wieder zufriedenstellend brannte. »Du spielst wie ein Vollprofi.«

»Anfängerglück«, beteuerte sie grinsend. Teddy erwiderte ihr Lächeln nicht und stellte den Schürhaken an seinen Platz zurück. Dann nahm er seine Karten auf und arrangierte sie nachdenklich in der Hand.

»Also«, begann sie, nachdem sie die Karten ausgeteilt und die übrigen abgelegt hatte. »Was ist das denn für eine Stelle, die bald in Port Henry frei werden wird?«

Teddy hob erstaunt den Kopf. Seit ihrem morgendlichen Spaziergang hatten sie nicht mehr über dieses Thema gesprochen, doch offensichtlich hatte sie die ganze Zeit darüber nachgedacht.

Die Jagd nach Abtrünnigen machte ihr immer weniger Spaß, und es wäre sicher schön, für die Polizei von Port Henry tätig zu werden, insbesondere, wenn sie dabei eng mit Teddy zusammenarbeiten könnte. Sie wusste ja bereits, dass sie gut kooperieren konnten. Sie hatten sich als Team um die Mahlzeiten gekümmert und sogar den Abwasch erledigt. Sie fand es fast ein bisschen unheimlich, wie gut sie miteinander harmonierten, beinahe so, als würden sie sich schon seit Hunderten von Jahren kennen.

»Wärest du denn ernsthaft interessiert?«, fragte er nach.

Katricia nickte.

Zögernd erklärte er: »Der Job wäre aber nicht mal halb so aufregend wie die Jagd auf Abtrünnige.«

Katricia lächelte ironisch. Als *Abtrünnige* wurden gesetzesbrecherische Unsterbliche bezeichnet. Meist handelte es sich dabei um ältere Wesen, die keinen Lebensgefährten gefunden hatten und darum des Lebens überdrüssig geworden waren. Für sie war es eine Möglichkeit, ihre unsterbliche Existenz zu beenden – quasi Selbstmord durch die Hand des Vollstreckers. Zumindest lautete Katricias Theorie so. In gewisser Weise konnte sie diese Motive nachvollziehen, zumindest die Lebensmüdigkeit. Seit etwa einhundert Jahren ging es ihr ähnlich, aber dank Teddy hatte sich das nun geändert. Warum die Abtrünnigen dabei allerdings anderen Schaden zufügen mussten und insbesondere Sterbliche mit Freude leiden ließen, das konnte sie nicht verstehen. Manchmal verwandelten sie Sterbliche gleich zu Dutzenden, quälten sie bis aufs Blut oder richteten andere schlimme Dinge an, die den Bezirk zu schnellem und hartem Durchgreifen zwangen. Bei Verbrechen gegen Sterbliche reagierten die Behörden immer besonders schnell. Zwar hatten Sterbliche keinen höheren Status als Unsterbliche, aber Attacken auf Sterbliche riefen schnell andere Sterbliche auf den Plan. Und das Schlimmste, was ein Unsterblicher tun konnte, war, die Aufmerksamkeit der Sterblichen zu erregen und auf seinesgleichen zu lenken.

Seit Jahrtausenden bemühte sich ihr Volk, seine Existenz zu verschleiern. Die Welt war einfach nicht bereit für das Wissen, dass zwar der verfluchte, seelenlose Vampir der Gruselgeschichten nicht existierte, eine andere Form dieser sagenhaften Kreatur aber schon. Wesen, vollgepumpt mit biochemisch manipulierten Nanos, die dafür sorgten, dass der Unsterbliche nicht alterte und immer auf dem Höhepunkt seiner Leistungsfähigkeit blieb. Diese Nanos benötigten Blut, um Energie zu erzeugen und sich zu vermehren, aber auch, um Krankheiten zu bekämpfen, Verletzungen zu heilen oder die Folgen von Sonneneinstrahlung, Umweltverschmutzung oder dem generellen Alterungsprozess auszugleichen. Die unsterblichen Körper ihrer Wirte konnten allerdings unmöglich so viel Blut liefern, wie die Nanos für diese Aktivitäten benötigten. Darum war es unerlässlich, zusätzliches Blut von außen zuzuführen, was in der ursprünglichen Heimat ihres Volkes kein Problem dargestellt hatte – denn dank Blutspenden war die Versorgung gesichert. Doch eines Tages wurde dieses Zuhause – das sagenhafte, vollkommen isoliert liegende Atlantis, das ebenso technisch fortgeschritten gewesen war, wie die Legenden es besagen – vernichtet. Darum sah sich ihr Volk gezwungen, zu fliehen und sich über den Rest der Welt zu verteilen, einer Welt, in der es weder fortgeschrittene Wissenschaften noch Bluttransfusionen, noch Nanopartikel gab.

Da die Nanos darauf programmiert waren, ihre Wirtskörper in optimalem Zustand zu erhalten, hatten sie zu diesem Zweck einige evolutionäre Veränderungen bei ihren Trägern ausgelöst: verlängerte Fangzähne, zusätzliche Körperkraft und Geschwindigkeit und ausgeprägte Nachtsicht. Dies alles machte ihre Wirte zu perfekten Raubtieren, die ihr Überleben problemlos sichern konnten – und der Rest der Welt war ihre Beute.

Auch wenn es die Sterblichen nur ungern so sahen – im Grunde waren sie für Katricia und ihresgleichen lediglich Nutzvieh. Zumindest war es über Tausende von Jahren so gewesen, bis die Einführung von Blutbanken es überflüssig machte, sich direkt von den Lebenden zu ernähren.

»Glaub mir, die Jagd auf Abtrünnige ist nicht einmal halb so aufregend, wie es scheint«, versicherte Katricia.

Teddy nahm eine Karte auf, ordnete sie in seine Hand ein und legte dann eine andere ab.

»Die meiste Zeit sitzt man herum und wartet, recherchiert und überprüft Datenbanken. Dann kommt ein schneller, sauberer Zugriff – und das war's. Das kann ganz schnell langweilig werden.«

»Trotzdem ist es wahrscheinlich immer noch spannender als der Job eines Kleinstadtpolizisten«, erklärte Teddy, der seine Runde beendet hatte. »Ich schreibe hauptsächlich Strafzettel, verhafte Ladendiebe, und ab und zu werde ich zu häuslichen Streitigkeiten gerufen. Zumindest war das früher so. In den letzten Jahren hatten wir sogar einige Mordversuche, tätliche Angriffe und Fälle von Brandstiftung.«

»Und das hat erst in den letzten Jahren angefangen?«, hakte sie interessiert nach.

Teddy zog eine Karte, nickte und ordnete die Karten schmunzelnd in seiner Hand. Dann legte er eine Spielkarte ab und erklärte: »Ja, seit die Vampire in der Stadt sind.«

Erstaunt riss sie die Augen auf. »Willst du damit sagen, dass unsere Leute Morde begehen und –«

»Nein«, unterbrach er sie schnell. »Erschreckenderweise begehen nicht die Vampire diese Verbrechen, sondern es sind die Sterblichen, die die Unsterblichen angreifen«, bemerkte er angewidert und schüttelte ungläubig den Kopf. »In all diesen Fällen haben die Sterblichen, die das Verbrechen begangen haben, behauptet, dass der unschuldige Vampir oder der Unsterbliche das eigentliche Monster wäre. Da kann man doch nur noch den Kopf schütteln.«

Katricia kam wieder an die Reihe und zog nachdenklich eine Karte. Sie fragte nicht nach, aus welchem Grund die Sterblichen die Unsterblichen angegriffen hatten. Sie tippte auf Angst als Motiv. Die Menschen taten die dümmsten Dinge aus Furcht. Sie legte eine Karte ab und erkundigte sich: »Welche Stelle wird denn nun frei?«

»Die des Polizeichefs«, antwortete er, zog eine Karte und legte eine andere ab.

Sie starrte ihn entgeistert an. »Aber *du* bist doch der Polizeichef von Port Henry.«

»Wie ich sehe, bist du eine Ermittlerin mit messerscharfem Verstand«, neckte er sie und lächelte matt.

»Ha ha«, entgegnete Katricia grimmig. »Warum suchst du nach einem Nachfolger? Du machst deinen Job doch offensichtlich gern. Jedes Mal, wenn wir darüber sprechen ...« Sie unterbrach sich und zuckte mit den Schultern. »Ich konnte dir ansehen, dass dir die Arbeit Spaß macht.«

»Das stimmt auch«, sagte er und bedeutete ihr, dass sie am Zug sei. Dann erklärte er bedächtig: »Aber ich werde langsam alt.«

»Du bist doch nicht alt«, widersprach sie sofort. »Du bist ja noch ein kleines Baby. Lieber Himmel, ich bin viel, viel älter als du.«

»Für einen Sterblichen bin ich schon alt«, erklärte Teddy geduldig. »Bald gehe ich in Rente und dann muss jemand meinen Platz einnehmen. Es wäre gut, wenn derjenige auch mit den Unsterblichen gut zurechtkäme. Du könntest das bestimmt. Ich werde mit Lucian sprechen, und wenn er dich für den Job geeignet findet, dann können wir ...«

»Ich will deinen Job nicht, Teddy«, entgegnete Katricia ruhig. Sie meinte es auch so. Sie wollte ihn nicht haben. Er sollte den Job, den er so liebte, nicht aufgeben. Wenn sie ihn erst einmal gewandelt hätte, müsste er das auch nicht mehr. Aber das konnte sie ihm noch nicht verraten. Missmutig zog sie die Stirn in Falten und sagte: »Ich würde lieber mit dir arbeiten, als deinen Platz einzunehmen.«

Teddy schwieg und sah sie kurz eindringlich an. Dann legte er die Karten aus seiner Hand auf den Tisch und stand auf. »Ich könnte jetzt etwas zu trinken vertragen. Was ist mit dir?«

Sie legte ebenfalls die Karten ab und fragte eifrig: »Nochmal Kaffee?«

Teddy ging schmunzelnd in die Küche. »Du machst wohl Witze. Von den zwei Tassen zum Frühstück warst du den ganzen Tag schon völlig überdreht. Wenn du jetzt nochmal welchen trinkst, dann schläfst du sicher die ganze Nacht nicht.«

»Schlaf wird überschätzt.«

»Glaub mir, für einen alten Sterblichen ist er schon wichtig.« Mit diesen Worten holte er eine Geschenktasche vom Kühlschrank herunter.

»Was ist das denn?«, wollte Katricia wissen.

»Whiskey«, antwortete er, riss die versiegelte Tüte auf und zog die Flasche heraus.

Als er Katricias fragenden Blick bemerkte, zuckte er nur mit den Schultern und erklärte:»Ich bekomme jedes Jahr das Gleiche: eine Flasche zwölf Jahre alten Scotch.«

Teddy holte zwei Gläser aus dem Schrank. Katricia nickte verstehend und las das beiliegende Kärtchen. »Elvi? Onkel Victors Elvi hat ihn dir geschenkt?«

Teddy grunzte zustimmend und goss zwei Gläser ein. »Elvi weiß, dass ich diesen Whiskey mag, darum schenkt sie ihn mir jedes Jahr zu Weihnachten. Von Mabel bekomme ich immer selbstgebackene Kekse, eine Mütze, einen Schal und ein paar Handschuhe.« Er zog eine Grimasse und schüttelte den Kopf.

»Du magst keine Handschuhe?«, erkundigte sie sich amüsiert, ließ dabei aber sein Gesicht keine Sekunde aus den Augen. Er hatte die Flasche abgestellt und betrachtete den Geschenkanhänger mit Elvis Unterschrift beinahe schon liebevoll. Auch war ihr nicht entgangen, wie sich seine Stimme verändert hatte, als er ihren Namen ausgesprochen hatte: wie rau sie geklungen hatte und voller Wärme. Ganz anders als bei der Erwähnung von Mabels Namen. Katricia gefiel das ganz und gar nicht.

»Nein, ich mag keine Handschuhe«, gestand Teddy, ließ den Anhänger los und lächelte sie ironisch an. »Sie behindern einen, wenn man eine Waffe abfeuern muss – obwohl ich meine in all

den Jahren nur ein-, zweimal benutzt habe. Doch im Notfall sollte man einsatzbereit sein.«

»Das stimmt«, pflichtete sie ihm bei und nahm das Glas entgegen, das er ihr anbot. Der Drink würde keinerlei Wirkung
auf sie haben, denn die Nanos vernichteten jeglichen Alkohol. Um als Unsterblicher zumindest einen kurzen Rausch-
zustand erleben zu können, musste man das Blut eines betrun-
kenen Sterblichen zu sich nehmen. Die Vorstellung erschien ihr
jedoch nur wenig verlockend. Katricia bevorzugte es, sich unter
Kontrolle zu haben. Normalerweise. Doch gerade jetzt hätte
sie eigentlich nichts dagegen einzuwenden gehabt, die entspan-
nende Wirkung, die der Alkohol auf die Sterblichen hatte, ein
klein wenig spüren zu können. Die bohrende Eifersucht, die in
ihr brodelte, gefiel ihr nicht. Noch nie zuvor hatte sie eine derartige Emotion empfunden – und fühlte sich sehr unwohl. Was
tat sie also? Wechselte sie das Thema und versuchte, die ganze
Sache zu vergessen? Nein, natürlich nicht. Stattdessen stürzte
sie ihren Whiskey hinunter. Sie spürte, wie er sich einen brennenden Weg in ihren Magen bahnte und sich mit der lodernden
Eifersucht vermischte, die dort bereits wütete. Dann stellte sie
genau die Frage, die am besten dazu geeignet war, dieses Lo-
dern noch weiter anzufachen. »Erzählst du mir ein bisschen von
Elvi?«

Teddy, der gerade das Glas an den Mund geführt hatte, erstarrte mitten in der Bewegung und fragte verwundert:
»Ich … du … warum?«

»Du hast sie heute schon einige Male erwähnt«, erwiderte
Katricia gleichmütig. »Eigentlich immer, wenn es auch um Port
Henry ging. Es wirkt fast so, als wäre sie für dich gleichbedeu-
tend mit der Stadt.«

»Na ja, sie ist … also irgendwie stehen sie und Mabel schon
für die Stadt«, brummte Teddy und schien sich unwohl zu füh-

len. »Wir drei sind seit unserer Kindheit befreundet. Als die beiden geheiratet haben, war ich dabei und …« Er zuckte etwas hilflos mit den Schultern. »Wir sind eben schon lange Zeit Freunde.«

Sie registrierte, dass er ihrem Blick auswich, und musterte ihn forschend. »Warum hast du nie geheiratet?«

»Ich habe einfach nie jemanden gefunden, den ich so geliebt habe wie … den ich geliebt habe.«

»Hast du niemanden gefunden, den du geliebt hast – oder niemanden, den du so sehr geliebt hast wie Elvi?«, fragte sie trocken. Sein Versprecher war ihr nicht entgangen.

Teddy kniff die Lippen aufeinander. »Es ist schon spät. Zeit zum Schlafen«, verkündete er, setzte das Glas an die Lippen und nahm einen tiefen Schluck. Als er weitersprach, klang seine Stimme vom Whiskey belegt. »Nimm dir einen der Schlafsäcke, die ich vorhin hereingebracht habe. Du kannst die Couch haben, ich schlafe auf dem Boden.«

Katricia sah ihn einen Augenblick schweigend an und ging dann ohne ein weiteres Wort ins Badezimmer. Als sie die Tür hinter sich zuschlug, umfing sie Dunkelheit. Sie hatte vergessen, sich aus dem Wohnzimmer eine Kerze mitzubringen. Doch dank ihrer Nachtsichtigkeit und des schmalen Streifens Mondlicht, der durchs Fenster hereinfiel, konnte sie trotzdem gut sehen. Sie betrachtete sich im Spiegel und stellte überrascht fest, dass sie erstaunlicherweise vor lauter Eifersucht noch nicht grün angelaufen war.

Sie schloss die Augen, atmete tief durch und rief sich ein weiteres Mal ins Gedächtnis, dass Teddy ihr Lebensgefährte war und dass darum all die Gefühle, die er bisher für Elvi gehegt hatte, nicht mehr zählten. Gegen das, was er bald mit ihr erleben und für sie empfinden würde, würden sie verblassen. Die Nanos irrten sich nie. Sie hatten ihn für Katricia ausgesucht und nicht für Elvi. Katricia entspannte sich ein wenig, schlug die Augen auf und begutachtete nochmals ihr Spiegelbild. In ihrem Kopf nahm ein Plan Gestalt an, mit dessen Hilfe sie ihn Elvi ganz schnell vergessen lassen würde. Sie lächelte.

Teddy starrte die geschlossene Badezimmertür an und leerte sein Glas dabei in einem Zug. Normalerweise bereitete ihm Elvis Geschenk immer große Freude, doch aus irgendeinem Grund schmeckte der Whiskey heute Abend wie Asche. Er hatte keine Ahnung, weshalb. Vielleicht lag es daran, dass er sich wegen der Gefühle, die er schon seit seiner Jugend für Elvi empfand, seltsam schuldig fühlte, da er den Eindruck hatte, dass er damit Katricia hinterging und die neue, noch sehr zerbrechliche Freundschaft zwischen ihnen gefährdete. Was für eine blödsinnige Annahme. Er kannte sie doch erst seit heute, und nach den anfänglichen Flirtversuchen hatte sie keinerlei Interesse mehr an ihm gezeigt – oder er an ihr. Sie hatten miteinander gespielt, sich unterhalten und als Team gut zusammengearbeitet. Sie hatten sich ein bisschen besser kennengelernt, sich sogar schon ein wenig angefreundet.

Teddy hatte noch nie etwas Vergleichbares erlebt. Sicher, er hatte in seinem Leben schon viele weibliche Freunde gehabt und auch häufiger mit einer Frau auf ein gemeinsames Ziel hingearbeitet. Er hatte zusammen mit Mabel einen Lebensgefährten für Elvi gesucht, mit Elvi Messen organisiert. Doch noch nie zuvor hatte er sich in der Gegenwart einer Frau so entspannt und gut aufgehoben gefühlt wie bei Katricia. Manchmal kam es ihm vor, als könnten sie ohne Worte kommunizieren, und in der Küche hatten sie so selbstverständlich und leicht zusammengearbeitet, als würden sie einer Tanzchoreografie folgen. Schon nach einem Tag fühlte er sich ihr näher als all den Frauen, mit denen er zum Teil mehrmonatige Beziehungen gehabt hatte. Seltsam.

Kopfschüttelnd schraubte er die Kappe auf die Whiskeyflasche und schob sie in die Tüte zurück.

Die Badezimmertür öffnete sich. Katricia kehrte ins Wohnzimmer zurück und nahm sich einen der Schlafsäcke, die er vorhin auf einem Stuhl neben der Couch abgelegt hatte. Teddy beobachtete sie schweigend. Sie trat zur Couch, rollte den Schlafsack darauf aus, öffnete den Reißverschluss und kroch hinein. Den Reißverschluss ließ sie offen. Teddy nahm sich eine Kerze und ging ebenfalls ins Bad.

Im Vergleich zum Wohnbereich war es dort empfindlich kalt, also beeilte sich Teddy. Bereits nach zehn Minuten war er zurück, blies die Kerzen im Wohnzimmer aus und rollte einen Schlafsack vor dem Kamin aus. Dabei warf er einen verstohlenen Blick auf Katricia. Ihm kam der Gedanke, dass er ihr den Platz am Feuer hätte anbieten sollen. Die Couch war zwar bequemer, aber hier unten war es wärmer.

Sie hatte die Augen geschlossen. Wahrscheinlich war ihr warm genug, entschied Teddy, und wollte gerade in den Schlafsack kriechen, als ihm auffiel, dass er ja noch alle Kleider über dem Schlafanzug trug. Nachts würde das sicher unbequem werden. Also schlüpfte er schnell aus Jeans und Pullover heraus, faltete sie ordentlich zusammen und machte es sich dann im Schlafsack bequem. Schon im nächsten Moment fielen ihm die Augen zu.

Teddy wusste nicht, wie lange er geschlafen hatte. Ein Flüstern hatte ihn geweckt, und mühsam schlug er die Augen auf. Katricia kniete an seiner Seite.

»Was ist los?«, nuschelte er verschlafen und versuchte, wach zu werden.

»Mir ist kalt«, flüsterte Katricia. »Gib mir etwas von deiner Körperwärme ab.« Ehe sich Teddy versah, hatte sie schon den Reißverschluss aufgezogen und war zu ihm in den Schlafsack gekrochen.

»Du … ich … wir … das ist aber keine so gute … «, stammelte er, doch als sie ihren Körper an seinen schmiegte, wurde sein Protest immer kraftloser.

»Ich bin alt genug und kann tun und lassen, was ich will. Und du bist ebenfalls erwachsen. Wir begehren einander, und das ist eine ganz *großartige* Idee«, hauchte sie und drückte sich an ihn.

Teddy konnte sie einen Augenblick lang nur anstarren. Sie hatte all seine Einwände entkräftet, obwohl er doch nur vor sich hingestottert hatte. Bis er sich wieder einigermaßen gefangen hatte, hatte sie sich schon wie ein enger, warmer Schlafsack um seinen Körper gewunden, und jetzt spürte er, wie sich ihr Leib an einigen ganz bestimmten Stellen an seinen presste.

»Du hast meine Gedanken gelesen«, sagte er und versuchte mit aller Kraft, nicht auf ihre Nähe zu reagieren. Doch sein Wille war offenbar schwach, denn er reagierte ganz eindeutig. Der kleine Teddy hatte sich schon den ganzen Tag über ab und zu gemeldet, und jetzt war er vollkommen einsatzbereit.

Erstaunlicherweise brachte sie das zum Schmunzeln. Er fragte sich, weshalb, doch es war schwierig, sich auf diesen Gedanken zu konzentrieren, während sie die Arme um ihn schlang und sich ihre Brüste und ihr Becken an seinen Körper drückten. *Sie riecht so verdammt gut*, dachte Teddy gerade, als er sie sagen hörte: »Ich kann deine Gedanken nicht lesen.«

Obwohl Teddy etwas abgelenkt war, machten ihn ihre Worte nachdenklich. Also fragte er nach: »Was hast du gesagt?«

»Ich sagte, dass ich dich nicht lesen kann«, raunte Katricia, drückte ihm einen Kuss aufs Kinn und leckte über seine Kehle. Dann wanderten ihre Lippen weiter, über seine Wange bis zu seinem Ohr.

»Du kannst mich nicht lesen?«, murmelte Teddy. Sein Gehirn versuchte ihm zu signalisieren, dass diese Tatsache ungemein wichtig war. Sein Körper schien allerdings vollkommen anderer

Meinung zu sein. Du liebe Güte, sie bearbeitete seinen Hintern, als würde sie Melonen auf ihre Reife testen. Glücklicherweise musste er in seinem Job – und wenn er auf Streife war – viel laufen. So konnte er sich sicher sein, dass sein Po noch straff war.

»Nein«, hauchte sie und knabberte an seinem Ohr.

Teddy schwieg. Während sein Hirn verzweifelt versuchte, die tiefere Bedeutung ihrer Worte zu dechiffrieren, war sein Körper vollkommen von ihren Berührungen eingenommen. Nach etwa einer Minute unterbrach er ihre Zärtlichkeiten, indem er sich im Schlafsack auf sie rollte und Katricia unter sich brachte. Er legte den Kopf zurück, um ihr im Schein des Feuers in die Augen sehen zu können und wiederholte noch einmal: »Du kannst mich nicht lesen?«

Katricia blinzelte überrascht, doch dann begriff sie, kniff die Lippen zusammen und musterte ihn vorsichtig.

»Bin ich dein Lebensgefährte?«, fragte er grimmig.

Katricia biss sich auf die Lippe und wandte das Gesicht ab. Dann sah sie ihn an und schüttelte seufzend den Kopf. »Ja, ich glaube schon.«

Ihre Worte verschlugen ihm den Atem. Für eine Minute glotzte er sie nur entgeistert an. Dann fragte er bedächtig: »Glaubst du es oder weißt du es?«

Katricia musterte Teddy. Marguerites Appell, dass sie es langsam angehen sollte, echote in ihrem Kopf, doch sie konnte sich nicht zurückhalten. Sie wollte es auch gar nicht. Den ganzen Tag über hatte sie sich zusammengerissen. Doch nun lag er auf ihr, und obwohl alles nur ein Traum war, spürte sie seinen warmen, festen Körper an ihrer Haut – und seine Erektion, die sich gegen ihre Hüfte drückte. Nein, sie konnte sich einfach nicht mehr länger zusammennehmen. Sie spreizte die Beine, damit er zwischen sie sinken konnte und seine Erektion die Stelle berührte, an der sie sie gerne spüren wollte. Sie strich wieder über seinen

Rücken und packte sein Gesäß, um ihn noch näher an sich zu ziehen. »Ich kann dich nicht lesen. Außerdem interessiere ich mich seit Jahrhunderten nicht mehr für Essen – oder Sex. Doch mit dem heutigen Tag hat sich das geändert. Jetzt will ich all das. Und wir erleben gerade einen gemeinsamen Traum. Also: Ja, du bist mein Lebensgefährte.«

Teddy stierte sie verdutzt an, während sein Verstand mit seiner Begierde kämpfte. »Das hier ist ein Traum?«

Mit dieser Frage hatte sie nicht gerechnet. Eigentlich wusste sie nicht recht, womit sie gerechnet hatte. Mit Widerspruch vielleicht – oder dass er aufsprang und panisch davonrannte, wie Marguerite es prophezeit hatte. Doch aus seiner Frage konnte sie nicht ableiten, was er in Bezug auf die wichtigen Neuigkeiten, die sie ihm gerade eröffnet hatte, empfand. Sie kaute unschlüssig auf ihrer Unterlippe und nickte. Teddy reagierte … indem er schwunghaft den Reißverschluss des Schlafsacks aufzog und die Oberseite aufschlug. Katricia keuchte überrascht und klammerte sich dann instinktiv an ihn, damit er nicht aufspringen oder von ihr herunterrollen konnte.

Doch das hatte er offenbar gar nicht vor. Stattdessen senkte er den Kopf und rieb seine Nase an ihrer. »Wenn das hier ein Traum ist, dann müssen wir uns ja keine Sorgen machen, dass wir frieren könnten«, brummte er.

»Nein«, stimmte sie ihm zu und lockerte ihren Griff etwas. Seine Lippen strichen sanft über ihren Mund, und dann rutschte er unvermittelt von ihr herunter. Katricia bereute schon, ihn losgelassen zu haben, doch er wollte nicht fliehen, sondern legte sich nur neben sie auf den aufgeschlagenen Schlafsack. Dann küsste er sie wieder, spielte mit ihren Lippen und knabberte daran. Seine Zärtlichkeiten erregten sie, und sie überlegte schon, dass sie gleich selbst die Initiative übernehmen und den Kuss intensivieren sollte, als er plötzlich den Kopf hob und mit großen

Augen ihren Körper musterte. Sie trug lediglich ein übergroßes T-Shirt. Verwundert zupfte Teddy an dem Stoff und fragte: »Wo sind deine Klamotten?«

»In so etwas schlafe ich immer.« Seine Hand wanderte zu der Stelle an ihrem Oberschenkel, wo das Shirt endete.

»Gefällt mir«, verkündete er. »Einfach, aber sexy.«

Seine Hand wanderte weiter, unter den Saum und ihr nacktes Bein, und dann bis zu ihrer Hüfte hinauf. Katricia riss die Augen auf und biss sich auf die Lippe. Teddy beobachtete, wie seine Hand unter dem Stoff verschwand und fragte: »Wenn das hier ein Traum ist, warum bin ich dann nicht auch jung und schön?«

»Für mich bist du jung und schön«, beteuerte sie heiser und legte eine Hand um seinen Nacken. »Ich mag dich so, wie du bist. Ich finde dich sexy und will dich so, wie du bist.«

Teddy sah Katricia tief in die Augen und versuchte zu ergründen, ob ihre Worte der Wahrheit entsprachen. Katricia erwiderte seinen Blick. Er war ihr Lebensgefährte. Für sie war er der schönste Mann der Welt. Sie musste nicht lügen und begegnete entschlossen seinem Blick, bis er schließlich den Kopf senkte und ihren Mund mit seinem bedeckte. Seine Hand setzte dabei ihren Weg nach oben fort, rutschte über ihre Taille und umfing schließlich ihre nackte Brust, während seine Zunge forsch in ihren geöffneten Mund stieß.

Katricia bäumte sich stöhnend auf. Seine doppelten Zärtlichkeiten hatten ihre Lust entfacht, die wie ein glühendes Buschfeuer durch ihren Leib raste, stärker als alles, was sie bisher empfunden hatte. Sie erwiderte seinen Kuss voller Verzweiflung, schlang die Arme um seine Schultern und zog ihn über sich. Ihre Finger strichen über den Flanellstoff seines Schlafanzugs, und sie wünschte, er würde verschwinden. Und das tat er auch. Endlich konnte sie seine warme Haut und das Spiel seiner Muskeln spüren.

Da unterbrach Teddy ohne Vorwarnung den Kuss, zog die Hand weg und wich ein Stück zurück. Katricia blieb beinah das Herz stehen, dann platzte sie heraus: »Bitte lauf nicht weg.«

Teddy hatte den Kopf eingezogen und sah sie jetzt verwundert an. »Ich soll nicht weglaufen?«

Katricia nickte. »Marguerite hat mich gewarnt, dass ich dir Zeit geben solle, mich besser kennenzulernen, bevor ich dir eröffne, dass wir Lebensgefährten sind. Sie meinte, dass dich dieses Wissen sonst überfordern würde und du möglicherweise davonlaufen könntest. Ich … «

Teddy legte einen Finger über ihren Mund, und sie verstummte. »Tricia«, sagte er ernst, »ich laufe nicht davon. Ich habe miterlebt, was zwischen Lebensgefährten entstehen kann. Ich weiß, wie wundervoll es sein kann, doch ich hätte nie im Leben davon zu träumen gewagt, es eines Tages selbst erfahren zu dürfen. Ich will nicht vor dir weglaufen, Katricia.«

»Oh.« Sie sah ihn unschlüssig an. »Als du aufgehört hast, mich zu küssen, da dachte ich … «

»Du hast falsch gedacht«, versicherte ihr Teddy bestimmt und meinte dann lächelnd: »Ich habe den Kuss unterbrochen, um das hier zu tun.« Nun war nicht nur seine Kleidung verschwunden, sondern auch ihre. Wieder senkte er den Kopf, und dieses Mal brachte er zu Ende, was er vorgehabt hatte: Seine Lippen umschlossen ihre bloße Brustwarze.

Katricia stöhnte auf, vergrub die Finger in seinem Haar und bäumte sich ihm entgegen.

Er floh nicht. Sie würden Lebensgefährten werden, dachte sie benommen. Er saugte an ihrer Brust, und sie konnte die Beine kaum stillhalten. Herrgott, noch nie zuvor hatte sie etwas so Großartiges erlebt, nicht mal in der Zeit, als ihr Sex noch gefallen hatte. Klar, denn dann wäre er ihr auch nie langweilig geworden. Sie krallte die Finger fester in sein Haar und genoss seine saugenden Lippen. Dann ließ er sie aus dem Mund gleiten und blies sachte über ihre feuchte Brustwarze. Katricia keuchte, wand sich unter ihm und reckte sich ihm entgegen, damit er weitermachte. Doch statt sich ihr wieder mit seinem Mund zu widmen, nahm er ihre Brustwarze zwischen die Finger und knetete sie sanft. Sein Mund war wieder an ihren Lippen.

Katricia öffnete sich ihm sofort und hieß seine forsche Zunge willkommen. Ihre Hände wanderten über seinen Körper und erforschten seine breite, feste Brust. Teddy mochte vielleicht schon älter sein, doch er war gut in Form. Sie drückte seine harten Brustmuskeln und kniff seine Brustwarze, während er bei ihr dasselbe tat. Beide stöhnten sie auf. Doch dann ließ Teddy von ihrer Brust ab, legte die Hand auf ihre Hüfte und drehte Katricia zu sich herum, damit sie ihn direkt ansah. Er legte eine Hand auf ihre Pobacke und drückte sie, knetete und massierte das feste Fleisch. Er zog sie näher zu sich, bis sie seine drängende Härte an ihrem Schenkel spürte. Dann gab er plötzlich ihren Po frei, und seine Hand verschwand zwischen ihren Körpern.

Katricia keuchte, als er seine Hand zwischen ihre Schenkel schob, und krallte sich an seinen Schultern fest. Sein Kuss und seine Zärtlichkeiten hatten sie so feucht werden lassen, dass seine Finger geschmeidig über ihr erhitztes Fleisch glitten. Katricia saugte gierig an seiner wilden Zunge, die in ihrem Mund wütete. Sie schlang ein Bein um seine Hüfte und reckte sich seiner Hand entgegen. Teddy ließ sich nicht zweimal bitten und stieß mit einem Finger in sie hinein, während er mit dem Daumen ihre empfindlichste Stelle reizte. Katricia schrie vor Lust, während sich ihr ganzer Körper aufbäumte. Unbewusst rutsche sie auf dem Schlafsack etwas nach oben, doch Teddys Hand folgte ihr. Auch sein Mund war wieder da, seine Zunge leckte über ihre Brust und seine Lippen saugten sinnlich, bis beinahe ihre ganze Brust in seinem Mund verschwand.

Katricia rief stöhnend seinen Namen und fiel mit ihrem Unterleib in den fordernden Rhythmus seiner Hand mit ein. Hemmungslose Begierde hatte sie erbarmungslos gepackt. Sie musste seine Lippen auf ihrem Mund spüren und sein hartes Fleisch in ihrem Inneren und sie sehnte sich so sehr nach ihm, dass es ihr fast ein wenig Angst machte. Mit einem leidenschaftlichen Knurren flehte sie ihn an: »Bitte, Teddy, ich muss dich in mir spüren.«

Sofort gab er ihre Brust frei, versiegelte ihre Lippen mit seinen und küsste sie fordernd. Dabei streichelte er sie zärtlich weiter. Katricia ächzte unter dem Ansturm seiner Lippen und führte eine Hand nach unten, bis sie sein hartes Glied fand, das zwischen ihren verschlungenen Leibern emporwuchs, und umfing ihn. Teddy unterbrach sofort den Kuss sowie seine Zärtlichkeiten und hielt Katricias Hand fest.

»Tricia, das solltest du lieber nicht tun«, appellierte er an sie und versuchte, ihre Hand wegzuschieben.

»Doch, das sollte ich«, versicherte sie ihm. Sie verstärkte ihren Griff noch und verfolgte fasziniert, wie sich seine Erregung ebenfalls sofort verstärkte.

Stöhnend schüttelte Teddy den Kopf und ließ seine Stirn auf ihre sinken. »Schätzchen, schon der Anblick deines Körpers in dieser verdammten, engen Strumpfhose hat genügt, dass ich den ganzen Tag mit einer Zeltstange in der Hose herumgelaufen bin. Bei mir fehlt nicht mehr viel zu einem vorzeitigen Ende.«

»Yogahose«, raunte Katricia und lockerte den Griff um sein bestes Stück ein wenig.

»Wie?«, fragte er irritiert.

»Das ist keine Strumpfhose, sondern eine Yogahose«, erklärte sie und küsste sein Kinn.

»Yoga?«, wiederholte Teddy.

»Ja, ja«, entgegnete sie und schmunzelte über seinen verwirrten Gesichtsausdruck. »Ich bin sehr beweglich.«

»Herrgott nochmal«, fluchte Teddy und sah ihr direkt ins Gesicht. »Das wird meine armseligste Darbietung seit Teenagerzeiten.«

Katricia amüsierte sich über seine Verzweiflung, gab seine Erektion frei und meinte lapidar: »Dann tun wir es einfach nochmal und nochmal. Wir haben ja die ganze Nacht.«

Teddy riss die Augen auf, doch Katricia gönnte ihm keine Verschnaufpause, sondern überrumpelte ihn, indem sie ihn auf den Rücken drehte und sich schnell auf ihn hockte.

Doch da war er plötzlich verschwunden.

5

Teddy grunzte schmerzerfüllt und öffnete blinzelnd die Augen. Er lag in seinem geschlossenen Schlafsack. Nur ein Arm war im Schlaf aus der wärmenden Hülle gerutscht, und bei einer Drehung hatte er ihn sich offenbar an der gemauerten Kamineinfassung gestoßen. Dieser plötzliche Schmerz hatte ihn geweckt. Mit verzerrtem Gesicht zog Teddy den Arm in den Schlafsack zurück und rieb das schmerzende Handgelenk. Schnell spähte er zu Katricia hinüber. Sie lag schlafend auf der Couch, allerdings war ihr Schlafsack geöffnet und halb zurückgeschlagen.

Er fragte sich, was wohl weiter in ihrem Traum geschah oder ob er mit seinem Erwachen aufgehört hatte. Er wäre nur zu gern zu dem Szenario zurückgekehrt, also schloss er wieder die Augen und versuchte einzuschlafen. Doch leider war er bereits so wach, dass er bemerkte, dass es inzwischen empfindlich kalt im Zimmer geworden war. Er schielte nach dem Feuer und sah, dass es heruntergebrannt war und im Kamin nur noch vereinzelte Glutreste glommen. Er wollte die Kälte schon ignorieren und einfach weiterschlafen, als ihm einfiel, dass Katricia ja noch ein ganzes Stück weiter vom Feuer entfernt lag und außerdem nicht mehr ganz zugedeckt war. Widerwillig setzte er sich auf und schälte sich aus dem Schlafsack, um Holz nachzulegen. Nur noch zwei Scheite waren übrig. Ihm war gar nicht aufgefallen, dass der Vorrat schon wieder zur Neige ging, sonst hätte er, bevor sie schlafen gegangen waren, noch Nachschub hereingeholt.

Teddy legte beide Holzscheite in die Glut und fachte sie mit dem Schürhaken an. Dann zog er schnell die Jeans und Pullover über den Schlafanzug. Bevor er seinen Mantel holte, deckte er Katricia wieder zu. Zwar setzte Unsterblichen Kälte nicht so sehr zu wie Sterblichen, aber um sie zu bekämpfen und den Körper warmzuhalten, verbrauchten die Nanos vermehrt Blut, und momentan konnte sich Katricia das nicht leisten, denn trotz ihrer Zuversicht war die erwartete Blutlieferung bisher nicht eingetroffen.

Als er den Schlafsack über sie zog, regte sie sich im Schlaf und Teddy betrachtete sie einen Moment lang. Der Traum stand ihm lebendig und klar vor Augen, doch plötzlich kamen ihm Zweifel, ob er möglicherweise doch nur sein eigenes Hirngespinst gewesen war und kein gemeinsamer Traum – also nur ein Ausdruck seines Wunsches, dass sie Lebensgefährten wären.

Ein bedrückender Gedanke. Als sie ihm eröffnet hatte, dass sie einen gemeinsamen Traum erlebten und Lebensgefährten wären, da hatte er ihr nur zu bereitwillig Glauben geschenkt, ja, er hatte sich begierig an diese Vorstellung geklammert, denn er begriff, was sie bedeutete: Er hatte das gefunden, was auch Mabel und Elvi erleben durften. Eine Partnerschaft voll tiefster Leidenschaft, vollkommenen Vertrauens und aufrichtiger Verbundenheit durch Freundschaft und Liebe.

Teddy war allerdings ein zu pragmatischer Mensch, um sich dem Irrglauben hinzugeben, dass das, was er für Katricia empfand, bereits Liebe war. Er kannte sie ja erst einen Tag lang. Allerdings spürte er, dass sich seine Gefühle stark in eine solche Richtung entwickelten. Diese Frau ... sie war einfach verdammt kokett, unheimlich klug und hatte einen umwerfenden Sinn für Humor. Während der Schneeballschlacht, den Kartenspielen und Gesprächen hatte er mehr mit ihr gelacht als mit allen Frauen, die er bisher gekannt hatte, zusammengenommen.

Und sie war die pure, sündige Versuchung. Als er im Traum erklärt hatte, dass er ihretwegen den ganzen Tag lang mit einem

Ständer durch die Gegend gelaufen war, hatte er das ernst gemeint. Jedes Mal, wenn er sie nur angesehen hatte, hatte sich der kleine Teddy vorwitzig nach ihr gereckt. Keine der Frauen, die er in seinem bisherigen Leben getroffen hatte, hatte eine derartig starke Wirkung auf ihn gehabt. Noch nicht mal Elvi.

Das war eine tiefgreifende Einsicht für Teddy. Schon als kleiner Junge war er in Ellen »Elvi« Black verliebt gewesen. Keine andere Frau hatte mit ihr mithalten können. Bis jetzt … Genau aus diesem Grund hatte er auch so abrupt das Thema gewechselt, als Katricia ihn gefragt hatte, ob er nur deshalb unverheiratet geblieben wäre, weil er niemanden gefunden hätte, den er so sehr geliebt habe wie Elvi. Denn er hätte auf ihre Frage beinahe geantwortet: »Bis jetzt.«

Dieser Gedankengang warf Teddy völlig aus der Bahn. Doch er sah ein, dass seine Liebe für Elvi, so stark sie auch sein mochte, eher die Schwärmerei eines Jungen war. Er verehrte sie, empfand für sie jedoch nicht diese unbändige Lust, die Katricia bei ihm auslöste. Wären seine Gefühle für Elvi tatsächlich nur halb so stark und fordernd wie die, die er für Katricia empfand, dann hätte er nie im Leben tatenlos mitangesehen, wie sie einen Sterblichen heiratete, noch ihr später dabei geholfen, einen vampirischen Gefährten zu finden, sondern sie bedingungslos für sich selbst eingefordert. Bisher hatte er sich immer eingeredet, dass er Elvi zuliebe zurückgesteckt hatte, um ihrem Glück nicht im Weg zu stehen. Doch in Wirklichkeit war er wahrscheinlich überhaupt nicht in die reale Elvi verliebt gewesen, sondern in ein idealisiertes Bild von ihr – in die perfekte, unerreichbare Frau. In Wahrheit wollte er sie gar nicht – nicht so wie Katricia. Elvi hatte er freigegeben, bei Katricia wäre das unmöglich. Niemals würde er sich zurückziehen, damit sie ihr Glück bei einem anderen fand … was allerdings noch problematisch werden konnte, falls sich sein Verdacht bewahrheiten sollte und der Traum von vorhin wirklich nur Wunschdenken gewesen war.

Seufzend fuhr er sich durchs Haar und ging dann in die Küche, um Mantel und Stiefel zu holen. Um Katricia nicht zu wecken, nahm er beides in den eisigen Windfang mit, schlüpfte dort schnell hinein und ging dann mit einer Taschenlampe bewaffnet nach draußen.

Am Tag war es schon kalt gewesen, aber jetzt, mitten in der Nacht, schien es ihm noch viel frostiger. Der gefrorene Schnee knirschte unter seinen Sohlen, der eiskalte Wind traf sein Gesicht wie Sandpapier und die Feuchtigkeit in seiner Nase gefror, bevor er auch nur fünf Schritte gegangen war. Oh ja, bei dieser Kälte brauchten sie dringend Feuerholz. Sobald er wieder im Haus wäre, sollte er sich am besten die Uhr stellen, damit er regelmäßig daran dachte, Nachschub zu holen. Wenn das Feuer im Haus erlosch, konnten sie leicht erfrieren. Vielleicht würde ihn die Kälte auch vorher wecken, aber wenn nicht … er wagte nicht, daran zu denken.

Als er die Schutzplane vom Holz wegzog, knirschte sie. Schnell lud sich Teddy so viele Scheite auf, wie er tragen konnte, und eilte in Richtung Cottage zurück. Kurz vor der Veranda bemerkte er plötzlich, dass von jenseits des Sees Licht durch die Äste der kahlen Bäume fiel. Teddy blieb stehen und spähte eine Minute lang in Richtung des Scheins, ging dann um die Veranda herum und stieg eine kleine Senke hinunter, um einen besseren Blick auf die Lichtquelle zu haben.

Als er sie entdeckte, stahl sich ein Grinsen auf sein Gesicht. Jenseits des Sees stand ein weiteres Ferienhaus und strahlte wie ein Weihnachtsbaum. Aus allen Fenstern fiel Licht. Doch nicht die Tatsache, dass es dort drüben offenbar Strom gab, freute ihn so sehr, sondern vielmehr, dass doch noch jemand hier draußen sein musste. Morgen konnte er über den zugefrorenen See hinüberlaufen und von dort aus telefonieren. Dann wäre auch ihr Stromproblem gelöst – wenn sich nicht bis dahin sowieso schon jemand darum gekümmert hatte. Möglicherweise könnte ihn, wenn er darum bat, auch jemand in die Stadt fahren, damit er mehr Proviant besorgen konnte.

Hinter und neben ihm raschelte es plötzlich vernehmlich in den Bäumen. Teddy erstarrte und spähte vorsichtig über die Schulter. Am Schuppen bewegte sich ein großer, plumper Schatten – fraglos ein Bär. In den Wäldern gab es nur wenige Tiere, die so groß waren. Allerdings sah man sie um diese Jahreszeit äußerst selten. Entgegen der landläufigen Meinung hielten Bären keinen richtigen Winterschlaf, denn ihre Körperfunktionen wurden nicht langsamer und auch ihre Körpertemperatur sank nicht ab, was bedeutete, dass sie im Winter zwar schliefen, jedoch aufwachen konnten. Vielleicht war das Tier vom Sturm in der vorherigen Nacht geweckt worden, weil ein Baum in der Nähe seines Baus umgestürzt war oder … Aus welchem Grund auch immer er hier aufgetaucht sein mochte, jedenfalls war der Bär hellwach und sicher auch hungrig.

Teddy bewahrte erst einmal die Ruhe. Er stand auf der windabgewandten Seite und außerdem im Schatten der Bäume. Der Bär würde ihn höchstwahrscheinlich weder wittern noch sehen und bestimmt bald weitertrotten. Er musste nur abwarten und vielleicht auch beten, dass das Tier nicht auf ihn zukam, dachte er missmutig. Plötzlich öffnete sich die Haustür.

»Teddy?«, rief Katricia und trat in Mantel und Stiefeln auf die Veranda. Sie spähte nach dem Schuppen. »Brauchst du Hilfe?« Wilde Panik ergriff Teddy. Der Bär erstarrte und drehte sich dann langsam zu Katricia um. Teddy handelte, ohne nachzudenken: Er ließ alle Holzscheite bis auf eines fallen, rannte los und brüllte: »Geh' wieder rein!«

Katricia sah ihn verblüfft an, doch Teddy hatte nur Augen für den Bären, der sie nun beide im Visier hatte. Das Tier zögerte einen Augenblick, und Teddy hoffte schon, dass ihn der plötzliche Lärm und die hektischen Bewegungen vielleicht einschüchterten. Doch zu dieser Zeit, mitten im Winter, war der Bär so hungrig, dass er sich deshalb nicht von einer möglichen Mahlzeit ablenken ließ. Das Tier preschte los.

»Ins Haus!«, schrie Teddy nochmals und rannte mit erhobenem Holzscheit auf das Tier zu. Dabei verursachte er absichtlich viel Lärm, um möglichst groß und bedrohlich zu wirken. Der Bär wurde nicht einmal langsamer. Erst im letzten Augenblick wich Teddy zur Seite aus und knallte dem Tier im Vorbeirennen das Holzstück mit aller Kraft auf den Schädel. Beim Aufprall ging ein Ruck durch seine Arme. Teddy sprang zwar zurück, doch er war nicht schnell genug. Ein Prankenhieb traf seinen Oberkörper, und die Krallen des Bären bohrten sich in seine Brust und seinen Bauch. Vor Schmerz verschlug es ihm den Atem. Er taumelte rückwärts gegen die Hausmauer und schaffte es, noch einmal auszuholen. Diesmal traf der Hieb den Bären an der Schnauze. Er brüllte vor Schmerz und Wut auf und stellte sich auf die Hinterbeine. Teddy war sich sicher, dass nun sein letztes Stündlein geschlagen hatte – als neben ihm plötzlich ein Schuss krachte.

Verwundert drehte er sich nach dem Geräusch um und wurde Zeuge, wie Katricia mit seiner Waffe in der Hand die Treppen herunterstürmte. Sie feuerte einen weiteren Schuss in die Luft ab. Teddy fragte sich verwirrt, wie sie es in so kurzer Zeit geschafft hatte, ins Haus zu laufen und die Pistole zu holen, doch dann fiel ihm wieder ein, wie unheimlich schnell die Unsterblichen waren. Er drehte sich nach dem Bären um und sah erleichtert, wie sein dicker Hintern gerade zwischen den Bäumen verschwand. Offenbar hatte das Holzscheit in Verbindung mit der Waffe ausgereicht, um ihn von seiner Mahlzeit abzubringen.

»Alles in Ordnung?«, fragte sie. Im Mondlicht konnte er ihre besorgte Miene erkennen. »Ich rieche Blut. Hat er dich erwischt?«

Teddy umklammerte das Holzstück in seiner Hand. Ein brennender Schmerz durchzuckte seine Brust, doch er biss die Zähne zusammen und schüttelte den Kopf. »Mach dir keine Sorgen, mir geht es gut«, log er und ging langsam auf die Scheite zu, die er fallen gelassen hatte.

»Dein Mantel ist zerrissen, Teddy«, sagte Katricia und folgte ihm. »Lass mich sehen, ob – «

»Mir geht's gut«, knurrte er und winkte ab. »Wir müssen das Holz einsammeln und dann schnell ins Haus, bevor er es sich anders überlegt und zurückkommt. Dann kannst du es dir ansehen.«

Katricia zögerte, doch dann eilte sie die Stufen hinunter, um das Holz einzusammeln, das er bei der Veranda verloren hatte. Teddy war erleichtert, dass er es nicht selbst tun musste. Jetzt, da die Panik verflogen war und das Adrenalin langsam seine Wirkung verlor, fühlte er sich schwach und zittrig.

Er schleppte sich zur Treppe und presste mit einer Hand das Holzscheit gegen die Brust, um sich mit der freien Hand am Geländer festhalten zu können. Er machte sich an den Aufstieg und stellte verwundert fest, wie viel es ihm abverlangte, die vier Stufen zu erklimmen. Die letzte Stufe kam ihm wie der Mount Everest vor, er taumelte und klammerte sich ans Geländer, um nicht zu stürzen.

»Teddy?« Die Besorgnis in Katricias Stimme holte ihn zurück. Er richtete sich gerade auf und zwang sich die letzte Stufe zur Tür hinauf. Er schaffte es sogar noch, sie aufzuziehen, sich in den Windfang zu schleppen und dort die Tür zum Wohnraum zu öffnen. Dann aber waren seine Kräfte erschöpft. Er sank auf die Knie und kippte gegen den Türrahmen. Dabei presste er instinktiv mit beiden Händen das Holzstück auf die Stelle an seiner Brust, wo der brennende Schmerz wütete.

»Teddy!«

Er hörte, wie hinter ihm die Holzscheite zu Boden donnerten, und dann war Katricia bei ihm und packte ihn unter den Achseln. Das Holz rutschte ihm aus der Hand. Sie hievte ihn hoch und schleppte ihn schnell ins Haus. Herrgott, die Frau trug ihn so mühelos, als wöge er nicht mehr als ein Kind. Katricia brachte ihn in den Küchenbereich und setzte ihn auf einen der Stühle. Mann, diese unsterblichen Frauen, die konnten schon am Ego eines Kerls kratzen.

»Zeig mal her.« Sie trat vor ihn und versuchte, seine Hände von seiner Brust wegzustemmen, doch er wandte sich gereizt ab.

»Hol erst das Holz und schließ die Tür. Du lässt ja die ganze Wärme verpuffen«, knurrte er.

Fluchend stand Katricia auf und folgte seinen Anweisungen. Sobald sie weg war, sackte Teddy auf dem Stuhl zusammen und nahm die Arme von der Brust, um die Verletzungen selbst zu begutachten. Die einzige Lichtquelle im Zimmer war das Feuer im Kamin. Zwar brannten inzwischen die beiden Scheite, die er vorhin in die Glut geworfen hatte, doch sehr viel Helligkeit spendeten die Flammen nicht. Allerdings genügte es, um festzustellen, dass er ernsthaft verletzt war. Sein Mantel war zerfetzt, und ein langer Riss zog sich über die rechte Seite seines Oberkörpers und dann schräg über den Bauch bis zur linken Hüfte. Die Krallen des Tieres hatten den Stoff zerstört, das Futter, sogar den Reißverschluss – und zweifellos auch seine Haut. Im fahlen Licht konnte er Blutspuren erkennen, und jetzt bemerkte er auch die Feuchtigkeit an Bauch und Beinen. Seine Hose war mit seinem eigenen Blut getränkt. Es lief in kleinen Rinnsalen an den Beinen hinunter. Du liebe Güte, er blutete wirklich stark, dachte er besorgt. Und langsam setzten auch höllische Schmerzen ein.

»Zeig her.« Katricia war zurück. Sie drehte den Stuhl zu sich um, und diesmal wehrte sich Teddy auch nicht mehr.

Ihre erste Reaktion auf die Wunde war alarmierend. Unsterbliche konnten im Dunkeln weitaus besser sehen als Sterbliche – und zweifellos war das Schummerlicht in der Hütte für sie so hell wie Sonnenschein. Zu Teddys Leidwesen wirkte das Gesicht, das sie beim Anblick der Wunde machte, nicht gerade ermutigend. Dann wurde sie hektisch, fluchte und versuchte eilig, ihn aus dem Mantel zu pellen.

»Warum um alles in der Welt hast du das getan?«, hörte Teddy sie gereizt knurren. Sie war mit seinem Mantel fertig und befreite ihn nun aus dem Pullover, indem sie ihn einfach an den Seiten aufriss.

Teddy schlug die Augen auf – er konnte sich gar nicht erinnern, sie geschlossen zu haben – und fragte verwirrt: »Was meinst du?«

»Warum hast du diesen verfluchten Bären angegriffen?«, zischte sie und zerriss auch das zerfetzte Pyjamaoberteil.

»Ich wollte dich retten«, sagte er leise und schluckte dann schwer, denn er hatte gesehen, dass seine Haut ebenso zerfetzt war wie die Kleidung. Zudem schienen die Wunden recht tief zu gehen. Die Krallen des Bären hatten vier Furchen hinterlassen, die sich schräg von der Brust ausgehend bis zur Hüfte über seinen Oberkörper zogen.

»Ich bin unsterblich. Du hättest ihn mir überlassen sollen«, fuhr sie ihn an, richtete sich dann abrupt auf und ging zum Waschbecken.

»Na schön, das nächste Mal, wenn ein Bär vorbeischaut und du wie eine Hirschkuh herumblökst, dann lasse ich ihn eben dich fressen«, brummte Teddy gereizt. Katricia kam mit einem nassen Küchenhandtuch zurück und wischte seine Brust ab. Vor Schmerz zuckte er zusammen und stieß mit zusammengebissenen Zähnen hervor: »Findest du, dass das eine gute Idee ist? Du verschwendest nur gutes Blut. Du solltest es auflecken, solang es noch warm ist.«

Katricia bedachte ihn mit einem vernichtenden Blick. Teddy zog eine Grimasse und zuckte dann mit den Schultern, wobei sein Oberkörper erneut von Schmerzen durchlodert wurde. »Was hast du denn, das Blut ist doch vollkommen in Ordnung und deine Nachlieferung ist schließlich immer noch nicht eingetroffen. Nebenbei bemerkt läuft mir auch noch eine ordentliche Menge die Beine herunter. Es könnte ja ganz unterhaltsam für uns beide werden, wenn du es mir von der Haut leckst. Jedenfalls würde mich das von den Schmerzen ablenken.«

Sie musterte ihn fassungslos, während er schnell die Augen schloss und den Kopf gegen den Stuhl lehnte. »Ignoriere mich einfach. Ich muss fantasieren. Wahrscheinlich sind das die Nachwirkungen dieses verflixten Traums, den ich hatte.«

»Den *wir* hatten«, korrigierte ihn Katricia ernst und reinigte weiter seine Brust.

Teddy schlug mühsam die Augen auf und hob angestrengt den Kopf. »Den *wir* hatten?«

»Es war ein gemeinsamer Traum«, erklärte sie, ohne aufzublicken und arbeitete weiter konzentriert daran, die Wunden zu säubern, um sie besser erkennen zu können. Doch das Blut floss nach wie vor.

»Ein gemeinsamer Traum?«, wiederholte er, und seine schmerzverzerrte Miene verwandelte sich in ein Lächeln. »Dann sind wir *tatsächlich* Lebensgefährten?«

Katricia nickte nur und arbeitete weiter. Teddy grinste einfältig. Dann legte er seufzend die Stirn in Falten.

»Na, wenn das nicht wieder typisch ist. Erst finde ich einen Lebensgefährten, und dann sterbe ich, bevor die Beziehung überhaupt richtig angefangen hat«, brummte er verärgert. Katricia gab es auf, das Blut wegzuwischen und drückte stattdessen das Handtuch fest auf die Wunde, um den Blutfluss zu stoppen. Teddy sog scharf die Luft ein.

»Du stirbst nicht«, erklärte sie und drückte noch fester zu. »Ich werde dich wandeln. Alles wird gut.«

»Für die Wandlung brauchst du Blut – aber wir haben keines. Du kannst mich nicht wandeln«, wies er sie sanft zurecht. Mit großer Anstrengung schaffte er es, den Kopf zu heben und die Lider zu öffnen. Er konnte Katricia ansehen, dass sie Angst hatte, und rang sich ein Lächeln ab. »Keine Sorge, ich bin viel zu widerspenstig und stur, um einfach so zu sterben.«

Das schien Katricia kaum zu beruhigen. Wahrscheinlich, weil seine Stimme bei jedem Wort schwächer wurde und sie außerdem ohnehin beide wussten, dass er es nur so dahergesagt hatte. Teddy war ziemlich sicher, dass er sterben würde. Er spürte bereits, wie sich die Kälte in seinem Körper ausbreitete. Das konnte zwar auch am Schock liegen, aber er vermutete, dass es eher vom Blutverlust herrührte. *Ich verblute*, dachte Teddy und ließ zu, dass sich seine Lider wieder schlossen.

»Du solltest vielleicht Holz nachlegen. Es wird ziemlich kalt hier drin«, murmelte er. Dann versank er in Finsternis.

6

Als Teddy aufwachte, war ihm warm. Bis zur Hüfte bedeckte ihn lediglich ein dünnes Laken, alle anderen Decken lagen in einem Klumpen zu seinen Füßen. Genau so war er es gewohnt aufzuwachen. Das Zimmer, in dem er lag, erkannte er nicht wieder. Das Licht war eingeschaltet, und er konnte sehen, dass die Wände genau wie in seinem Schlafzimmer hellblau gestrichen waren. Doch die Einrichtung unterschied sich komplett von seiner eigenen. Die beiden Kommoden und die Nachttische waren aus hellem Holz gefertigt, und vor den Fenstern hingen statt der gewohnten dunkelblauen Vorhänge eisblaue Jalousien. Das Bett, in dem er lag, war sehr groß und außerdem verdammt bequem.

Er lag nicht allein im Bett, stellte Teddy fest, und schielte nach der Frau neben ihm. Katricia trug das übergroße T-Shirt, das er aus dem gemeinsamen Traum kannte. Sie murmelte etwas im Schlaf, rollte sich dann auf die Seite und legte den Arm über seine Brust – eine Brust, auf der kein einziges graues Haar zu sehen war, wie er feststellte. Er sah an sich hinunter. Sein Oberkörper war breit, die Brustmuskeln definiert und fest und der Bauch flach. Der kleine Kugelbauch, der sich mit den Jahren entwickelt hatte, war verschwunden. Nun war die Haut straff. Statt grauem Körperhaar zeichnete sich ein schwarzer Flaum auf Brust, Armen und Beinen ab. Alle Gliedmaße sahen wieder so straff und wohlgeformt aus wie einst in seiner Jugend.

Und ihm tat nichts weh. Normalerweise fühlte er sich nach dem Aufwachen immer etwas steif und musste sich erst ein bisschen bewegen, bis dieses Gefühl wieder verschwand. Doch in diesem Augenblick war nichts davon zu merken. Tatsächlich fühlte er sich großartig, voller Energie und … heiliger Bimbam, er hatte sogar eine Morgenlatte. *Das ist aber schon länger nicht mehr vorgekommen*, dachte er grinsend.

Gerade jetzt begriff Teddy, dass er schon wieder träumte. Wahrscheinlich war er ohnmächtig geworden und saß in Wirklichkeit noch immer zusammengesunken auf dem Küchenstuhl, während Katricia angestrengt versuchte, sein Leben zu retten. Ein geteilter Traum konnte es diesmal jedenfalls nicht sein. Katricia trug zwar dasselbe T-Shirt, doch er entsprach nicht mehr seinem vierundsechzig Jahre alten Ich, sondern war so jung, wie er es zu Armeezeiten gewesen war. Daraus schloss er, dass diesmal nur er allein träumte.

Entweder das oder er war tot und im Himmel. Zwar hätte er nicht erwartet, dass er Katricia dorthin mitnehmen könnte, da sie wahrscheinlich doch noch lebte, aber vielleicht bekam man ja im Himmel einfach das, was man sich am meisten wünschte – in seinem Fall also Katricia und ein Bett. Oh ja, genauso hatte er sich den Himmel vorgestellt.

Matt lächelte er. Gestern noch wäre der Himmel für ihn ein Spaziergang durch die Wälder gewesen, mit Elvi – so wie früher, als sie noch Teenager gewesen waren. *Wie viel sich doch an einem einzigen Tag ändern kann*, dachte er. Neben ihm murmelte Katricia wieder im Schlaf, regte sich und drückte ihr Bein an seines – ein nacktes Bein an sein nacktes Bein, wie er interessiert feststellte. Doch nicht nur sein Interesse war geweckt. Auch der kleine Teddy war nun ganz wach und erhob sich wie ein Späher unter der Bettdecke.

Teddy strich sanft über Katricias Rücken. Sie seufzte und drückte sich gegen seine Hand. Schnell zog er den Arm weg, bevor sie sich auf den Rücken rollte. Dann lag sie wieder still. Teddy legte sich auf die Seite und betrachtete sie. Im Schlaf sah sie so süß und unschuldig aus. Man sah ihr den spitzzüngigen Humor, mit dem sie ihn manchmal neckte, überhaupt nicht an. Teddy vermisste ihn fast. Es gefiel ihm, dass sie ein bisschen frech war, ihr vielsagendes, sexy Lächeln, das verschlagene Glitzern in ihren Augen, mit dem sie seinen Körper gemustert hatte, der unverhohlene Spaß, den sie gehabt hatte, als sie ihm einen Schneeball in den Nacken gepfeffert oder ihn beim Kartenspielen besiegt hatte. Ihre ungekünstelte Freude an dem simplen Mahl, das sie gemeinsam genossen und der flüchtigen Leidenschaft, die sie in ihrem gemeinsamen Traum erlebt hatten.

Katricia weckte den jungen Teddy in ihm, den Mann, der das Leben genoss und sich noch nicht von der Last der Verantwortung hatte erdrücken lassen. Die Jahre im Polizeidienst hatten ihn zynisch gemacht, doch wenn er mit ihr zusammen war, war die Welt wieder in Ordnung. Dank ihr fühlte er sich wieder lebendig … ziemlich ironisch, wenn man bedachte, dass er wahrscheinlich tot war. Aber hier mit ihr, da fiel es schwer, an solche Dinge zu denken. Ihm war egal, ob er träumte oder im Himmel gelandet war. Er wollte diese wundervolle Situation einfach nur genießen.

Mit einem Lächeln zog Teddy das Laken, das sie beide von der Hüfte abwärts bedeckte, zur Seite, bis ihre nackten Beine bloß lagen. Nun betrachtete er Katricias Körper. Es war ihm schon vorher aufgefallen, dass sie sportlich gebaut war. Teddy konnte nicht widerstehen. Sachte strich er über die Oberseite ihres Beines, vom Knie aufwärts bis zum Saum des Shirts, das an ihrem Oberschenkel endete.

Katricia stieß ein gehauchtes Seufzen aus, rollte sich wieder auf die Seite und wandte Teddy das Gesicht zu. Seine Finger wanderten über ihr straffes, muskulöses Bein.

Sie war so kräftig wie eine Läuferin, dachte Teddy bei sich und streichelte auch das andere Bein, das inzwischen oben lag. Seine

Hand drang immer weiter vor, bis zu ihrer Hüfte hinauf, und schob dabei das T-Shirt immer weiter nach oben. Bewundernd betrachtete er jeden Zentimeter nackte Haut, den er dabei entblößte. Der Stoff der Shirts war so locker und leicht, dass er es bereits bis zum Brustansatz hochgeschoben hatte, ehe sie sich stöhnend auf den Rücken drehte.

Teddy folgte ihrer Bewegung. Sacht schob er das Nachthemd über ihre Brust, nahm dann ihre Brustwarze in den Mund und saugte sacht daran. Zu seiner Verwunderung stellte er fest, dass seine Zärtlichkeiten auch durch seinen eigenen Körper Wogen von Erregung sendeten. Er verstärkte den Druck auf ihre Brust, nagte an ihrer Brustwarze – und tatsächlich intensivierten sich auch die Reize, die ihn überfluteten. Er stöhnte auf und registrierte dabei abwesend, dass Katricia im Schlaf ebenfalls keuchte.

Er gab ihre Brust frei und sah sie an. Doch sie war nicht aufgewacht. Allerdings hatte sie den Mund ein klein wenig geöffnet, und ihr Atem ging nun ganz flach. Teddy legte wieder die Hand auf ihre Brust, drückte und knetete das zarte Fleisch, nahm dann ihre Brustwarze zwischen Daumen und Zeigefinger und drückte zärtlich zu. Dabei ließ er ihr Gesicht keine Sekunde aus den Augen.

Katricia stöhnte wieder und drehte den Kopf zur Seite. Teddy musste sich ebenfalls ein lustvolles Keuchen verkneifen. Verflucht noch eins, tatsächlich spürte er Katricias Erregung. Genauso sollte es angeblich bei Lebensgefährten sein. Er war ganz bestimmt im Himmel gelandet. Teddy widmete sich wieder ihrer Brust und verwöhnte sie mit dem Mund, während seine Hand ihre andere Brust freigab und zwischen ihren Schenkeln verschwand. Sie war warm und bereits feucht. Das wunderte ihn nicht, denn auch den kleinen Teddy hatten die Empfindungen, die Teddys Körper durchdrungen hatten, erregt und den kleinen Soldaten in Bereitschaft versetzt. Als Teddys Finger über Katricias nasse Haut glitten, richtete er sich noch mehr auf. Eine lustvolle Welle nach der anderen rollte durch seinen Körper und ließ seine Erregung wachsen.

Teddy war schon mit einigen Frauen zusammen gewesen und hatte sich immer für einen passablen Liebhaber gehalten, aber, zur Hölle, er hatte ja nicht geahnt, wie gut er tatsächlich war. Kein Wunder, dass er sich nie nach einer Ehefrau gesehnt hatte.

Mit diesem überheblichen Gedanken im Hinterkopf begann er, ihren Körper mit dem Mund zu erkunden, leckend, nagend, erforschte zuerst die eine Brust, dann die andere. Sein Kopf war inzwischen leer, und ohne nachzudenken ergab er sich den Gefühlen und Reizen, die ihn erreichten, als seine Lippen dem Weg folgten, den eben noch seine Hand genommen hatte. Seine Zunge wanderte langsam über ihren Bauch abwärts.

Katricia erwachte, rang nach Luft und stieß ein ersticktes Quietschen aus. Zwischen ihren Schenkeln war ein Feuer aufgelodert, dessen heiße Flammen sich in ihrem ganzen Körper ausbreiteten. Einen Augenblick lang starrte sie vollkommen reglos an die Schlafzimmerdecke im Haus ihres Cousins und ließ eine lustvolle Woge nach der anderen über sich hinwegrollen. Doch dann fiel ihr wieder ein, weshalb sie eigentlich hergekommen waren, und nun gewann doch die Sorge um Teddy.

Eigentlich hätte es sie nicht überraschen dürfen, dass sein Kopf zwischen ihren Schenkeln der Ursprung dieser heißen, lustvollen Glut war, in der sie lebendig verbrannte. Nichts und niemand brachte sie so zum Brennen wie er. Trotzdem war sie erstaunt. Sie hatte mehr als vierundzwanzig Stunden an seiner Seite gewacht, während er die Wandlung durchgemacht hatte, hatte ihm einen Blutbeutel nach dem anderen gegeben, um ihn am Leben zu erhalten. Die ganze Zeit über hatte sie Angst gehabt, dass er es wegen seines hohen Alters, der Schwere seiner Verletzung und des hohen Blutverlusts, den er erlitten hatte, nicht schaffen würde. Erst, als er das Schlimmste überstanden hatte, gestattete sie sich, schlafen zu gehen. Vorsichtshalber hatte sie sich zu ihm ins Bett gelegt, damit er, wenn er aufwachte, nicht verwirrt und allein wäre. Das Letzte, womit sie gerechnet hatte, war, ihn zwischen …

»Oh Gott«, keuchte sie, und all ihre Gedanken lösten sich in Luft auf. Sein Finger stieß kraftvoll in sie hinein, während sein Mund sie ununterbrochen weiter liebkoste. Die überwältigende Lust, die sie verspürte, war in ihrer Intensität beinahe schon beängstigend. Zu stark. Sie konnte nicht …

»Teddy!«, schrie sie und riss in ihrer Verzweiflung, ihn zum Einhalten zu bewegen, wild an seinen Haaren. Sie bekam keine Luft mehr, ertrank in der unbändigen Lust seiner Berührungen. In unendlichen, gnadenlosen Wellen raste sie durch ihren Körper und überrannte ihr Gehirn. Endlich reagierte er, ließ von ihr ab und schob sich an ihrem Körper nach oben. Doch die Verschnaufpause, die er ihr gönnte, war nur von kurzer Dauer. Plötzlich spürte sie, wie er in sie eindrang, während seine Lippen ihren Mund fanden und für sich einforderten.

Katricia stöhnte an seinem Mund. Es war so lange her, dass sie einen Mann in sich gespürt hatte. Er fühlte sich so verdammt gut an. Sie schlang die Arme um seine Schultern, spreizte die Beine um seine Hüften und klammerte sich an ihn, während er tief in sie hineinstieß. Zumindest würde sie nicht allein in dieser brennenden Lust untergehen, dachte Katricia und hielt sich mit aller Kraft an ihm fest. Selbst ihre Lippen suchten bei ihm Halt und gaben seinen Mund erst frei, als seine Lippen zu ihrem Ohr gewandert waren und er raunte: »Du riechst so verdammt gut.«

Katricia stöhnte als Erwiderung auf und biss ihm zärtlich ins Ohr, während sein Körper wieder und wieder in sie fuhr. Dann spürte sie, wie er die Zähne in ihren Hals schlug. Erstaunt riss sie die Augen auf. Dann schrie sie. Eine riesenhafte Woge aus Lust brach auf ihren Körper ein, ein Tsunami, der ihren Geist überflutete und sie in eine unendliche, finstere Tiefe riss.

Als Katricia einige Zeit später erwachte, hatte sie einen Blutbeutel im Mund. Über ihr schwebte Justin Brickers grinsendes Gesicht. Verwundert setzte sie sich auf. Dabei verrutschte das Laken, das ihren Körper bedeckte. Schnell hielt sie es fest. Sie sah sich um und entdeckte Teddy, der neben ihr auf dem Rücken lag. Anders hielt auch ihm eine Blutkonserve an die Lippen. Teddy war noch bewusstlos.

»Du hast zugelassen, dass er dich beißt«, bemerkte Bricker missbilligend.

Katricia drehte sich wieder nach ihm um und sah ihn mit dem Blutbeutel im Mund finster an. Sie hatte Teddy nicht gestattet zuzubeißen, er hatte sie überrumpelt. Nicht, dass es ihr etwas ausgemacht hatte. Es war … na ja …

»Von wegen ›na ja‹«, meldete sich Bricker, der ihre Gedanken gelesen haben musste. »Das ist alles noch ganz neu für ihn, er weiß nicht, wie weit er beim Beißen gehen darf. Du wirst ihm klar machen müssen, dass er nicht zubeißen darf, bevor die Wandlung abgeschlossen ist. Und selbst dann sollte es eher ein Liebesbiss sein. Zubeißen und saugen ist nicht gut. Herrgott, er muss beinahe einen Liter getrunken haben, bevor er das Bewusstsein verlor. Als wir euch entdeckt haben, wart ihr beide schon nicht mehr ansprechbar. Das ist inzwischen deine dritte Blutkonserve.«

Katricia quittierte Brickers Bericht mit einem Stirnrunzeln. Da der Blutbeutel inzwischen leer war, nahm sie ihn aus dem

Mund und fragte mit einem Blick auf Teddy: »Geht es ihm gut?«

»Er kommt schon wieder auf die Beine. Noch ein paar Konserven, und es geht ihm wieder gut«, beruhigte Bricker sie und reichte auch ihr einen weiteren Beutel. »Er wandelt sich noch, und als er dich gebissen hat, hat er deine Nanos aufgenommen … du weißt ja, dass das nicht sonderlich gut ist.«

Katricia nickte und biss in den Beutel. Jeder Unsterbliche hatte eine bestimmte Anzahl Nanos in seinem Körper; genauso viele, wie er benötigte, um für immer auf der Spitze seiner körperlichen Leistungsfähigkeit zu bleiben. Das Erste, was die Nanos taten, wenn sie einen neuen Wirtskörper besiedelten, war, den Zustand dieses Körpers zu beurteilen und sich dann entsprechend zu reproduzieren. Dafür brauchten sie aber Blut. Und zwischendurch begannen sie auch damit, mögliche lebensbedrohliche Verletzungen zu reparieren. Und danach führten sie dann die grundlegenden Veränderungen an ihrem neuen Wirtskörper durch. Dieser Prozess war äußerst schmerzvoll. Katricia hatte beinahe eine ganze Nacht und einen ganzen Tag an Teddys Seite gewacht und mitansehen müssen, wie er während des schlimmsten Teils der Wandlung geschrien und sich gewälzt hatte.

Und sie war noch immer nicht abgeschlossen. In seinem Körper würden sich tage- oder sogar wochenlang Veränderungen vollziehen. Um dafür genug Kraft zu haben, musste er in dieser Zeit zusätzliches Blut aufnehmen. Dieser Prozess war schon anstrengend genug, doch mit seinem Biss hatte Teddy alles nur noch schlimmer gemacht. Er hatte ihre Nanos in sich aufgenommen. Seine eigenen mussten nun, um diese Situation zu bewältigen, noch härter arbeiten und verbrauchten entsprechend mehr Blut. Auch die zusätzlichen Nanos aus ihrem Körper verbrauchten so lange zusätzliches Blut, bis Teddys Nanos sie vernichtet hatten. Selbst für einen normalen Unsterblichen war das schon eine schwierige Situation, ganz zu schweigen von einem Neuling, dessen Wandlung noch in vollem Gange war.

Er musste ihr eine große Menge Blut genommen haben, wenn sie tatsächlich drei Konserven gebraucht hatte, um das Bewusstsein wiederzuerlangen. Wenn sie wieder allein waren, würde sie ihm alles erklären und verständlich machen müssen, dass er so etwas nicht noch einmal tun durfte. Zwar hätte sein Biss sie beide nicht umgebracht, doch er legte ihren Organismus lahm, und nur durch Hilfe von außen konnten sie beide wieder genesen. Glücklicherweise waren diesmal Bricker und Anders vorbeigekommen, aber …

»Er kommt wieder zu sich.«

Katricia drehte sich um und sah, wie Anders den Blutbeutel von Teddys Mund entfernte. Teddys Lider zuckten, als würden sich seine Augen bewegen.

»Es ist spät, schon fast Morgen. Braucht ihr noch etwas, bevor wir uns zurückziehen?«, erkundigte sich Bricker und nahm ihr die geleerte Blutkonserve ab.

Katricia schüttelte den Kopf und eiste sich von Teddys Gesicht los. Sie schenkte den beiden Männern, die am Fuß des Bettes standen, ein Lächeln. »Nein, aber danke.«

Bricker nickte und ging zur Tür. »Wir lassen vorsichtshalber die Kühlbox hier, falls ihr nochmal was benötigt. Wir brechen bei Sonnenuntergang auf. Vorher sehen wir aber nochmal nach euch.«

Katricia nickte, hörte allerdings nur noch, wie die beiden Männer das Zimmer verließen, denn ihre ganze Aufmerksamkeit galt wieder Teddy. Als sich die Tür schloss, öffnete er die Augen. Einen Moment lang sah er sie ausdruckslos an, blickte sich verwirrt im Zimmer um und entspannte sich dann.

»Für einen Augenblick hatte ich es tatsächlich vergessen«, sagte er und setzte sich auf.

»Was hast du vergessen?«, fragte Katricia. Teddy beugte sich zu ihr und drückte ihr einen Kuss auf die Schulter.

»Dass ich tot bin«, erklärte er, biss ihr sanft in die Schulter und wanderte dann mit seinen Lippen weiter zu ihrem Ohr.

»Tot?«, fragte sie und wich erstaunt ein Stück zur Seite.

»Mmm«, murmelte er und setzte seine Zärtlichkeiten unbeirrt fort.

»Aber Teddy, du bist doch nicht tot«, erwiderte sie lachend.

»Oh doch. Und das hier ist der Himmel«, beharrte er, während seine Lippen ihren Mund fanden.

Katricia verschlug es die Sprache. Es war ohnehin schwer, mit einer fremden Zunge im Mund zu sprechen. Als dann auch noch seine Hände über ihren Körper wanderten, riss sie sich doch von ihm los und sagte ungläubig aber bestimmt: »Teddy, du bist nicht tot, und du bist auch nicht im Himmel. Ich … wie um alles in der Welt kommst du auf die Idee, dass dies hier der Himmel sein könnte?«, unterbrach sie sich.

»Du, ich und ein Bett – das ist der Himmel«, erklärte er und knabberte wieder an ihrem Ohr.

»Du, ich und ein Bett? Nicht du und Elvi?«, fragte sie überrascht.

Teddy ließ von ihrem Ohr ab und sah sie amüsiert an. »Siehst du Elvi hier irgendwo? Die Beziehung zwischen uns war nicht von dieser Art. Sie war …« Er verstummte, suchte nach den richtigen Worten und fuhr dann stirnrunzelnd fort: »Moment mal, das hier ist meine Version vom Himmel. Wieso darfst du sie mit deinem Gequatschte ruinieren?«

»Weil wir nun mal nicht im Himmel sind«, ermahnte ihn Katricia. »Jetzt beende bitte deinen Satz. Was ist Elvi für dich?«

Mürrisch dachte er über die Frage nach. Seine grauen Augen blitzten gereizt. Dann ließ er sich mit einem Seufzen auf die Matratze fallen. »Na schön. Elvi war … immer so etwas wie die perfekte Frau für mich. Ein gutes Mädchen, eine gute Ehefrau, eine gute Mutter … na ja, gut eben«, meinte er unbeholfen. Dann verzog er das Gesicht und fügte trocken hinzu: »Und sie ist wahrscheinlich immer noch gut, denn schließlich bin ich ja derjenige von uns, der tot ist.«

»Du bist nicht tot«, wiederholte Katricia automatisch, war allerdings nicht richtig bei der Sache. Teddys Worte hallten noch in ihrem Kopf nach. »Du hast also immer eine gute Frau in ihr gesehen, so etwas wie eine Heilige. Keine … «

»Keine reale Frau, wie du eine bist«, unterbrach er und setzte sich ungeduldig wieder auf. »Könnten wir jetzt wieder auf meine Version vom Himmel zurückkommen?«

»Nein, einen Moment noch«, sagte sie, als er nach ihr greifen wollte, und wich zurück. »Was ist für dich eine reale Frau?«

Teddy seufzte resigniert. »Eine Frau, die mein Blut in Wallung zu bringen vermag, meinen Geist fordert, mich auf Trab hält und hinter mir steht. Eben eine Gefährtin im wahrsten Sinne des Wortes.«

»Und das siehst du in mir? Jetzt schon?«, wunderte sich Katricia.

»Ich weiß, dass es so ist«, entgegnete er unverblümt. Als sie ihn verblüfft anstarrte, erklärte er: »Wer hat den Bären verjagt, als er mich angegriffen hat?«

»Ich«, entgegnete sie nachdenklich.

»Eine andere Frau hätte sich mit Sicherheit im Haus versteckt und tatenlos mitangesehen, wie ich die Angelegenheit regele. Aber du hast dein Gehirn benutzt und hinter mir gestanden.« Vielsagend nickte er und setzte seine Aufzählung fort. »Wer hat mir einen Schneeball an den Kopf geschmissen, mich beim Abwasch nassgespritzt und mir eins mit dem Handtuch übergezogen, und überhaupt jede Gelegenheit genutzt, um mir spielerisch eins auszuwischen?«

»Ich«, murmelte Katricia und biss sich auf die Lippe.

»Du hältst mich auf Trab«, erklärte er und grinste über ihr unübersehbares Unbehagen. »Du hast einen scharfen Verstand und lässt nichts auf dir sitzen. Ich weiß schon gar nicht mehr, wie viele Debatten – und Kartenspiele – du heute für dich entschieden hast.«

»Und ich bringe dein Blut in Wallung«, wisperte sie.

Er nickte feierlich. »Oh ja, mein Fräulein, das tust du. Der arme, kleine Teddy macht schon die ganze Zeit Turnübungen. So aktiv war er sehr lange nicht mehr. So, könnten wir dann die Beziehungsgespräche beenden und dem Kleinen endlich das Fitnessprogramm zukommen lassen, um das er schon die ganze Zeit bettelt?«

»Bettelt?«, fragte Katricia amüsiert.

»Jawohl, er bettelt. Und ich finde, ich sollte im Himmel eigentlich nicht betteln müssen.«

»Teddy«, stöhnte Katricia verzweifelt und nahm sein Gesicht in beide Hände. »Du bist nicht tot. Ich habe dich gewandelt.«

Für mehrere Sekunden starrte er sie vollkommen ausdruckslos an. Dann zwinkerte er und fragte erstaunt: »Du hast mich gewandelt?«

Sie nickte schuldbewusst und erklärte hektisch: »Ich weiß, ich hätte dich vorher fragen sollen, aber du lagst im Sterben. Das konnte ich nicht zulassen. Als ich es zum ersten Mal erwähnte, galten deine einzigen Bedenken ja nur dem fehlenden Blut. Also habe ich dich gewandelt.«

Er hob die Brauen, zog den Kopf aus ihren Händen und sah sich um. »Aber dieses Zimmer, das ist nicht … «

»Wir sind in Deckers Cottage. Das Haus nebenan«, fügte sie erklärend hinzu. »Es gehört meinem Cousin Decker. Nachdem ich dich gewandelt hatte, haben Bricker und Anders mir geholfen, dich hierher zu bringen.«

»Bricker und Anders?«, fragte Teddy. »Anders kenne ich, der ist ein Vollstrecker. Aber wer ist dieser Bricker?«

»Er gehört auch zu den Vollstreckern. Als du ohnmächtig wurdest, habe ich Tante Marguerite angerufen. Ich war in Panik. Du lagst im Sterben, und ich musste dich unbedingt wandeln. Doch die Blutlieferung war noch immer nicht gekommen. Glücklicherweise ist gerade, als ich mit ihr telefonierte, der Kurier mit Blut, Benzin und Nahrungsmitteln gekommen. Per Schneemobil. Ich habe dich gewandelt, und dann hat mir der Bote geholfen, dich auf dem Küchentisch festzubinden, damit du dir selbst keinen Schaden zufügen konntest. Er ist geblieben und hat mit mir Wache gehalten, bis Anders und Bricker eintrafen. Lucian hat sie geschickt. Nach unserem Telefonat hatte ihn Marguerite sofort angerufen und veranlasst, dass mehr Blut gebracht wird. Die umgestürzten Bäume wurden weggeschafft, die Straße geräumt und die Stromleitung repariert.«

»Der Strom ist wieder da«, stellte Teddy mit einem Blick auf die leuchtende Lampe über seinem Kopf fest.

Katricia nickte. »In beiden Häusern. Er kam gerade wieder, als du das Schlimmste überstanden hattest.«

»Warum hast du mich dann hierher gebracht?«

»Weil es hier einen Generator gibt. Wir haben jetzt auch wieder Kraftstoff. Heute Nacht soll es wieder einen Sturm geben. Falls die Stromversorgung erneut unterbrochen wird, müssen wir uns keine Gedanken machen.«

»Clever«, murmelte er und strahlte sie an.

»Das finde ich auch«, pflichtete sie ihm bei.

Teddy streichelte ihre Wange, hielt dann inne und betrachtete seine Hand. »Keine Falten oder Leberflecke.«

»Du stehst in der Blüte deiner Jahre und hast den Körper eines Fünfundzwanzigjährigen«, erklärte Katricia sanft.

Er nickte abwesend und musterte seine Brust und Beine. Dann

entdeckte er den großen Spiegel. Wortlos starrte er das Spiegelbild an. Auch Katricia wandte sich um und betrachtete ihr Abbild. Da waren sie tatsächlich: Seite an Seite auf dem Bett, eine jugendlich aussehende, blonde Frau und ein ebenso junger, dunkelhaariger Mann. Jäh sprang Teddy vom Bett auf, ging zum Spiegel, beugte sich ganz nah an das Glas und begutachtete sein Gesicht.

Katricia zögerte, stand dann ebenfalls auf und trat hinter ihn.

»Herrgott, dieser junge Mann hat mich schon seit Jahrzehnten nicht mehr aus dem Spiegel angesehen«, murmelte Teddy, rieb mit der Hand über die dunklen Stoppeln auf seiner Wange und beugte sich noch weiter vor. »Meine Augen sind silbrig.«

»Vor der Wandlung waren sie noch grau, doch jetzt sind sie silbergrau«, erklärte Katricia leise und schlang von hinten die Arme um seine Taille.

Teddy richtete sich auf. »Auch das Haar ist wieder voller geworden«, stellte Teddy fest. Er legte die Hände über ihre und zog sie zu sich. Katricia glaubte schon, er wolle sie in die Arme nehmen, doch stattdessen platzierte er sie vor sich und schlang die Arme von hinten um sie. Nun konnten sie beide ihr Spiegelbild sehen. Katricia betrachtete sein Gesicht im Spiegel und sah, wie sein Blick über ihren Leib huschte.

»Mir gefällt dein Körper«, sagte er plötzlich.

Katricia fühlte, wie sie überraschenderweise rot wurde, und sah es auch im Spiegel bestätigt. Dass sie nach all den Jahren noch einmal erröten würde, hätte sie selbst nie für möglich gehalten. Außerdem hatte sie nicht geglaubt, in irgendeiner Hinsicht mit ihrem Körper unzufrieden zu sein, doch nun platzte sie plötzlich heraus: »Meine Brüste sind klein.«

Seine Hände wanderten von ihrer Taille zum Busen. »Sie sind vollkommen«, knurrte Teddy.

Katricia reckte sich seiner Berührung ein wenig entgegen. Ihr Körper rieb sich an seinem, und sie spürte, wie sich seine wachsende Erektion an ihren Po presste, während er die Brüste knetete und massierte. Dann konzentrierte er sich auf die Brustwarzen, strich über die steifen Spitzen, bevor er sie zwischen seinen Fingern einfing und sanft drückte.

»Ich liebe die Geräusche, die du machst«, brummte Teddy und küsste ihren Nacken.

Katricia schlug die Lider auf – sie hatte gar nicht bemerkt, dass sie die Augen geschlossen hatte – und keuchte jetzt: »Welche Geräusche?«

Teddy nahm eine Hand von ihren Brüsten, schob sie zwischen ihre Beine und streichelte sie. Katricia stöhnte und presste sich keuchend gegen seine Finger.

»Diese Geräusche«, flüsterte er und leckte über ihren Hals.

Sie spürte, wie seine Fangzähne über ihre Haut schabten, und ermahnte ihn: »Nicht beißen!«

»Wie bitte?«, fragte er und schob einen Finger in sie hinein.

»Nicht beißen«, keuchte Katricia erneut und legte die Hand auf seine. »Das ist – nicht gut für dich. Ich erkläre es dir später«, stieß sie gepresst hervor.

»Nicht beißen«, stimmte Teddy zu, zog die Hand zwischen ihren Beinen hervor, hob Katricia hoch und trug sie zum Bett. Dort legte er sie hin, folgte ihr aber nicht gleich. Stattdessen hob er einen ihrer Füße hoch und küsste den Rist. Er knabberte ein wenig daran, während er mit der zweiten Hand über ihren Unterschenkel strich und die Kniekehle umfasste. »Deine Beine gefallen mir auch. Sie sind stark und wohlgeformt.«

»Oh«, stöhnte Katricia, als seine Lippen dem Weg über ihre Wade folgten, den zuvor seine Hand genommen hatte. Er senkte den Kopf und leckte über ihre Kniekehle. Keuchend wand sich Katricia unter seiner Berührung.

»Das gefällt dir«, stellte Teddy fest und leckte die zarte Stelle noch einmal. Katricia bäumte sich erneut vor Lust auf. Lächelnd setzte er langsam ein Bein ab und hob dann das andere hoch. »Diese Sache mit der gemeinsam empfundenen Lust, die ist wirklich der Hammer, wie die jungen Leute zu Hause sagen würden.«

Katricia lachte atemlos und biss sich dann auf die Lippe, als er auch die zweite Kniekehle ableckte und eine neue Woge aus Verlangen durch ihren Körper schickte.

»Was magst du sonst noch?«, fragte er und strich versonnen über ihren Schenkel.

»Komm her, und ich verrat es dir«, flüsterte sie und reckte ihm die Hände entgegen.

Teddy zögerte kurz, ließ dann die Wade los und kroch zwischen ihren Beinen aufs Bett. An ihren Knien angekommen hielt er inne. Doch sie packte seine Arme und animierte ihn, weiter nach oben zu kommen, bis seine Knie zwischen ihren Beinen ruhten und er sich mit den Händen neben ihren Schultern abstützte.

»Sag mir, was du magst«, flüsterte Teddy und leckte spielerisch an ihrer Brust.

»Ich mag dich«, erwiderte Katricia unverblümt, hob ein Bein und drückte es gegen seine Knie, während sie kraftvoll an seiner Schulter zog und ihn so aus dem Gleichgewicht brachte. Mit einem erschrockenen Keuchen fiel er neben sie aufs Bett. Katricia rollte sich sofort herum und hockte sich auf ihn. Unter ihr presste sich seine Männlichkeit flach an seinen Bauch. Sie grinste verrucht, als sie seinen überraschten Gesichtsausdruck bemerkte, und fragte herausfordernd: »Was magst *du* denn?«

Teddy lächelte, packte ihre Hüften und führte sie vor und zurück über seine ganze harte Länge. »Ich mag Schlagsahne.«

Katricia zwinkerte verwirrt und stützte sich an seinen Armen ab, während er ihren Unterleib wieder über seinen Körper rieb. Sie keuchte unter dem Genuss, den ihr diese Bewegung bereitete, und fragte verunsichert: »Schlagsahne?«

»Oh ja.« Eine seiner Hände liebkoste erneut ihre Brust. »Ich würde sie gern auf deinen ganzen Körper streichen und dann ablecken.« Grinsend fügte er hinzu: »Jetzt muss ich mir ja keine Sorgen mehr wegen meines Cholesterinspiegels machen.«

Katricia lachte atemlos, kam seinen Berührungen entgegen und rieb sich an dem harten Fleisch, auf dem sie hockte.

Als seine freie Hand zwischen ihren Beinen verschwand, um sie auch dort zu beglücken, verwandelte sich ihr Amüsement wieder in pures Verlangen. Als er sie berührte, schloss sie kurz die Augen, stemmte sich dann hoch und geleitete ihn mit der Hand in sich hinein, bevor sie sich mit einem langen Stöhnen auf ihn herabsinken ließ und ihn ganz in sich aufnahm.

»Herrgott, Katricia, du fühlst dich so verflucht gut an«, knurrte Teddy.

»Du auch«, ächzte sie, während sich ihr Körper hob und senkte. Teddy ließ ihre Brust los, packte sie an den Schultern und zog sie zu sich, um sie zu küssen. Katricia erwiderte den Kuss, während sich ihre Hüften unablässig weiter bewegten. Ihre Brustwarzen wurden noch härter und rieben sich an seinem Brusthaar. Teddy umfing sie und rollte sich in einer fließenden Bewegung auf sie. Dann unterbrach er den Kuss, richtete sich auf, ergriff ihr Bein und hob es hoch, bis sich der Knöchel vor seinem Gesicht befand. Dann hielt er sie am Oberschenkel fest, küsste ihre Wade und stieß wieder mit einer geradezu brutalen Wildheit in sie hinein.

Katricia schlang das andere Bein um seine Hüfte, um ihn willkommen zu heißen. Sie krallte sich an den Laken fest, und es dauerte nicht mehr lange, bis er sie beide über den Abgrund trieb und sie in völliger Befriedigung und Bewusstlosigkeit versanken.

7

Als Teddy aufwachte, war Katricia schon munter. Sie hatte sich an ihn geschmiegt, ihr Kopf lag auf seiner Brust und mit den Fingerspitzen malte sie kleine Figuren auf seinen Oberkörper. Er hatte keine Ahnung, woran sie sofort erkannt hatte, dass er wach war. Jedenfalls hörte sie in derselben Sekunde auf zu malen, hob den Kopf und sah ihn an.

»Hallo«, flüsterte sie lächelnd.

»Hallo«, murmelte auch Teddy, umfing ihre Schultern und zog sie hoch, um sie zu küssen. Doch dann bemerkte er einen üblen Geschmack in seinem Mund. Schlechter Atem am Morgen … oder Nachmittag oder Abend? Er hatte keine Ahnung, wie viel Uhr es eigentlich war. Wie auch immer, schlechten Atem wollte er ihr jedenfalls nicht zumuten, und so verzichtete er auf den Kuss, schob sie von seiner Brust und glitt aus dem Bett.

»Hast du meine Sachen von drüben mitgebracht?«, fragte er und entdeckte auch schon den Koffer auf dem Boden neben der Kommode.

»Was tust du da?«, erkundigte sich Katricia.

Sie hatte sich aufgesetzt und verfolgte, wie er im Koffer wühlte. »Ich suche Zahnbürste und Zahnpasta, damit ich mir die Zähne putzen und dich dann küssen kann.«

Katricia schmunzelte. Dann hörte er, wie sie aus dem Bett stieg, und kurz darauf erschienen auch schon ihre Beine neben ihm. Er hörte auf zu wühlen und betrachtete sie bewundernd.

»Du hast Beine wie ein Füllen«, murmelte er und strich ganz automatisch mit der Hand über die Innenseite ihres Schenkels.

Katricia kam ihm ein wenig entgegen. Ihre Schenkel teilten sich, und Teddy drückte einen Kuss auf das weiche, helle Haar zwischen ihren Beinen. Sie krallte seufzend die Hände in sein Haar. Nun drückte er ihre Beine noch etwas weiter auseinander und legte den Kopf schief, um zwischen ihnen abzutauchen – und fing sich im letzten Moment.

»Zahnbürste«, brummte er, wandte sich ab und setzte die Suche fort. Zwar würde sein schlechter Atem nicht stören, wenn er sie dort unten küsste, aber irgendwann wollte er auch ihre Lippen küssen, und das würde ihr sicher nicht so gut gefallen. Ernsthaft, er hatte einen Geschmack im Mund, als wäre ihm über Nacht etwas in die Mundhöhle gekrochen und dort verendet.

»Ich habe sie drüben aus dem Badezimmer geholt und in die Seitentasche gesteckt«, informierte ihn Katricia und holte die Bürste hervor. Dabei beugte sie sich nach vorn, und ihre Brust hing genau vor seinem Gesicht. Teddy konnte nicht widerstehen und fing eine Brustwarze mit dem Mund ein.

Katricia erstarrte, stöhnte unter der zärtlichen Berührung auf und griff erneut in sein Haar. Teddy zog sie zu sich herunter, damit sie sich nicht vorbeugen musste, und Katricia hockte sich mit gespreizten Beinen auf ihre Zehen über seinen Schoß. Teddy schaffte es nicht, sich zurückzuhalten und berührte die Stelle, die sich ihm durch ihre Sitzposition darbot. Katricia stöhnte laut auf und geriet ins Wanken. Schnell schlang er einen Arm um sie und hielt sie am Po fest, damit sie nicht das Gleichgewicht verlor. Dabei setzte er seine Liebkosungen fort. Sein Mund wanderte zu ihrer anderen Brust. Dabei murmelte er: »Solange du in der Nähe bist, werde ich in der nächsten Zeit wohl zu nicht besonders viel kommen.«

»Wie lange hast du denn noch Urlaub, bevor du wieder zurück nach Port Henry musst?«, hauchte Katricia, während er sich mit ihrer Brustwarze beschäftigte. Teddy erstarrte.

Stirnrunzelnd zog er sich von ihr zurück und entgegnete: »Für immer, würde ich sagen.«

Katricia zwinkerte irritiert. »Was?«

Teddy brachte die Einsicht selbst etwas aus dem Konzept. Er nahm ihr das Zahnputzzeug, das sie noch immer in der Hand hielt, ab, richtete sich auf und zog sie mit sich hoch.

»Ich muss Zähne putzen«, sagte er geistesabwesend, ging um sie herum und blieb dann unschlüssig wieder stehen. Er wusste überhaupt nicht, wo sich das Badezimmer befand. In dem Raum gab es drei Türen, eine davon war eine Doppeltür, die ziemlich wahrscheinlich zu einem Schrank gehörte. Damit blieben noch zwei, eine davon führte bestimmt ins Haus, und die andere würde höchstwahrscheinlich zu einem Badezimmer gehören. Er probierte die rechte Tür aus und stellte erleichtert fest, dass sich dahinter ein Bad befand. Er schaltete das Licht an und trat ein. Als er sich vors Waschbecken stellte, dachte er sich, dass bestimmt auch eine Dusche angebracht wäre.

Teddy drückte etwas Zahnpasta auf die Zahnbürste und begann, die Zähne zu putzen. Kurz darauf gesellte sich Katricia zu ihm. Geduldig wartete sie ab, bis er fertig war und gegurgelt hatte. Doch sobald er den Wasserhahn zudrehte und zur Dusche hinüberging, fragte sie: »Was meinst du mit *für immer*?«

»Ich meine, so wie ich aussehe, kann ich ja wohl kaum zurückgehen«, entgegnete er leise und drehte an den Hähnen in der Dusche, bis das Wasser die richtige Temperatur hatte. Dann stieg er in die Dusche und zog sie mit sich unter den warmen Wasserstrahl. »Es dürfte etwas schwierig werden, mein jugendliches Aussehen zu erklären.«

Die Einsicht betrübte ihn. Er hatte eigentlich damit gerechnet, noch ein weiteres Jahr als Polizeichef von Port Henry arbeiten zu können und dann in Rente zu gehen und seine letzten Jahre in der Stadt zu verleben, in der er geboren worden und aufgewachsen war und auch den Großteil seines Lebens verbracht hatte.

»Aber warum denn?«, fragte sie aufrichtig bestürzt. Teddy nahm die Seife und rieb sie zwischen den Händen, bis Schaum entstand. »Ich dachte, die Menschen in Port Henry wissen über uns Bescheid?«

Sie kam nicht weiter, denn Teddy strich nun mit eingeseiften Händen über ihren Körper. Teddy beobachtete, wie ihre Brustwarzen schon von dieser einfachen Berührung hart wurden und ihr Atem plötzlich nur noch schnell und flach ging. Mann, zwischen Lebensgefährten herrschten wirklich gewaltige sexuelle Energien. Dank ihnen würde selbst der lausigste Liebhaber zum Erotikstar werden. Glücklicherweise war er selbst allerdings nicht lausig, zumindest schätzte er sich nicht so ein. Aber selbstverständlich könnte er sich auch irren, dachte Teddy und seifte ihren Bauch ein, glitt dann mit einer Hand an ihren Po und ließ die andere zwischen ihren Schenkeln eintauchen. Allerdings hielt er sich diesmal zurück. Seine Berührungen erregten sie beide, doch er hatte keine Lust, diesmal vor Lust in der Dusche ohnmächtig zu werden.

Als er wieder nach der Seife griff, legte Katricia die Hände um sein Gesicht und fragte eindringlich: »Teddy. Wissen die Leute in Port Henry denn nicht Bescheid? Ich dachte, sie täten es.«

Seufzend schäumte er wieder die Seife auf und wusch sich. »Einige wissen es, einige nicht. Mit denen, die informiert sind, gäbe es keine Probleme, aber als Polizeichef diene ich nun mal allen Bürgern von Port Henry. Meine Wandlung ließe sich unmöglich geheim halten.«

Beide verfielen in Schweigen. Teddy seifte sich ein, und Katricia wusch sich die Haare. Teddy hatte keine Ahnung, was in ihrem Kopf vorging. Er wusste nur, dass er keinen blassen

Schimmer hatte, wie es weitergehen sollte. Er war fast sein ganzes Leben lang Polizist gewesen, und sein halbes Leben hatte er in Port Henry als Polizeichef gedient. Dank des soliden Gehalts, das diese Position mit sich brachte, hatte er für die Zeit seines Ruhestands sogar etwas auf die Seite legen können. Allerdings würde es nicht reichen, um sie über mehrere Jahrhunderte oder gar Jahrtausende zu versorgen. Außerdem arbeitete er gern. Er liebte es, am Morgen einen Grund zum Aufstehen zu haben und … Jäh unterbrach eine Eingebung seinen Gedankengang. Ab jetzt würde er es wohl eher vermeiden müssen, am Morgen aufzustehen. Die Unsterblichen mieden doch generell die Sonne … außer vielleicht im Winter. Teddy gab etwas Shampoo auf die Handfläche und beobachtete Katricia dabei, wie sie ihr Haar ausspülte.

»Aber du liebst deinen Job«, sagte Katricia abrupt. Sie war mit dem Haarewaschen fertig und trat nun aus dem Wasserstrahl.

»Das stimmt, aber ich finde sicherlich auch eine andere Aufgabe, die mir gefällt«, antwortete er leise und tauschte mit ihr den Platz, um den Schaum von Haar und Körper abzubrausen. Er wünschte, er könnte auch die Niedergeschlagenheit, die ihn mit einem Mal überkommen hatte, so einfach wegwaschen. Er war glücklich und dankbar, eine Lebensgefährtin gefunden zu haben und mit Katricia all die gemeinsamen Freuden erleben zu dürfen, die diese Verbindung mit sich brachte. Doch die unerwartete Arbeitslosigkeit bedrückte ihn trotzdem.

Teddy hörte, wie sich die Tür zur Dusche öffnete und schloss und wusste, dass Katricia die Glaskabine verlassen hatte. Ohne sie war es in der Dusche plötzlich genau so kalt und traurig wie in seinem Kopf. Seufzend drehte er die Wasserhähne zu.

»Vielleicht musst du dir aber auch gar keine andere Stelle suchen«, bemerkte Katricia ruhig und reichte ihm ein Handtuch.

Teddy nahm ihr das Handtuch ab, hielt es aber tatenlos in der

Hand und beobachtete, wie sie sich selbst abtrocknete. »Wie soll das gehen?«

»Es gibt eine Möglichkeit, wie du Polizeichef von Port Henry bleiben kannst«, erklärte sie und rubbelte sich schnell mit dem Frottierhandtuch ab. Dabei biss sie sich unschlüssig auf die Lippe und fuhr dann fort: »Aber dafür müsste Teddy Brunswick während des Weihnachtsurlaubs im Norden einen Herzinfarkt erleiden.«

Teddy war so verblüfft, dass er das Handtuch fallen ließ, und stieß mit weit aufgerissen Augen hervor: »Wie bitte?«

»Teddy Brunswick müsste sterben, damit du unter einem neuen Namen zurückkehren kannst«, erläuterte Katricia und sah ihn ernst an.

Schweigend erwiderte Teddy ihren Blick und grübelte über den Vorschlag nach. Dann schüttelte er den Kopf. »Ich kann doch nicht einfach auf der Bildfläche erscheinen und den Job unter einem neuen Namen mir nichts, dir nichts übernehmen. Es gibt einen festen Bewerbungsablauf und eine Menge Papierkram, und außerdem habe ich keinen Ausweis, nur den, auf dem ich vierundsechzig bin und – «

»Lucian kann sich darum kümmern«, unterbrach sie ihn und begann, ihn abzutrocknen. »Teddy, wir haben Leute, die solche Angelegenheiten regeln können. Sie können dir einen neuen Ausweis und einen fingierten Lebenslauf beschaffen. Dann noch ein bisschen Gedankenkontrolle hier und ein wenig Finesse da, und voilà: Schon kannst du Teddy Argeneau sein, der neue Polizeichef von Port Henry.«

»Soso, Teddy Argeneau«, bemerkte er amüsiert, nahm ihr das Handtuch ab und ließ es auf den Boden fallen. Dann zog er sie an sich.

»Oder Teddy Smith oder Johnson oder von mir aus auch John Hancock«, sagte sie, schmiegte sich an ihn und schlang die Arme um seine Schultern. »Was immer du willst. Ich finde bloß Teddy schön, weil du für mich eben ein Teddy bist. Argeneau habe ich nur genommen, weil es mein Name ist. Wir könnten über die Jahrzehnte Argeneau und Brunswick abwechselnd verwenden oder auch einen ganz anderen Namen benutzen. Mir ist das einerlei. Aber so könntest du deinen geliebten Job behalten.«

»Aber werden mich die Leute denn nicht erkennen?«, fragte er leise.

»Diejenigen, die über die Unsterblichen Bescheid wissen, schon, aber die dürfen ja auch die Wahrheit erfahren. Die Uneingeweihten werden dich dagegen nicht erkennen. Die Menschen sehen immer das, was sie zu sehen erwarten, Teddy. Und sie rechnen sicherlich nicht mit einer vierzig Jahre jüngeren Version von Teddy Brunswick.«

»Hmm«, machte er und lächelte. Jetzt fühlte er sich schon ein ganzes Stück entspannter. Er knabberte zärtlich an Katricias Hals und sagte: »So könnte ich dich haben und den Job, den ich liebe – und zwar in der Stadt, die ich liebe – auch behalten. Sehr schön.«

Katricia lächelte und entzog sich seinen Armen. Sie nahm seine Hand und führte ihn zum Bett zurück. Dort ließ sie ihn los und krabbelte auf die Matratze, schrie aber plötzlich erschrocken auf, als sie einen scharfen Schmerz an ihrer Pobacke spürte. Erstaunt blickte sie über die Schulter und sah, wie sich Teddy, der Übeltäter, der ihr in den Po gebissen hatte, gerade wieder aufrichtete.

»Das wollte ich schon von der ersten Minute an tun, in der ich dich in diesen verflixten Leggings gesehen habe«, bekannte er grinsend. Dabei hielt er sie an der Taille fest und rieb mit der freien Hand über die Bissstelle.

»Yogahose«, verbesserte ihn Katricia mit erhobenen Augenbrauen. Der Biss erinnerte sie daran, dass er noch viel Blut brauchen würde. Sie entwand sich seinem Griff und setzte sich an die Bettkante. »Du benötigst wahrscheinlich wieder Blut. Wir sollten etwas zu uns nehmen.«

Teddy zog eine Grimasse und trat zwischen ihre Beine, um sie am Aufstehen zu hindern. »Später. Momentan habe ich ganz andere, dringendere Hungergefühle, die gestillt werden müssen«, beteuerte er und drückte den Beweis für seinen Appetit an ihren Körper.

Katricia spürte seine Härte, doch als er sie zu küssen versuchte, entzog sie sich seinen Lippen. Das überraschte ihn, und sie nutzte die Gelegenheit, um vom Bett zu springen.

»Ich habe vergessen, die Zähne zu putzen«, erklärte sie und eilte zur Kühlbox, um eine Blutkonserve zu holen. Sie warf ihm den Plastikbeutel zu, drehte sich dann auf dem Absatz um und sprang eilig ins Badezimmer.

Ihre Zahnbürste lag auf dem Stammplatz am Waschbecken, sie quetschte Zahnpasta darauf und bürstete los. Plötzlich erschien Teddy mit dem Blutbeutel in der Hand hinter ihr im Badezimmerspiegel.

»Ich weiß nicht, wie ... also, meine Fangzähne wollen irgendwie nicht – hab ich eigentlich Fangzähne?«

Ihm war eine dunkle Haarsträhne in die Stirn gefallen, und er sah so verunsichert, herzzerreißend jung und unerfahren aus, dass Katricia mit der Zahnbürste im Mund grinsen musste. Schnell putzte sie die Zähne zu Ende, spülte den Mund aus und wandte sich dann zu ihm um.

»Bis du gelernt hast, wie man die Fangzähne kontrolliert, gibt es zwei Wege, sie hervorzulocken«, verkündete sie.

»Und wie?«

»Ich könnte mich oder dich beißen oder verletzen. Durch den Geruch von Blut zeigen sie sich normalerweise«, erläuterte sie. Doch Teddy verzog bei dem Gedanken nur angewidert das Gesicht.

»Mir wäre es lieber, wenn du keinen von uns verletzen würdest. Wie lautet die zweite Möglichkeit?«

Katricia zögerte kurz, entschied dann jedoch, dass es viel mehr Spaß machen würde, es ihm zu demonstrieren als zu erklären – und ging vor ihm auf die Knie.

»Was –«, setzte er an und sog dann scharf die Luft ein, als Katricia den kleinen Teddy in die Hand nahm.

»Durch Erregung werden deine Fangzähne ebenfalls sichtbar«, informierte sie ihn und nahm den schon nicht mehr ganz so kleinen Teddy in den Mund, um es ihm zu beweisen.

Katricia schlug die Augen auf. Teddy hatte sich über sie gebeugt und starrte schweigend ihr Gesicht an. Sie lächelte unschlüssig zu ihm auf und flüsterte: »Hi.«

»Ebenfalls hi«, erwiderte er grinsend. Als sie die Hand nach seinem Gesicht ausstreckte, fing er sie ab und fragte: »Wie alt bist du?«

Katricia hielt in der Bewegung inne, blinzelte und antwortete dann mit großem Ernst: »Ich wurde im Jahr 411 nach Christus geboren.«

Nervös wartete sie seine Reaktion ab. Wie würde er die Neuigkeit aufnehmen? Teddy dachte eine Minute nach, lächelte dann und meinte: »Dann wirst du dieses Jahr ja süße sechzehn.«

»Sechzehn Jahrhunderte alt«, pflichtete sie ihm amüsiert bei.

Grinsend gab ihr Teddy einen sanften Kuss und versicherte: »Keine Sorge, du siehst keinen Tag älter aus als fünfzehn Jahrhunderte.«

Katricia keuchte, schlug ihn auf den Arm und rollte ihn geschwind auf den Rücken. Mit finsterem Blick hockte sie sich auf ihn und knuffte ihn in den Magen und die Rippen. Teddy lachte glucksend und fing ihre Handgelenke ein. Er hielt sie fest und zog sie zu sich herunter, bis ihre Brüste auf seinem Oberkörper lagen und ihre Lippen über seinem Mund waren. Er küsste sie voller Leidenschaft. Dabei bewegte er die Hüften und sie konnte seine Härte spüren, die sich an ihr rieb.

Als er den Kuss unterbrach, waren sie beide außer Atem. Teddy knabberte an Katricias Ohr und fragte dann zu ihrer Überraschung völlig unvermittelt: »Wann hast du Geburtstag?«

»Am fünfundzwanzigsten Dezember«, antwortete sie schwer atmend und keuchte dann überrascht auf, als er sich ohne Vorwarnung auf sie rollte und sich auf den Händen aufstützte.

»Am ersten Weihnachtstag?«, fragte er bestürzt.

Katricia nickte verunsichert. »Ja.«

»Verdammt.«

Teddy sprang vom Bett. Katricia setzte sich auf und sah ihm erstaunt zu, wie er in seinem Koffer herumwühlte. Als er eine Jeans daraus hervorholte, fragte sie: »Was tust du da?«

»Ich ziehe mich an«, erklärte er lapidar und zog die Hose hoch. Kopfschüttelnd stellte er fest, dass sie etwas lockerer saß als zuvor. Dann nahm er sich einen Pullover und fragte: »Die beiden Männer, die uns geholfen haben, die haben nicht zufällig auch meinen Truck ausgegraben?«

»Teddy –«

»Egal. Falls nicht, räume ich den Schnee selbst weg. Was machst du denn noch da?«, fragte er Katricia, die noch immer auf dem Bett saß. »Steh doch auf. Zieh dich an. Wir müssen in die Stadt. Du …« Er unterbrach sich, blinzelte und schüttelte dann den Kopf. »Obwohl, vielleicht ist es doch besser, wenn du hier wartest. Ich werde nicht lange fort sein.«

»Teddy«, rief sie ihm verärgert nach und rutschte vom Bett, blieb dann aber stehen, als sich Teddy wieder umdrehte. Allerdings kam er nicht wegen ihr zurück, sondern weil er noch keine Socken anhatte. Er schnappte sich ein Paar aus dem Koffer und eilte erneut davon.

»Teddy!«, brüllte sie ihm nach, als er schon wieder zur Tür rannte. »Verdammt, könntest du … «

Wieder blieben ihr die Worte im Halse stecken, als er erneut abrupt die Richtung wechselte und wieder auf sie zugehetzt kam. Er blieb vor ihr stehen, ergriff sie an den Oberarmen und zog sie hoch, bis sie auf den Zehenspitzen stand, um ihr einen etwas groben, zwar schnellen, aber doch ausführlichen Kuss aufzudrücken. Dann ließ er sie wieder los und entschuldigte sich ironisch grinsend. »Tut mir leid, das hätte ich beinahe vergessen. Bin bald wieder da.«

Katricia zwinkerte erstaunt und sah ihm nach, wie er aus dem Zimmer eilte. Dieser Idiot hatte doch tatsächlich gedacht, sie hätte ihren Abschiedskuss reklamiert. Klar wollte sie einen, wenn er denn tatsächlich weggehen würde – aber das würde er nicht. Sobald er auf Bricker und Anders traf, würde auch er das merken. Seufzend ging sie zum Schrank und holte ihren Bademantel. Dann folgte sie Teddy – nur für den Fall, dass die beiden Männer noch schliefen.

Sie ging über den Flur. Im Haus herrschte Stille. Katricia bemerkte, dass die Tür zum Schlafzimmer am anderen Ende des Korridors offen stand und das Bett schon abgezogen war. Auch die benachbarte Tür war geöffnet, und obwohl sie von ihrer Position aus nicht in den Raum hineinsehen konnte, ahnte sie, dass auch das Bett in diesem Schlafzimmer verlassen war. Bricker und Anders waren also bereits wach und würden Teddy aufhalten, stellte sie erleichtert fest, setzte ihren Weg aber dennoch fort.

Deckers Cottage war ähnlich geschnitten wie das Nachbarhaus, das Teddy gemietet hatte. Das Gebäude war jedoch größer und die Zimmer entgegengesetzt angeordnet. Sie trat aus dem Flur in den großen Hauptraum. Die rechte Hälfte war als offener Wohnbereich gestaltet, die linke bildeten Küche und Essplatz.

Als Trennung diente eine lange Theke. Vor einem der Fenster im Wohnzimmer stand ein großer Weihnachtsbaum mit blinkenden Lichtern. Sie betrachtete ihn einen Augenblick lang und lächelte dann leise. Bricker und Anders mussten ihn aufgestellt haben, denn am Vortag war er noch nicht hier gewesen. Sie hatten ihn sogar recht schön geschmückt, fand Katricia. Sie spähte in die Küche und entdeckte sofort Teddy, der vor dem Kühlschrank stand und einen Notizzettel las, der dort mit einem Magneten festgeklemmt war.

»Was steht drauf?«, erkundigte sie sich und ging um die Theke herum zu ihm.

»Sind früh aufgewacht und gleich zurück nach Toronto gefahren. Hoffen, dass wir es noch rechtzeitig zum Weihnachtsessen mit Mortimer, Sam und ihren Schwestern schaffen. Kleine Weihnachtselfen haben Kartoffeln und Rettich geschält, den Truthahn gefüllt und für euch in den Ofen geschoben. Fröhliche Weihnachten wünschen eure Lieblingselfen J. B. und A.«, las Teddy in andächtigem Staunen vor. Mit einem Blick auf den Herd murmelte er: »Ich rieche den Truthahn. Er muss fast fertig sein.«

Damit ging er zum Ofen, öffnete die Klappe und betrachtete stirnrunzelnd den Vogel, der langsam braun wurde. Katricia empfand den Duft als himmlisch, doch Teddys Miene verfinsterte sich noch mehr. Er knallte die Ofentür zu. »Wo ist der Truthahn hergekommen? Und warum haben sie ihn einen Tag zu früh in die Röhre geschoben?«

»Der Blutkurier hat den Puter und weiteren Proviant mitgebracht. Er hatte einen Anhänger an seinem Schneemobil und hat so die Vorräte, das Blut und den Kraftstoff hergebracht – und sogar ein zweites Schneemobil, das wir benutzen können. Bricker und Anders hatten neben den zusätzlichen Blutkonserven ebenfalls Vorräte und unseren Nachtisch dabei.«

»Na, das war ja nett von ihnen«, meinte Teddy missmutig, »aber warum haben sie das Essen einen Tag zu früh vorbereitet?«

»Weil heute Weihnachten ist«, erklärte sie behutsam. Als Teddy sie entsetzt anstarrte, schlang Katricia seufzend die Arme um seine Taille und erklärte: »Du warst mehr als vierundzwanzig Stunden bewusstlos. Heute ist der erste Weihnachtstag. Na ja …« Sie sah zu der Glasfront des Ferienhauses hinüber, jenseits derer Finsternis herrschte. »Vielleicht eher die erste Weihnachtsnacht.«

»Mist«, fluchte Teddy, legte die Arme um sie und stützte das Kinn auf ihren Scheitel. Er drückte sie fest, hielt sie dann im Arm und murmelte schließlich zerknirscht: »Tut mir leid.«

»Was tut dir leid?«, fragte sie und blickte ihn erstaunt an.

»Ich habe kein Weihnachtsgeschenk für dich und auch nichts zu deinem Geburtstag«, erklärte er bedrückt und murmelte dann verärgert: »Du hast mir so viel gegeben, und ich wollte … «

»Ist schon in Ordnung, ich habe doch auch nichts für dich«, tröstete sie ihn.

Teddy starrte sie überrascht an. Dann schnaubte er fassungslos. »Du machst wohl Witze? Liebling, du hast mir alles gegeben. Du hast mir das Leben gerettet und noch viel, viel mehr. Du hast mir einen jungen, gesunden Körper verliehen, mich von den Schmerzen und Plagen des Alters befreit. Und du hast mir eine kluge, sinnliche Frau geschenkt, mit der ich den Rest meiner Tage verbringen darf. Von meinem zweiten Versuch, das Leben zu leben, wollen wir erst gar nicht reden.«

»Zweiter Versuch?«

»Katricia, als Sterblicher habe ich nie geheiratet und hatte keine Kinder. Das kann ich jetzt nachholen. Mit dir.« Er lächelte schief. »Und keine Mitleids-Weihnachten mehr. Ich werde die Feiertage mit dir und unserem Kind verbringen, wenn wir erst mal eins haben.«

Katricia hatte keine Ahnung, was ein Mitleids-Weihnachten sein sollte. Allerdings wurde ihre Aufmerksamkeit von etwas anderem noch viel mehr eingenommen. »Unser Kind?«

»Ja … vorausgesetzt natürlich, dass du Kinder haben möchtest«, setzte Teddy verunsichert hinzu. »Also ich möchte schon, aber wenn du nicht willst, dann … «

»Doch, ich möchte Kinder«, unterbrach sie ihn schnell. Teddy entspannte sich wieder und lächelte. Sie wollte unbedingt Kinder, doch bis eben war ihr das gar nicht in den Sinn gekommen. All ihre Gedanken waren nur um ihren Lebensgefährten gekreist. Kinder – so weit hatte sie noch überhaupt nicht gedacht. Doch, sie wollte schon Kinder, allerdings vielleicht erst in zwanzig Jahren oder so. Ja, innerhalb von zwanzig Jahren sollte sie es doch schaffen, sich an die Tatsache zu gewöhnen, dass sie nun einen Lebensgefährten hatte und den Drang, ihn alle fünf Minuten ins Schlafzimmer schleppen zu wollen, unter Kontrolle bekommen – ein Drang, gegen den sie just in diesem Augenblick schon wieder schwer anzukämpfen hatte.

»Ich wünschte, ich hätte ein Geschenk für dich, nein, einen ganzen Stapel Geschenke für deinen Geburtstag und zu Weihnachten«, quengelte Teddy und blickte missmutig drein.

Katricia drückte ihn. »Teddy, du bist selbst ein Geschenk«, erklärte sie feierlich. »Ich lebe schon sehr lange, und in letzter Zeit habe ich oft unter düsteren Gedanken und Depressionen gelitten, die einen Unsterblichen in die Abtrünnigkeit treiben können. Doch seit ich dich habe, ist das vorbei.« Sie legte den Kopf in den Nacken und lächelte ihn an. »Du bist mein Lebensgefährte. Für ein solches Geschenk unter dem Weihnachtsbaum betet jeder Unsterbliche.«

Er musterte sie einen Augenblick schweigend. Dann blickte er an ihr vorbei. Seine Augen leuchteten, und er fragte: »Mit oder ohne Schleife?«

»Wie bitte?«, fragte sie verwundert und keuchte überrascht, als er sie plötzlich auf seine Arme hob.

»Möchtest du den Lebensgefährten unter deinem Baum mit oder ohne Schleife?«, fragte er und trug sie um die Theke herum in den Wohnbereich.

»Ohne«, erklärte sie lachend, als sie bemerkte, dass er sie zum Weihnachtsbaum brachte. Vor dem Baum stellte er sie wieder auf die Füße und machte sich an ihrem Bademantel zu schaffen. Als er ihn zurückschlagen wollte, hielt ihn Katricia jedoch zurück und umfasste sein Gesicht mit beiden Händen. Er sah sie fragend an, bis Katricia sagte: »Teddy Brunswick, du bist wirklich ein Geschenk, das beste von allen, das viele schöne zukünftige Weihnachten und Geburtstage verspricht.«

»Für uns beide«, gelobte er, küsste sie und schob gleichzeitig den Bademantel von ihren Schultern.

Ein Vampir zum Valentinstag

1

In dem Moment, als Tiny die Hand hob, um anzuklopfen, erklang auf der anderen Seite der Tür ein Kreischen. Augenblicklich ließ er die Blutbeutel, die er trug, fallen und stürmte ins Zimmer. Bereits nach wenigen Schritten blieb er jedoch irritiert stehen. Eigentlich hatte er damit gerechnet, dass sich einer oder gleich mehrere von Leonius' Schlitzern in die Kirche geschmuggelt hätten und jemanden attackierten – oder aber zumindest damit, dass eine Maus jemandem einen Schrecken eingejagt haben musste. Doch Fehlanzeige.

Das Zimmer war voller Frauen. Die meisten von ihnen trugen weiße Kleider, und ausnahmslos alle starrten ihn entgeistert an.

»Tiny?« Begleitet vom Rascheln der Seide trat Marguerite Argeneau aus dem kleinen Grüppchen, das sich rechts von Tiny befand. Beim Anblick der Matriarchin des Argeneau-Clans bekam Tiny große Augen, während seine Kinnlade herunterklappte. Sie trug ein langes, tailliertes Kleid mit tiefem Ausschnitt und langem, glockigem Rock, unter dem sich ein Tüllunterrock bauschte – ein wunderschönes, klassisches Hochzeitskleid. Nur war es nicht weiß, sondern blutrot mit schwarzen Ziernähten. Sie sah atemberaubend aus und stellte all die anderen Frauen in ihren weißen und pastellfarbenen Kleidern in den Schatten. Tiny starrte sie verwundert an, und seine Augen klebten wie hypnotisiert an ihren vollen, blassen Brüsten, die der Ausschnitt des Kleides preisgab. Fast schien es ihm, als könne das Kleid die Makellosigkeit ihres Körpers nicht ertragen und wolle ihren wundervollen Busen durch den Ausschnitt herauspressen.

»Tiny?«, fragte sie erneut und klang belustigt. Er riss sich widerstrebend von der üppigen Augenweide los, sah sie zerknirscht an, schenkte ihr ein schiefes Lächeln und übermittelte ihr in Gedanken seine Entschuldigung. Dann räusperte er sich und sah sich um. »Ich habe einen Schrei gehört.«

»Und du dachtest, etwas Schlimmes sei geschehen«, fügte Marguerite verständnisvoll nickend an und tätschelte dabei seinen Arm. »Keine Sorge, alles ist in Ordnung. Es war ein Freudenschrei. Bei Jeanne Luise kann man das manchmal wirklich schwer auseinanderhalten.«

Marguerites Nichte zog über den sanften Spott die Nase kraus und verteidigte sich schnell: »Ich war einfach so überrascht, als ich von Leigh die guten Neuigkeiten gehört habe.«

Mit diesen Worten drehte sich Jeanne Louise nach Leigh um und umarmte sie. Tiny blickte Marguerite fragend an, doch diese machte keinerlei Anstalten, ihm zu erklären, um welche guten Neuigkeiten es sich handelte. Etwas, das sich im Türrahmen hinter Tiny befand, nahm ihre ganze Aufmerksamkeit in Anspruch. »Ist das für uns?«

Tiny wandte sich um und entdeckte die Blutkonserven, die über den Flur verstreut lagen. Glücklicherweise schien keine von ihnen beschädigt zu sein.

»Oh ja. Bastien hat mich gebeten, sie euch Mädels zu bringen. Ich hab sie fallen lassen, als ich den Schrei hörte«, gestand er und eilte dann schnell zur Tür. Marguerite folgte ihm und half ihm, die Beutel wieder einzusammeln. Als sie zusammen am Boden knieten, fragte Tiny leise: »Welche guten Nachrichten hatte denn Leigh?«

»Sie ist wieder schwanger«, erwiderte Marguerite lächelnd.

Überrascht hob Tiny die Augenbrauen und musste ebenfalls grinsen. Doch dann erinnerte er sich wieder, wie niedergeschmettert Leigh und Lucian beim letzten Mal gewesen waren, als Leigh eine Fehlgeburt erlitten hatte. *Wenn sie dieses Kind wieder verliert!*

»Sie ist schon im vierten Monat. Dieses Mal sollte es klappen«, beruhigte ihn Marguerite und verriet damit, dass sie aus alter Gewohnheit seine Gedanken gelesen hatte. »Sie haben es bis nach der kritischen Phase für sich behalten, wahrscheinlich weil sie Angst hatten, es könne Unglück bringen, uns andere zu früh einzuweihen.«

Tiny nickte verständnisvoll. Seines Wissens war die Fehlgeburt ein schwerer Schlag für das Paar gewesen, und es überraschte ihn gar nicht, dass sie erst einmal geschwiegen hatten.

»Bitte gratuliere ihr in meinem Namen«, bat er Marguerite leise und stand auf.

»Tu das doch persönlich«, schlug Marguerite vor.

Zaudernd betrachtete Tiny die Frauengruppe, die sich auf der anderen Seite des Zimmers versammelt hatte. Terri, Leigh und Inez trugen klassische, weiße Hochzeitskleider in verschiedenen Stilrichtungen. Jackie, Jeanne Louise, Lissianna und Rachel fungierten als Brautjungfern und trugen Kleider in den Pastelltönen Rosa, Wasserblau und Lavendel. Sie alle sahen umwerfend aus – und genau da lag das Problem. Ein Raum voller wunderschöner Frauen, von denen jede seine Gedanken lesen konnte – und Tiny musste sich eingestehen, dass nicht all diese Gedanken völlig unschuldig waren. Schließlich war er ein Mann, und er wollte nur ungern eine der Frauen aus Versehen mit einem vorwitzigen Gedanken beleidigen, der seinem Unterleib entsprang.

»Ach so«, sagte Marguerite, die schon wieder Tinys Gedanken gelesen hatte, und tätschelte beschwichtigend seine Schulter. »Mach dir keine Sorgen, sie sind die vorwitzigen Gedanken sterblicher Männer gewohnt.«

»Aber ich bin es nicht gewohnt, dass Frauen wissen, was in meinem Kopf vorgeht«, entgegnete Tiny trocken und legte die

Blutbeutel auf einem Tisch ab. »Überbring' Leigh meine besten Wünsche und sag' den anderen, ich fände, dass sie großartig aussehen.«

»Na schön«, lenkte Marguerite ein, doch als Tiny das Zimmer verließ, folgte sie ihm auf den Flur. Anscheinend hatte sie ihm noch etwas zu sagen. Tiny blieb stehen und musterte sie erwartungsvoll. Marguerite zögerte kurz und meinte dann: »Es ist schön, nach all den Sorgen wieder Anlass zum Feiern zu haben.«

»Hmm«, machte Tiny und wartete ab, denn offenbar lag ihr noch mehr auf dem Herzen.

Marguerite seufzte und fragte dann geradeheraus: »Du wirst bei dieser Aufgabe doch vorsichtig sein?«

»Lieber Himmel, Marguerite«, stöhnte er gereizt. Immer musste sie ihn wie ein Kind behandeln, das nicht auf sich selbst aufpassen konnte. Das war zwar lieb von ihr, aber …

»Ich weiß sehr wohl, dass du auf dich selbst achtgeben kannst, Tiny«, versicherte sie schnell, »und wenn es ein ganz normaler Job wäre, würde ich mir auch keine Sorgen machen – zumindest keine allzu großen«, fügte sie hinzu, als sie seinen skeptischen Gesichtsausdruck bemerkte. Dann fuhr sie eilig fort: »Aber in diesem Fall haben wir es mit Schlitzern zu tun, und … «

»Moment mal«, unterbrach Tiny sie irritiert. »Woher weißt du denn von diesem Auftrag? Lucian hat behauptet, er wäre streng geheim. Wir … « Er verstummte, da ihm klar wurde, dass sie die Informationen wahrscheinlich aus seinen Gedanken gefiltert hatte. Bestimmt hatte ihm Lucian deshalb auch erst vor wenigen Minuten alle Einzelheiten über den Einsatz verraten. Die Hochzeit würde gleich anfangen, und bis zum Beginn der Zeremonie sollte er sich in den Privaträumen aufhalten und erst in letzter Minute auf seinen Platz schleichen, damit möglichst niemand Unbefugtes seine Gedanken lesen konnte.

»Eigentlich habe ich deine Gedanken gar nicht gelesen«, erklärte Marguerite mit gedämpfter Stimme. »Als mir Lucian von seinem Plan erzählt hat, war ich es, die dich und Mirabeau vorgeschlagen hat.«

»*Du* hast dafür gesorgt, dass Mirabeau und ich den Job bekommen«, wiederholte er langsam und war plötzlich alarmiert. Marguerite war für ihre Kuppeleien bekannt und tat nichts ohne Hintergedanken. Mit einem Mal war Tiny nicht mehr ganz wohl bei der Sache, die er für Lucian Argeneau erledigen sollte.

Marguerite verdrehte die Augen. »Jetzt sieh mich nicht so erschrocken an!«

»Marguerite«, erwiderte er und stieß ihren Namen dabei wie ein Knurren aus, »wir alle wissen doch, was passiert, wenn du zwei Personen zusammenführst.«

»Sie finden ihren Lebensgefährten«, konstatierte sie zufrieden lächelnd und rollte mit den Augen, als Tiny eine Grimasse zog. »Du wirst doch wohl nicht behaupten wollen, dass du nicht auch gern eine Gefährtin finden würdest.«

Tiny zog die Stirn kraus. Er war sterblich, also ein Mensch, kein Vampir. Soweit er wusste, gab es bei den Menschen keine Partnerschaften fürs Leben, zumindest wenn man nach den Scheidungsraten der Sterblichen urteilte. Nur die Unsterblichen kannten Lebensgefährten, also Partner, die sie nicht zu kontrollieren und deren Gedanken sie nicht zu lesen vermochten – und mit denen sie ein langes, friedliches und von Leidenschaft erfülltes Leben führen konnten.

Allerdings war es möglich, dass ein Sterblicher der Partner eines Unsterblichen wurde. Aber wollte er das denn? Tinys Blick wanderte zurück ins Zimmer und fiel wieder auf die fröhlichen Frauen, die gerade ausgelassen über Leighs Schwangerschaft plauderten. So viele strahlende, glückliche Gesichter. Er blieb an Jackie hängen, seiner Vorgesetzten und Partnerin in der

Detektei. Auch sie war einst sterblich gewesen, doch dann war sie zu Vincent Argeneaus Gefährtin geworden. Seitdem hatte er die Frau, die er für eine seiner besten Freundinnen hielt, kaum noch zu Gesicht bekommen, denn sie und Vincent klebten ständig zusammen. Zum letzten Mal hatte er sie vor einem Monat in Las Vegas bei ihrer Elvis-inspirierten Hochzeit gesehen, als er anstelle von Jackies verstorbenem Vater die Rolle des Brautführers übernommen hatte. Er wusste, dass die beiden unfassbar glücklich miteinander waren, denn sie und Vincent strahlten nur so vor Seligkeit. Als er sie damals bei der Hochzeit so überglücklich erlebt hatte, war es ihm schon schwergefallen, sich nicht auch nach solcher Freude und tiefer Verbundenheit zu sehnen. Gleichgültig, welches unsterbliche Paar man betrachtete, immer kam diese Sehnsucht in einem auf. Allerdings …

Tiny wandte sich wieder Marguerite zu. »Du glaubst also, diese Mirabeau und ich …«

»Mirabeau La Roche«, korrigierte Marguerite und lächelte strahlend. »Ich glaube, ihr beide würdet perfekt zueinanderpassen.«

Tiny blieb skeptisch und fragte mit erhobenen Brauen: »Hat sie nicht schwarz-rosa gefärbte Haare?«

»Eigentlich schon, heute aber nicht. Ich habe ihr zwar versichert, dass sich hier in New York niemand an ihren Haaren stören werde, aber sie bestand für die Hochzeit auf einer klassischeren Frisur. Außerdem befürchtete sie, die Haarfarbe beiße sich mit dem pfirsichfarbenen Kleid, das sie tragen soll. Darum habe ich sie heute Morgen zu meiner Friseurin mitgenommen, und die hat ein wenig gezaubert.«

»Hmm«, murmelte Tiny und ließ seinen Blick wieder über die Frauengruppe wandern. Er war sich ziemlich sicher, bisher kein pfirsichfarbenes Kleid gesehen zu haben.

»Sie hilft Elvi beim Anziehen«, erläuterte Marguerite und

wies auf eine geschlossene Tür. »Du wirst sie schon früh genug kennenlernen, und dann …« Sie zögerte kurz und fuhr mit einem Seufzen fort: »Unsere Mirabeau gibt sich gern ein bisschen stachelig und ist nicht ganz leicht zu knacken. Bei den Massakern von St. Bartholomew hat sie durch die Gier und den Verrat ihres Lieblingsonkels ihre gesamte Familie verloren. So fällt es ihr schwer, anderen zu vertrauen oder Zuneigung zu zeigen. Sie hat eine Menge Schutzwälle um sich aufgebaut. Du wirst Geduld brauchen.«

Tiny starrte Marguerite verblüfft an. Sie glaubte allen Ernstes daran, dass er zu Mirabeaus Lebensgefährten werden würde. Diese Vorstellung war einerseits aufregend, jagte ihm andererseits aber auch eine höllische Angst ein. Sein Leben würde sich dadurch unwiderruflich verändern. Du liebe Güte. Eine Lebensgefährtin. Seine Tage als Junggeselle wären endgültig gezählt, und außerdem würde er sich wahrscheinlich auch noch wandeln und wie Jackie unsterblich werden müssen. Er würde Blut trinken und …

»Hol mal tief Luft«, ermahnte ihn Marguerite beschwichtigend. »Keine Panik. Ich könnte mich auch irren. Warum wartest du nicht einfach ab, was geschieht? Lernt euch kennen, erledigt die Aufgabe, die Lucian euch gestellt hat, und lasst der Natur ihren Lauf.«

Tiny spürte, wie sich seine Lungen weiteten und Luft einsogen und dann mit dem Atem auch all die Anspannung und Besorgnis, die ihn befallen hatten, wieder ausstießen. Mit zusammengekniffenen Augen fixierte er Marguerite. »Du kontrollierst mich«, knurrte er vorwurfsvoll.

»Nur damit du dich beruhigst«, erwiderte sie ungerührt und strahlte ihn an. »Ich setze große Hoffnungen in dich und Mirabeau, und wenn alles so klappt, wie ich es mir vorstelle, dann muss ich mir nie wieder Sorgen machen, dich an die Mächte der

Zeit und des Alterns zu verlieren. Denn du wirst für alle Ewigkeit ein Mitglied meiner Familie sein.«

Tiny blieb skeptisch. Doch als Marguerite ihn auf einmal in die Arme schloss, tätschelte er ganz automatisch ihren Rücken und sagte: »Mirabeau ist dann wohl eine eurer Verlorenen.«

»Mit der Zeit ist sie zu einem Teil unserer Familie geworden«, stellte Marguerite klar und ließ Tiny los. »Dank ihres Onkels hat sie ja keine eigene mehr.«

Ein amüsiertes Lächeln umspielte Tinys Lippen. »Also habt ihr sie adoptiert, wie man es mit Verlorenen eben so macht.« Marguerite verzog bei dem Wort *Verlorene* missbilligend das Gesicht, doch bevor sie ihn zurechtweisen konnte, fuhr er bereits fort. »Ich bin kein Verlorener, Marguerite. Ich habe eine Familie, die ich sehr liebe, und ich weiß nicht, ob ich bereit bin, sie aufzugeben.«

Für den Bruchteil einer Sekunde flackerte Besorgnis in ihrem Gesicht auf. Doch dann lächelte sie schnell wieder und erklärte: »Alles wird sich fügen. Das tut es immer.«

»Immer?«

»Wenn man so lange lebt wie wir, normalerweise schon«, bestätigte sie schmunzelnd und knuffte ihn spielerisch. »Los jetzt. Sieh mal nach, was die Männer treiben. Die Zeremonie beginnt bald, und ich bin mir sicher, dass Bastien die anderen mit seiner Detailversessenheit langsam in den Wahnsinn treibt. Er hat diese Hochzeit schon so oft anberaumt, abgesagt und neu angesetzt, dass beinahe niemand mehr damit gerechnet hat, dass sie überhaupt noch stattfindet.«

Tiny lächelte schwach, nickte knapp und ging über den Flur davon. Doch als er um die Ecke bog und Marguerite ihn nicht mehr sehen konnte, verblasste das Lächeln. In seinem Kopf wiederholte sich ihre Unterhaltung, und er versuchte zu begreifen, dass sie ihn tatsächlich für den Lebensgefährten dieser Mirabeau hielt, mit der er in den nächsten Tagen zusammenarbeiten sollte. Eine faszinierende und erschreckende Perspektive. Unablässig kreisten seine Gedanken um diese Vorstellung. Die Hochzeitszeremonien begannen, in deren Rahmen sich gleich mehrere Argeneaus das Jawort gaben, doch er saß lediglich so betäubt wie ein Schlafwandler dabei und nahm kaum etwas wahr.

Er erwachte erst wieder aus seiner Trance, als Decker Argeneau Pimms ihn in die Seite stieß und zu ihm sagte: »Wir müssen jetzt unterschreiben.« Dabei deutete er auf den vorderen Teil der Kirche, wo Lucian Argeneau vor einer geöffneten Tür stand und winkte.

Die Registratur hinter dem Podium, wo die verschiedenen Ehen durch Unterschriften bestätigt werden sollten, war viel zu klein, um alle Trauzeugen auf einmal aufzunehmen, weshalb gruppenweise unterschrieben werden sollte. Die erste Hälfte der Zeugen würde ins Zimmer gebeten und hinterher durch eine Seitentür nach draußen bugsiert werden, während die zweite Gruppe den Raum betrat. So würde auch, falls Leonius Livius oder einer seiner Leute spionierte, nicht auffallen, dass Teilnehmer der Zeremonie dabei verschwanden. Falls hinterher doch jemand bemerken sollte, dass Festgäste fehlten, würde es hoffentlich bereits zu spät sein, um noch etwas zu unternehmen.

»Bereit?«, erkundigte sich Decker. Neben ihm standen seine Gefährtin Dani und deren Schwester Stephanie.

Tiny sprang augenblicklich auf und schob sich hinter dem Trio auf Lucian zu. Es wurde Zeit, sich auf die anstehende Aufgabe zu konzentrieren. Entweder würde sie ein Kinderspiel werden oder aber in einem Blutbad enden. Die Chancen standen etwa fifty-fifty. Tiny hoffte sehr auf das Kinderspiel, denn er konnte sich nur zu gut ausrechnen, wie seine Chancen gegen einen Schlitzer aussahen – und er war noch viel zu jung, um zu sterben.

2

»Was für ein Unsinn«, murmelte Mirabeau vor sich hin und hob den Rock ihres Brautjungfernkleides etwas höher, damit er nicht den Matsch am Boden streifte. Nur Lucian Argeneau konnte auf die Idee kommen, für eine Frau eine Fluchtroute durch einen Abwasserkanal auszuwählen, ohne sie vorzuwarnen und ihr die Gelegenheit zu geben, sich etwas Passendes anzuziehen.

Ein trappelndes Geräusch machte sie darauf aufmerksam, dass sie hier unten Gesellschaft hatte. Wahrscheinlich waren es Ratten. Instinktiv raffte sie den Rock noch mehr, damit die kleinen Viecher nicht an dem zarten Stoff hochkrabbeln konnten, ließ ihn jedoch gleich wieder fallen, denn nun waren ihre bestrumpften Beine entblößt, und es schien ja durchaus möglich, dass die eine oder andere Ratte mutig genug wäre, an ihr hochzuklettern. Also hielt sie den Rock gerade so hoch, dass der Saum nicht den zentimetertiefen Schlick unter ihren Füßen berührte, und stampfte stattdessen lautstark auf. Das Trappeln verstummte. Die kleinen Nager flohen offenbar nicht, sondern saßen nun wahrscheinlich reglos um sie herum und glotzten sie mit ihren Knopfaugen an. Anscheinend waren sie an die Anwesenheit von Menschen gewöhnt und hatten keine Angst vor ihnen.

»Na großartig«, knurrte Mirabeau, erstarrte aber gleich darauf und sah nach oben. An der eisernen Falltür, durch die sie die Kirche verlassen hatte, erklangen Geräusche. Jemand landete über ihr auf dem Boden, gefolgt von einer weiteren Person, die ungefähr doppelt oder sogar dreimal so viel wog wie die Erste. Dann knirschte es, und die Luke wurde geöffnet.

Das Licht einer Taschenlampe traf Mirabeau genau ins Gesicht, und sie hob schützend die Hand.

»Tut mir leid«, sagte eine tiefe, grollende Stimme. Der Lichtstrahl schwang zur Seite.

Mirabeau ärgerte sich, dass sie die Stimme nicht erkennen konnte. Sie erklang erneut, diesmal als gedämpftes Murmeln, das sie an einen Donner erinnerte, und Mirabeau hörte, wie geflüstert wurde: »Du zuerst. Ich ziehe die Tür hinter uns zu und schließe ab.«

Diese Worte waren offenbar nicht für sie bestimmt. Mirabeau spähte nach oben, um herauszufinden, wer da zu ihr in den Kanal stieg. Eigentlich erwartete sie nur eine weitere Person: ihren Helfer, mit dem zusammen sie Lucians Auftrag erledigen würde. Er sollte auch das Paket mitbringen, das sie beide abliefern sollten. Sie ging selbstverständlich davon aus, dass ihre Verstärkung männlich sein würde. Im Norden der Vereinigten Staaten und in Kanada gab es nur wenige weibliche Vollstrecker. Eshe, mit der sie für gewöhnlich zusammenarbeitete, war momentan nicht verfügbar. Umso überraschter reagierte sie, als sie erkannte, dass sich gerade ein weibliches Wesen an den Abstieg ins Kanalsystem machte. Eine schlanke Person in einem knielangen Kleid kam die Leiter herunter und stellte sich neben Mirabeau. Sie hatte eigentlich angenommen, dass die dritte Person nur die Tür verschließen würde, doch der Mann kam nun ebenfalls zu ihnen geklettert.

Mirabeau machte dem kräftigen Mann Platz und begutachtete die beiden Neuankömmlinge im Licht der Taschenlampe, die nun freundlicherweise auf den Boden gerichtet wurde, damit sie sie nicht mehr blendete. Allerdings konnte Mirabeau im Dunkeln ohnehin sehr gut sehen und die beiden so deutlich erkennen, als stünden sie in gleißendem Sonnenlicht.

Bei der Frau handelte es sich mit Sicherheit nicht um die erwartete Verstärkung. Das Mädchen war erst vierzehn oder fünfzehn Jahre alt – für einen Normalsterblichen ein Kind, in den Augen eines Wesens aber, das bereits älter als vierhundertfünfzig Jahre war, lediglich ein Säugling. Die Kleine war dünn und flachbrüstig und trug das blonde Haar in einem Pferdeschwanz, der ihre jugendlichen Züge und ihren zarten Hals betonte.

Mirabeau fragte sich, wer sie wohl sein könnte und was sie hier unten zu suchen hätte. Irgendwie kam sie ihr bekannt vor, aber sie kam nicht dahinter, woher. Dann begutachtete sie den Mann genauer, und das Mädchen war sofort vergessen. Mirabeau hatte in ihrem Leben schon eine Menge sterbliche und unsterbliche Kerle getroffen, aber kaum einer konnte mit diesem Prachtexemplar mithalten. Er überragte Mirabeau trotz ihrer eins achtzig um einen guten Kopf und sah zudem auch noch großartig aus, hatte dunkles Haar und schroffe Gesichtszüge, die Mirabeau ausnehmend gut gefielen. Zudem hatte er eine schöne, breite Brust und Schultern, um die ihn jeder Footballspieler beneidet hätte. Seine Taille dagegen war schlank, und außerdem – wenn sie bei seinem Abstieg in den Kanal richtig gesehen hatte – schien ihr sein Hintern einer der tollsten zu sein, die ihr in den letzten Jahren untergekommen waren. Ein Po, in den man seine Fingernägel graben konnte, während man den Kerl antrieb, damit er …

»Du lieber Himmel, nicht ihr auch noch.«

Mirabeau zwinkerte irritiert und sah den entnervten Teenager fragend an. Wieso *auch noch*?

»Nicht nur *du*«, erklärte das Mädchen stöhnend und deutete zuerst auf Mirabeau und dann auf den Mann. »Du und du, ihr denkt *beide* darüber nach, wie es wohl wäre, Sex miteinander zu haben. Ihr seid genauso schlimm wie Decker und meine Schwester. Die sind auch ständig scharf aufeinander … oder treiben es.« Sie seufzte unglücklich und fuhr fort: »Das ist so armselig. Lieber habe ich niemals Sex und verzichte auf einen Lebensgefährten, als zu so einem sabbernden Idioten zu mutieren wie ihr alle.«

Mirabeau starrte das Mädchen an, und eine ganze Reihe von Gedanken huschte durch ihren Kopf. Jetzt wusste sie, wer die Kleine war. Dass ihre Schwester mit einem gewissen Decker zusammen war, konnte nur bedeuten, dass es sich bei diesem jungen Mädchen hier um Stephanie McGill handelte. Ihre Schwester Dani McGill war die Gefährtin von Decker Argeneau Pimms. Die Kleine war noch nicht lange unsterblich. Erst im Sommer hatte ein abtrünniger Vampir sie gekidnappt und gewandelt. Damals waren auf der Suche nach dem Mädchen alle verfügbaren Jäger zu Hilfe gerufen worden; auch sie selbst und ihre Kollegin Eshe waren dabei gewesen. Sie hatten das Mädchen leider erst gefunden, nachdem sie der Abtrünnige, ein Schlitzer, bereits gewandelt hatte. Glücklicherweise war Stephanie nicht zu einem Schlitzer, sondern zu einer Edantante geworden. Die Edantante hatten zwar unter dem kleinen Makel zu leiden, dass ihnen unglücklicherweise die Fangzähne fehlten, die den Sterblichen an Vampiren so gut gefielen. Aber da es heutzutage Blut in Beuteln gab, stellte das keine große Beeinträchtigung mehr dar. Den Schlitzern fehlte dieses Attribut zwar ebenfalls, aber sie waren zusätzlich auch noch mit einem Wahnsinn geschlagen, der sie dazu trieb, die scheußlichsten Gräueltaten an den Menschen zu verüben, von denen doch ihr Überleben abhing. Aus diesem Grund wurden die Schlitzer gejagt und vernichtet, wann immer sich eine Gelegenheit dazu bot.

Außerdem registrierte Mirabeau, dass die Kleine ihrer beider Gedanken gelesen hatte. Bei dem Mann wunderte sie das nicht, denn aus irgendeinem Grund war sie sich sicher, dass er ein Sterblicher sein musste. Warum, das wusste sie selbst nicht, sie spürte es einfach. Aber dass sie auch in ihren Kopf geblickt hatte, verwunderte Mirabeau. Sie war mehr als vierhundert Jahre älter als das Mädchen, und eigentlich hätte die Kleine sie nicht lesen können dürfen, obwohl Mirabeau sich eingestehen musste, dass sie ihren Geist nicht besonders sorgfältig vor dem Kind abgeschirmt hatte. Ab jetzt durfte sie das nicht mehr vergessen, überlegte sie, doch ihre Gedanken schweiften bereits zur nächsten Beobachtung ab.

Als sie den Sterblichen begutachtet und sich an seinem Körperbau erfreut hatte, war ihr aufgefallen, dass er sie genauso eingängig gemustert hatte. Stephanies Worten zufolge hatte er dabei tatsächlich daran gedacht, wie es wäre, mit ihr Sex zu haben, beziehungsweise es *mit ihr zu treiben*, wie der Teenager es so charmant ausgedrückt hatte. Mirabeaus Blick fiel wieder auf den Mann – und sie musste lächeln.

Mit über vierhundertfünfzig Jahren konnte sie zwar auf einige sexuelle Erfahrungen zurückblicken, doch im Verlauf des letzten Jahrhunderts hatte sie festgestellt, dass ihr Verlangen abflaute. Dass sie nach so langer Zeit noch auf einen Mann *scharf* werden konnte, war wirklich schön zu wissen, und dass es ihm genauso ging, war ebenfalls erfreulich. Vielleicht könnte sie ihn ja, wenn dieser Auftrag erst einmal erledigt wäre, dazu überreden …

»Tiny McGraw.«

Mirabeau hob die Brauen. Diesen Namen hatte sie schon häufiger aus dem Mund von Marguerite Argeneau gehört. Sie kannte den Privatdetektiv von einem Aufenthalt in Kalifornien, und seit ihrer Rückkehr hatte sie ihn eigentlich jedes Mal erwähnt, wenn Mirabeau sie besucht hatte. Ehrlich gesagt hingen ihr die Geschichten über ihn langsam zum Hals heraus. Doch diese Gedanken verpufften, als ihr eine Hand hingestreckt wurde, in die sie automatisch ihre eigene Hand hineinlegte. Mit weit aufgerissenen Augen verfolgte sie, wie sich seine warmen, starken Finger um ihr kleines Händchen schlossen, das in seiner riesigen Pranke völlig verschwand. Er hat also große Hände, dachte sie und senkte den Blick instinktiv, bis er bei seinen Füßen ankam. Sie waren ebenfalls außergewöhnlich groß.

Du lieber Himmel, überlegte sie, *der Kerl hat sicher auch einen gigantischen …*

»Herrgott! Hört auf, bevor ich noch kotzen muss«, keuchte Stephanie und gab würgende Geräusche von sich.

Mirabeau schloss die Augen und wusste nicht, ob sie nun beschämt oder wütend sein sollte. Die Wut gewann schließlich die Oberhand, und sie fuhr das Mädchen an: »Dann halt dich verdammt nochmal aus meinem Kopf heraus.«

»Ich bin nicht *in* deinem Kopf. Du schreist mir deine Gedanken geradezu ins Gesicht«, keifte die Kleine zurück.

»Ähm … du musst wohl Mirabeau La Roche sein. Und ihr beide kennt euch offenbar schon, oder muss ich euch noch vorstellen?«, meldete sich Tiny verunsichert.

Er gab Mirabeaus Hand frei, und sie seufzte enttäuscht, riss sich zusammen und zwang sich, sich wie ein Vollstrecker zu benehmen. »Stimmt, ich bin Mirabeau. Stephanie und ich sind uns allerdings bisher noch nie begegnet. Aber ich weiß trotzdem, wer sie ist. Ich hab sie im Haus der Vollstrecker gesehen«, erklärte sie ihm und fügte dann mit erhobenen Augenbrauen hinzu: »Ich vermute, du bist meine Verstärkung bei der Lieferung des Pakets.«

»Ja, ja, er ist deine Verstärkung«, mischte sich Stephanie ungeduldig ein. »Und ich bin das Päckchen. Können wir jetzt endlich los? Hier unten stinkt es.«

Mirabeau kniff die Augen zusammen und musterte das Mädchen genau. Eigentlich hätte sie sich im selben Augenblick, als sie die Kleine erkannt hatte, schon denken können, worin ihr Auftrag bestand. Sie starrte sie entgeistert an – und die ganze, schreckliche Tragweite ihrer Mission wurde ihr mit einem Schlag klar. Sie sollten Stephanie in Port Henry abliefern, was bedeutete, dass sie mit diesem aufsässigen, großmäuligen Teenager mindestens zehn Stunden im selben Auto gefangen wären.

Warum war sie nicht schon früher darauf gekommen? Schließlich hatte sie gehört, wie Lucian, Dani und Decker im Haus der Vollstrecker über Stephanies Zukunft diskutiert hatten. Lucian war der festen Überzeugung gewesen, dass das Mädchen ausschließlich im Haus und unter ständiger Bewachung der Vollstrecker in Sicherheit wäre. Dani war dagegen, denn sie befürchtete, dass Stephanie dort zur Untätigkeit verdammt wäre und so nur über all das, was sie verloren hatte, nachgrübeln würde. Sie sollte Freunde haben können, die Highschool beenden und ein so normales Leben führen wie nur irgend möglich.

Offenbar hatten sie sich am Ende auf Port Henry geeinigt. Die Kleinstadt lag im Süden von Ontario und war relativ vampirfreundlich. Einige der sterblichen Einwohner wussten über die Existenz von Vampiren Bescheid, und zudem lebte dort eine kleine Gruppe Unsterblicher, die in der Lage war, auf Stephanie aufzupassen. Mirabeau konnte nachvollziehen, dass Stephanie dort sicher die besten Chancen auf ein normales Leben hätte. Weshalb man allerdings sie und Tiny ausgesucht hatte, um sie dorthin zu begleiten, das war ihr schleierhaft. Was war denn mit Dani und Decker? Würden sie nicht dort mit ihr wohnen?

»Dani und Decker gehen auf Hochzeitsreise«, informierte sie Stephanie seufzend. Offenbar las sie noch immer ihre Gedanken.

»Wann haben sie denn geheiratet?«, erkundigte sich Mirabeau verwundert. Decker war ebenfalls ein Vollstrecker, und sie bildeten eigentlich eine verschworene Gemeinschaft, denn schließlich hing ihr gegenseitiges Überleben voneinander ab. Wenn Decker tatsächlich geheiratet hatte, dann hätte sie es nicht nur wissen, sondern außerdem eine Einladung bekommen müssen. Dass er sie möglicherweise vergessen hatte, fand sie beleidigend.

»Nein, sie sind noch nicht verheiratet. Es ist eine Art Vorhochzeitsreise. Sie wollen erst ein paar von den frischen *Gefährtenhormonen*, wie Dani es nannte, loswerden, und danach zu mir nach Port Henry kommen, um die Hochzeit zu planen. Bis dahin werden sich diese Elvi und Lucians Bruder Victor um mich kümmern und auf mich aufpassen.«

Mirabeau musterte das Mädchen eingehend. Es machte der Kleinen augenscheinlich nichts aus, dass sich die Dinge so entwickelt hatten. Im Gegenteil, sie schien sich sogar zu freuen, denn ihre Augen leuchteten begeistert. Sie tauchte kurz in Stephanies Gedanken ein und las in ihnen, wie sich das Mädchen ihr neues Leben vorstellte. Sie malte sich aus, dass Elvi sie verwöhnen würde und sie sonst tun und lassen könnte, was sie wollte – eben wie ein typischer Teenager, der zum ersten Mal die Freiheit wittert. Eine schöne Vorstellung, die so allerdings höchstwahrscheinlich nicht eintreffen würde. Mirabeau wusste, dass Elvi Black, die jetzt Argeneau hieß, in der Vergangenheit eine Tochter verloren hatte und deshalb wahrscheinlich wie eine Glucke auf Stephanie aufpassen und sich permanent in ihr Leben einmischen würde. Auch Victor Argeneau würde das Kind nicht aus den Augen lassen. Aber es war nicht Mirabeaus Job, der Kleinen ihre Illusionen zu rauben. Und außerdem hatte sie keine Lust, sich für den Rest der Mission mit einer miesepetrigen Stephanie herumzuschlagen. Also schwieg sie lieber und behielt ihr Wissen für sich.

Dass Dani McGill ihre Schwester allein gelassen hatte, um mit Decker zu verreisen und ein paar Hormone loszuwerden, daran glaubte sie nicht eine Sekunde lang. Sie wusste, dass der abtrünnige Schlitzer Leonius Livius, der Stephanie und Dani verwandelt hatte, reges Interesse daran hatte, die beiden Schwestern in die Finger zu bekommen. Deshalb hatten Dani und Decker die Geschichte von der Hochzeitsreise wahrscheinlich nur erfunden, damit sich Stephanie keine Sorgen um ihre Schwester machte. Mirabeau hegte den Verdacht, dass Lucian plante, den Schlitzer zu fangen und Dani überredet hatte, dabei den Köder zu spielen. Und die hatte wahrscheinlich nur unter der Voraussetzung zugestimmt, dass ihre Schwester in Sicherheit gebracht wurde.

Mirabeau hatte nicht vergessen, dass Stephanie in ihren Gedanken las, also verdrängte sie diesen Verdacht genauso schnell wie die Überlegungen über die permanente Überwachung, die Stephanie wohl in Port Henry erwartete. Ihr kam der Gedanke, dass sie, sobald sie ihren Auftrag erledigt hätte, Kontakt zu den anderen aufnehmen und nachfragen sollte, ob ihre Unterstützung bei der Schlitzerfalle benötigt würde. Leo, dieser ausgefuchste Mistkerl, war ihnen bisher schon zweimal entkommen, und vielleicht konnte sie ja mithelfen zu verhindern, dass er es ein drittes Mal schaffte.

Papier raschelte, und Mirabeau drehte sich nach Tiny um. Er blätterte in einem Notizblock, hielt dann bei einer Seite inne und murmelte zufrieden etwas vor sich hin. Mirabeau trat zu ihm und spähte auf das Blatt, das er mit der Taschenlampe beleuchtete. Es war eine von Hand gezeichnete Karte des Kanalsystems. Die Kirche war als Startpunkt markiert, von dem blaue Linien wie Blutgefäße in verschiedene Richtungen abzweigten. Ihr Fluchtweg war in Rot eingezeichnet. Lucian schien es möglichen Verfolgern so schwer wie möglich machen zu wollen, denn die rote Linie schlängelte sich kreuz und quer durch die Abwasserrohre, bog manchmal scharf um Ecken und schien ab und zu sogar wieder rückwärts zu führen. Ein eventueller Jäger würde ihnen schon sehr dicht auf den Fersen bleiben müssen, um sie in dem Gewirr aus Gängen nicht zu verlieren.

Sie fragte sich, weshalb sich Lucian einen so komplizierten Fluchtweg ausgedacht haben mochte, obwohl doch er und all die anderen sich oben in der Registratur aufhielten, von der auch der geheime Zugang zu den Abwasserkanälen ausging. Doch dann begriff sie, dass die Hochzeitsgesellschaft nicht endlos in dem Zimmer bleiben konnte, ohne Verdacht zu erregen. Falls

Leonius oder einer seiner Männer tatsächlich gewagt hatte, sich in die Zeremonie einzuschleichen, würde die übermäßige Verzögerung bestimmt auffallen – und möglicherweise auch, dass Stephanie das Zimmer nicht mehr verlassen hatte. Die Schlitzer würden wahrscheinlich in die Köpfe der Gäste eindringen und nach einer Erklärung suchen.

Zwar schaffte es kaum jemand, Lucians Gedanken zu lesen, aber auch der Rest der Hochzeitsgesellschaft war Zeuge gewesen, als Mirabeau das Zimmer betreten hatte, um als Trauzeugin von Marguerite und Julius ihre Unterschrift zu leisten. Im Anschluss hatte Lucian ihren Arm genommen, sie zu dem geheimen Gang geführt und ihr erklärt, dass ihr Partner für die Mission mit der zweiten Zeugengruppe ins Zimmer kommen und ihr in Kürze mit dem Päckchen folgen würde. Die anderen Zeugen hatten wortlos dabei zugesehen. Viele von ihnen waren schon älter, und es wäre schwierig, in ihren Geist einzudringen. Doch ebenso viele waren Neuzugänge, und in deren Geist konnte man auch gegen ihren Willen lesen – wie in einem offenen Buch. Mirabeau begriff, dass ihre Gegenspieler schnell herausfinden würden, wo Stephanie McGill geblieben war. Sie hatten schon zu lange herumgetrödelt. Es wurde Zeit zum Aufbruch.

Tiny war anscheinend der gleichen Ansicht, denn er schlug den Block zu, stopfte ihn in die Tasche und leuchtete mit der Taschenlampe in den Gang, der sich vor ihnen erstreckte. »Wir sollten losgehen. Wir passieren die nächsten drei Abzweigungen und biegen dann bei der vierten nach rechts ab.«

Mirabeau nickte, raffte den Rock ein Stückchen und wandte sich dann in die Richtung, in die Tiny gewiesen hatte. »Ich gehe voran. Stephanie, du bleibst zwischen uns, und Tiny bildet die Nachhut.«

»Brauchst du eine Taschenlampe?«, fragte Tiny. Mirabeau wandte sich nach ihm um, und sofort erschien ein ironisches

Grinsen auf seinen Lippen. Ihre Augen reflektierten das schummerige Licht, das hier unten herrschte, wie die einer Katze und schimmerten bronzefarben. »Ach ja, natürlich brauchst du keine. Zeig uns den Weg.«

Dieser Tiny war für einen Sterblichen ganz schön clever, dachte Mirabeau und trat in den Tunnel, wobei sie sorgsam darauf achtete, dass ihr Rocksaum nicht durch den Matsch am Boden schleifte.

Schweigend marschierten sie los. Mirabeau führte sie durch die verschlungenen Gänge an den ersten beiden Abzweigungen vorbei. Plötzlich fiel ihr etwas ein. Wenn ihnen Gefahr drohte, dann würde sie von hinten zuschlagen. Den sterblichen Tiny die Nachhut bilden zu lassen, war wohl keine so gute Idee gewesen, denn es wäre wirklich eine Schande, wenn diesem Prachtexemplar von einem Kerl etwas zustieße. Und sicher wäre auch Marguerite nicht begeistert, würde er sterben. Andererseits hieße sie es aber auch bestimmt nicht gut, wenn Mirabeau seine Gefühle verletzte, denn sie mochte ihn offenbar sehr gern. Ach, diese sterblichen Kerle waren immer so empfindlich, wenn sie ihre Männlichkeit infrage gestellt sahen und nicht den starken Beschützer spielen durften. Um mit ihm den Platz zu tauschen, würde sie ihn wohl überlisten müssen.

Beim dritten Seitengang blieb Mirabeau stehen und drehte sich um.

3

Tiny grübelte über Marguerites Andeutung nach, dass er womöglich Mirabeaus Lebensgefährte sein könnte. Jetzt, da er die Frau persönlich kannte, faszinierte ihn diese Aussicht. Im Geiste suchte er gerade nach Argumenten, weshalb er lieber nicht so empfinden sollte, als Stephanie ganz plötzlich stehen blieb. Sofort waren seine Nerven gespannt, und er suchte die Umgebung automatisch nach einer möglichen Bedrohung ab, stellte jedoch schnell fest, dass Mirabeau ohne Grund stehen geblieben war und jetzt auf ihn zukam. Sie sah weder angespannt noch alarmiert aus, und Tiny beruhigte sich. Etwas schien sie zu bedrücken, und als sie sich an ihn wandte, klangen ihre Worte gestelzt: »Ich glaube … es wäre wahrscheinlich besser, wenn doch *du* uns führst. Hier drin ist es schon sehr dunkel, und du hast eine Taschenlampe.«

Tiny betrachtete zuerst die Lampe in seiner Hand und dann Mirabeau. Zweifellos log sie ihn an. Er kannte die Unsterblichen gut genug, um zu wissen, dass sie das schwache Licht der Lampe nicht brauchte, um sich in der Dunkelheit zu orientieren. Für Mirabeau und Stephanie war es hier unten wahrscheinlich taghell. Warum wollte sie so plötzlich, dass er voranging?

»Sie macht sich Sorgen, dass du da hinten getötet werden könntest, denn Marguerite würde ihr das niemals verzeihen. Sie hat Angst, dass du von hinten attackiert und geköpft werden könntest oder was auch immer«, beantwortete der Teenager belustigt die Frage, die Tiny gar nicht laut ausgesprochen hatte. »Ihr ist einfach keine brauchbare Lüge eingefallen, um dich dazu zu bringen, mit ihr den Platz zu tauschen.«

Mirabeau durchbohrte die Kleine mit einem vernichtenden Blick und wandte sich dann beschwichtigend an Tiny: »Ich dachte nur, dass ich einen eventuellen Angreifer, der von hinten käme, früher hören würde als du, denn meistens droht ja von dort die Gefahr und …«

»Das reicht«, unterbrach Tiny sie und schaffte es, seinen Schrecken über die Wahrheit, die in ihren Worten steckte, zu verbergen. Auch wenn sie versucht hatte, es ihm schonend beizubringen, sein Ego hatte doch einen mächtigen Schlag abbekommen. Dank seiner Größe von zwei Metern und seinem Kampfgewicht von hundertfünfundzwanzig Kilo purer Muskelmasse war er es nicht gewohnt, als schwächstes Glied in der Kette betrachtet zu werden. Doch seit er die Unsterblichen kannte, musste er sich damit abfinden, dass er mit ihren Kräften nicht mithalten konnte. Zehn Jahre lang hatte er mit einer Partnerin zusammengearbeitet, die genauso sterblich war wie er. Jackie war ein zartes Persönchen. Sie hatte sich zwar immer zu helfen gewusst, trotzdem war er in ihrer Partnerschaft stets der Starke gewesen. Doch dann hatte sie Vincent kennengelernt und war zu seiner Gefährtin geworden. Tiny hatte deshalb mit Marguerite an einem Fall in Europa gearbeitet, und dank ihr hatte sich sein Selbstbild komplett geändert. Diese kleine, wunderschöne und noch dazu herzensgute Dame war ungefähr einen Kopf kleiner als er, wog nur halb so viel – und konnte ihn mir nichts, dir nichts unter den Arm klemmen und mit ihm losrennen, als wöge er nicht mehr als ein kleines Kind. Tiny zweifelte keinen Augenblick daran, dass die zwei zerbrechlichen, weiblichen Schönheiten in seiner Begleitung ebenfalls kein Problem damit hätten.

Er, der große, starke Tiny, war nun also derjenige, der beschützt werden musste. Wie deprimierend. Grübelnd schob sich Tiny an Stephanie vorbei und trat zu Mirabeau. Seine Gedanken wurden jäh unterbrochen, als Mirabeau erstickt aufschrie.

Instinktiv riss er die Taschenlampe hoch und leuchtete ihr ins Gesicht. Geblendet kniff sie die Augen zu, und er senkte die Lampe schnell wieder, wobei der Lichtstrahl auf den Mann hinter Mirabeau fiel. Er war kleiner als sie, und Tiny konnte nur eine Stirn und schmale Augen erkennen, die über ihre Schulter spähten. Das waren nicht die Augen eines Unsterblichen. Der Kerl war genauso sterblich wie Tiny, allerdings um einiges schmutziger. Seine Haare sahen ungewaschen aus, und seine Stirn war dreckverschmiert. Wahrscheinlich ein Obdachloser, der in den Gängen lebte und herumwanderte, folgerte Tiny. Eigentlich sollte er für Mirabeau keine Gefahr darstellen. Eigentlich. Der Kerl hatte sie an ihrem Haarknoten gepackt und bog ihren Kopf weit nach hinten. Tiny zögerte, denn er rechnete damit, dass Mirabeau einfach die Kontrolle über den Geist des Mannes übernehmen und ihn so dazu bringen würde loszulassen. Doch stattdessen reagierte sie instinktiv und hob das Bein, um dem Mann einen Tritt zu verpassen, der ihm höchstwahrscheinlich die Kniescheibe gebrochen hätte – wenn sie es denn geschafft hätte, ihn überhaupt auszuführen. Dummerweise verhedderte sie sich aber in ihrem langen Kleid, verlor das Gleichgewicht und stolperte. Als sie begriff, dass sie stürzen würde, riss sie erschrocken Augen und Mund auf. Tiny versuchte, Stephanie zur Seite zu stoßen und Mirabeau aufzufangen, kam jedoch nicht mehr rechtzeitig und wäre beinahe noch von ihren zappelnden Beinen getroffen worden, als sie unsanft mit ihrem Hintern auf dem Boden landete.

Tiny fing sich an der Wand ab und streckte Mirabeau die Hand hin. Ein Stöhnen erklang aus dem Tunnel hinter ihr, also hob er die Lampe in Richtung des Geräusches. Er konnte die schmutzige Kleidung und das ungepflegte Haar des Mannes ausmachen und stellte zudem fest, dass der Kerl Mirabeau anscheinend die Hälfte ihres Haares ausgerissen hatte. Zuerst glaubte er sogar, dass er sie skalpiert hatte, doch dann fiel ihm wieder ein, was Marguerite über den Friseurbesuch erzählt hatte, bei dem die Friseurin Mirabeaus grell gefärbte Strähnen hatte verschwinden lassen. So hatte sie es also gemacht: mit einem künstlichen Haarteil oder etwas Ähnlichem. Schnell richtete er den Lichtstrahl auf Mirabeau. An den Seiten hing ihr Haar glatt und dunkel herab, doch am Hinterkopf, wo eben noch der Haarknoten gesessen hatte, lugten jetzt pinkfarbene Strähnchen hervor.

Entsetzt starrte der Angreifer den Klumpen in seiner Hand an und hatte offenbar nicht begriffen, dass er ihr nur ein Haarteil abgerissen hatte. Dann traf ihn der Strahl von Tinys Lampe, er vergaß die Haare und konzentrierte sich auf die Lichtquelle. Tiny drehte schnell die Lampe um, damit der Mann seinen beeindruckenden Körper sehen konnte und murmelte: »Buh.«

Mehr war nicht nötig. Wie immer – zumindest, wenn Tiny es mit Sterblichen zu tun hatte – reichte sein äußeres Erscheinungsbild, um ein Gegenüber davon zu überzeugen, dass es unklug wäre, sich mit ihm anzulegen. Der Fremde quiekte vor Schreck, ließ den Haarknoten fallen, machte einige Schritte rückwärts und flüchtete in die Dunkelheit.

Tiny wartete, bis seine Schritte verhallten, und versuchte dann, Mirabeau beim Aufstehen behilflich zu sein. Sie zappelte auf dem nassen Boden herum. Ihr Kleid war vollkommen durchweicht und behinderte sie bei dem Versuch, sich aufzurappeln. Immer wieder plumpste sie in den Matsch zurück. Stephanie hatte Mund und Augen erschrocken aufgerissen und stand tatenlos daneben. Wahrscheinlich entsetzte sie vor allem die undefinierbare Masse, in der Mirabeau da herumrutschte. Tiny versuchte, nicht weiter darüber nachzudenken, in was sie sich da suhlte und reichte Stephanie die Taschenlampe.

Die Kleine schaffte es, sich zumindest soweit zusammenzureißen, dass sie ihm die Lampe abnehmen konnte. Tiny schob sich vorsichtig an ihr und Mirabeaus zappelnden Beinen vorbei, packte Mirabeau von hinten unter den Achseln und hievte sie hoch.

»Vielen Dank«, knurrte Mirabeau außer Atem, als sie endlich wieder festen Boden unter den Füßen hatte. Tiny wartete nur so lange, bis sie ihr Gleichgewicht wiedergefunden hatte, ließ sie dann los und trat schnell einige Schritte zurück. Er wusste zwar, er war gemein, aber er konnte nicht anders. Es war schon schlimm genug, in diesem stinkigen Schlamm herumzuwaten, aber Mirabeau hatte durch ihr Gezappel den Schlick aufgewühlt, und nun war der Gestank noch stärker und haftete geradezu an ihr. Die Frau, die er vorhin noch so scharf gefunden hatte, müffelte jetzt wie eine verstopfte Toilette, und das dämpfte sein Verlangen doch gehörig. Wahrscheinlich war es gar nicht so schlecht, denn schließlich hatten sie einen Job zu erledigen.

Tiny nahm Stephanie die Lampe wieder ab und leuchtete damit über Mirabeau und ihr Kleid. Es sah erschreckend aus. Hätte er es nicht vorhin noch auf der Hochzeitsfeier in seinem pfirsichfarbenen Urzustand gesehen, er hätte geglaubt, es wäre ein Zweiteiler aus einem pastellfarbenen Oberteil und einem schwarzbraunen Rock. Nicht nur Tiny begriff, dass es vollkommen ruiniert war. Mirabeau starrte an sich hinunter und sah noch entsetzter aus als Stephanie. Dann hob sie den Kopf und blickte sich wütend um. »Wo ist er?«, knurrte sie zornig.

»Abgehauen«, erklärte Tiny. Der Kerl hatte Glück, dass er sich rechtzeitig aus dem Staub gemacht hatte. »Es war nur ein Obdachloser. Er hat mich gesehen und ist geflüchtet.«

Es wunderte ihn nicht, dass sie auf diese Neuigkeiten eher mit Enttäuschung als Erleichterung reagierte. Sicher wäre sie dem Typen gern an die Gurgel gegangen. Mirabeau starrte Tiny böse an. Er wartete geduldig ab, ob sie ihre Wut und ihren Frust nun stattdessen an ihm ausließe. Schließlich stieß sie nur einen knappen Fluch aus und betrachtete angewidert ihre schlammverkrusteten Hände. Tiny wollte ihr schon großzügig sein Jackett als Wischtuch anbieten, doch sie fand selbst noch eine kleine, saubere Stelle an ihrem Kleid, die tatsächlich dem Schlammbad entgangen war. Er sah ihr schweigend zu, wie sie sich die Hände säuberte, und als sie schließlich wieder aufsah, lächelte er ihr aufmunternd zu.

Sie quittierte es mit einem Seufzen und meinte nur: »Wir sollten wohl lieber weitergehen.«

»Ja, das wäre besser«, stimmte er ruhig zu.

Abwesend nickte sie und ging auf den Abzweig links von Tiny zu, doch schon wieder kam ihr der klatschnasse Rock in die Quere, wickelte sich um ihre Beine und brachte sie beinahe nochmals zu Fall. Tiny eilte ihr zu Hilfe, doch sie winkte ab und fand auch allein die Balance wieder. Voller Ekel betrachtete sie das lästige Kleid.

»Mach doch«, bemerkte Stephanie gleichmütig, »es ist sowieso hinüber.«

Die Kleine las anscheinend schon wieder in Mirabeaus Gedanken. Tiny kam nicht gleich dahinter, was sie meinen mochte. Dann beugte sich Mirabeau abrupt vornüber, packte den Saum des Brautjungfernkleides, suchte eine Seitennaht und riss den Rock bis über die Knie auf. Daraufhin zerteilte sie den Stoff auch noch seitwärts, bis am Ende allein das obere Viertel des Rocks übrig blieb. Nun reichte ihr das Kleid gerade noch bis zur Hälfte des Oberschenkels.

»Ein bisschen kurz geraten«, befand sie und ließ den überflüssig gewordenen Stoff zu Boden fallen. »Aber dafür kann ich mich jetzt besser bewegen und bin im Falle eines Kampfes nicht mehr so eingeengt«, fügte sie sarkastisch hinzu.

»Ja«, stimmte Tiny zu, war jedoch nicht bei der Sache. Der Anblick ihrer bestrumpften Beine nahm seine ganze Aufmerksamkeit in Anspruch. Der Rock endete jetzt genau am Ansatz der schwarzen Netzstrümpfe, und bei jeder Bewegung blitzte dort ein verführerischer Streifen Haut auf. Hypnotisiert bewunderte Tiny ihre schier endlosen Beine.

Lieber Gott, die Frau besteht nur aus Beinen, dachte er – und aus was für Beinen! Sie waren muskulös und doch schlank und feminin, und auch ihre Knöchel waren ganz zart und zierlich.

»Es war meine eigene Schuld«, meinte Mirabeau und blickte wieder angeekelt an sich hinab. »Bevor ich mich umgedreht habe, hätte ich überprüfen müssen, ob der Seitengang hinter mir auch tatsächlich leer ist.«

»Hast du ihn nicht kommen gehört?«

Stephanies Frage klang völlig unschuldig, doch Tiny vermutete, dass sie sich im Stillen über Mirabeau lustig machte. Tiny betrachtete das junge Mädchen nachdenklich. Sie schleppte wirklich eine Menge Probleme mit sich herum, aber das war ja nach all dem, was sie im vergangenen Jahr durchgemacht hatte, auch kein Wunder. Glücklicherweise registrierte Mirabeau die Spitze nicht, sondern blickte nur nachdenklich in den Tunnel und schüttelte dabei den Kopf.

»Seltsamerweise nicht.« Sie ging zum gegenüberliegenden Tunneleingang und spähte in die Finsternis. »Er muss schon die ganze Zeit hier am Ausgang gestanden und auf uns gewartet haben. Wahrscheinlich hat er die Taschenlampe schon von Weitem gesehen.«

»Warum sollte er uns denn erwarten?«, fragte Stephanie neugierig. »Was könnte er von uns gewollt haben? Außer deinen Haaren, meine ich«, fügte sie schmunzelnd hinzu.

Mirabeau zuckte nur mit den Schultern und gesellte sich wieder zu ihnen. »Wer weiß? Er war nicht ganz richtig im Kopf. Deshalb konnte ich ihn auch nicht kontrollieren, als er mich gepackt hat. Aber ich habe zumindest einen Teil seiner wirren Gedanken aufgeschnappt. Er hat uns wohl für Ratten gehalten.«

»Ratten?«, fragte Tiny erstaunt und schaffte es endlich, den Blick von ihren Beinen loszueisen.

Im Licht der Taschenlampe nickte Mirabeau schweigend.

»Ratten, so groß wie Menschen?«, hakte Stephanie skeptisch nach.

»Er konnte uns im Dunkeln nicht sehen, sondern nur das Leuchten der Taschenlampe. In seinem Kopf spukte wohl schon länger die Idee herum, dass es hier unten mutierte Riesenratten gibt. Er glaubte auch, dass die normalgroßen Ratten mit ihm sprechen.«

»Oh«, machte Stephanie nur, und Tiny stimmte ihr im Stillen zu. Dabei wanderte sein Blick wieder zu dem Tunnel, in dem der kleine Irre verschwunden war. Er bekam ein schlechtes Gewissen, weil er den Armen so erschreckt hatte. Der Mann brauchte ganz offensichtlich Hilfe.

»Also, wir sollten lieber weitergehen«, sagte Mirabeau leise, doch sie bewegte sich nicht, sondern blickte in die Richtung zurück, aus der sie gekommen waren, und dann in die Finsternis des Tunnels, der sie erwartete. Tiny ahnte, dass sie sich nicht mehr sicher war, wo er am besten aufgehoben wäre, und nahm ihr die Entscheidung ab, indem er sich an ihr vorbeischob. Er leuchte erst in den Gang, trat dann selbst hinein und drang langsam vorwärts, wobei er sich versicherte, dass Stephanie und Mirabeau ihm folgten.

Bisher hatten sich Mirabeaus Befürchtungen, dass ihnen jemand folgen könnte, nicht bewahrheitet. Und Tiny machte sich weitaus mehr Sorgen, dass sie noch einmal auf irgendwelche Verrückten treffen könnten, die hier im Untergrund herumschlichen. Er hatte zwar Mitleid mit ihnen, würde aber auch nicht zulassen, dass den beiden Frauen etwas zustieß.

4

Stephanie und Mirabeau blieben stehen und blickten Tiny erwartungsvoll an. Erneut hatte er die Karte zur Hand genommen und studierte sie eingehend, leuchtete mit der Taschenlampe die Umgebung ab und verglich sie mit dem Plan. Die Art, wie er die Brauen dabei zusammenkniff, gefiel Mirabeau nicht. Sie wollte einfach nur so schnell wie möglich aus diesem endlosen Tunnelsystem raus. Ungeduldig trat sie von einem Bein aufs andere und stellte genervt fest, dass ihr kurzer Rock jeder Bewegung folgte. Das verdammte Ding trocknete langsam und klebte an ihrem Körper fest, ebenso wie ihr Unterhöschen – und das war ganz schön unbequem.

»Was ist denn los?«, fragte sie schließlich, als Tiny schon wieder auf die Karte schaute und ihre Umgebung ableuchtete. Sie ging um Stephanie herum, stellte sich neben ihn und warf nun ebenfalls einen Blick auf den Plan.

»Ich glaube, wir sind irgendwo falsch abgebogen.«

»Wie bitte?«, keuchte sie ungläubig und überprüfte selbst die Karte. Glücklicherweise stimmte die Zeichnung genau mit ihrer Umgebung überein. Erleichtert sagte sie zu Tiny: »Nein. Wir müssen den dritten Abzweig nach der Kurve nehmen, und seit wir das letzte Mal abgebogen sind, haben wir zwei Abzweigungen passiert. Also ist diese hier die richtige.«

»Schon«, stimmte Tiny geduldig zu und erklärte dann: »Aber laut der Karte sollte sich diesem Gang gegenüber ein zweiter befinden – aber da ist nichts.« Zum Beweis beleuchtete er mit der Lampe die gegenüberliegende Wand.

Mirabeau starrte fassungslos zuerst die massive Mauer und dann die Karte an. Danach nahm sie selbst den Plan, fuhr mit dem Finger über die Strecke, die sie gekommen waren, und zählte alle Abzweigungen auf dem Weg ab, um die Stelle zu finden, an der sie einen Fehler gemacht hatten. So verfolgte sie ihre Route bis zu der Stelle zurück, an der sie der seltsame Mann gepackt hatte und sie gestürzt war.

»Mist«, flüsterte sie und starrte die Karte böse an.

»Was ist?«, fragte Tiny und beugte sich über den Plan.

»Alles scheint zu stimmen. Soweit ich es beurteilen kann, sind wir immer richtig gegangen. Ich könnte mir höchstens vorstellen ...« Mirabeau verstummte und zeigte schweigend auf die beiden benachbarten Tunnel.

»Das war fast ganz am Anfang, nach der dritten Kurve«, murmelte Tiny nachdenklich und straffte sich dann. »Das war doch dort, wo dieser Kerl ... «

»Genau«, unterbrach ihn Mirabeau seufzend. »Ich glaube, wir haben den falschen Tunnel genommen. Sie liegen ja direkt nebeneinander, und wahrscheinlich haben wir uns wegen des Angriffs vertan.«

Fluchend warf Tiny einen Blick zurück auf den Weg, den sie gekommen waren, seufzte dann und meinte resigniert: »Wir müssen unsere Schritte zurückverfolgen und überprüfen, ob wir uns nicht ... «

»Aber das ist doch schon vor Stunden gewesen«, protestierte Stephanie und sah sich die Karte ebenfalls an. »Dann müssten wir ja fast bis ganz zum Anfang zurück. Ich latsche bestimmt nicht nochmal den ganzen Weg. Und was ist, wenn du dich irrst und wir uns an einer ganz anderen Stelle verzählt haben?«

»Wir haben uns nicht verzählt«, widersprach Mirabeau ruhig. »Wir haben beide aufgepasst. Nach der Attacke haben wir den falschen Tunnel erwischt. Es kann gar nicht anders sein.«

»Na ja, vielleicht stimmt ja auch die Karte nicht«, beharrte Stephanie krampfhaft. »Fehler kommen vor, selbst Lucian muss so etwas ab und zu mal passieren.« Dann wurde sie trotzig, verschränkte die Arme und zischte: »Ich gehe auf keinen Fall zurück. Ihr müsst mich schon k. o. schlagen und mitschleppen, denn ich laufe ganz sicher nicht nochmal die ganze Strecke. Ich bin müde und hungrig, außerdem habe ich genug von dem Gestank hier unten. Ich brauche eine Dusche, ein Bett und eine Portion Blut. Ich will hier raus.«

Als sie ihre Tirade beendet hatte, wurde es im Tunnel still. Stephanie schmollte, was Mirabeau nicht weiter störte, solange sie es nur schweigend tat. Ihre Gedanken kreisten um die Worte Dusche, Bett und Blut – drei Dinge, nach denen sie sich ebenfalls verzweifelt sehnte. Zwar waren sie nicht, wie Stephanie behauptet hatte, schon seit Stunden im Kanalsystem unterwegs, sondern eher anderthalb Stunden, aber wenn sie sich nicht verlaufen hätten, dann hätten sie es höchstwahrscheinlich trotzdem schon längst hinter sich gelassen.

»Ein Bett?«, fragte Tiny. »Es ist doch erst kurz nach Mitternacht, Stephanie. Ist das für dich nicht mitten am Tag?«

»Wir sind keine Vampire, Tiny«, gab der Teenager angewidert zurück. »Himmel, ich hab ja noch nicht mal Fangzähne. Und ich bin auch nicht die ganze Nacht wach und verschlafe dafür den Tag. Solange ich die Sonne meide, kann ich sehr wohl auch tagsüber aufbleiben. Nachts läuft sowieso nie was Gutes im Fernsehen, nur blöde, alte Filme und bescheuerte Verkaufssendungen, wo beknackte Sachen angepriesen werden«, erklärte sie seufzend. »Meistens gehe ich so gegen Mitternacht ins Bett.«

Tiny warf Mirabeau einen Seitenblick zu, doch diese zuckte nur mit den Schultern. Sie selbst schlief für gewöhnlich am Tag und war nachts wach. Allerdings hatte sie gestern nur wenig Schlaf bekommen, da sie sich um die Hochzeitsvorbereitungen hatte kümmern müssen. Gegen ein kleines Nickerchen hätte auch sie nichts einzuwenden gehabt, Blut klang ebenfalls ziemlich gut – und für eine Dusche hätte sie ohne Weiteres einen Mord begehen können, ebenso wie für neue Kleider. Lieber Himmel, auch sie wollte so schnell wie möglich aus diesen Kanälen heraus! Und sie hatte auch keine Lust auf eine zehnstündige Autofahrt in Klamotten, die nach Kloake müffelten.

Mit diesem Gedanken im Kopf drückte sie Tiny den Plan in die Hand, drehte sich um und ging den Weg zurück, den sie gekommen waren.

»Wo willst du hin?«, fragte Stephanie erschrocken und stürzte ihr nach. »Ich hab doch gesagt, dass ich nicht zurückgehen werde.«

»Und trotzdem folgst du mir«, stellte Mirabeau trocken fest. Es überraschte sie nicht, dass der Teenager daraufhin abrupt stehen blieb.

»Aber nur um dir zu sagen, dass ich nicht mitkomme«, keifte sie schrill hinter Mirabeau her, die unbeirrt weiter in dem finsteren Tunnel voranschritt.

»Von mir aus. Bleib hier und schmolle. Ich persönlich werde allerdings den Kanalschacht nach oben benutzen, den wir vor einigen Minuten passiert haben, um endlich aus diesen verfluchten Tunneln herauszukommen«, entgegnete Mirabeau gelassen.

»Tatsächlich?«, rief das Mädchen aufgeregt und überrascht aus. Gleich darauf erklang das Klappern ihrer Schuhe auf dem Zementboden. Die Kleine kam zu ihr gerannt. Genau damit hatte Mirabeau gerechnet.

Tiny kam ebenfalls hinterher, allerdings viel leiser. Mirabeau bemerkte ihn erst, als er mit grollender Stimme fragte: »Wie lautet dein Plan?«

Mirabeau seufzte. Sie sollten bei dieser Mission Partner sein, doch sie war es nicht gewohnt, mit Sterblichen zusammenzuarbeiten – und schon gar nicht mit männlichen. Esbe und sie lagen meist automatisch auf einer Wellenlänge, weshalb es zwischen ihnen eigentlich nie zu Unstimmigkeiten oder Diskussionen kam. Sie hätte sicher nichts dagegen gehabt, den Plan zu ändern und die Kanalisation zu verlassen. Aber bei Tiny war sie sich da nicht ganz sicher. Er schien ihr eher der Typ Mann zu sein, der sich streng an die Regeln hielt.

»Mein Plan sieht vor, dass wir von hier verschwinden, uns ein Hotelzimmer nehmen, diesen stinkigen Dreck abwaschen, uns neue Kleider und etwas zum Essen besorgen, ein Nickerchen machen, dann den Wagen suchen und noch vor der Dämmerung aus der Stadt verschwinden.«

»Juhu!«, freute sich Stephanie und legte einen kleinen Freudentanz hin.

Mirabeaus Mundwinkel zuckten zwar, doch sie verkniff sich das Grinsen und teilte Tiny ganz sachlich mit: »Lucian hat den Namen des Parkhauses auf der Karte eingetragen. Wenn wir erst mal oben sind, sollte es eigentlich ganz einfach zu finden sein. Falls es so weit entfernt ist, wie ich vermute, können wir ja ein Taxi nehmen und hinterher die Erinnerungen des Fahrers löschen.«

Tiny starrte sie endlos lange an, und sie war schon beinahe sicher, dass er dem Plan tatsächlich widersprechen und darauf bestehen würde, dass sie sich an Lucians Anweisungen hielten, doch da nickte er überraschenderweise schließlich und meinte: »Niemand scheint uns zu folgen, und außerdem müssen wir dann nicht zehn Stunden mit diesen Kleidern im Auto sitzen.«

Mirabeau entspannte sich ein wenig und ließ ein Lächeln zu, bis er hinzufügte: »Bleibt nur zu hoffen, dass auch tatsächlich ein Hotel in Laufweite liegt.«

Sie überlegte kurz und schüttelte dann den Kopf: »In dieser Stadt stolpert man an jeder Ecke über ein Hotel. Es muss eins in der Nähe sein.«

Aber insgeheim machte sich Mirabeau doch Gedanken, dass die falsche Abzweigung sie in einen Teil von New York City geführt haben könnte, in dem es möglicherweise keine Hotels gab. Mit dieser Sorge im Hinterkopf führte sie die beiden zu der Leiter zurück, die an die Oberfläche führte. Tiny bot sich an, voranzuklettern und den Gullydeckel zu öffnen, aber Mirabeau winkte ab und machte sich selbst an den Aufstieg. Wahrscheinlich hatten solche Abdeckungen irgendeinen besonderen Verschluss, der verhinderte, dass man die Deckel von oben abnehmen konnte. Und um ihn zu lösen, brauchte man bestimmt ein wenig Muskelkraft. Tiny hatte sehr viele Muskeln … für einen Sterblichen. Doch sie war noch stärker als er.

»Kannst du erkennen, wo wir sind?«, erkundigte sich Tiny von unten, nachdem sie es geschafft hatte, den Kanaldeckel zu öffnen und sich ein Stück aus dem Gullyloch geschoben hatte.

Mirabeau schaute sich konzentriert um. Zwar waren sie an einer Straßenecke herausgekommen, doch ein Van verstellte ihr die Sicht auf die Straßenschilder.

»Wo sind wir?«, fragte auch Stephanie ungeduldig.

»Ich bin nicht sicher, aber auf der anderen Straßenseite steht ein Hotel.« Der Fahrer des Vans lud gerade Kisten aus, die offenbar Essen und frisches Gemüse enthielten. Wahrscheinlich fiel es nachts leichter, Waren anzuliefern, wenn die Straßen nicht so verstopft waren. Sie spähte nach dem Duo, das am Fuß der Leiter wartete: »Kommt. Wir checken erst mal im Hotel ein und finden dann heraus, wo wir sind.«

Bevor sie ausgesprochen hatte, war Stephanie schon halb die Leiter hinaufgeklettert. Mirabeau grinste, schob den Kanaldeckel beiseite und kroch schnell aus dem Loch, bevor Stephanie sie noch überrannte. Tiny kam als Letzter und half Mirabeau, den Deckel wieder an seinen angestammten Platz zu schieben. Dann eilten sie auf den Gehweg zu. Zwar herrschte um diese

Uhrzeit kein dichter Verkehr in New York, doch das eine oder andere Auto fuhr eben doch und sie hatten Glück gehabt, dass keines vorbeigekommen war, während sie aus dem Kanal gelugt hatten. Sie hatten kaum den Randstein erreicht, als auch schon ein Taxi vorbeiraste.

»Vielleicht solltet ihr Mädels lieber hier warten und mich das Zimmer mieten lassen«, schlug Tiny vor und schob die beiden auf den Bürgersteig.

Mirabeau schüttelte augenblicklich den Kopf. »*Ich* besorge uns die Zimmer. Wenn jemandem aufgefallen ist, dass du von der Hochzeit verschwunden bist, dann vermuten sie sicher auch schon, dass bei Stephanie bist und verfolgen deine Kreditkartentransaktionen.«

»Dasselbe gilt doch auch für dich«, entgegnete Tiny stirnrunzelnd.

»Schon, aber ich muss keine Kreditkarte benutzen«, gab sie zu bedenken und spazierte auf das Hotel zu.

»Moment noch«, rief Tiny und hielt sie am Arm fest. »Das ist vielleicht keine so gute Idee. In eurem Zustand seid ihr beide sehr auffällig, und falls jemand herumschnüffeln und Fragen stellen sollte … «

»Werden im Gedächtnis der Menschen keine Spuren von uns zu finden sein«, vollendete sie den Satz für ihn.

Tiny sah sie kurz prüfend an und nickte dann. Stephanie atmete erleichtert auf. Die Kleine hätte sich keine Sorgen zu machen brauchen, denn obwohl sie die Kanäle verlassen hatten, hing Mirabeau der brackige Gestank erbarmungslos in der Nase. Sie würde diesen Geruch, der so klebrig an ihnen haftete, loswerden, und wenn es das Letzte wäre, was sie tat. Nichts und niemand konnte sie davon abbringen, im Hotel einen Zwischenstopp einzulegen.

Mirabeau drehte sich um und führte die kleine Gruppe zum Eingang des Hotels. Als der Portier auf sie zukam, zweifellos,

153

um ihnen den Zutritt zu verwehren, drang sie schnell in seine Gedanken ein. Seine Miene wurde sofort ausdruckslos und der Blick schweifte in eine andere Richtung. Dann begutachtete sie die Personen, die sich in der Lobby aufhielten. Zum Glück war um diese Uhrzeit kaum jemand anwesend. Auf einem der Sofas saß ein Herr und las Zeitung. Bei ihrem Eintreten hob er den Kopf, senkte ihn jedoch augenblicklich wieder, als Mirabeau seinen Geist berührte. Solange sie sich in der Lobby aufhielten, würde er den Kopf unten behalten. An der Rezeption erwartete sie eine junge, aufgetakelte, blonde Empfangsdame. Ihr verschlafener Gesichtsausdruck verwandelte sich beim Anblick des Trios in Schrecken, doch Mirabeau drang schnell in ihren Kopf ein und sorgte dafür, dass die alte Schläfrigkeit wieder zurückkehrte. Die Rezeptionistin gab etwas in den Computer ein, nahm zwei Schlüsselkarten aus einer Schublade, zog sie durch ein Lesegerät, steckte sie in zwei kleine Kärtchen, auf die sie die zugehörigen Zimmernummern kritzelte, und reichte sie Mirabeau. Während der gesamten Prozedur sah sie nicht ein einziges Mal auf.

Mirabeau nahm die Kärtchen und führte die beiden anderen zu den Aufzügen. Dabei ließ sie den Blick durch die Halle schweifen, um sicherzugehen, dass sie auch niemanden übersehen hatte. In einer Ecke der Lobby fiel ihr ein kleiner Laden auf.

»Was ist los?«, fragte Tiny, als sie plötzlich stehen blieb.

Sie zögerte und drehte sich nochmals nach dem Mädchen am Empfang um. Ein kurzer Blick in ihre Gedanken ließ sie die Stirn runzeln. Dann seufzte sie. »Nichts. Kommt jetzt«, sagte sie leise und ging weiter.

Als sie den Aufzugschalter drückte, öffneten sich sofort die Türen. Mirabeau stieg ein und betätigte den Knopf für den achten Stock. Stephanie stieg ebenfalls ein und Tiny folgte ihr, nicht ohne einen besorgten Blick in die Lobby zu werfen. Wahrscheinlich glaubte er noch immer, Mirabeau hätte dort Schwierigkeiten gewittert. Sie wollte ihn nicht unnötig beunruhigen und erklärte ihm deshalb: »Ich habe nur das Lädchen in der Lobby bemerkt. Dort gab es Kleider und anderen Krimskrams. Ich hatte gehofft, ich könnte uns dort vielleicht ein Outfit zum Wechseln besorgen. Aber das Mädchen an der Rezeption hat keinen Schlüssel. Nur der Hoteldirektor und der Ladenbesitzer haben einen, doch die sind so spät in der Nacht nicht mehr hier.«

»Ach so.« Tiny entspannte sich etwas, räusperte sich und fragte dann vorsichtig: »Wir bezahlen wohl nicht für das Zimmer?«

Mirabeau sah ihn fragend an. Offenbar behagte ihm diese Vorstellung nicht besonders. Sie überlegte kurz und meinte dann: »Sobald wir in Port Henry sind, rufe ich Bastien an. Er kann jemanden herschicken, der die Angelegenheit regelt.«

Tiny nickte, dann sackten seine Schultern noch weiter in seinem Jackett nach unten. Mirabeau ertappte sich dabei, wie sie ihn neugierig anstarrte. Den wenigsten Menschen hätte es etwas ausgemacht, sich für einige Stunden ein Hotelzimmer zu *leihen*, doch sie wusste bereits aus Marguerite Argeneaus zahllosen Erzählungen, dass das Ehrgefühl dieses Mannes enorm stark ausgeprägt war. Irgendwie erfrischend, fand sie.

»Eher bescheuert«, brummelte Stephanie. »Es wird sowieso niemand bemerken, dass wir im Zimmer sind, denn ganz offensichtlich brauchen sie es momentan nicht für Gäste.«

»In den Zimmern. Ich habe uns eine Suite geben lassen«, stellte Mirabeau richtig. Es war schon schlimm genug, dass sie in ihrem Kopf herumspionierte, aber dass sie jetzt auch noch Tiny beleidigte, das ging wirklich zu weit. Der Sterbliche riskierte immerhin sein Leben, um die Kleine sicher nach Port Henry zu bringen. Da war doch ein kleines bisschen Dankbarkeit angebracht.

»Was auch immer«, nuschelte Stephanie als Antwort und schien ganz in ihren eigenen Gedanken gefangen zu sein. Allerdings sah sie jetzt auch etwas verdrießlich aus. Offensichtlich war Mirabeaus Rüffel bei ihr angekommen.

»Hab ich was verpasst?«, fragte Tiny verwundert.

»Nichts Wichtiges«, versicherte ihm Mirabeau.

Dann öffneten sich die Aufzugtüren.

5

Die Suite bestand aus zwei normalen Hotelzimmern, die durch einen Ess- und Wohnbereich miteinander verbunden waren. In der einen Hälfte des großen Raumes standen ein Esstisch und einige Stühle, auf der gegenüberliegenden Seite eine Couch, ein Sessel und ein Fernseher. Die Ausstattung war nicht gerade prachtvoll, aber das Hotel gehörte schließlich auch nicht zur edelsten Kategorie.

Für ihre Zwecke würde es allerdings reichen, stellte Mirabeau mit einem prüfenden Blick auf die Unterkunft fest.

»Das ist mein Zimmer«, verkündete Stephanie, die das Zimmer auf der rechten Seite schon ausgekundschaftet hatte. Dann fragte sie: »Wer von euch nimmt das zweite Zimmer und wer die Couch?«

»Netter Versuch«, knurrte Mirabeau und warf die Schlüsselkarten auf den Esstisch. »Du und ich, wir teilen uns dieses Zimmer, und Tiny bekommt das andere.«

»Ich schlafe auf keinen Fall mit dir in einem Zimmer«, protestierte sie augenblicklich. »Du schnarchst bestimmt.«

Mirabeau durchbohrte sie mit einem vernichtenden Blick. Langsam verlor sie die Geduld, doch bevor sie die Kleine zurechtstutzen konnte, erklärte Tiny gelassen: »Nicht so vorschnell. Du hast die Wahl. Entweder schläft Mirabeau im zweiten Bett – oder ich. Und ich schnarche *wirklich*.« Als Stephanie den Mund öffnete, um Einspruch zu erheben, fügte er schnell hinzu: »Entweder das – oder wir brechen auf der Stelle wieder auf, so wie wir sind, und suchen den Wagen. Wir können dich nicht allein lassen, bevor du wohlbehütet in Port Henry angekommen bist. Es besteht nach wie vor die Möglichkeit, dass Leonius oder einer seiner Männer uns aufspürt.«

Stephanie klappte den Mund wieder zu und schnaubte: »Na gut. Dann also Mirabeau. Aber ich werde Lucian verraten, was für miese Bodyguards ihr seid.« Sie wirbelte herum und verkündete: »Ich nehme jetzt ein Bad. Ein langes Bad. Ihr zwei stinkt so fürchterlich, dass man es kaum aushält.« Mit dieser charmanten Bemerkung stampfte sie ins Badezimmer des Raums, den sie mit Mirabeau teilen sollte, und knallte die Tür hinter sich zu.

Mirabeau knurrte zornig und hätte die Kleine am liebsten erwürgt. Sie machte Anstalten, ihr hinterherzueilen, doch Tiny hielt sie am Arm fest. Als sie sich wutschnaubend nach ihm umdrehte, redete er beruhigend auf sie ein. »Du kannst mein Badezimmer benutzen.«

»Sie … «, setzte Mirabeau schon an, doch Tiny fiel ihr ins Wort. »Sie ist ein Teenager, der entführt wurde, weiß Gott was für schreckliche Dinge erlebt hat und gegen ihren Willen gewandelt wurde. Sie hat fast ihre ganze Familie verloren und niemanden mehr – außer ihrer Schwester. Und die verliert sie jetzt auch noch, zumindest solange sie sich in diesem piefigen Kaff in Süd-Ontario verstecken muss.«

Mirabeau grinste. »Piefiges Kaff?«

»Das sind ihre Worte«, entgegnete er ironisch.

Sie nickte. Sie wusste, dass Stephanie und Tiny während der Odyssee durch die Kanalisation leise miteinander gesprochen hatten, doch den Inhalt dieser Unterhaltung hatte sie nicht mitbekommen. Offenbar hatte Stephanie ihrem Kummer Luft gemacht – und davon hatte sie ja mehr als genug. Das Mädchen hatte wirklich viel ertragen müssen.

Mirabeau zwang sich, sich etwas zu beruhigen, und holte tief Luft. »Du bist sehr geduldig mit ihr.«

»Ich bin eben ein geduldiger Mensch.« Er grinste, und sie fühlte sich plötzlich vollkommen entspannt und erwiderte dankbar sein Lächeln. Tiny tätschelte ihren Arm und ließ sie dann los. »Los. Nimm in meinem Zimmer ein Bad. Lass dir so viel Zeit, wie du willst. Ich ziehe mal los und versuche, ein bisschen Essen für uns aufzutreiben.«

Sie beobachtete, wie er zur Tür ging, und biss sich auf die Lippe. Sie machte sich Sorgen, weil er ganz allein losgehen wollte. Zwar glaubte sie nicht, dass sie jemand verfolgt hatte, doch eine geringe Möglichkeit bestand trotzdem – und es widerstrebte ihr, dass er in diesem Fall auf sich gestellt wäre. Ihm das zu sagen, wäre allerdings unklug, denn er wäre bestimmt nicht begeistert, wenn sie ihn wie ein kleines Kind bemuttern würde. Darum fragte sie nur: »Möchtest du vorher nicht lieber duschen?«

»Und danach wieder diese stinkenden Kleider anziehen?«, entgegnete Tiny trocken. Er blieb an der Tür stehen und lächelte Mirabeau matt an. »Mach dir keine Sorgen um mich. Mir wird schon nichts zustoßen. Nimm ein Bad, und hinterher kannst du dich ja ein bisschen mit Stephanie unterhalten.«

»Mich mit ihr unterhalten?«, fragte sie entsetzt und vergaß darüber die Sorge um ihn. »Über was denn?«

»Über das, was sie erlebt hat«, entgegnete er ruhig. »Mal abgesehen von ihrer Schwester bist wahrscheinlich du diejenige, die ihr am besten helfen kann.«

»Ich?«, quäkte sie ungläubig. »Wir kommst du auf die Idee, dass ich … «

»Weil du deine Familie doch auch verloren hast, als du noch sehr jung warst, oder? Du müsstest am ehesten nachvollziehen können, was sie durchlitten hat.«

Mirabeau spürte, wie sich ihr Innerstes verschloss. Es war, als schnüre sie etwas ein. Sie gestattete sich niemals, an das Massaker, das an ihrer Familie verübt worden war, zu denken. Wahrscheinlich hatte ihm Marguerite aus irgendeinem Grund davon erzählt, was ihr überhaupt nicht recht war. Sie wusste nicht, wie sie reagieren sollte, und entgegnete beinahe schon feindselig: »Ihre Familie lebt noch.«

»Aber sie darf sie nie mehr wiedersehen, niemals wieder ihre Liebe und Fürsorge spüren«, gab er zu bedenken.

»Sie hat Dani«, beharrte Mirabeau verbissen.

»Zurzeit nicht. Sprich mit ihr. Sie ist ganz allein und genauso einsam wie du.«

Diesmal ließ sie ihn ziehen und verfolgte wortlos, wie er die Tür hinter sich zuzog. In ihrem Inneren wütete ein Wirbelsturm aus Gefühlen. *Allein und einsam? Wo hatte er das denn her?* Zwischen ihr und Stephanie bestand ein frappierender Unterschied. Zwar konnte das Mädchen seit der Wandlung keinen Kontakt mehr zu ihrer Familie aufnehmen, doch zumindest wusste sie, dass ihre Angehörigen noch lebten. So konnte sie sich hin und wieder nach ihrem Wohlergehen erkundigen. Doch Mirabeaus Familie – Mutter, Vater und drei Brüder – war tot, ebenso wie ihr einst so geliebter Onkel, der sie alle auf dem Gewissen hatte. Ihr war niemand geblieben, dachte sie und machte sich auf den Weg in Tinys Badezimmer.

Sie hatte die Badezimmertür noch nicht erreicht, als ihr auffiel, dass das nicht ganz stimmte. Sie hatte immerhin die Argeneaus. Als ihre Familie ermordet wurde, war Mirabeau gerade siebzehn Jahre alt gewesen. Lucian hatte damals entschieden, dass sie bei seiner Schwägerin Marguerite bleiben sollte. Diese großartige Frau hatte sie unter ihre Fittiche genommen. Sie musste wohl instinktiv gespürt haben, dass es für Mirabeau zu schmerzhaft gewesen wäre, wenn sie sie wie eine Tochter behandelt und dadurch immer wieder die Erinnerungen an ihren großen Verlust aufgewühlt hätte. Darum war ihr Marguerite mit einer Mischung aus Liebe und Freundschaft begegnet. Ihr Verhältnis entsprach in etwa dem einer Tante zu ihrer Nichte. Sie hatte Mirabeau in ihr Heim aufgenommen und in der Familie willkommen geheißen, und schließlich hatten auch die übrigen Mitglieder des Clans sie wie eine gute Freundin der Familie behandelt und ihr all die Liebe und Unterstützung zukommen lassen, die sie sich nur wünschen konnte. Das war zwar lieb gemeint gewesen, doch die Argeneaus konnten niemals die Familie ersetzen, die sie verloren hatte – und ihre Bemühungen waren Mirabeau unangenehm. Bei besonderen Anlässen wie Weihnachtsfeiern oder Hochzeiten wurde sie stets miteinbezogen, doch Mirabeau wurde dadurch nur an die Abwesenheit ihrer eigenen Angehörigen erinnert. Wahrscheinlich würde es Stephanie in Zukunft genauso ergehen.

Seufzend drehte sie die Dusche auf, zog schnell die besudelten Kleider aus und trat unter den heißen Wasserstrahl. Nachdem der gröbste Schmutz weggewaschen war, griff sie nach der Hotelseife und überlegte dabei angestrengt, was sie zu Stephanie sagen könnte, um ihr zu helfen. Leider gab es eigentlich keine Worte, die dem Mädchen die Situation erleichtern konnten. Mirabeau könnte ihr nur zu verstehen geben, dass sie versuchen wolle nachzuvollziehen, was sie durchmachte. Und sie könnte sie möglicherweise unter ihre Fittiche nehmen, ebenso wie Marguerite Argeneau es damals für sie getan hatte.

Allerdings war sich Mirabeau nicht sicher, ob sie dazu überhaupt in der Lage wäre. Sie war im Umgang mit anderen nicht sehr geübt, denn seit dem Tod ihrer Familie hatte sie außer Eshe und den anderen Argeneaus eigentlich niemanden an sich herangelassen. Dass sie sich der Familie gegenüber überhaupt ein wenig geöffnet hatte, war allein Marguerites Verdienst. Dieser Frau konnte man sich einfach nicht entziehen. Wenn sie einen zum Teil der Familie erklärte, dann war das auch so. Punkt um. Widerspruch war zwecklos. Auch auf die Freundschaft mit Eshe hatte sie sich nicht sofort einlassen können, sondern sie erst nach jahrzehntelanger Zusammenarbeit mit ihr zugelassen. Sie vermied es, andere in ihr Herz zu lassen – denn damit hätte sie nur einen neuen Schmerz riskiert, wenn sie diejenigen eines Tages wieder verlor.

Mirabeau trat aus der Dusche, wickelte sich in ein Handtuch ein und blieb dann unschlüssig stehen. Sie grübelte über das nach, was ihr gerade durch den Kopf gegangen war und stellte zudem fest, dass sie sich, obwohl sie sich gerade von oben bis unten eingeseift und abgeschrubbt hatte, noch immer schmutzig fühlte. Außerdem hatte sie nach wie vor keine Ahnung, wie sie Stephanie helfen sollte. Das Mädchen war zornig und verbittert und litt unter ihrem Verlust. Genauso war es Mirabeau auch ergangen, nachdem ihre Familie ermordet worden war. Und wenn sie ganz ehrlich mit sich war, musste sie sogar zugeben, dass sich bis heute nicht viel daran geändert hatte. Sie hatte sich von diesem Verlust nie richtig erholt, sondern ihn einfach nur verdrängt. Darum wusste sie ja auch absolut nicht, wie sie das Mädchen aus der Reserve locken und unterstützen sollte.

Tiny überschätzte ihre Fähigkeiten in dieser Hinsicht ohne jeden Zweifel, dachte sie bei sich und starrte die leere Badewanne an. Vielleicht würde sie sich nach einem Vollbad ja sauberer fühlen und sich soweit entspannen können, dass ihr etwas für Stephanie einfiel. Sie entdeckte ein Fläschchen Badezusatz, kippte den gesamten Inhalt in die Wanne und drehte das Wasser auf. Oh ja, sie würde sich ein bisschen einweichen und dabei gründlich nachdenken.

6

Von der Jagd nach Essen kehrte Tiny mit mehreren Tüten zurück. Er hatte Sandwiches, Kartoffelchips und Softdrinks mitgebracht sowie eine ganze Menge Kleidung, die normalerweise für Touristen gedacht war: T-Shirts, Trägerhemden, Jogginghosen und Jacken in verschiedenen Größen, die alle mit dem Schriftzug *I ♥ New York* oder ähnlichen Aussagen über die Stadt verziert waren. Diese Auswahl war zwar nicht ganz optimal, aber immer noch besser als die Kleidung, die sie momentan trugen. Er hoffte, dass die Frauen es genauso sehen würden.

In einer der Tüten steckten außerdem Klebetattoos, die für Stephanie gedacht waren. Auf dem Weg durch die Kanäle hatte sie geklagt, wie viele Dinge sie nun, da sie gewandelt worden war, nicht mehr tun könnte – und Tattoos standen ganz oben auf ihrer Liste. Offenbar hatte sie vorgehabt, sich tätowieren zu lassen, sobald sie volljährig wurde, denn vorher hätten ihre Eltern es ihr nie im Leben gestattet. Er hoffte, dass die Klebebilder sie ein wenig aufmuntern konnten.

»Oh, rieche ich da Essen?«

Tiny stand noch an der Tür, als Stephanie bereits zu ihm sprang. Überrascht stellte er fest, dass sie einen Bademantel trug. Es gab kaum noch Hotels, die Bademäntel zur Verfügung stellten.

»Den Bademantel habe ich von der Rezeption angefordert. Die meisten Hotels bieten sie zum Kauf an. Sie setzen ihn uns auf die Rechnung«, erklärte Stephanie Tiny gedankenverloren und zupfte dabei an den Plastiktüten in seinen Händen. »Was ist denn das? Du hast sogar Klamotten besorgt?«

»Ich habe einen Supermarkt gefunden, der vierundzwanzig Stunden geöffnet hat. Unglaublich, was man in solchen Läden alles kaufen kann«, murmelte er. Stephanie schob ihn bereits vor sich her zum Tisch, und sobald er die Tragetaschen dort abgestellt hatte, machte sie sich über sie her, wobei sie die Tüte mit dem Essen ignorierte. Ihr anfängliches Interesse dafür war schon wieder verpufft. Stattdessen kippte sie die Kleider aus und sortierte sie.

»Hübsch«, meinte sie und hielt ein schwarzes Trägerhemd hoch, auf das *NYC* quer über die Brust gedruckt war. Tiny hatte es eigentlich für Mirabeau ausgesucht, denn er fand, dass es zu ihrem Stil passte. Hoffentlich hatte es auch die richtige Größe. Er konnte sie sich jedenfalls sehr gut darin vorstellen. Stephanie hatte diesen Gedankengang offenbar mitbekommen und ließ das Oberteil wieder auf den Tisch fallen. »Ihr wird es sowieso besser stehen. Ich hab' nicht die richtigen Möpse dafür.«

Tiny seufzte still und dachte, wie schön es wäre, seine Gedanken wie die Unsterblichen vor Außenstehenden abschirmen zu können. Es war schon schlimm genug, dass sich alle erwachsenen Unsterblichen in seinem Kopf herumtrieben. Stephanie musste nicht auch noch in seinen manchmal nicht gerade jugendfreien Gedanken herumspionieren.

»Hey, was ist das denn?«

Stephanie hatte die Tattoos entdeckt. Tiny räusperte sich und erklärte: »Ich dachte, die könnten dir vielleicht gefallen. Ich weiß zwar, dass sie nicht mit einer echten Tätowierung mithalten können, aber dafür kannst du sie immer wieder auswechseln, wenn dir ein Motiv mal langweilig werden sollte.«

»Da hast du wohl recht«, murmelte sie und blätterte die Bögen mit den Bildern durch. »Warum sind das denn alles nur Herzen und so romantisches Zeug?«

»Heute ist Valentinstag, Kleines«, erläuterte er. Doch halt, das stimmte ja gar nicht. Die Hochzeit hatte am Valentinstag stattgefunden – wahrscheinlich, damit die frischgebackenen Ehemänner in Zukunft niemals ihren Hochzeitstag vergaßen – doch inzwischen war es bereits nach Mitternacht. Heute war der 15. Februar. »Sonst hatten sie nur *I ♥ New-York*-Tattoos, und ich dachte mir, dass du die nicht mögen würdest«, fügte er schulterzuckend hinzu.

»Nein«, pflichtete sie ihm bei und verzog angewidert das Gesicht. Dann hellte sich ihre Miene auf. »Ich muss sie Mirabeau zeigen. Wo ist sie?«

»In meinem Badezimmer«, mutmaßte Tiny. Stephanie sprang sofort auf, und Tiny rief ihr warnend hinterher: »Wahrscheinlich nimmt sie ein Bad.« Doch es war bereits zu spät. Wie alle Unsterblichen war auch Stephanie sehr schnell. Sie hatte das Zimmer bereits durchquert und die Badezimmertür aufgerissen. Tiny fuhr erschrocken zusammen und folgte ihr ins Nebenzimmer, doch er hörte schon, wie Mirabeau kreischte, einen Fluch ausstieß und dann das Mädchen zusammenstauchte, ob sie denn überhaupt keine Grenzen kenne.

»Entschuldigung«, kam es ernüchtert von Stephanie, die sich mit trauriger Miene wieder zur Tür abwandte und dabei leise murmelte: »Ich habe mich oft mit meiner Mutter unterhalten, während sie gebadet hat. Ich hab einfach nicht nachgedacht.« Sie wollte das Zimmer schon wieder verlassen.

Tiny warf einen Blick auf Mirabeaus Gesicht. Sie biss sich auf die Lippe und sah zerknirscht aus. Plötzlich sagte sie: »Ich auch.«

Tiny lächelte still in sich hinein. Hatte er doch geahnt, dass sie mit dem Kind zurechtkäme. Es überraschte ihn nicht im Mindesten, dass Stephanie nun stehen blieb und verunsichert nachfragte: »Tatsächlich?«

Er sah, wie Mirabeau ernst nickte, und dachte schon, nun würde alles gut werden, als Stephanie nachhakte: »Gab es vor so langer Zeit wirklich schon Badezimmer?«

Kein kluger Schachzug. Die Kleine schaffte es einfach nicht, mit Mirabeau zu reden, ohne sie zu beleidigen. Und Tiny verwunderte es nicht, dass Mirabeau die Augen wütend zusammenkniff. Was ihn allerdings überraschte, war, dass er es tatsächlich schaffte, nur ihr Gesicht anzusehen. Zum Glück lugten auch nur ihr Kopf und ihre Schulterpartie aus dem Schaum in der Badewanne.

»Kannst du eigentlich auch mal nicht frech sein?«, schnauzte Mirabeau Stephanie an. »Hast du bei der Wandlung deine guten Manieren ganz verloren? Oder hat dir deine Mutter kein Benehmen beigebracht?«

»Das hat sie durchaus«, keifte Stephanie sofort grob zurück. »Sie war eine gute Mutter.«

»Was für ein Problem hast du dann?«

»Was hast *du* für ein Problem?«, konterte Stephanie, stampfte aus dem Zimmer und knallte die Tür hinter sich zu. Tiny trat zur Seite und verfolgte seufzend ihren Abgang. Dann hörte er noch, wie im Badezimmer Wasser plätscherte. Mirabeau stieg anscheinend aus der Wanne. Er wollte ungern, dass sie ihn vor der Badezimmertür ertappte, also beschäftigte er sich schnell damit, seine Taschen zu leeren, damit er auch gleich ein Bad nehmen konnte. Nachdem er fertig war, holte er das T-Shirt in 3XL und die Jogginghose, die er für sich selbst gekauft hatte, sowie das schwarze Trägerhemd, ein T-Shirt und eine Jogginghose in Größe M, die für Mirabeau gedacht waren.

Er trug sie gerade ins Zimmer, als Mirabeau in ein Handtuch gewickelt aus dem Bad kam. Bei ihrem Anblick blieb er abrupt stehen. Zwar war ihr Körper an allen wichtigen Stellen vom Handtuch bedeckt, doch er wurde trotzdem den Gedanken nicht los, dass sie darunter vollkommen nackt war.

Sie bemerkte ihn und ließ die Schultern hängen. Dann bemerkte sie sarkastisch: »Das ist wohl nicht so gut gelaufen, wie du gehofft hast.«

Tiny konnte den Blick nicht von dem nackten Fleisch losrei-ßen, das er ober- und unterhalb des Handtuchs erspähte, aber zumindest schaffte er es, leise zu murmeln: »Na ja, sie war schon etwas unverschämt.«

»Als ich in ihrem Alter war, bin ich wahrscheinlich noch um ei-niges unverschämter gewesen«, gestand sie matt. Dann bemerk-te sie die Kleidung, die er in den Händen hielt, und ihre Miene hellte sich auf. »Du hast tatsächlich Sachen gefunden?« Sie klang so begeistert, als bekäme sie ein Designerstück geschenkt. Tiny konnte die Freude nachvollziehen. Auch er war heilfroh gewe-sen, als er die Kleider in dem Laden entdeckt hatte.

Er warf seine Sachen aufs Bett und reichte Mirabeau ihre. »Ich habe vermutet, dass du Größe M trägst, aber ich wusste leider nicht, welches Oberteil dir besser gefallen würde. Ich habe auf das Hemd getippt, aber eigentlich ist ja noch Winter, also habe ich – «

»Kälte macht mir nichts aus«, versicherte sie ihm und wählte, wie er gehofft hatte, das Trägerhemd.

Jetzt wünschte sich Tiny, er hätte doch auch noch die knappen Shorts gekauft. Wahrscheinlich hätte sie sie zwar ohnehin nicht getragen, aber allein die Vorstellung …

»Die sind toll«, meinte Mirabeau und nahm erfreut auch noch die Jogginghose an sich. Als sie Tinys schiefen Blick bemerkte, lachte sie auf und fügte hinzu: »Sie stinken nicht und bedecken mehr als ein Handtuch.«

»Ja, genau das hab ich auch gedacht«, bekannte er. Mirabeau wandte sich ab und ging in ihr eigenes Zimmer hinüber. Tiny erhaschte einen Blick auf ihre nackten Waden.

»Die Wanne ist noch voll. Wenn du möchtest, kannst du gleich reinsteigen«, sagte sie zu ihm und verschwand nach draußen. Sie schloss die Tür hinter sich. Tiny seufzte. Seine Hoffnungen, dass ihr das Handtuch vielleicht herunterfallen könnte, waren auch wirklich übertrieben gewesen. *Was soll's ...* Er würde den stinkigen Dreck wegduschen und dann eines der Sandwiches essen, die er mitgebracht hatte. Zwar hatte er jetzt schon mächtig Hunger, aber allein die Vorstellung, in seinem momentanen widerlichen Zustand etwas zu essen, brachte ihn zum Würgen.

7

Als Mirabeau das Zimmer betrat, saß Stephanie im Schneidersitz auf dem hinteren Bett – was wohl bedeutete, dass das Bett an der Tür ihr gehörte. Sie warf die Kleidung auf die Bettdecke, wickelte sich aus dem Handtuch und nahm die Jogginghose in die Hand. Ihr war bewusst, dass Stephanie sie die ganze Zeit über beobachtete. Doch Nacktheit war ihr nicht peinlich. Die Nanos, die in den Körpern der Unsterblichen wirkten, waren darauf programmiert, Krankheiten zu bekämpfen, Verletzungen zu reparieren und den Organismus auf der Spitze seiner Leistungsfähigkeit zu halten. Das bedeutete, dass sie für immer jung und gesund blieb – und sie wusste, dass sie großartig aussah. Vielleicht lag es auch daran, dass sie sich in ihrem langen Leben anderen bisher so oft – und aus verschiedenen Gründen – nackt gezeigt hatte, dass es ihr inzwischen nichts mehr ausmachte. Es war ihr im Grunde sogar egal, weshalb sie keine Peinlichkeit verspürte. Sie realisierte nicht einmal richtig, dass sie nackt war, bis Stephanie plötzlich überrascht feststellte: »Du rasierst die Beine nicht.« Erschrocken riss sie die Augen auf und hakte sofort nach: »Aber wir können uns doch rasieren, oder? Die Nanos lassen sie doch hoffentlich nicht sofort wieder nachwachsen.«

Mirabeau hielt inne und betrachtete ihr Bein. Es war von einem feinen Haarflaum bedeckt, um den sie sich bis zu Stephanies Bemerkung niemals Gedanken gemacht hatte. Jetzt störte er sie allerdings plötzlich. Sie würde auf dem Weg nach Port Henry irgendwo einen Rasierer auftreiben und … das abrasieren, bevor sie Tiny verführte.

Ja, sie wurde sich immer sicherer, dass sie dies tun wollte, sobald sie diese Aufgabe hier erledigt hätten. Er sah nicht nur gut aus, sondern sie fand auch seine Persönlichkeit immer anziehender. Aus Marguerites Erzählungen hatte sie ja bereits erfahren, dass er ein guter Mensch war, doch das Mitgefühl und die Geduld, die er Stephanie entgegenbrachte, nahmen sie noch mehr für ihn ein. Sie selbst war nicht sehr geduldig, war es noch nie gewesen. Vielleicht gefiel er ihr gerade wegen dieser Charaktereigenschaft so gut.

Sie schob die Gedanken an Tiny zur Seite und erklärte Stephanie: »Selbstverständlich können wir uns rasieren. Haare sind doch nur Stränge aus toten Zellen. Die sind den Nanos völlig egal.«

»Oh«, entgegnete Stephanie erleichtert und fragte interessiert: »Warum rasierst du dich dann nicht?«

»Das tu ich schon, ich hab mir in letzter Zeit bloß nicht die Mühe gemacht«, brummte sie als Antwort. Mirabeau hatte, wie alle anderen Frauen der Welt auch, angefangen sich zu rasieren, als es in Mode gekommen war. Aber sie hatte schon so lange keine Lust mehr auf eine Verabredung oder etwas Ähnliches gehabt, dass sie es irgendwann einfach wieder bleiben gelassen hatte.

»Wie ist das so?«, fragte Stephanie, nachdem Mirabeau die Hose übergestreift hatte und nach dem Hemd griff.

»Was?«, entgegnete sie gedankenverloren und zog das Oberteil über.

»So alt zu sein?«

Erbost drehte sich Mirabeau nach dem Mädchen um, doch bevor sie sie anfahren konnte, fügte Stephanie schnell hinzu: »Ich wollte dich nicht beleidigen. Ich meinte nur, du weißt schon … wie ist es, so lange zu leben?«

Mirabeau zwang sich zur Ruhe und entgegnete schulterzuckend: »Keine Ahnung. Es ist eben so. Du wirst es schon noch selbst erleben.«

»Ja, in einem Jahrhundert oder so«, erwiderte Stephanie und verfolgte schweigend, wie Mirabeau zum Spiegel ging, sich mit den Fingern durchs feuchte Haar fuhr und versuchte, die wirren Strähnen zu ordnen.

Mirabeau stellte fest, dass das ohne Bürste oder Ähnliches ein hoffnungsloses Unterfangen darstellte. Missmutig betrachtete sie ihr Spiegelbild und fragte sich, ob sie die übrig gebliebenen Extensions wohl selbst entfernen könnte oder einen Friseur dafür bemühen müsste. Als ihr der Typ im Kanal eine ganze Handvoll der künstlichen Strähnen ausgerissen hatte, hatte das jedenfalls höllisch wehgetan. Wenigstens waren keine kahlen Stellen zurückgeblieben. Möglicherweise könnte sie die letzten Haarteile ja doch selbst lösen.

»Wird es jemals besser?«

»Was?«, fragte Mirabeau, die sich ganz auf ihre Frisur konzentriert hatte.

»Der Schmerz, den man spürt, weil man sie verloren hat?«, sagte Stephanie leise und Mirabeau nahm schon an, dass sie von den Extensions sprach. Dann fügte Stephanie aber hinzu: »Tiny hat mir erzählt, dass du deine Familie ebenfalls verloren hast und ich … manchmal tut es so sehr weh und man merkt dir an, dass du immer noch unter dem Verlust leidest, und ich …«

Mirabeau hörte auf, an ihren Haaren herumzuzupfen und drehte sich nach dem Mädchen um. Ihr Gesicht war von Leid verzerrt, und Mirabeau spürte Panik aufsteigen. In Gefühlsdingen war sie nicht besonders gut und mied sie normalerweise wie die Pest. Doch Stephanie ging es offensichtlich sehr schlecht, und momentan war sonst niemand da, der ihr helfen konnte. Sie schluckte schwer, ging zum Bett hinüber und setzte sich neben Stephanie auf die Bettkante, wo sie sie erst einmal anstarrte und dann widerstrebend in einer, wie sie hoffte, tröstenden Geste eine Hand auf ihr Bein legte. Schließlich räusperte sie sich und sagte: »Ja, es tut weh. Und ich spüre den Schmerz gerade wieder, weil mich deine Situation so sehr an meine eigene erinnert. Auch an Feiertagen und bei besonderen Anlässen tut es weh. Aber es wird mit der Zeit etwas einfacher, leichter zu ertragen … und du hast ja noch Dani – für Feiertage und so was.«

Stephanie schluckte und nickte andächtig. »Du hast niemanden mehr, oder?«

Mirabeau schnürte es die Kehle zu, doch sie schluckte den Kloß im Hals grimmig hinunter und versuchte, das Thema zu wechseln, indem sie fragte: »Soll ich eines von den Tattoos aufkleben?«

Stephanie zögerte und betrachtete sie schweigend. Mirabeau wusste genau, dass das kleine Gör schon wieder in ihren Gedanken herumgrub, und fragte sich, wie sie das bloß anstellte. Sie war ja erst vor Kurzem gewandelt worden, und normalerweise konnte man die Gedanken von anderen Unsterblichen noch nicht gleich lesen. Diese Fähigkeit musste man erst trainieren, und eigentlich hätte sie noch nicht in der Lage sein dürfen, in die Köpfe anderer einzudringen. Schon gar nicht bei einem so alten Wesen wie Mirabeau.

»Wirklich?«, fragte Stephanie und setzte sich gerade auf. Ein zufriedenes Grinsen umspielte ihre Mundwinkel. »Ich weiß, dass Dani bisher keine Gedanken lesen kann, aber ich dachte, das ist nur bei ihr so.«

»Nein, das ist nicht nur bei ihr so«, versicherte Mirabeau und war froh über den Themenwechsel – und auch darüber, dass die Kleine nun nicht mehr ganz so traurig aussah. Sie hatte keine Ahnung, was sie getan hätte, wenn sie losgeheult hätte. Das Mädchen freute sich unübersehbar über ihre ungewöhnlichen Fähigkeiten, und Mirabeau erklärte ihr: »Du scheinst ein ganz besonderer Fall zu sein. Du hast ein natürliches Talent zum Gedankenlesen. Das ist sehr selten.«

Stephanie grinste breit und hielt dann einen Bogen mit Klebe-bildern hoch. »Welches willst du?«

Mirabeau zwinkerte irritiert. »Ich wollte eigentlich keines. Ich habe gemeint, dass ich dir eines aufkleben würde.«

»Ich weiß schon«, erwiderte Stephanie grinsend. »Aber ich will nicht, dass dabei etwas schief geht. Wir probieren erst mal an dir aus, wie es funktioniert.«

Mirabeau lachte ungläubig auf. »Ich bin also dein Versuchs-kaninchen?«

»Ganz genau«, bestätigte sie und grinste noch breiter.

Jetzt musste Mirabeau auch schmunzeln, schüttelte dann seuf-zend den Kopf und begutachtete die Tattoos, die Stephanie ihr hinhielt. »Na gut. Dann nehme ich Amor.«

»Warum Amor?«, fragte Stephanie verwundert.

»Weil er genauso wie ich ein Bogenschütze ist«, entgegnete sie.

»Tatsache?«, hakte Stephanie neugierig nach, während sie nebenbei das Tattoo vorbereitete.

»Ja. Als ich noch ein Kind war, hat meine Mutter es mir bei-gebracht, und dann habe ich über die Jahrhunderte weitertrai-niert. Mir sind Pfeil und Bogen lieber als Feuerwaffen – man macht damit nicht so viel Lärm und sieht gleich, ob man das Ziel getroffen hat. Außerdem können unsere Körper, wenn man ihnen genug Zeit lässt, Kugeln wieder ausstoßen. Doch bei einem so langen, schweren Gegenstand wie einem Pfeil funktioniert das nicht. Wenn man einen Bösewicht mit einem Pfeil trifft, dann wird er ihn nur wieder los, wenn man ihn selbst aus seinem Kör-per zieht.«

Stephanie war sichtlich beeindruckt. »Könntest du mir das Bogenschießen beibringen?«

»Mal sehen«, erwiderte Mirabeau unverbindlich, denn sie wollte kein Versprechen geben, das sie möglicherweise nicht einhalten konnte.

»Das ist eine gute Einstellung«, sagte Stephanie mit feierlichem Ernst und fragte dann: »Wo soll das Tattoo hin?«

»Auf den Arm.« Stephanie begann konzentriert, das Bild auf den Oberarm zu übertragen, während Mirabeau ganz still hielt. Dann sagte Stephanie plötzlich: »Es stimmt schon, dass ich Dani noch habe, aber sie ist momentan eigentlich nur mit Decker beschäftigt. Manchmal hab ich das Gefühl, ich hätte sie auch schon verloren.«

Mirabeau runzelte die Stirn. Die Situation war kompliziert. Sie wusste, dass Dani ihr Bestes tat, aber sie konnte nachvollziehen, dass es schwierig war, Stephanies übersteigertes Bedürfnis nach Aufmerksamkeit zu befriedigen, sich gleichzeitig auch noch um das Problem mit Leonius zu kümmern und sich ihrem neu gefundenen Lebensgefährten zu widmen. Das wäre jedem so gegangen.

Sie räusperte sich und meinte: »Ja, sie ist zurzeit eher mit sich selbst beschäftigt, aber im Inneren macht sie das Gleiche durch wie du.«

»Aber sie hat Decker«, entgegnete Stephanie bedrückt. »Und wenn sie erst mal heiraten und Kinder bekommen, dann hat sie ihre eigene Familie und braucht mich nicht mehr.«

Mirabeau seufzte. »Sie wird dich immer lieben – und auch brauchen. Sie ist nur vorübergehend mit anderen Dingen beschäftigt. Außerdem wirst du sicher auch eines Tages einen Gefährten finden und eine eigene Familie gründen.«

»Genau wie du«, sagte Stephanie mit leiser Stimme. »Glaubst du, dass der Verlust dann ein bisschen leichter zu ertragen sein wird?«

»Ich weiß es nicht. Möglicherweise.« In Wahrheit glaubte sie nicht daran, jemals selbst einen Gefährten oder Kinder zu haben. Schon der Gedanke daran verursachte ihr Übelkeit, sie konnte allerdings nicht sagen, warum.

Schweigend vollendete Stephanie die Tätowierung und verkündete schließlich: »Fertig. Schau es dir mal im Spiegel an.«

Mirabeau ging zum Spiegel und begutachtete ihr neues, abwaschbares Tattoo: Amors schwarze Silhouette prangte auf ihrem Oberarm. Es sah eigentlich ganz gut aus. Damit konnte sie leben.

»Passt gut zu meinem Outfit, was?«, stellte sie mit einem Blick auf die schwarze Hose und das Hemd fest.

Stephanie unterdrückte ein Lachen. »Du findest es schrecklich.«

»Nein«, versicherte sie schnell, grinste dann ironisch und gestand Stephanie: »Ich bin bloß kein großer Fan von Körperkunst. Aber das ist in Ordnung. Es ist schön.«

Jetzt lachte Stephanie richtig. Sie glaubte ihr offenbar kein Wort, musterte Mirabeau und meinte dann: »Ich hoffe, ich habe eines Tages auch mal eine so schöne Figur wie du, damit mir auch so tolle Kerle wie Tiny hinterherhecheln – mit hängender Zunge.«

»Er hechelt mir nicht hinterher«, widersprach ihr Mirabeau belustigt.

»Nein, aber wenn du seine Gedanken hören könntest …« Sie verdrehte die Augen und fächelte sich theatralisch Luft zu. »Ooh la la.«

Stephanies Darstellung brachte sie zum Lachen. Es freute sie, dass Tiny sie attraktiv fand. Sie hatte sich selbst noch nicht die Mühe gemacht, seine Gedanken zu lesen. Vielleicht sollte sie das nachholen. Es wäre für das Vorhaben, ihn zu verführen nur von Vorteil, wenn er genauso großes Interesse an ihr hätte wie sie an ihm. Dann musste sie nur noch aufpassen, dass sie, wenn sie ihn erst einmal in ihrem Bett hatte, nicht vor lauter Erregung versehentlich die Kontrolle über seinen Geist übernahm, denn das würde Marguerite sicher missfallen.

»Werde ich denn noch weiterwachsen oder muss ich jetzt für immer vierzehn bleiben?«, fragte Stephanie mit einem neidvollen Blick auf Mirabeaus Figur.

Mirabeau war verblüfft. Die Kleine war immerhin schon vor sechs Monaten verwandelt worden, darum hätte sie eigentlich erwartet, dass sie die Antworten auf Fragen wie diese bereits kannte.

»Na ja, Dani kennt sich auch nicht so gut aus«, bemerkte Stephanie, die schon wieder schamlos ihre Gedanken belauscht hatte. »Wenn ich etwas von ihr wissen will, muss sie immer erst Decker fragen. Aber meistens kommt ihnen etwas dazwischen und dann kann es Stunden oder sogar bis zum nächsten Tag dauern, bis ich eine Antwort bekomme. Irgendwann hab ich einfach aufgehört, ihr Fragen zu stellen.«

Mirabeau wollte sich schon erkundigen, weshalb sie sich denn nicht an jemand anderen gewandt hätte, doch dann fiel ihr auf, dass die einzige andere weibliche Bezugsperson im Haus der Vollstrecker, die ebenfalls erst vor Kurzem gewandelt worden war und einen Lebensgefährten gefunden hatte, Sam war. Wenn sie Erkundigungen für Stephanie einholte, würde höchstwahrscheinlich auch bei ihr ›etwas dazwischen kommen‹. Wahrscheinlich hatte Stephanie nun dank Mirabeau zum ersten Mal die Chance, einer Unsterblichen ohne Gefährten in Ruhe Fragen zu stellen.

»In Ordnung.« Mirabeau setzte sich wieder aufs Bett, in der festen Absicht, der Kleinen, soweit es ihr möglich wäre, alle Fragen zu beantworten. »Solange du dich regelmäßig ernährst, wirst du auch weiterwachsen, bis du etwa zwischen fünfundzwanzig und dreißig Jahre alt bist, also quasi deine *besten Jahre* als Erwachsene erreicht hast. Dann wirst du aufhören zu altern und für immer so bleiben.«

Stephanie dachte über Mirabeaus Worte nach. »Wie oft ist *regelmäßig*?«

Mirabeau zögerte kurz und antwortete dann: »Am besten ist es, in kleinen Portionen zu essen. Bis zum fünfundzwanzigsten Lebensjahr solltest du etwa alle drei Stunden etwas zu dir nehmen.«

»Wie ein Baby«, kommentierte sie angewidert.

»Im Grunde schon«, bestätigte Mirabeau amüsiert. Sie bemerkte, wie blass die Kleine aussah, und erkundigte sich: »Wann hast du zum letzten Mal etwas gegessen?«

Stephanie verzog das Gesicht und gestand widerwillig: »Bevor wir zur Hochzeit aufgebrochen sind.«

Mirabeau warf einen Blick auf die Uhr. Es war fast zwei Uhr in der Früh – höchste Zeit also, dass das Mädchen wieder etwas zu sich nahm.

»Lucian hat gesagt, im Wagen liege Blut bereit«, bemerkte Stephanie. »Wir können etwas essen, bevor wir aufbrechen.«

Mirabeau erwiderte nichts. Lucian hatte ihr dieselbe Information gegeben, kurz bevor sie die Kirche durch die geheime Falltür verlassen hatte. Es wäre der einfachste Weg, an Blut zu kommen, denn schließlich standen Stephanie keine Fangzähne zur Verfügung. Am besten wäre es, wenn sie aufbrachen, sobald Tiny zu Ende geduscht hatte, dann den Wagen suchten, dort etwas aßen und anschließend die Stadt verließen. Das wäre auch der sicherste Weg.

»Nein«, begehrte Stephanie, die ihre Gedanken gelesen hatte, sofort auf. »Du hast versprochen, wir könnten ein wenig schlafen. Mein Essen kann doch bestimmt auch noch ein paar Stunden warten, oder? Dann verspeise ich im Auto auch die doppelte Dosis.«

Aus Stephanies flehendem Tonfall und der Verwendung des Wortes *Dosis* schloss Mirabeau, dass das Mädchen offenbar nur ungern Blut zu sich nahm. Eigentlich sollte sie das nicht überraschen. Schließlich war die Kleine als Sterbliche aufgewachsen.

Es war also nachvollziehbar, dass sie Probleme damit hatte, Blut zu trinken, und sich dagegen wehrte. Vielleicht würde es ihr aber jetzt, da sie wusste, dass das Blut notwendig war, um ihren Körper reifen zu lassen, etwas leichter fallen. Schließlich wollte kein Mädchen für immer flachbrüstig bleiben.

»Okay, ich habe versprochen, dass du schlafen kannst«, besänftigte sie sie. »Solange Tiny noch unter der Dusche steht, werde ich schnell das Auto holen. Dann kannst du ein bisschen Blut trinken, und danach ruhen wir uns aus und brechen wie geplant am Morgen auf.«

Mirabeau ging bereits auf die Tür zu, als ihr plötzlich einfiel, wo sie den Autoschlüssel, den Lucian ihr gegeben hatte, versteckt hatte. Sie blieb stehen. Da sie keine Handtasche dabeigehabt hatte und in dem Brautjungfernkleid auch keine Taschen vorhanden gewesen waren, hatte sie den Schlüssel in den BH gesteckt – in Notfällen erwies sich dieses Versteck stets als sehr hilfreich. Doch der BH lag noch im Badezimmer, wo Tiny gerade duschte.

»Dann warte eben, bis er fertig ist«, schlug Stephanie vor. »In der Zwischenzeit kannst du mein Tattoo aufkleben.«

Mirabeau setzte sich wieder zu ihr aufs Bett. »Welches möchtest du denn?«

»Das Herz«, entschied Stephanie und reichte ihr die Bögen mit den Klebebildern.

Nachdenklich betrachtete Mirabeau das Herz, durch das sich eine gezackte Linie zog, die Stephanie offenbar hineingekratzt hatte.

»Ich habe es ein wenig verändert. So passt es besser.«

Mirabeau starrte das Herz an. Auf Stephanies Haut würde es aussehen, als wäre es gebrochen, genauso, wie sich Stephanies Herz momentan anfühlen mochte. Und sie erinnerte sich an ihr eigenes, als sie siebzehn Jahre alt gewesen war. Sie hoffte inständig, dass Danis Beistand und der glückliche Umstand, dass Stephanies Familie zumindest nicht tot war, ihr helfen würden, sich schneller von dem tiefen Einschnitt in ihrem Leben zu erholen als sie selbst. Denn wenn sie ehrlich war, hatte sie sich im Grunde nicht davon erholt.

8

Tiny drehte das Wasser ab und trat mit einem zufriedenen Seufzen aus der Dusche. Es war so schön, wieder sauber zu sein.
Obwohl er im Gegensatz zu Mirabeau kein Schlammbad genommen hatte, hatte der Gestank der Kanäle trotzdem an seiner
Haut und Kleidung gehaftet. Es war schon eine Erleichterung,
die Klamotten loszuwerden, und noch großartiger, die Gerüche
von sich abzuwaschen. Er freute sich darauf, in saubere Sachen
schlüpfen zu können, auch wenn sie eigentlich für Touristen gedacht waren – saubere Touristenklamotten waren allemal besser
als sein stinkiger Armani-Anzug. Obwohl ihm das Designerteil
schon gefallen hatte und er bedauerte, dass das edle Stück nach
dem Ausflug ins Kanalsystem nun leider ruiniert war.

Voller Vorfreude auf die frische Kleidung trocknete sich Tiny
schnell ab, wickelte das Handtuch um die Hüften und eilte aus
dem Badezimmer. Begleitet von einer Dampfwolke betrat er das
Schlafzimmer – und blieb sofort stehen, als Mirabeau eilig auf
ihn zukam. Sie sah erleichtert aus.

»Ach, ein Glück«, murmelte sie und huschte an ihm vorbei ins
Badezimmer.

Verwundert beobachtete Tiny, wie sie ihr Kleid und die spit-
zenbesetzte Unterwäsche vom Boden aufhob und durchsuchte.
Dann warf sie die Wäsche mit einem Fluch angewidert auf den
Boden zurück. »Was ist denn los?«, erkundigte sich Tiny.

Seufzend erklärte sie: »Ich wollte für Stephanie etwas Blut aus
dem Auto holen. Ich hatte die Schlüssel im BH versteckt, bevor
ich ins Kanalsystem gestiegen bin, und jetzt sind sie nicht mehr

da.« Missmutig verzog sie das Gesicht. »Ich muss sie wohl verloren haben, als ich im Tunnel hingefallen bin.«

»Hmm«, murmelte Tiny und bewunderte Mirabeau in ihrem neuen Outfit. Die schwarze Jogginghose mit dem NYC-Schriftzug entlang der Seitennaht war ein wenig zu groß und hing sehr tief auf den Hüften. Das Trägertop dagegen saß perfekt und betonte wunderbar ihre Brüste. *Das habe ich gut ausgesucht*, befand er. Sie sah sogar noch toller aus, als er erwartet hatte – und er beneidete etwas die Autoschlüssel, die zumindest ein wenig Zeit in diesem wundervollen Ausschnitt hatten verbringen dürfen.

Mirabeau machte ein genervtes Geräusch. Er eiste den Blick widerwillig von ihrem Körper los. »Ich werde wohl Lucian anrufen und es ihm gestehen müssen. Er muss jemanden mit den Schlüsseln herschicken oder gleich ein ganz neues Auto.« Sie schnaubte gereizt. »Gott, er wird so sauer sein. Damit ist unser geheimer Abgang durch die Kanäle vollkommen sinnlos geworden, denn Leonius oder einer seiner Männer kann problemlos Lucians Boten folgen, und dann … «

»Wir müssen Lucian nicht verständigen«, unterbrach Tiny. Mirabeau drehte sich erstaunt nach ihm um.

»Nicht?«, fragte sie hoffnungsvoll.

Er schüttelte den Kopf. »Ich kann den Wagen auch ohne Schlüssel öffnen und starten.«

»Das kannst du?«

Sie sah ihn an, als wäre er ein Gott. Er grinste schief. Zwar genoss er die Bewunderung, doch er hätte sie sich lieber anders verdient als dadurch, dass er ihr einen unangenehmen Anruf bei Lucian ersparte. »Das ist eine meiner vielen fragwürdigen Fähigkeiten aus der Zeit, bevor mich Jackies Vater unter seine Fittiche genommen und zum Privatdetektiv ausgebildet hat. Aus meiner, sagen wir mal, finsteren Vergangenheit. Ohne ihn wäre ich wahrscheinlich als Verbrecher geendet. Glücklicherweise habe ich ihn getroffen, als ich noch jung war.«

Tiny registrierte verwundert, dass Mirabeau das Geständnis mit einem breiten Lächeln aufnahm. Sie trat zu ihm und gestand ihm schmunzelnd: »Dieser zwielichtige Zug macht dich sogar noch attraktiver.«

Tiny hob die Brauen und erwiderte das Lächeln. Er fühlte sich eindeutig zu ihr hingezogen und hatte schon gehofft, dass dies auf Gegenseitigkeit beruhe. Doch trotz Marguerites Andeutung darüber, dass sie möglicherweise Lebensgefährten sein könnten und Stephanies Bemerkung, dass sie *scharf* aufeinander wären, hatte er bei Mirabeau bisher keinerlei Anzeichen entdeckt, dass sie sich ernsthaft für ihn interessierte. Er hatte die Augen nicht von ihr lassen können, doch sie hatte sich ihm gegenüber bisher immer rein professionell gegeben. Erstaunt fragte er: »Noch attraktiver? Du findest mich also attraktiv?«

»Oh ja«, hauchte sie heiser, senkte den Blick und strich sachte mit einem Finger über die nackte Haut oberhalb seines Handtuchsaums.

Tiny sog scharf den Atem ein. Sein Magen machte einen Freudensprung, und der Rest seines Körpers reagierte ebenfalls begeistert. Schon beulte sich das Handtuch ein wenig nach außen, und der kleine Tiny wurde munter. Mirabeaus Grinsen wurde sogar noch breiter, sie sah zufrieden aus.

Schließlich hob sie wieder den Kopf, und in ihren Augen glomm nun ebenfalls Verlangen. Sie raunte ihm zu: »Wenn dieser Auftrag erledigt ist, müssen wir *da*gegen etwas unternehmen.«

Tiny griff nach ihr und zog sie ungeachtet ihrer Worte an seine Brust und … andere Körperteile. »Warum so lange warten«, knurrte er und drückte den Mund auf ihre Lippen. Er legte all die Leidenschaft in den Kuss, die er empfand, seit er sie im Tunnel zum ersten Mal gesehen hatte. Sie reagierte jedoch zurückhaltend auf seine fordernden Lippen, und er erahnte den Widerstreit von Pflichtgefühl und Begehren, der sich in ihr abspielte. Sie konnte sich ihm nicht richtig öffnen.

Er unterbrach den Kuss, strich mit den Lippen sanft über ihre Wange und flüsterte dann an ihrem Ohr: »Wir haben jetzt Pause. Stephanie ist in Sicherheit und schläft wahrscheinlich gerade. Uns bleiben noch ein paar Stunden, bis die Sonne aufgeht … betrachte es einfach als ein Päuschen fürs Abendessen.«

Mirabeau stieß ihn so schnell von sich, dass er schon glaubte, sie beleidigt zu haben, doch sie schubste ihn immer noch weiter und trieb ihn so quer durchs Schlafzimmer vor sich her bis zum großen Doppelbett. Tiny stieß mit den Waden gegen das Bettgestell, und Mirabeau versetzte ihm einen Stoß, damit er auf die Matratze fiel. Dann stieg sie auf ihn und hockte sich mit gespreizten Beinen auf seine Hüften, die nur vom Handtuch verhüllt wurden.

»Kein Abendessen. Es ist Zeit für den Nachtisch«, wisperte sie, beugte sich vor und küsste ihn. Diesmal hielt sie sich nicht zurück, sondern ließ all der wilden Leidenschaft, die Tiny hinter ihrer Fassade vermutet hatte, freien Lauf … und noch weitaus mehr. Sie kam wie ein flüssiges Feuer über ihn, ihre Lippen verschmolzen mit seinen und ihr Leib schmiegte sich wie warmes, weiches Wachs an ihn. Sie packte seine Hände und drückte sie auf die Matratze, küsste ihn dann erneut und stellte dabei mit der Zunge Dinge an, die ihn vor Lust stöhnen ließen. Er reckte ihr erregt seine Hüften entgegen.

Auch Mirabeaus Hüften blieben nicht untätig. Sie kreisten und rieben sich an ihm, ihre Brüste drückten sich an seinen Oberkörper und strichen über seine Brust. Vor Erregung verging ihm beinahe Hören und Sehen. Lust überflutete ihn in Wellen, die immer stärker und stärker wurden. Er nutzte einen günstigen Augenblick, als Mirabeau gerade nicht aufpasste, und befreite die Hände aus ihrem Griff. Sofort berührte er sie überall, versuchte, ihren ganzen Körper gleichzeitig zu spüren. Er strich über ihre Seiten, hinauf zu ihrem Oberkörper, spürte ihre Brüste unter dem dünnen Stoff des Hemdchens, umfing sie begierig und schob dann die Hände unter das Oberteil auf ihre nackte Haut.

Lieber Himmel, solche Lust habe ich noch nie zuvor erlebt, kam es Tiny undeutlich in den Sinn. Seine Finger wanderten über die heiße Haut ihres Bauchs. Er hatte ein Gefühl, als würden sie beide brennen. Sie fühlte sich fieberheiß an, und ihm kam es so vor, als verglühe er von innen nach außen. Er musste ihren Körper auf seinem spüren, ihr nacktes Fleisch an seiner Haut. Er wollte seinen Leib mit ihrem vereinen, sich in ihrer feuchten Hitze verlieren. Doch dann wäre dies alles schon wieder zu Ende – und es sollte niemals aufhören.

Tinys forsche Hände fanden Mirabeaus nackte Brüste unter dem Tanktop, während sie aufstöhnte. Wogen aus beinahe unerträglicher Lust überrollten sie augenblicklich. Sie musste mehr davon haben. Mirabeau hörte auf, ihn zu küssen, legte die Hände auf seine und drückte sie auffordernd gegen ihre Brüste. Dann sah sie ihm direkt in die Augen und ergriff den Saum des Oberteils, das er für sie ausgewählt hatte. Tiny leckte sich die Lippen und verfolgte, wie sie es langsam über den Kopf zog und ihren makellosen, blassen Oberkörper entblößte. Seine Hände umfingen ihre Brust, und die dunkle, sonnengebräunte Haut seiner Handrücken bildete einen starken Kontrast zu ihrer porzellanfarbenen, hellen Haut. Nie zuvor hatte er etwas so Anmutiges gesehen.

»Du bist wunderschön«, flüsterte er. Er gab ihre Brüste frei und ließ die Hände an ihren Seiten hinabgleiten, um sie in voller Schönheit bewundern zu können.

Sie lächelte über seine Worte und warf das Top auf das Bett.

Mit einer Fingerspitze strich sie über seine Brust in Richtung des Handtuchsaums und bewegte mit geschlossenen Augen ein wenig die Hüften. Eine Welle der Lust erfasste sie beide und ließ sie erschauern.

Tiny hielt es nicht mehr aus und umfasste wieder ihre Brüste. Mirabeau schlug die Augen auf und betrachtete ihn prüfend. Dann verwandelte sich ihr Lächeln in ein breites Grinsen. Sie beugte sich vorwärts, drückte sich gegen seine Hände und näherte sich wieder seinem Mund. Ihre Zunge zuckte hervor und leckte über seine Unterlippe, bevor sie sie mit den Lippen einfing und zärtlich daran zog und saugte. Dann gab sie ihn wieder frei und murmelte genussvoll: »Mmm, lecker. Wenn ich Lucian das nächste Mal sehe, muss ich mich unbedingt dafür bedanken, dass er mir dich zum Partner gegeben hat.«

»Marguerite«, verbesserte er, ohne groß nachzudenken und versuchte, ihre Lippen wieder einzufangen. Doch jetzt zog sie sich ein Stück von ihm zurück. Ihre Miene war erstarrt.

»Wie bitte?«, fragte sie vorsichtig nach.

Tiny zögerte und wünschte, er hätte den Mund gehalten. Widerwillig gab er schließlich zu: »Marguerite hat vorgeschlagen, dass wir bei diesem Auftrag zusammenarbeiten sollen.«

Wie befürchtet ruinierte diese Offenbarung die Stimmung ebenso, als hätte er Mirabeau einen Eimer kaltes Wasser übergeschüttet. Ihre Miene war schreckverzerrt und alle Leidenschaft verpufft. Abrupt setzte sie sich auf und fragte scharf: »Marguerite hat vorgeschlagen, dass du mich unterstützen sollst?«

Tiny nickte lahm.

»Aber Marguerite mischt sich eigentlich doch nur ein, wenn sie glaubt …« Sie brach ab und starrte ihn mit wachsendem Entsetzen an. Die Vorstellung, dass Marguerite Tiny offenbar für ihren potenziellen Lebensgefährten hielt, schien ihr absolut nicht zu behagen.

Er suchte den Blickkontakt zu ihr und fragte dann mit heiserer Stimme: »Kannst du meine Gedanken lesen?«

Mirabeau rutschte auf seinen Hüften ein Stück nach hinten und wich zurück, als hätte er sie geschlagen. Dann drückte sie die Schultern durch, während ihr Blick zu seiner Stirn wanderte. Er wusste, dass sie jetzt versuchte, in seinen Kopf einzudringen. Tiny lag ganz still und wartete ab. Plötzlich blitzte Furcht in ihrem Gesicht auf. Instinktiv begriff er, dass sie seine Gedanken nicht lesen konnte – und dass ihr diese Tatsache Angst machte.

Trotzdem überraschte es ihn, als sie plötzlich von ihm herunterglitt und vom Bett stieg. Bevor er sich versah, stand sie auch schon neben der Tür.

»Was ist mit dem Auto?«, rief er ihr verzweifelt hinterher und schämte sich plötzlich, weil er im Eifer des Gefechts völlig vergessen hatte, dass sie ja eigentlich für Stephanie hatte Blut holen wollen. Mirabeau blieb stehen, und an der Art, wie sie die Schultern hängen ließ, erkannte er, dass auch sie sich wieder an den ursprünglichen Grund für den Aufenthalt in seinem Zimmer erinnerte und es ihr ebenso erging wie ihm.

Mirabeau blieb einen Augenblick unbeweglich auf der Schwelle stehen und seufzte dann tief. Ohne sich nach ihm umzudrehen, sagte sie: »Es wird Stephanie nicht schaden, wenn sie ausnahmsweise ein paar Stunden länger warten muss. Wahrscheinlich schläft sie sowieso schon. Wir können in der Morgendämmerung aufbrechen, und dann kann sie wie geplant im Wagen etwas essen. Ich wecke dich, wenn es soweit ist.«

Sie verließ das Zimmer und schloss die Tür hinter sich. Tiny seufzte. Anfangs hatte ihm Marguerites Behauptung, er und Mirabeau könnten Lebensgefährten sein, ganz und gar nicht behagt, doch seit er sie kennengelernt hatte, war dieser Widerwille vollständig verschwunden. Mirabeau würde wohl etwas länger brauchen, um sich mit diesem Gedanken anzufreunden. Sie begehrte ihn zwar, doch das genügte noch nicht, um ihre Ängste vor einer Lebensgemeinschaft zu überwinden.

Tiny schielte nach der erigierten Zeltstange unter seinem Handtuch und begriff, dass Marguerite recht gehabt hatte. Wenn er Mirabeau für sich gewinnen wollte, würde er geduldig sein müssen. Er ließ sich wieder aufs Bett fallen und wartete ab, bis das Handtuchzelt verschwand.

Als Mirabeau ins Schlafzimmer kam, schien Stephanie bereits fest zu schlafen. Sie erschrak, als das Mädchen dann ohne Vorwarnung flüsterte: »Ich weiß, dass es dir schwerfällt, andere an dich heranzulassen, weil du Angst hast, sie wieder zu verlieren. Du hast Angst, den Schmerz, den wir erlebt haben, noch einmal durchmachen zu müssen. Aber es ist das Risiko wert. Schließlich bereust du ja auch nicht, deine Familie geliebt zu haben, oder?«

Mirabeau erstarrte, schockiert über diese Worte, die aus dem Mund eines so jungen Mädchens kamen. Dass ein Kind ein solches Maß an Einfühlungsvermögen und Weisheit an den Tag legte, war schon außergewöhnlich. Aber Stephanie war eben auch ein außergewöhnliches Mädchen.

»Das hat Dani vor einiger Zeit zu mir gesagt«, gestand Stephanie. »Und sie hat recht. Ich darf keine Angst davor haben, wieder andere in mein Herz zu lassen, denn dann würden mir einige tolle Sachen entgehen. Und dir auch.«

Mirabeau hörte, wie sich Stephanie bewegte, und sah gerade noch, dass sie sich von ihr wegdrehte und auf die Seite rollte. Offenbar hatte sie ihr nun nichts mehr zu sagen. Für Mirabeau wurde es ohnehin Zeit, sich hinzulegen und ein paar Stunden zu schlafen, ehe die Sonne aufging. Sie kroch ins Bett, doch der Schlaf wollte sich nicht einstellen. Stattdessen grübelte sie über Marguerites Komplott nach, und darüber, dass sie Tinys Gedanken nicht lesen konnte und sich so verzweifelt nach ihm sehnte wie noch nach keinem Mann in den letzten vierhundert-fünfzig Jahren – was wohl bedeutete, dass er tatsächlich ihr Lebensgefährte war. Auch Stephanies Worte gingen ihr durch den Kopf. Die Vorstellung, jemand anderen wieder so nah an sich heranzulassen, war erschreckend. Aber wollte sie denn wirklich aus Angst vor einem Schmerz, der möglicherweise irgendwann einmal kam, auf das verzichten, was sie beide zusammen aufbauen konnten?

All diese Gedanken drehten sich unaufhörlich in ihrem Kopf, während die Nacht langsam verrann. Alles wirkte so Furcht einflößend und merkwürdig, dass Mirabeau geradezu erleichtert war, als endlich die ersten Lichtstrahlen durch den Spalt zwischen den Vorhängen fielen. Sie war sich immer noch unschlüssig, wie sie mit Tiny umgehen sollte. Da war es eine Befreiung, dass es endlich weiterging und sie zumindest vorübergehend von ihren Grübeleien abgelenkt wäre.

9

»Möchtest du mal abbeißen?«

Verblüfft hob Mirabeau den Kopf und begutachtete das Ding, mit dem Tiny vor ihrem Gesicht herumwedelte und das er als Chili Cheese Dog bezeichnete. Stirnrunzelnd brummte sie: »Ich nehme kein Essen zu … « Das letzte Wort verwandelte sich in ein überraschtes Keuchen, als Tinys Hand plötzlich nach vorne zuckte und er ihr den Hotdog zwischen Oberlippe und Nase drückte.

»Der war gut«, amüsierte sich Stephanie und kaute auf ihrem Cheeseburger herum.

Mirabeau sah die beiden finster an, stieß den Hotdog weg, den Tiny ihr noch immer unter die Nase hielt, und wischte sich das warme Chili von der Nase. Dann leckte sie die Oberlippe ab – und der böse Gesichtsausdruck wich einer Verblüffung, als der gute, würzige Geschmack auf ihrer Zunge explodierte. Sie konnte sich ein leises »Mmm« nicht verkneifen.

»Na, zum Glück habe ich für dich auch noch einen besorgt, obwohl du behauptet hast, du wolltest keinen«, neckte Tiny sie, nahm einen weiteren Chili Dog von dem Tablett, das er zum Tisch mitgebracht hatte, und stellte ihn ihr hin.

Mirabeau zögerte. Eigentlich aß sie kaum noch etwas. Gelegentlich nahm sie zwar noch Nahrung zu sich, wenn sie Jeanne Louise Gesellschaft leistete, aber davon abgesehen interessierte sie sich eigentlich nicht mehr dafür. Mit der Zeit war Essen schlicht und einfach langweilig geworden. Dieses Chilizeug allerdings, das war ganz und gar nicht langweilig. Sie verfolgte, wie Tiny vorsichtig seinen Hotdog, der dick mit Chili bestrichen war, aufnahm und genüsslich hineinbiss. Möglicherweise hatte sie die ganze Zeit auch nur das Falsche gegessen, dachte Mirabeau und tat es Tiny gleich.

»Oder Tiny ist dein Lebensgefährte, und deswegen sind neben deiner Libido auch deine Geschmacksknospen wieder erwacht. Bei Decker war es genauso«, bemerkte Stephanie trocken.

Mirabeau hatte gerade wieder in den Hotdog gebissen, hielt nun inne und starrte die Kleine böse an. Allerdings hielt sie nicht lange durch, denn auf ihrer Zunge tanzten die wundervollsten Aromen. Unfreiwillig schloss sie die Augen und genoss die Geschmacksexplosion. Chili Dogs waren definitiv eine ganz tolle Sache, und sie wunderte sich, dass sie noch niemals zuvor einen probiert hatte.

»Versuch mal einen Zwiebelring«, forderte Tiny sie auf und hielt ihr ein rundes, paniertes Stück hin.

Sie nahm das seltsame Ding, betrachtete es neugierig von allen Seiten, schnupperte daran und biss dann vorsichtig hinein. Ein ganz neuer Geschmack überflutete ihre Sinne, und fasziniert riss sie die Augen auf. *Mann, das ist auch lecker*, dachte sie und lächelte erfreut, als Tiny ihr einen kleinen Teller mit einem Stapel der delikaten Ringe zuschob. Auch davon hatte er zwei Portionen besorgt.

»Wie wäre es mit einem Schokoladenmilchshake?«, schlug er als Nächstes vor und setzte ihr noch ein dickflüssiges, cremiges Getränk vor.

Dieses Mal ließ sie sich nicht lange bitten, und als die kühle, schokoladige Flüssigkeit in ihren Mund floss, begriff sie plötzlich, was er vorhatte.

»Du willst, dass ich vor Genuss sterbe«, beschuldigte sie ihn seufzend.

»Wenn dem so wäre, dann wärest du jetzt nackt, und ich würde diese Delikatessen von deinem köstlichen Körper essen«, knurrte Tiny, beugte sich über den Tisch und leckte einen Tropfen Chilisoße von ihrer Oberlippe.

Mirabeau schluckte schwer, sah Tiny an und verlor sich in seinen Augen, bis Stephanie neben ihr aufstöhnte: »Das ist ja widerlich. Nehmt euch gefälligst ein Zimmer.«

Ein verärgerter Ausdruck huschte über Tinys Miene. Mirabeau begriff, dass er, genau wie sie, tatsächlich für einen kurzen Augenblick vergessen hatte, dass das Mädchen bei ihnen saß. Die beiden lächelten sich verschmitzt zu, widmeten sich in stillem Einverständnis wieder dem Essen und bemühten sich, so zu tun, als wäre nichts geschehen.

Doch Stephanie gab keine Ruhe und bohrte nach: »Wenn ihr mich in Port Henry abgeliefert habt, werdet ihr dann ein Paar oder was?«

Mirabeau verpasste ihr einen vernichtenden Blick, doch die Kleine ließ sich nicht einschüchtern.

»Ach, komm schon, er ist doch dein Lebensgefährte, oder?«, beharrte sie und wedelte dabei mit einer Fritte in der Luft herum.

»Du weißt nicht, wovon du redest, Stephanie«, wies Mirabeau sie scharf zurecht. »Iss jetzt auf. Wir müssen los.«

»Ach bitte, selbst wenn ich eure Gedanken nicht lesen könnte, wäre es unübersehbar, dass ihr beide heiß aufeinander seid.«

»Das reicht jetzt, Stephanie«, sagte Tiny leise. »Iss dein Essen. Wir werden dich sowieso schon viel später als geplant in Port Henry abliefern. Wir hätten hier keine Pause einlegen sollen.«

Damit hatte er recht, dachte Mirabeau. Inzwischen waren die Leute in Port Henry bestimmt schon in heller Aufregung und hatten Lucian sicherlich davon unterrichtet, dass Stephanie noch immer nicht angekommen war. Leider gab es keine Möglichkeit, ihnen mitzuteilen, dass alles in Ordnung war. Mirabeau hatte in der Kirche kein Handy bei sich gehabt, und Tinys Telefon war verschwunden. Er vermutete, dass es ihm beim Einkaufen gestohlen worden war. Zumindest hatte er ihr das erzählt, als sie im ersten Tageslicht zum Wagen gegangen waren.

Mirabeau hatte erwogen, an einer Telefonzelle anzuhalten und sich von dort aus zu melden, doch Lucian hatte die strikte Anweisung gegeben, dass sie, außer im äußersten Notfall, nur von Tinys Handy aus Kontakt aufnehmen dürften, denn Tinys Telefon war so ausgestattet, dass sich die Anrufe nicht zurückverfolgen ließen. Er hatte entschieden, dass niemand erfahren durfte, wo sich Stephanie aufhielt – und er war nun mal der Boss. Also konnten sie nichts unternehmen, um die Leute in Port Henry zu beruhigen.

Oh ja, sie waren sicher sehr beunruhigt, dachte Mirabeau unglücklich. Sie schätzte, dass sie durch die Odyssee in den Kanälen und den Zwischenstopp im Hotel mindestens fünf oder sechs Stunden hinter dem Zeitplan lagen, was bedeutete: Sie hätten bereits vor drei oder vier Stunden in Port Henry sein sollen. Stattdessen befanden sie sich etwa eine halbe Stunde südwestlich von Toronto und aßen im hässlichsten, tristesten Diner, das sie jemals gesehen hatte, das beste Essen, das sie jemals gegessen hatte. Nachdem ihnen Stephanie stundenlang in den Ohren gelegen hatte, sie habe Hunger, war Tiny hier abgefahren. Er bezeichnete das Lokal als *Truck Stop* und meinte, dort gäbe es das beste Essen.

Mirabeau musste zwar zugeben, dass das Essen tatsächlich großartig war, und doch war es wirklich ein Fehler gewesen, hier anzuhalten – und wenn Tiny nach der langen Fahrt nicht so erschöpft gewirkt hätte, hätte sie der Pause auch nie zugestimmt. Doch während der letzten Stunde hatte er ständig gegähnt und sich die Augen gerieben. Darum hatte sie beschlossen, dass ein Zwischenstopp angebracht wäre. Sie hatte vor, ihm später anzubieten, ab hier das Steuer des Wagens zu übernehmen (den er am Morgen tatsächlich ohne Schlüssel gestartet hatte – mit nichts weiter als einem Schraubenzieher und einem Drahtkleiderbügel, den sie sich vom Hausmeister im Hotel geborgt hatten. Es war beeindruckend gewesen, ihn in Aktion zu erleben. Allerdings war auch schon sein Anblick allein ziemlich beeindruckend).

»Fertig? Können wir los?«, fragte Tiny. Mirabeau schielte auf ihren leeren Teller. Soviel zum Verzicht auf Nahrung. Sie hatte das Essen, das er spendiert hatte, ja regelrecht inhaliert.

»Ich muss noch mal«, verkündete Stephanie und schlürfte den Rest ihres rosafarbenen Shakes aus, der nach Erdbeeren roch.

»Du gehst mit ihr zur Toilette, und ich starte schon mal das Auto«, schlug Tiny vor und stand auf.

»Hey, ich bin kein kleines Kind mehr. Ich kann allein gehen«, maulte Stephanie schmollend.

Anstatt klarzustellen, dass Mirabeau zu ihrem Schutz mitkommen sollte, grinste Tiny nur und neckte sie: »Ich dachte, ihr Mädchen geht immer zusammen?«

»Sexist«, murmelte Stephanie vor sich hin. Doch um ihre Lippen spielte ein Lächeln.

Zwar hielten sie sich nicht lange in den Waschräumen auf, aber Tiny war noch schneller. In der Zwischenzeit hatte er das Auto wieder gestartet und wartete bereits vor der Tür auf sie.

Mirabeau half Stephanie in den Wagen und kletterte dann auf den Beifahrersitz. »Eigentlich wollte ich anbieten, dass ich weiterfahre.«

»Nicht nötig, mir geht es gut. Das Frühstück hat mich erfrischt«, versicherte er.

Mirabeau zuckte mit den Schultern, machte es sich im Sitz bequem und schnallte sich an. Tiny fuhr vom Parkplatz. Sie waren schon wieder auf dem Highway, als Stephanies Kopf zwischen den Sitzen auftauchte und fragte: »Tiny, wie heißt du eigentlich wirklich?«

Das interessierte auch Mirabeau. Sie sah ihn neugierig an und bemerkte, wie seine Lippen amüsiert zuckten, als er zurückfragte: »Warum glaubst du, dass ich nicht Tiny heiße?«

»Weil nur Vollidioten ihr Kind Tiny nennen würden«, erwiderte der Teenager ungerührt.

»Aha, Vollidioten«, schmunzelte Tiny und erklärte dann: »Mein echter Name lautet Tinh.« Nachdem er ihn buchstabiert hatte, fuhr er fort: »Aber ich wurde schon immer Tiny gerufen. Das ist so, wie wenn aus einem Bill ein Billy wird.«

»Tinh?«, fragte Stephanie erstaunt. »Was ist das denn für ein Name?«

»Ein vietnamesischer.«

»Du bist aber kein Vietnamese«, konstatierte sie, wurde dann jedoch unsicher. »Oder?«

»Nein«, erwiderte er lächelnd.

»Warum haben dich deine Eltern dann so genannt?«

»Mein Vater hat als Soldat in Vietnam gedient«, erklärte er geduldig. »Er wurde bei einer Aufklärungsmission verwundet. Höchstwahrscheinlich wäre er gestorben, hätte ihn nicht ein gewisser Tinh aufgenommen und gesund gepflegt. Dad hat nie erfahren, ob das sein Vor- oder Nachname war. Als ich dann auf die Welt kam, gab er mir den Namen des Mannes, der ihn gerettet hatte.«

»Oh«, murmelte Stephanie. »Das ist irgendwie cool.«

»Der Ansicht war ich auch immer«, stimmte Tiny zu.

»Da hast du aber Glück gehabt, dass du nicht klein bist«, erklärte sie, »denn mit so einem Namen wärest du sicher dein ganzes Leben lang gehänselt und fertiggemacht worden.«

»Es war von Anfang an unwahrscheinlich, dass ich klein bleiben würde«, erklärte er. »Meine Mutter ist fast einen Meter achtzig groß und mein Vater hat meine Statur.«

»Hmm«, machte Stephanie, verschwand wieder auf dem Rücksitz und verkündete dann: »Ich seh mir jetzt den Rest des Films an, den ich vor der Pause angefangen habe.«

Mirabéau drehte sich nach hinten und beobachtete, wie Stephanie Kopfhörer in die Ohren steckte und den DVD-Player einschaltete, der in Tinys Sitz eingebaut war. Sie wandte sich wieder nach vorn. Unablässig musste sie Tiny ansehen. Schließlich fragte sie behutsam: »Sie leben also noch? Deine Eltern, meine ich.«

»Oh ja. Sie sind inzwischen beide in Rente und damit beschäftigt, die Enkelkinder, die ihnen meine Schwester geschenkt hat, nach Strich und Faden zu verwöhnen – und auf mich zu schimpfen, weil von meiner Seite bisher noch keine gekommen sind«, sagte er mit einem ironischen Lächeln.

»Ihr steht euch sehr nah«, stellte sie fest – und der Gedanke schmerzte sie.

»Ja«, bekannte er und fügte mit einem Seitenblick hinzu: »Sie werden dich mögen.«

Mirabeau hielt seinem Blick für eine Weile stand, wandte sich dann von ihm ab, sah aus dem Fenster und versuchte, ihre aufgewühlten Gedanken zu ordnen. Sie hatte bisher die Folgen, die eine mögliche Lebensgemeinschaft nach sich ziehen würde, nur von ihrem eigenen Standpunkt aus betrachtet, hatte ausschließlich ihre eigenen Ängste davor berücksichtigt, ihn in ihr Herz einzulassen und ihn dann eines Tages wieder zu verlieren – wie ihre Familie. Doch was er dafür aufzugeben hätte, hatte sie nicht bedacht. Und dass er zu diesem Opfer möglicherweise überhaupt nicht bereit wäre.

»Erzähl mir von deiner Familie«, forderte er sie unvermittelt auf.

Mirabeau musterte ihn scharf und wandte sich dann wieder ab. »Was willst du hören? Sie sind tot.«

»Ja«, erwiderte er leise. »Marguerite hat erzählt, dass dein Onkel sie ermordet hat. Erzähl mir, wie es passiert ist … und warum.«

Mirabeau starrte schweigend aus dem Fenster, doch sie nahm die anderen Autos und die Landschaft, die an ihr vorbeizog, nicht wahr. In Gedanken war sie wieder in Frankreich, im Jahr 1572. Eine seltsame Zeit.

»Mein Vater und mein Onkel wurden beide im dreizehnten Jahrhundert von einem Abtrünnigen gewandelt«, begann sie schließlich. »Glücklicherweise wurden sie nicht zur Rechenschaft gezogen, als man den Abtrünnigen irgendwann gefangen nahm und tötete, denn sie waren ja erst frisch gewandelt und hatten sich keiner Verbrechen schuldig gemacht.«

»Wie Leighs Freund Danny?«, erkundigte sich Tiny.

Mirabeau nickte schweigend, räusperte sich und erzählte weiter. »Vor der Wandlung standen sich die beiden sehr nah, und auch nachher hielt das noch eine Weile an. Doch dann lernte mein Vater meine Mutter kennen. Sie wurde seine Lebensgefährtin, und die beiden hatten nur noch Augen füreinander. Wie das bei Lebensgefährten eben so ist. Dann kamen in schneller Folge meine drei Brüder und schließlich auch ich auf die Welt. Mein Onkel und mein Vater entfremdeten sich dadurch.«

»In schneller Folge?«, hakte Tiny verwundert nach. »Ich dachte, man muss zwischen den Kindern jeweils hundert Jahre warten?«

»Also, ja, ich meine, mein ältester Bruder kam 1255, gleich nachdem sie ein Paar geworden waren. Nach hundert Jahren wurde dann sofort mein zweiter Bruder geboren, und so weiter. Sie haben keine Zeit verschwendet. Ich wurde 1555 geboren, beinahe auf den Tag genau einhundert Jahre nach meinem jüngsten Bruder.

»Aha«, murmelte Tiny.

»Jedenfalls waren sie sehr glücklich. Wir alle waren glücklich, nur mein Onkel offenbar nicht. Er hatte seine Lebensgefährtin nicht gefunden und war eifersüchtig auf meinen Vater, der meine Mutter und uns Kinder hatte, Wohlstand und einen Titel. Er wollte das alles für sich … inklusive meiner Mutter. Wahrscheinlich hat er sich ausgerechnet, dass die Massaker von St. Bartholomew eine gute Tarnung für sein Vorhaben wären.«

»Entschuldige bitte«, unterbrach Tiny sie sanft, »Marguerite hat diese Massaker ebenfalls erwähnt, aber ich weiß leider nicht, was das eigentlich bedeutet.«

Mirabeau runzelte die Stirn. Es wollte ihr einfach nicht in den Kopf, dass etwas, das ihr Leben so tiefgreifend geprägt hatte, den meisten Sterblichen heutzutage kein Begriff mehr war. Es fiel ihr schwer hinzunehmen, dass dieser Wendepunkt in ihrem Leben für die meisten anderen bedeutungslos war. Resigniert erklärte sie: »Die Massaker von St. Bartholomew waren ein chaotisches Ereignis. Sie haben eine lange Vorgeschichte, doch der Tropfen, der das Fass zum Überlaufen brachte, war die Hochzeit zwischen der Katholikin Marguerite de Valois, der Schwester des Königs von Frankreich, und dem Protestanten Henry de Navarre. Die Bevölkerung von Paris hing mit tiefer Überzeugung dem römisch-katholischen Glauben an und war also den Hugenotten gegenüber feindlich eingestellt. So wurden damals in Frankreich die Protestanten genannt«, erläuterte sie schnell, bevor er nachfragen musste. »In den sechs Tagen, die auf die Hochzeit folgten, geschahen ein paar Dinge, die die Stimmung in der Stadt anheizten. Am 23. August schließlich wurden die Stadttore von Paris verriegelt, und ein römisch-katholischer Mob machte in den Straßen Jagd auf Protestanten und metzelte sie nieder. Tausende wurden ermordet, darunter viele Frauen und Kinder.«

»Und deine Familie hielt sich zu dieser Zeit in Paris auf?«, fragte Tiny nachdenklich.

»Nein. Und sie waren auch keine Protestanten, sondern Katholiken. Sie sind erst Ende September gestorben und nicht im August. Bis zum Oktober jenes Jahres flammte überall im Land eine ähnliche Gewalt auf. Das geringste Anzeichen protestantischen Glaubens genügte schon, um eine ganze Familie zum Tode zu verurteilen.

Ich weiß nicht, ob mein Onkel seine Taten von langer Hand geplant hat und die Massaker nur eine passende Tarnung waren oder ob ihn die Gewalt im Land angestachelt hat. Jedenfalls hatte er vor zu behaupten, dass wir alle in den Verdacht geraten wären, Protestanten zu sein und in unserer Scheune in Ketten gelegt und bei lebendigem Leib verbrannt werden sollten.«

»So ein fieser Mistkerl«, kommentierte Tiny grimmig. »Offensichtlich ist sein Plan aber nicht aufgegangen.«

Mirabeau sah ihn fragend an, dann bemerkte er: »Du bist noch am Leben.«

»Ach so, ja.« Nachdenklich blickte sie aus dem Fenster. »Ich lebe aber nur noch, weil ich eine aufsässige Siebzehnjährige war und mich heimlich aus der Burg geschlichen habe, um mit einem äußerst attraktiven Stallburschen namens Frederique heimlich in den Ställen Wein zu trinken.«

Sie warf Tiny einen schnellen Blick zu und bemerkte, wie seine Mundwinkel amüsiert zuckten. Sie wünschte, sie selbst könnte auch über diese Sache schmunzeln, aber obwohl das alles schon so weit zurücklag, war ihr nicht zum Lachen zumute. »Mein Onkel kam zum Abendessen. Nach dem Mahl gingen er, mein Vater und meine Brüder hinaus, um ein Pferd zu begutachten, das mein Vater kurz zuvor erstanden hatte. Wahrscheinlich wurden sie in den Ställen von den Schergen meines Onkels bereits erwartet. Die haben sie überrumpelt und in dem Augenblick, in dem sie den Stall betraten, abgeschlachtet. Als ich mich zu Frederique schlich, waren die Ställe verlassen. Ich ging davon aus, dass sie schon wieder in die Burg zurückgekehrt wären.« Sie schürzte die Lippen und setzte verbittert hinzu: »Und mein Onkel war *tatsächlich* in die Burg zurückgekehrt … um sich meine Mutter zu holen.«

Sie schloss kurz die Augen, bevor sie weitersprach. »Ich saß mit Frederique auf dem Heuboden und habe getrunken. Er versuchte gerade, mich zu küssen, als mein Onkel mit meiner Mutter im Schlepptau in den Stall kam, um ihr zu zeigen, was er getan hatte. Die enthaupteten Leichen meiner Brüder und meines Vaters hatten die ganze Zeit unter einer dünnen Strohschicht versteckt gelegen, während Frederique und ich auf dem Heuboden gezecht hatten. Er zeigte sie ihr also und verlangte, dass sie nun seine Lebensgefährtin würde.«

»Moment mal«, unterbrach Tiny erstaunt. »Seine Lebensgefährtin? Wie soll denn das gehen? Sie war doch schon die Gefährtin deines Vaters. Und wo waren zu diesem Zeitpunkt eigentlich die Männer deines Onkels?«

»Er hat sie wohl fortgeschickt, um sich allein mit meiner Mutter und mir auseinandersetzen zu können.« Mirabeau verzog das Gesicht und erklärte dann: »Weißt du, mein Onkel konnte meine Mutter nicht kontrollieren und auch nicht lesen. Sie hätte die Lebensgefährtin beider Brüder werden können, aber sie hat sich für meinen Vater entschieden.«

»Eine kluge Frau«, brummte Tiny.

Seufzend entgegnete Mirabeau: »Schon, aber ich glaube, genau das hat meinen Onkel wahnsinnig gemacht. Denn hätte sie ihn erwählt, dann hätte er all das gehabt, was mein Vater besaß.«

»Verstehe.« Tiny nickte bedächtig. »Es muss schwer für ihn gewesen sein, das zu ertragen. Tut mir leid. Erzähl weiter.«

Mirabeau holte tief Luft und schluckte den Schmerz hinunter, der sie immer wieder überkam, wenn sie an diese Geschehnisse zurückdachte. Seit der Nacht, in der Lucian zu ihr gekommen war und sie ihm unter Tränen diese Geschichte erzählt hatte, hatte sie sie mit niemandem mehr geteilt. Verwundert stellte sie fest, dass es diesmal nicht mehr so schlimm war. Sie fragte sich, ob das wohl an der Zeitspanne lag, die seither vergangen war, oder daran, dass sie sie diesmal Tiny erzählte. Zwar taten die Erinnerungen nach wie vor weh und trieben ihr die Tränen in die Augen, doch sie quälten sie bei Weitem nicht mehr so wie früher.

Mirabeau senkte den Blick und bemerkte, dass seine große Hand auf ihrem Bein lag. *Wann hatte er sie dort hingelegt?*

Sie räusperte sich und setzte den Bericht fort. »Mein Onkel verlangte von meiner Mutter als Gegenleistung für mein Leben, dass sie zu seiner Gefährtin würde und seine Lügengeschichte bestätigte, derzufolge eine Gruppe marodierender Katholiken meinen Vater und meine Brüder ermordet hätte.«

»Scheißkerl«, knurrte Tiny wieder.

Erstaunt stellte Mirabeau fest, dass seine Wut und Unterstützung sie beinahe zum Lächeln brachten. Doch dies verging schnell wieder, als sie die Geschichte fortsetzte. »Ich dachte zuerst, meine Mutter ließe sich darauf ein. Ich betete im Stillen darum, weil ich glaubte, dass wir hinterher sicher eine Möglichkeit zur Flucht finden würden und die Wahrheit ans Licht bringen könnten. Ich glaube, sie hätte es auch getan, wenn sie nicht bemerkt hätte, wie ich aus meinem Versteck auf dem Heuboden auf sie hinabspähte. Sie richtete sich auf und sagte entschlossen ›Nein‹.

Mein Onkel geriet außer sich vor Wut. ›Nicht einmal, um deine Tochter zu retten?‹, fragte er erzürnt und fassungslos. Meine Mutter aber wurde ganz ruhig, sah mich direkt an und erklärte: ›Meine Tochter kann sich selbst retten. Du kannst Mirabeau nicht töten. Sie ist stark und mutig. Sie wird entkommen und den Menschen berichten, was du getan hast. Dafür werden sie dich zur Rechenschaft ziehen‹.«

»So hat sie dir mitgeteilt, was du tun solltest«, murmelte Tiny leise.

»Ja.«

»Wie hat dein Onkel reagiert?«, fragte er, als sie schwieg.

»Er brüllte ›Ich werde sie in dem Bett, in dem sie jetzt gerade schläft, abschlachten‹ und drückte meiner Mutter sein Schwert an die Kehle. Doch die lächelte mich nur aufmunternd über seine Schulter hinweg an und sagte ›Versuch es nur! Aber ich schwöre dir, dass du scheitern wirst. So sehr ich meine Tochter auch liebe, ich werde keine Sekunde lang auch nur so tun, als wäre ich deine Lebensgefährtin. Niemals wirst du so von mir denken oder mich auf diese Art berühren dürfen‹.«

Mirabeau verfiel in Schweigen und hing der Erinnerung an diesen Augenblick nach. Tiny drückte ihre Hand und fragte flüsternd: »Hat er sie umgebracht?«

Mirabeau schüttelte den Kopf und wischte mit der freien Hand eine Träne weg, die sich aus ihrem Augenwinkel gestohlen hatte. »Nein. Sie hat es selbst getan.«

»Was?«, fragte er verblüfft. »Aber wie? Warum?«

Resigniert hob Mirabeau die Schultern. »Das *warum* erklärt sich dadurch, dass sie zwar beide Unsterbliche waren, mein Onkel aber, obwohl er meine Mutter nicht mental kontrollieren konnte, trotzdem der Stärkere von ihnen beiden war. Meine Mutter wusste, dass er sie vergewaltigen und quälen würde und ich dann sicher versuchen würde, ihr zu helfen und mich so in Gefahr brächte. Darum …« Mirabeau atmete tief ein. »Sobald sie das letzte Wort ausgesprochen hatte, packte sie seine Hand mit dem Schwert, riss es an ihren Hals und warf sich der Klinge entgegen. Sie hat sich selbst mit dem Schwert geköpft.«

»Oh, mein Gott«, hauchte Tiny und schüttelte dann matt den Kopf. »Ich hätte nicht geglaubt, dass so etwas möglich ist. Allein wegen der Kraft, die man dafür braucht, sowohl körperlich als auch seelisch.«

»Wir sind stark«, erklärte Mirabeau schlichtweg, obwohl sie das Erlebnis damals selbst schockierend gefunden hatte. Sie hatte sich auch nicht vorstellen können, dass jemand dazu fähig sein könnte. Aber ihre Mutter war eben genauso wie Marguerite gewesen: eine starke Frau, die alles schaffte, was sie sich in den Kopf setzte. Wahrscheinlich hatte ihre Mutter nach dem Tod ihres Lebensgefährten ohnehin keine Perspektive mehr gesehen. Einen Gefährten zu finden, war etwas Besonderes, und ohne einen solchen konnte das Leben sehr einsam werden.

Mirabeau verdrängte den Gedanken und gestand Tiny: »Als sie es tat, schrie ich los. Glücklicherweise presste mir Frederique sofort die Hand auf den Mund, und mein Onkel schrie vor Zorn so laut, dass er das leise Geräusch, das ich verursachte, überhörte. Er raste und tobte, doch wir blieben in unserem Versteck, bis er den Stall verließ, um mich zu suchen. Dann krochen wir vom Heuboden. Ich befahl Frederique zu verschwinden, bestieg ein Pferd und floh. Die Männer meines Onkels kampierten in den Wäldern rund um die Burg. Als sie mich entdeckten, nahmen sie die Verfolgung auf. Wahrscheinlich hätten sie mich auch erwischt, wenn nicht plötzlich Lucian aufgetaucht wäre. Er und mein Vater waren beide Pferdenarren und gut miteinander befreundet. Er war auf dem Weg nach La Roche, um sich ein Pferd anzusehen, als er zufällig Zeuge wurde, wie die Männer meines Onkels versuchten, meiner habhaft zu werden.«

»Und er hat sie erledigt«, sagte Tiny leise.

»Ja. Sie und meinen Onkel.«

Tiny nickte und ließ Mirabeau einige Minuten in Ruhe. Dann fragte er: »Und was unternehmen wir im Hinblick auf unsere Lebensgemeinschaft, Mirabeau La Roche?«

10

Mirabeau sah Tiny schockiert an und spürte, wie die Panik in ihr aufstieg. Mit dieser unverblümten Frage hatte sie nicht gerechnet und erwiderte grob: »Was meinst du damit? Ich habe nie behauptet, dass wir Lebensgefährten seien. Wie kommst du auf die Idee … «

»Als du im Schlafzimmer versucht hast, meine Gedanken zu lesen, hat das offensichtlich nicht funktioniert«, unterbrach Tiny sie ruhig. »Ein weiterer Hinweis ist, dass du wieder normale Nahrung zu dir nimmst. Und ich bin mir sicher, dass das, was ich da gestern Abend oder heute Morgen oder wann auch immer im Bett mit dir gespürt habe, gemeinsame Lust war.«

»Ihr zwei habt es letzte Nacht getan?«, quakte Stephanie vom Rücksitz.

Mirabeau fuhr herum. Die Kleine trug noch immer die Kopfhörer. Mirabeaus Verwirrung darüber, wie sie es trotzdem geschafft haben konnte, sie zu belauschen, stand ihr wohl ins Gesicht geschrieben, denn Stephanie verdrehte die Augen.

»Ich brauche doch meine Ohren nicht, um Gedanken zu hören«, sagte sie laut. In den Kopfhörern dröhnte Filmmusik.

»Schon, aber das, was du gehört hast, haben wir laut gesagt«, murmelte Tiny.

»Und zuerst denkt ihr das, was ihr dann laut aussprecht«, erklärte sie ungerührt und schüttelte dazu den Kopf. »Also wirklich, dieser Lebensgefährten-Humbug macht aus Erwachsenen Vollidioten. Ich meine, du lieber Himmel, Dani ist immerhin Ärztin, aber seit sie Decker getroffen hat, kommt sie mir ziemlich hirnlos vor. Und ihr zwei seid auch nicht besser.« Erneut schüttelte sie den Kopf, legte eine neue DVD in den Player und brummelte: »So werde ich niemals werden. O nein, auf keinen Fall.«

Mirabeau ließ sich seufzend in den Sitz fallen. Teenager waren schon wirklich eine Plage. Erstaunlich, dass ihre Eltern freiwillig mehr als ein Kind bekommen und sich dazwischen auch keine angemessene Pause gegönnt hatten ... ein Jahrtausend oder so. Die Stunden, die sie bisher mit dem Mädchen verbracht hatte, hatten sie überzeugt, dass man schon verrückt sein musste, um Kinder zu wollen. Klar, die Babys von anderen waren immer niedlich und knuddelig, aber die nahmen die Eltern dann auch irgendwann wieder mit nach Hause. Wenn man sie dagegen vierundzwanzig Stunden am Hals hatte, machten sie ständig in die Windeln, spuckten einen an und schrien unaufhörlich ... bis sie irgendwann groß wurden und zu naseweisen Teenagern mutierten.

»Wem willst du denn hier was vormachen?«, bemerkte Stephanie belustigt. »Vergiss nicht, dass ich deine Gedanken lesen kann. Du magst mich.«

Mirabeau zog eine Grimasse, ließ sich aber auf keine Diskussion ein. Trotz ihrer Großmäuligkeit mochte sie die Kleine *tatsächlich*. Sie erinnerte sie an ihr eigenes jugendliches Ich. Sie hätte sich allerdings eher die Zunge abgebissen, als es offen zuzugeben – aber da Stephanie jetzt auf dem Rücksitz zu schmunzeln begann, hatte sie diesen Gedankengang offenbar sowieso schon mitbekommen. Mirabeau verzog genervt das Gesicht.

»Und?«, meldete sich Tiny wieder.

Mirabeau begriff, dass er das Thema nicht auf sich beruhen lassen würde. Das Problem bei der Sache war nur, dass sie selbst nicht weiterwusste. Wenn sie ehrlich war, dann musste sie sich eingestehen, dass das, was Stephanie in der letzten Nacht gesagt hatte, stimmte. Der Verlust ihrer Brüder und ihrer Eltern hatte zwar schrecklich wehgetan, doch trotzdem wollte sie auf keinen Fall die gemeinsamen Jahre mit ihnen missen. Wollte sie sich Tiny also tatsächlich entgehen lassen, aus Angst, ihn eines Tages wieder zu verlieren? *Was möglicherweise sowieso niemals geschehen würde.* Genauso gut konnte sie als Erste das Leben verlieren. Oder sie starben gemeinsam.

Allerdings ging es bei der Entscheidung, ob sie beide Lebensgefährten werden sollten, nicht allein um sie. Auch Tiny musste eine Wahl treffen. Schließlich hatte er noch eine Familie. Zwar würde er sich nicht sofort von ihr abwenden müssen, doch mit der Zeit musste er sich dann doch langsam von ihr trennen, schon um zu verschleiern, dass er nicht mehr alterte.

»Was gedenkst *du* denn zu tun?«, stellte sie die Gegenfrage.

»Ich weiß es nicht«, gestand er Mirabeau mit einem schiefen Grinsen. »Vor vierundzwanzig Stunden stand ich noch Marguerite in der Kirche gegenüber und habe ihr versichert, ich wäre nicht willens, meine Familie zu opfern, nicht einmal für die Freuden einer Lebensgemeinschaft. Aber jetzt …« Verwundert schüttelte er den Kopf. »Wenn ich mit dir zusammen bin, dann scheint das alles so weit weg. Ich liebe meine Familie, aber …« Er wandte sich kurz nach ihr um und heftete den Blick dann wieder auf die Straße. »Vor vierundzwanzig Stunden warst du nur ein x-beliebiges Mädchen mit schwarz-rosa Haaren für mich. Wie kann es sein, dass du mir schon nach so kurzer Zeit so viel bedeutest?«

Das wusste Mirabeau auch nicht. Sie hatte keine Ahnung, wie das unter Lebensgefährten genau ablief. Sie war nur sicher, dass es irgendwie funktionierte, dass sie alle Symptome zeigte, die damit in Zusammenhang standen und dass sie, je länger sie mit Tiny zusammen war, eine immer stärkere Bereitschaft dazu verspürte, sich auf dieses Abenteuer einzulassen.

Am Straßenrand tauchte plötzlich ein Schild auf, das die Ausfahrt nach Port Henry ankündigte. Mirabeau konnte gar nicht glauben, dass seit dem Zwischenstopp im Restaurant schon so viel Zeit vergangen war. Allerdings war sie ja auch durch das Gespräch mit Tiny abgelenkt gewesen.

»Wir sollten diese Diskussion lieber später fortsetzen«, murmelte Tiny, setzte den Blinker und fuhr ab. »Wenn wir Port Henry hinter uns haben, halten wir irgendwo an und sprechen weiter.«

Mirabeau nickte zustimmend, hatte aber den Verdacht, dass sie, wenn sie nachher irgendwo anhielten, wo sie relativ ungestört wären, wahrscheinlich nicht mehr viel zum Reden kämen. Wenn sie im Auto blieben, würden sie sich höchstwahrscheinlich sogar in der Öffentlichkeit nicht mehr zurückhalten können. Sobald der Auftrag erledigt wäre, gäbe es kein Halten mehr. Zwischen Lebensgefährten war Selbstbeherrschung kein Thema. Sie hatte mal gehört, dass sich neue Gefährten wie Drogensüchtige aufführten und ständig nach der rauschhaften Leidenschaft dürsteten, die sie nur mit ihrem Gefährten erleben konnten. Inzwischen verstand sie diese Behauptung sehr gut. Sie dürstete definitiv nach Tiny. Sie witterte seinen Duft, spürte die Hitze, die sein Körper ausstrahlte, und wünschte, sie könnte ein wenig näher an ihn heranrutschen, seine Brust streicheln, an seinem Ohrläppchen knabbern … Dass er eigentlich auf die Straße achten sollte, war ihr dabei gleich. Das Einzige, was sie davon abhielt, ihre Fantasien in die Tat umzusetzen, war Stephanies Anwesenheit und der Umstand, dass sie sie sicher in Port Henry abliefern mussten. Aber wenn das erst einmal erledigt wäre …

Mirabeau rutschte in ihrem Sitz herum und leckte sich voller Vorfreude die Lippen.

»Was suchen die beiden denn hier? Sollten sie nicht auf Hochzeitsreise sein?«, brummelte Tiny und stellte den Wagen hinter einem Haus im viktorianischen Stil ab. Elvi und Victor Argeneau, eines der Paare, dessen Eheschließung Mirabeau bezeugt hatte, kamen aus der Hintertür auf die Einfahrt gerannt. Offenbar waren sie zurückgekommen und hatten Port Henry sogar noch vor ihnen erreicht.

»Wahrscheinlich wollten sie Stephanie willkommen heißen«, meinte Mirabeau, öffnete den Gurt und drückte die Tür auf.

»Wir sind ja so froh, euch zu sehen«, rief Elvi und ergriff sofort, nachdem sie ausgestiegen war, Mirabeaus Hände. »Wir waren ernsthaft in Sorge. Wir haben schon vor Stunden mit euch gerechnet.«

»Wir hatten uns in den Tunneln ein wenig verirrt, und dann kamen auch noch einige ungeplante Zwischenstopps dazu«, murmelte Mirabeau entschuldigend.

»Egal, jetzt seid ihr ja endlich hier«, erklärte Elvi strahlend. Stephanie krabbelte ebenfalls aus dem Auto. Elvi entdeckte sie sofort, ließ Mirabeaus Hände los, eilte zu dem Mädchen und erfasste nun ihre Hand. »Du musst Stephanie sein. Ich habe dich zwar bei der Hochzeit gesehen, aber wir wurden uns nicht richtig vorgestellt. Ich habe dann erst hinterher erfahren, dass du der besondere Gast bist, der auf Lucians Wunsch hin bei uns bleiben wird.«

»Wahrscheinlich wollte er dadurch vermeiden, dass jemand in eure Gedanken eindringt und ausspäht, wo sich Stephanie aufhält«, erklärte Tiny und gesellte sich zu ihnen.

»Das hat er auch gesagt«, bestätigte Elvi, deren Blick noch immer auf Stephanie geheftet war. Mirabeau bemerkte verblüfft, dass sich die Kleine eng an sie drückte, fast wie ein kleines Kind, das sich schüchtern vor einem Fremden hinter seinen Eltern oder älteren Geschwistern versteckt.

»Also …«, begann Mirabeau und verstummte dann. *Wurde von ihnen erwartet, dass sie sofort wieder aufbrachen und Lucian in Toronto Bericht erstatteten?* Wahrscheinlich wäre es zu riskant, vom Haus aus bei ihm anzurufen. Sie sollten das Ganze auf jeden Fall so schnell wie möglich hinter sich bringen, denn wenn sie erst einmal Meldung gemacht hatten, wäre sie frei und könnte tun und lassen, was sie wollte ... und mit wem sie wollte, dachte sie und betrachtete Tiny verstohlen. Zumindest, bis sie einen neuen Auftrag bekam.

»Du fährst doch nicht schon wieder?«, fragte Stephanie und klang verängstigt.

»Aber nein, natürlich nicht«, beruhigte Elvi sie sofort, schob sich zwischen Mirabeau und Stephanie, legte jeder von ihnen einen Arm um die Schulter und zog sie mit sich ins Haus. Tiny und Victor folgten ihnen. »Mirabeau und Tiny müssen sich bei Lucian melden. Dann gönnen wir uns erst mal ein schönes Essen, und danach können sich die beiden etwas von der langen Reise ausruhen und überlegen, wie es weitergehen soll.«

Mirabeau registrierte Elvis letzten Satz mit erhobenen Brauen. Seltsam, dass sie so etwas sagte, obwohl sie doch weder sie beide noch die Situation kannte, in der sie sich befanden.

»Lucian hat uns befohlen, ausschließlich über Tinys Telefon mit ihm Kontakt aufzunehmen. Das ist aber leider in New York verloren gegangen«, erklärte sie auf dem Weg ins Haus. »Darum konnten wir uns auch nicht von unterwegs melden und die Verspätung durchgeben.«

»Unser Telefon ist sicher«, beteuerte Victor und hielt der ganzen Truppe die Tür auf.

Mirabeau folgte Elvi durch eine offen gestaltete Küche mit Esstheke in ein großes Esszimmer, in dem es auch einen wunderschönen Kamin gab.

Am Tisch erwarteten sie bereits drei weitere Personen: eine sehr hübsche, blonde Frau und zwei Männer, der eine dunkelhaarig, der andere ebenfalls blond. Sie erhoben sich zur Begrüßung, und Elvi stellte sie vor. »Dies ist meine beste Freundin Mabel und ihr Lebensgefährte DJ. Und das hier ist Harper, ein guter Freund von uns.« Dann erklärte sie den Anwesenden: »Diese hübsche, junge Dame ist Stephanie. Sie wird eine Weile bei uns bleiben.« Dabei strahlte sie das Mädchen an. »Und dies hier sind Mirabeau und Tiny, die so freundlich waren, ihr sicheres Geleit nach Port Henry zu geben und dafür auf die Hochzeitsparty verzichtet haben.«

»Ihr habt nicht viel verpasst«, versicherte DJ, der dunkelhaarige Mann, und schüttelte ihnen herzlich die Hände. »Weder Alkoholexzesse noch derbe Witze. Nur ein Haufen gut angezogener Leute, die sich alle im Stillen gewünscht haben, möglichst schnell nach Hause zu kommen, um sich die Kleider vom Leib zu reißen.«

»DJ«, ermahnte ihn Mabel und schüttelte missbilligend den Kopf. Dabei lächelte sie allerdings und schien seine Worte nicht wirklich anstößig zu finden.

»Na ja, aber es stimmt doch«, beharrte DJ. »Was war denn das Erste, was wir gemacht haben, als wir endlich wieder im Hotelzimmer waren?«

»Lieber Himmel, sie sind überall«, brummte Stephanie.

Mirabeau wusste genau, dass Stephanie wieder darauf anspielte, dass Lebensgefährten ihren Worten zufolge *ständig scharf aufeinander waren oder es trieben*. Schnell drehte sie sich nach dem Mädchen um und warf der Kleinen einen warnenden Blick zu. Da erklang in ihrem Rücken ein entsetztes Keuchen.

»Kind, was ist denn mit deinem Haar passiert?«

Mirabeau wandte sich um und griff sich peinlich berührt an den Hinterkopf. Mabel sprang auf sie zu und drehte sie wieder um, um sich die Bescherung genauer anzusehen.

»Was, um alles in der Welt, ist geschehen?«, flüsterte sie und zupfte an den übrig gebliebenen Strähnen.

»Ein Obdachloser hat ihre Extensions ausgerissen«, meldete sich Stephanie und Mirabeau entging nicht, dass sie sich dabei prächtig amüsierte. Elvi und Mabel begutachteten den entstandenen Schaden.

»Also, das müssen wir in Ordnung bringen«, entschied Mabel bestimmt.

»Ja«, pflichtete Elvi ihr bei und schob Mirabeau und Stephanie schnell aus dem Esszimmer auf die Wendeltreppe in der Eingangshalle zu. »Kommt mit. Tiny kann Lucian anrufen, während wir deine Frisur richten.«

»Ja, so kannst du nicht herumlaufen. Im ersten Augenblick dachte ich, man hätte dich skalpiert«, stimmte Mabel mit ein. »Sollen da eigentlich rosafarbene Flecken auf den Haaren sein, oder kommt das von der Haarverlängerung?«

»Sie hatte ursprünglich fuchsienfarbige Spitzen. Marguerite hat sie doch zum Friseur mitgenommen«, raunte Elvi Mabel zu.

»Oh, ach so ... ja, das ist ... interessant, mein Kind«, kommentierte Mabel lahm, und Mirabeau hätte beinahe losgelacht. Ganz offensichtlich konnte sie überhaupt nichts mit diesem Look anfangen, denn obwohl Mabel jung aussah, war sie bereits Anfang sechzig und in Sachen Modetrends wahrscheinlich nicht mehr ganz auf dem Laufenden. Zugegeben, Mirabeau war viel älter, aber da sie bereits als Unsterbliche geboren worden war, hatte sie niemals alt ausgesehen und sich auch zu keinem Zeitpunkt so gefühlt. Elvi und Mabel dagegen waren bei ihrer Wandlung bereits grauhaarige, ältere Damen gewesen. Deshalb sagte Mabel wohl auch immer ›mein Kind‹ zu ihr, obwohl sie deutlich jünger war als Mirabeau. Sie hatte sich eben noch nicht daran gewöhnt, dass sie jetzt, zumindest optisch, wieder eine junge Frau war.

»So, da sind wir«, verkündete Elvi fröhlich und manövrierte das Grüppchen in ein weitläufiges Schlafzimmer mit großem Doppelbett und einer Sitzecke. »Das hier ist für die Dauer eures Aufenthalts dein und Tinys Zimmer.«

Mirabeau zwinkerte irritiert und Mabel beeilte sich zu erklären: »Marguerite hat uns verraten, dass sie euch für Lebensgefährten hält und deshalb Lucian gebeten hat, euch den Auftrag zusammen übernehmen zu lassen. Und es ist ganz offensichtlich, dass sie sich nicht geirrt hat.«

»Ist es das?«, fragte Mirabeau bestürzt, denn sie war sich sicher, dass sie nichts gesagt oder getan hatte, was ihre Gefühle für den Sterblichen verraten haben könnte.

»Du musst nichts sagen«, belehrte Elvi sie milde. »Deine Gedanken sind ziemlich laut und sprechen für sich. Mabel und ich sind im Gedankenlesen zwar noch nicht so versiert, und bei Sterblichen funktioniert es eigentlich überhaupt nicht, aber bei Tiny und dir, da ist es ganz so, als wären eure Köpfe voll aufgedrehte Radios.«

»In denen ein Pornosender eingestellt ist«, fügte Elvi grinsend hinzu. »Jedes Mal, wenn du ihn ansiehst, reißt du dir im Geiste die Kleider vom Leib und tust unanständige Dinge mit ihm – und er ist kein Stück besser.«

»Ich hab dir doch gesagt, dass du einem deine Gedanken regelrecht ins Gesicht schreist«, rechtfertigte sich Stephanie sofort.

Mirabeau schloss die Augen und wäre am liebsten im Boden versunken.

»Kannst du ihre Gedanken auch hören?«, fragte Elvi erstaunt. Stephanie nickte.

»Dich kann ich auch hören und noch dazu alle, die sich im Erdgeschoss aufhalten.«

»Sogar Harper?«, fragte Mabel verwundert.

»Ja.«

»Na, du bist ja eine ganz gewitzte«, meinte Elvi und rieb Stephanies Schulter. »Du musst ein außergewöhnliches Talent haben, denn Harpers Gedanken lassen sich ungemein schwer lesen.«

»Wirklich?«, fragte Stephanie und straffte sich unter Elvis Lob.

»Ja, wirklich. Seit Harper seine Gefährtin verloren hat, kann nicht mal mehr Victor ihn lesen.« Sie seufzte bedrückt und berichtete: »Er und die anderen haben hier im vorletzten Sommer Lebensgefährten gefunden, doch Harpers Gefährtin hat die Verwandlung nicht überlebt.«

Mabel murmelte zustimmend und bugsierte Mirabeau zum Bett, um sich ihrer Frisur zu widmen. »Ich kann euch sagen, das war ein Schock. Wir hatten uns eigentlich alle wegen Alessandros Gefährtin Sorgen gemacht, weil sie schon Ende achtzig war, aber sie hat alles ohne Probleme gemeistert. Stattdessen ging es bei Harpers junger, offenkundig gesunder Partnerin schief. Sie hatte ein schwaches Herz, doch niemand wusste davon. Sie starb, ehe die Nanos ihr Herz erreichen und es heilen konnten.«

Teilnahmsvolles Schweigen breitete sich im Zimmer aus, bis Mabel schließlich verkündete: »Ich denke, ich kann die Strähnen herausbekommen, aber dafür müssen wir ins Badezimmer gehen.«

Schon wurde Mirabeau ins Bad getrieben.

11

»Darf ich dir etwas zu trinken anbieten?«, fragte Victor, nachdem die Frauen ins Obergeschoss verschwunden waren.

Tiny nickte. Der Chili Dog war zwar ziemlich gut gewesen, aber auch ein bisschen salzig. Und schon eine halbe Stunde, bevor sie Port Henry erreicht hatten, war er sich wie ausgetrocknet vorgekommen. »Danke, das wäre gut.«

»Alkohol oder Kaffee?«, erkundigte sich Victor auf dem Weg in den Küchenbereich. Als Tiny nicht sofort antwortete, fügte er hinzu: »Du darfst ruhig Alkohol trinken, du bist ja außer Dienst.«

»Dann Alkohol«, murmelte Tiny. Ein Bier wäre jetzt genau das Richtige.

»Ich hol uns ein paar Bier«, bot DJ an. Er hatte Tinys Gedanken gelesen.

Als er aufstand, nickte Victor. »Bring mir bitte auch eins mit. Ich hole Gläser.«

DJ verschwand durch eine Tür ins Untergeschoss, und Victor werkelte in der Küche herum. Tiny blieb mit dem Mann namens Harper allein.

»Du bist Mirabeaus Lebensgefährte«, sagte er zu Tiny.

Tiny nickte langsam. »Sieht ganz danach aus.«

»Gratuliere. Wie steht es mit deiner Gesundheit?«

»Gut«, entgegnete Tiny etwas irritiert.

»Dein Herz?«

Tiny war verwundert, erklärte jedoch bereitwillig: »Stark wie bei einem Ochsen – zumindest dem Ausdauertest zufolge, den ich letzten Monat beim Arzt absolviert habe.«

Harper lächelte wehmütig. »Dann lass dich nicht von deinen Ängsten vor der Zukunft einschüchtern. Eine Lebensgefährtin zu haben, ist selten und wunderbar. Pack' die Gelegenheit beim Schopf. Du wirst es nicht bereuen.«

Dann erhob er sich und verließ mit einem knappen Nicken den Raum. Tiny sah ihm verwundert hinterher.

»Harper hat seine Gefährtin verloren. Er nimmt es ziemlich schwer«, raunte Victor, als er wieder ins Esszimmer zurückkehrte. »Aber er hat recht. Lass dir von deinen Ängsten nicht das Glück nehmen, dass du mit Mirabeau erleben kannst.«

»Das werde ich nicht«, entgegnete Tiny leise und meinte es ernst. Obwohl er sich wegen seiner Familie durchaus Sorgen machte, fühlte er sich so stark zu Mirabeau hingezogen, dass er nicht mehr dazu in der Lage war, sich ihr zu entziehen.

Tiny nahm das leere Glas, das Victor ihm anbot, und dankte ihm höflich. Eigentlich trank er Bier lieber direkt aus der Flasche, aber anstandshalber würde er diesmal ein Glas benutzen.

»Eigentlich trinke ich auch lieber aus der Flasche«, gestand Victor, der Tinys Gedanken gelesen hatte.

Tiny lächelte schwach und musste wieder einmal daran denken, wie schön es wäre, ein Unsterblicher zu sein und seine Gedanken vor dem Zugriff Außenstehender abschotten zu können.

»Ich wollte nur ein guter Gastgeber sein«, erklärte Victor sarkastisch und nahm Tiny das Glas wieder aus der Hand. »Aber auf diese Art muss man hinterher keine Gläser spülen.« Er erhob sich schwungvoll, um die Gläser zurückzubringen. »Das Telefon steht auf der Theke. Es ist kabellos. Wenn du in Ruhe telefonieren möchtest, kannst du auch damit nach draußen gehen.«

»Danke«, sagte Tiny erneut und nahm sich das Telefon.

»Sieht ganz so aus, als hättest du hier gleich zwei Marguerites«, sagte Mirabeau zu Stephanie. Mabel und Elvi hatten sich kurz entfernt, um aus einer Vielzahl von Shampoos und Spülungen die geeignete für Mirabeaus Haar zu finden, das laut ihrem Urteil durch die Entfernung der Haarteile »gestresst« war. Die beiden waren schon ein tolles Paar – witzig, fürsorglich und liebevoll. Während sie an Mirabeaus Haar gearbeitet hatten, hatten sie sich ständig mit Stephanie beschäftigt, ihr viele Fragen gestellt und sie immer ins Gespräch miteinbezogen.

Das Mädchen quittierte Mirabeaus Bemerkung mit einem Augenrollen, aber wahrscheinlich tat sie nur so genervt. Insgeheim gefielen ihr die beiden.

»So, wir haben beschlossen, dass dies hier die beste Wahl ist«, verkündete Elvi und hielt Mirabeau ein Set aus Shampoo und Spülung hin. »Möchtest du die Haare in der Dusche waschen oder lieber im Waschbecken?«

»Im Waschbecken genügt«, brummte Mirabeau, und ehe sie sich versah, eilten die beiden Frauen schon an ihre Seite, um ihr zu helfen. So viel Aufmerksamkeit war sie überhaupt nicht gewohnt. Als sie endlich fertig war und die Haare abtrocknen konnte, fühlte sie sich erleichtert. Sie gab etwas Gel ins Haar, um es in seinen stachligen Urzustand zurückzuversetzen.

Dann präsentierte sie sich den Damen. Mabel meinte anerkennend: »Meine Güte. Die Frisur steht dir aber wirklich gut, Liebes. Die rosa Spitzen sind wirklich auffällig. Mir gefällt's.«

»Ja, sieht wirklich schön aus«, pflichtete Elvi ihr bei. Dann richtete sich ihr Blick auf etwas hinter Mirabeau, und sie fragte: »Wie gefällt sie dir, Tiny?«

Mirabeau warf einen Blick über die Schulter und registrierte überrascht, dass Tiny sie von der Tür aus beobachtete.

»Ich finde, Mirabeau sieht immer wunderschön aus«, sagte er andächtig. »Aber so gefällt sie mir am besten. Der Look passt zu ihr.«

Elvi strahlte. »Tiny McGraw, in dem Augenblick, als ich dich in New York kennengelernt habe, wusste ich, dass du ein intelligenter Mann bist.«

Mirabeau stellte mit Erstaunen fest, dass ihn dieses Kompliment erröten ließ, was Elvi nur noch glücklicher machte. Schmunzelnd hakte sie sich bei Mabel und Stephanie unter und bugsierte die beiden aus dem Badezimmer. »Mädels, unsere Arbeit ist getan. Lassen wir die beiden doch ein bisschen allein und trinken eine schöne Tasse Tee. Stephanie, magst du Erdbeerkekse mit weißer Schokolade?«

»Die habe ich, glaub' ich, noch nie probiert«, erwiderte Stephanie. Tiny trat zur Seite und ließ die Damen an sich vorbei.

»Oh, na da ist dir bisher was entgangen. Sie sind einfach göttlich«, schwärmte Elvi und führte die beiden anderen durchs Schlafzimmer. »Wir haben auf dem Rückweg vom Flughafen welche besorgt.«

»Sie hat auch noch Käsekuchen mitgebracht«, bemerkte Mabel trocken und wisperte Stephanie verschwörerisch zu. »Elvi ist ein richtiges Schleckermäulchen.«

»Genau wie ich«, erwiderte Stephanie grinsend.

»Oh, fantastisch! Dann werden wir sicher dicke Freundinnen!«, freute sich Elvi.

Als die Tür hinter dem Trio ins Schloss gefallen war, schüttelte Mirabeau ungläubig den Kopf und warf Tiny einen vielsagenden Blick zu. »Bevor Dani wieder hier ist, werden sie sie schon völlig verzogen haben.«

»Sie hat viel durchgemacht und verdient es, ein bisschen verhätschelt zu werden«, befand Tiny gütig und ergänzte dann: »Genau wie du.«

Mirabeau blieb beinahe die Luft weg, und ihr Herz schmolz dahin. Er hatte genau die richtigen Worte gefunden. In der festen Absicht, ihn dafür mit einem Kuss zu belohnen, ging sie zu ihm. Doch er hielt ihr lediglich ein Telefon unter die Nase.

»Lucian möchte mit dir sprechen.«

»Lucian?« Verwirrt starrte sie das Telefon an. »Hast du die ganze Zeit mit ihm telefoniert?«

Er verzog ein wenig das Gesicht. »Beim ersten Mal war besetzt. Darum habe ich zuerst mit den Jungs ein Bier getrunken und es dann noch einmal versucht.«

Das musste ja ein großes Bier gewesen sein, dachte Mirabeau und fragte sich, ob die *Jungs* wohl genauso subtil versucht hatten, sie beide zu verkuppeln wie Elvi und Mabel.

Seufzend nahm sie Tiny das Telefon ab. »Hallo?«

»So, Tiny ist also dein Lebensgefährte«, waren die ersten geknurrten Worte, die an ihr Ohr drangen.

Mirabeau drückte den Rücken durch, sah das Telefon finster an und fragte dann höflich: »Lucian, telefonieren wir geschäftlich oder nur zu deinem Vergnügen?«

»Geschäftlich«, bellte Lucian in den Hörer. »Ist er nun dein Gefährte oder nicht?«

Mirabeau verzog das Gesicht und fauchte dann: »Ja.«

Es zischte aus dem Telefon, als hole Lucian scharf Atem, und dann ertönte ein Fluch. »Diese verflixte Marguerite. Sie macht mir das Leben wirklich zur Hölle. Ich habe sowieso schon zu wenig Vollstrecker, und jetzt verliere ich noch einen.«

»Na ja, schließlich hast du dich von ihr überreden lassen, uns zusammenzustecken«, gab sie aufgebracht zurück. »Du hättest dich ja auch weigern können.«

»Hätte ich dich um die Chance bringen sollen, deinen Lebensgefährten zu finden?«, fragte er entrüstet. »Mit Sicherheit nicht, mein kleines Mädchen.«

Mirabeau konnte sich ein Lächeln nicht verkneifen. Seit dem Tod ihrer Familie hatte er sie nicht mehr so genannt.

»Ich werde der Brautführer sein«, erklärte er bestimmt. »Dein Vater hätte es so gewollt.«

»Im Augenblick gibt es noch gar keine Braut zu führen«, keuchte sie mit einem besorgten Seitenblick auf Tiny. Lieber Gott, sie beide kannten sich ja noch kaum und Lucian fantasierte schon von einer Hochzeit. »Und einen Jäger hast du auch nicht verloren. Ich bleibe noch heute Nacht und morgen hier, und bei Sonnenuntergang komme ich einsatzbereit zurück.«

»Von wegen«, keifte Lucian.

»O doch«, beharrte sie.

»Lass es gut sein, du bist zurzeit sowieso nutzlos für mich. Bleib eine Weile mit Tiny in Port Henry, und bau erst mal ein paar Hormone ab. Das ist ein Befehl. Und richte Tiny aus, dass diese Anordnung auch für ihn gilt. Jackie ist einverstanden und …« Er verstummte, während Mirabeau im Hintergrund eine undeutliche Frauenstimme hörte, die wohl zu Tinys Boss Jackie gehörte. Lucian erwiderte gedämpft so etwas wie »na gut, na gut« und fuhr dann in normaler Lautstärke fort: »Jackie sagt, du möchtest Tiny ausrichten, dass sie sich sehr für ihn freue und er sich so lange Zeit lassen solle, wie er möchte.«

Zögerlich warf Mirabeau einen Seitenblick auf Tiny und fragte dann unsicher: »Was, wenn er nicht will?«

»Oh, mein kleines Mädchen, er will. Ich habe ihn schon gefragt. Viel Spaß.« Dann klickte es in der Leitung, und das Gespräch war beendet.

»Auf Wiedersehen«, brummte Mirabeau ins Telefon und trennte ebenfalls die Verbindung. Sie spähte nach Tiny, räusperte sich und murmelte: »Er sagt, wir sollen eine Weile hier bleiben.«

»Ich habe es gehört«, gab er zu und fragte dann: »Ist dir das denn recht?«

Sie schenkte ihm ein verschmitztes Lächeln. »Ich scheine ja keine andere Wahl zu haben. Schließlich ist es ein Befehl meines Vorgesetzten.«

»Red' dich nicht raus. Willst du oder willst du nicht?«

Mirabeau schluckte und wich seinem Blick aus. »Ich … ich kann deine Gedanken nicht lesen … und ich will dich.«

»Das wusste ich schon, Mirabeau«, wies er sie sanft zurecht. »Die Frage ist, ob du auch bereit bist, dich auf einen Lebensgefährten einzulassen oder nicht.«

Eine Minute lang focht sie einen inneren Kampf aus. Die junge Mirabeau erschien mit all ihren Ängsten aus den Tiefen ihrer Seele und versuchte, sie davon abzuhalten zuzugeben, dass sie bereit war. Nein, sie war nicht mehr dieses arme, kleine, gebrochene Mädchen. Sie war eine unsterbliche Frau und er ihr Lebensgefährte. Alles andere war unwichtig. Die Nanos wussten, dass sie zueinanderpassten – und die irrten sich nie. Er war ihre Zukunft. Mirabeau begriff, dass all die Ängste, die sie verspürt hatte, nur Überbleibsel ihrer Vergangenheit waren, ausgelöst von den Taten ihres Onkels. Er hatte ihr schon genug genommen. Sie würde nicht zulassen, dass er ihr auch noch Tiny stahl.

»Ja«, sagte sie fest und hob das Kinn. »Ich bin bereit.«

Tiny streckte die Hand nach ihr aus, doch sie hielt ihn zurück, indem sie ihm selbst eine Hand auf die Brust drückte. »Was ist mit dir? Bist du ebenfalls bereit, mein Lebensgefährte zu werden, Tiny McGraw?«

»Eigentlich sollte ich es ja nicht sein«, entgegnete er ernst. Dann schlang er die Arme um ihre Taille, zog sie an sich und schmiegte seine Hüfte an ihre. »Wir kennen uns ja kaum.«

»Das ist richtig«, stimmte Mirabeau zu. Tiny drückte ihr einen Kuss auf die Stirn.

»Ich kenne deine Vorlieben und Abneigungen nicht, weiß nicht, woran du in religiöser oder politischer Hinsicht glaubst, und noch nicht einmal, ob du dir Kinder wünschst.« Jeden Punkt auf der Liste unterstrich er mit einem weiteren Kuss, einem neben ihrem Auge, einem auf ihrer Wange und einem auf ihrem Ohr.

Mirabeau murmelte etwas, das als Zustimmung gedacht war, doch selbst in ihren Ohren hörte es sich eher wie ein Stöhnen an. Ihr Körper reagierte auf seine Nähe und seine Berührungen.

.»Wir müssen uns unbedingt unterhalten«, raunte er, strich mit den Lippen über ihre Wange und küsste ihren Mundwinkel. »Und besser kennenlernen.«

»Ja«, hauchte sie und vergaß ganz, ihn zurückzuhalten. Stattdessen schlang sie die Arme um seine Schultern. Tiny legte die Hände an ihren Hinterkopf und erwiderte ihren Blick mit feierlichem Ernst.

»Wir reden später«, versprach er.

»Ja, später«, pflichtete sie ihm bei. Dann bedeckten seine Lippen ihren Mund. Sein Kuss war heiß und fordernd. Mirabeau stöhnte, als die Lust in ihrem Körper erwachte. Dann keuchte sie überrascht auf, denn Tiny packte ihren Po und hob sie hoch, damit sie die Beine um seine Hüften schlingen konnte. Mirabeau schmiegte sich instinktiv an seinen Körper, dann trug Tiny sie zum Bett. Ihre Leiber rieben sich aneinander, und die Bewegung entfachte bei ihnen beiden beinahe schmerzhafte Begierde.

Am Bett angekommen setzte Tiny sie ab und zog ihr schnell und zielstrebig das Trägerhemd über den Kopf. Als sie sich anschickte, ihm ebenfalls das Oberteil auszuziehen, gab er ihr einen kleinen Schubs, der sie auf die Matratze fallen ließ. Sofort war er über ihr, ergriff den Saum ihrer Jogginghose und zog sie ihr behände aus. Als sie so nackt vor ihm lag, hielt er inne und betrachtete sie bewundernd. Mit einer Hand strich er über ihre erhitzte Haut. Mirabeau hatte die Augen geschlossen, während ihr Körper vor Verlangen zitterte. Sie streckte die Hand nach ihm aus und versuchte, ihn zu sich zu ziehen. Sie musste seinen Körper auf ihrem spüren. Doch er entzog sich ihr, richtete sich auf und ließ sie dabei zusehen, wie er sich selbst auszog.

Sie verfolgte, wie zuerst das T-Shirt und dann die Sporthose auf dem Boden landete, und musterte seinen Körper dabei mit begehrlichen Blicken. Bis sie beide zum Reden kämen, würde es wohl noch eine Weile dauern … eine ganze Weile. Vielleicht, wenn das erste Kind geboren wäre … oder das zweite. Er kam zu ihr, und sein fester Körper drückte sich auf ihren Leib. Sein Mund fand ihre Lippen, seine Hände tanzten über ihre Haut, und Mirabeau gab das Denken auf und vertraute der Macht der Nanos.

(K)ein Bund fürs Leben

1

»Oh je.« Lady Margaret von Fairley bürstete gerade ihr Haar aus, hielt nun aber kurz inne und setzte ein unbekümmertes Lächeln auf, ehe sie fortfuhr, sich zu kämmen. Dabei lauschte sie auf den Radau, den ihr Sohn im Vorzimmer veranstaltete. Sie konnte hören, wie er durch das kleine Wohnzimmer stampfte, das zu ihrem Schlafgemach führte. Nur dank größter Willensanstrengung schaffte sie es, nicht erschrocken zusammenzufahren, als hinter ihr die Tür krachend aufflog.

Er kam zu ihr ans Feuer gestürmt. Sie ignorierte ihn zwar geflissentlich, konnte jedoch seine Anspannung und seinen Zorn spüren. Sie zählte erst im Stillen bis zehn, bevor sie seinem zornigen Schnauben, dass sich anhörte wie das eines wütenden Bullens, Beachtung schenkte, und ihn über die Schulter hinweg mit einem freundlichen Lächeln ansah. »Guten Morgen, mein Sohn. Wie geht es dir heute an diesem schönen Tag?«

Offenbar verstärkte die Frage seine Rage nur, denn die Zornesröte stieg ihm ins Gesicht, und seine Miene wurde noch grimmiger. Oh ja, dachte sie, sie konnte nachvollziehen, weshalb die Franzosen diesen grobschlächtigen Mann fürchteten.

»Wie es mir geht? Wie es mir *geht*? Tod und Teufel, Weib, was glaubst du wohl, wie es mir geht?«

»Hmm«, antwortete sie zurückhaltend und wandte sich wieder dem Feuer zu. »*Jemand* ist heute Morgen wohl mit dem falschen Fuß aufgestanden.«

»*Ich* nicht«, fauchte er. »Ich war ausgezeichneter Laune … bis zu meiner Audienz bei Edward.«

Lady Fairley riss die Augen in geheuchelter Verblüffung auf. »Verlief sie etwa nicht gut?«

»Ob sie ...« er brach mitten im Satz ab und stieß einige leise Flüche aus.

Sie musterte ihn mit leichtem Tadel. »Jonathan, ich muss doch bitten. Eine derartige Wortwahl geziemt sich in Gegenwart einer Dame nicht. Du bist immerhin ein mit dem Hosenbandorden ausgezeichneter Ritter. Hat man dir denn in deiner Zeit als Knappe keine Manieren beigebracht? Vielleicht hätte dich dein Vater, statt dich zur Ausbildung nach Westcott zu schicken, lieber hierbehalten sollen – so, wie ich es vorgeschlagen hatte. Aber er wollte ja nie auf mich hören, dieser sture ...«

»Mutter«, unterbrach sie Jonathan, sichtlich um Fassung bemüht.

»Ja, mein Lieber?«

»Was hast du dem König erzählt?«

»Ich?«, fragte sie und stellte eine Unschuldsmiene zur Schau, auf die ihr Sohn mit sichtlicher Skepsis reagierte.

»Jawohl, du. Ich weiß genau, dass du etwas damit zu tun hast.« Lady Fairley befand, dass es nun für sie an der Zeit war, ebenfalls ein wenig ärgerlich zu werden. Mit lautem Klappern legte sie die Bürste ab. »*Womit* soll ich etwas zu tun haben, Jonathan? Bisher hast du mir vorenthalten, was sich zugetragen hat. Weshalb hat der König dich zu sich gerufen?«

Interessiert verfolgte sie den Widerstreit der Gefühle, der sich auf dem Gesicht ihres Sohnes abzeichnete, bevor er aufgeregt hervor stieß: »Er hat mir befohlen, zu heiraten! *Mir! Der Geißel von Crécy!*«

»Oh.« Sie drehte sich zum Feuer zurück und widmete sich wieder ihrem Haar. »Das ist alles? Einen Augenblick lang habe ich mir ernstlich Sorgen gemacht.« Zwar konnte sie ihren Sohn nicht sehen, doch sie spürte förmlich, wie ihre gleichmütige Reaktion ihm den Wind aus den Segeln nahm und er in sich zusammensackte.

»Das ist *alles*?«, äffte er sie aufgebracht nach. »König Edward
verlangt, dass ich innerhalb von zwei Wochen eine Braut auswähle … oder er übernimmt das für mich. Zwei Wochen! Bis
zum Ende des Monats muss ich verheiratet sein und bis Ende
des nächsten Sommers einen Stammhalter vorweisen können.«

Sie wandte sich wieder zu ihm um. Man konnte ihm ansehen,
wie sehr ihn allein die Vorstellung aufbrachte.

»Ach, wie ärgerlich!«, bemerkte sie.

»Ach, wie ärgerlich?«, wiederholte er.

»Also wirklich, Jonathan. Glaubst du denn tatsächlich, dass
es *meiner* Intervention bedurfte, um dies heraufzubeschwören?
Ha!« Sie rümpfte die Nase. »Gewiss nicht. Dein Vater und dein
Bruder weilen nun schon seit fünf Jahren nicht mehr unter uns.
Du bist der Herr über Fairley – ein Earl *ohne einen Erben*. Ich
bin überrascht, dass König Edward überhaupt so lange gewartet
hat, bevor er einschritt. Fairley Castle ist immerhin eine strategisch wichtige Festung an der Grenze zu Schottland. Kein Wunder, dass er dich verheiratet und deine Braut in anderen Umständen sehen will. So oft, wie du in den Kampf ziehst … Wenn du
sterben solltest, kann allein dein Cousin Albert deinen Platz einnehmen und du weißt selbst, was für ein Narr er ist. Dem König
ist das ebenfalls bewusst. Es liegt sicher nicht in seinem Interesse, dass Albert Herr über Fairley und seine Ländereien wird.«

»Aber ein Säugling ist für diese Position kaum geeigneter«,
knurrte Jonathan mit sichtlichem Unbehagen.

»Das nicht, aber wenn du einen Erben und eine Witwe hinterlässt, dann kann Edward jeden Mann, den er möchte, deinen
Platz einnehmen lassen, entweder als Vogt oder als neuen Gatten für deine Braut. Ohne Witwe und Stammhalter wird Albert
alles erben.«

Offenbar verstand Jonathan, dass in ihren Worten einiges an Wahrheit steckte, denn er wurde plötzlich nachdenklich. Seine finstere Miene kehrte jedoch sofort wieder zurück, als sie ihre Haarpflege beendete und unbekümmert begann, Juwelen und einen Kopfschmuck anzulegen. Sie hatte den edelsten Kopfschmuck ausgesucht, den sie besaß und den sie nur zu besonderen Gelegenheiten trug. Mit leicht geweiteten Augen ließ Jonathan auf sich wirken, welches Kleid sie trug, wie sie ihr Haar hochgesteckt hatte und … ja, ihm war jetzt erst aufgefallen, dass sich auf ihren Wangen keine natürliche Röte abzeichnete, sondern dass sie etwas von dem geschmuggelten, französischen Rouge aufgelegt hatte. Lady Fairley wusste, wie liebreizend sie so aussah – und auch bedeutend jünger als fünfzig Jahre.

»Du hast dich herausgeputzt!«, kam es bestürzt und anklagend aus Jonathans Mund.

Lady Fairley bemerkte mit einiger Zufriedenheit, wie sie rot wurde. Das passte ausgezeichnet zu der unschuldigen Miene, die sie nun vorschützte. »Das habe ich nicht«, widersprach sie ihm würdevoll.

»Du trägst deinen kostbarsten Schmuck.«

Sie spürte, dass ihre Mundwinkel selbstzufrieden zuckten, und erhob sich eilig in gespielter Ungeduld. »Er passt zu meiner Robe. Bei Hofe sollte man stets so vorteilhaft wie möglich aussehen.« Sie ignorierte seinen misstrauischen Blick und stolzierte ohne weiteren Kommentar in ihr Wohnzimmer. Just da kam ihre Zofe Leda zur Tür hereingestürmt.

»Bitte sehr, Mylady.«

»Ah, sehr gut«, murmelte sie. Das Mädchen reichte ihr eine kleine Karaffe. Ihr Sohn verfolgte, wie sie den Behälter entgegennahm und öffnete. Dann schnüffelte er missbilligend.

»Parfüm!« Sein Vorwurf traf sie wie ein Pfeil.

»So ist es«, erwiderte sie und legte vor Jonathans schreckgeweiteten Augen eine großzügige Menge davon auf. Sie wusste, was ihn so aufbrachte: Seit sein Vater von der Pest dahingerafft worden war, hatte sie kein Duftwasser mehr verwendet. Aus diesem Grund hatte sie auch ihre Zofe damit beauftragen müssen, etwas davon für sie aufzutreiben. Sie hatte keinerlei Parfüm mit an den Hof gebracht, da sie keines mehr besaß. All ihre Düfte waren mit der Zeit eingetrocknet – doch zur Durchführung ihres Planes benötigte sie ein Duftwässerchen.

»Vielen Dank, Leda.« Sie reichte der Zofe das Fläschchen zurück und schritt zur Tür. Es überraschte sie nicht, dass ihr Sohn ihr auf dem Fuß folgte.

»Wohin willst du?«, erkundigte er sich.

»Ich besuche Freunde«, entgegnete sie heiter.

»Welche Freunde?«

»Ich finde, ich bin alt genug, um mich nicht mehr rechtfertigen zu müssen, Jonathan«, erklärte sie mit falscher Entrüstung, öffnete die Tür und trat auf den Gang hinaus. »Aber falls du es unbedingt wissen musst: Ich statte Lady Houghton und ihrer Tochter einen Besuch ab.« Angesichts seiner Fassungslosigkeit schaffte sie es kaum, ein Schmunzeln zu unterdrücken. Alles verlief wunschgemäß.

Jonathan folgte ihr hinaus in den Korridor. Ihm schwante plötzlich, was vor sich ging. Sie hatte den König dazu überredet, ihm zu befehlen, dass er heiraten sollte, und nun führte sie ihm die Tochter einer Freundin vor! Seit Jahren setzte sie alles daran, ihn zu vermählen, doch er hatte es stets geschafft, ihre Pläne zu vereiteln. Wenn er tatsächlich keine weitere mehr sähe …

»Es ist nicht nötig, dass du mich begleitest«, erklärte seine Mutter und verdarb ihm prompt seine schöne Überlegung. »Hast du denn nichts Wichtigeres zu tun? Zwei Wochen sind nicht lang, um eine Braut zu finden – und bei Hofe dürfte dieses Unterfangen noch schwieriger werden. Hier gibt es eine Vielzahl von attraktiven, verdienten Rittern, wie du einer bist, mein Sohn. Wenn du eine gute Partie machen möchtest, solltest du deine Zeit nicht damit verschwenden, mir nachzulaufen.«

Die Worte seiner Mutter verblüfften Jonathan derart, dass er verdattert stehen blieb und ihr tatenlos nachstarrte. Sie marschierte derweil unbeirrt weiter den Korridor entlang.

»Aber was ist mit der Tochter deiner Freundin?«, platzte er heraus. Er hatte sich wieder von seinem Schrecken erholt und eilte ihr nach.

»Was soll mit ihr sein?«

»Wünschst du nicht, dass ich auch *sie* als Braut in Betracht ziehe?«

»Oh nein. Sie wäre dafür ganz und gar nicht geeignet.«

»Wie bitte?«, keuchte er empört. »Seit fünf Jahren präsentierst du mir eine Tochter im heiratsfähigen Alter nach der anderen und auf einmal gibt es eine, die du nicht ... «

»Ich habe dir jede heiratsfähige und *dir angemessene* Tochter meiner Freunde vorgestellt«, wies sie ihn scharf zurecht. »Jetzt ist keine mehr übrig. Von nun an bist auf dich allein gestellt.«

»Du gibst auf?«, rief er aus und war sich nicht sicher, ob er erleichtert oder beleidigt sein sollte. Zwar missfiel es ihm, von seiner Mutter unablässig potenzielle Bräute vorgeführt zu bekommen, doch ihre Gleichgültigkeit behagte ihm auch nicht recht.

»Aber nein, mein Sohn. Ich werde dich bei der Auswahl unterstützen. Nur helfen kann ich dir bei dieser Unternehmung nicht mehr. Und nun« – sie tätschelte liebevoll sein Arm – »stell den König zufrieden, such dir eine Braut und lass mich zu meinen Freunden aufbrechen.«

Jonathan starrte seine Mutter verdutzt an und registrierte gar nicht, dass sie bereits längst die Hand wieder von seinem Arm genommen hatte und inzwischen damit beschäftigt war, ihr Haar zu richten. Sie putzte sich schon wieder auf! So hatte sie sich seit seines Vaters Tod nicht mehr verhalten. Sie musste etwas im Schilde führen.

Als sich seine Mutter anschickte, weiterzugehen, verkündete er: »Ich glaube, ich werde dich begleiten und mich dieser Tochter deiner Freundin einmal vorstellen.«

»Nein!«, entfuhr es Lady Fairley schrill und sie blieb abrupt stehen. Nie zuvor hatte er sie so aufgewühlt erlebt. Sie fand jedoch schnell die Fassung wieder und das Entsetzen in ihrem Gesicht wich Verärgerung. »Ich meine … wie ich dir bereits erklärt habe, ist sie für dich nicht geeignet.«

»Ach ja?«, entgegnete er misstrauisch. Seiner Erfahrung nach musste eine Frau schon von sehr fraglicher Tugend sein, um in den Augen seiner Mutter als unpassend zu gelten. Zugegeben, zu Anfang war sie bei der Auswahl der für ihn infrage kommenden Bräute noch wählerisch gewesen. Doch nachdem einige Jahre ins Land gegangen waren und er auf ihre Ehepläne nur mit Gleichgültigkeit reagiert hatte – denn was war die Ehe schon im Vergleich zu den Schlachten, die er auf dem Festland ausfocht – war sie immer verzweifelter geworden und hatte ihm so ziemlich jede Frau vorgeführt, die zumindest einigermaßen die nötigsten Voraussetzungen für eine Ehe mit sich brachte. Zu diesen ›nötigsten Voraussetzungen‹ zählten am Ende nicht einmal mehr unbedingt Attraktivität, Charakter oder das Vorhandensein aller gängigen Gliedmaße. Ja, seine Mutter hatte es bis zum Äußersten getrieben. Auf Jungfräulichkeit hatte sie jedoch stets Wert gelegt, denn schließlich wollte Lady Fairley Enkel, die von ihrem eigenen Sohn stammten und nicht von irgendjemand anderem.

»Ist dieses Mädchen etwa freigebig mit ihrer Zuneigung?«, fragte er. Seine Mutter reagierte entsetzt. »Selbstverständlich ist sie das nicht. Elizabeth hat sie anständig erzogen! Das Kind ist unschuldig wie ein Lamm.«

»Aha.« Interessant, welche Vehemenz seine Mutter an den Tag legte. »Ist sie dann vielleicht schon verlobt?«

Sie sah verärgert aus, gab jedoch mit sichtbarem Widerwillen zu: »Nein. Ihr Verlobter wurde von der Pest dahingerafft.«

»Fehlt ihr dann ein Titel oder eine Mitgift?«

Verwundert stellte er fest, dass Lady Fairley schon wieder ärgerlich wurde. »Nein. Ihr Vater war ein wohlhabender Baron und eine beträchtliche Mitgift ist vorhanden.«

»Warum findest du sie dann unpassend?«

»Sie ist …« Auf ihrer Miene zeigten sich erneut Verärgerung und Widerwillen, während sie nach einer Erklärung suchte. Dann bekam er unfassbarerweise zu hören: »Sie ist kräftig.«

»Kräftig?«, wiederholte er lachend.

»Jawohl. Füllig. Etwas zu üppig, wenn du es genau wissen willst. Und sie ist viel zu intelligent und willensstark. Absolut ungeeignet. Sie liest sogar«, fügte seine Mutter angewidert hinzu und schüttelte sich.« Nein, nein. Sie ist reizend, aber nichts für dich. Sie … Ah, sieh mal! Da ist Lady Griselda von Epton. Meines Wissens nach haben ihre Eltern noch keinen Verlobten für sie ausgewählt. Wahrscheinlich mangelt es ihnen an Mitteln für die Mitgift«, bemerkte sie vertraulich. »Aber darum musst du dir ja keine Sorgen machen. Warum sprichst du sie nicht an, um zu sehen, ob sie vielleicht zu dir passt?«

Jonathan fielen beinah die Augen aus dem Kopf. Er wusste zufällig ganz genau, dass seine Mutter diese junge Dame verabscheute. Aus irgendeinem Grunde war sie ihm einst genau deswegen besonders attraktiv erschienen, und er hatte für kurze Zeit um sie geworben. Für sehr kurze Zeit. Das Mädchen hatte eine unglaublich hohe, schrille Stimme. Wirklich schade, denn eigentlich war sie durchaus entzückend, doch man musste schon taub sein, um sie längere Zeit ertragen zu können. Natürlich lehnte seine Mutter Lady Griselda nicht ihrer Stimme wegen ab.

Ihrer Ansicht nach war sie boshaft und hinterhältig, eine herzlose Hexe, die Ränke schmiedete, wie Männer Schwerter.

Jonathan fiel auf, dass sich seine Mutter, während er noch in Gedanken versunken vor sich hin gestiert hatte, klammheimlich aus dem Staub gemacht hatte. Hastig eilte er ihr nach, doch sie marschierte zügig voran und bog bereits um die nächste Ecke. Als er dort einen Augenblick später ankam, benötigte er einige Sekunden, bis er sie ausmachen konnte. Dieser Korridor war belebter als der, an dem ihre Räumlichkeiten lagen, und Jonathan hegte den Verdacht, dass sie ihre Geschwindigkeit noch gesteigert hatte, sobald sie außerhalb seiner Sichtweite gewesen war. Sie befand sich bereits in einiger Entfernung, halb verdeckt von einer Vierergruppe Bediensteter, die auf ihn zuschritt.

Jonathan beeilte sich nun ebenfalls, und da er größere Schritte machen konnte als sie, schloss er schnell zu ihr auf. Der Blick, mit dem sie ihn bedachte, als er sie wieder eingeholt hatte, war nicht gerade freundlich zu nennen. Sie ignorierte ihn, während sie gemeinsam einige Stufen hinabgingen und dann einen weiteren Korridor durchquerten. Erst als sie eine Tür erreichten, die seines Wissens nach zu den königlichen Gärten führte, blieb sie mit geplagter Miene stehen. »Willst du nicht nach einer Braut suchen? Du möchtest doch wohl nicht, dass Edward für dich wählt.«

»Dafür bleibt noch eine Menge Zeit«, entgegnete er. »Ich will … «

»Oh ja, unglaublich viel Zeit«, fuhr sie ihm über den Mund. »Vierzehn Tage.«

Jonathan überging ihre sarkastische Bemerkung und hielt ihr wortlos die Tür auf. Seine Mutter starrte ihn einen Moment lang missmutig an. Doch sie musste einsehen, dass er sich von ihrer schlechten Stimmung nicht beeinflussen lassen würde. Sie zischte noch einmal verdrossen und stolzierte dann nach draußen.

Alice entdeckte Lady Fairley und ihren Sohn als Erste. Zumindest ging sie davon aus, dass es sich bei dem Mann an der Seite der Dame um den Sohn handelte. Margaret von Fairley hatte schon viel über ihn erzählt. Angeblich glich er sehr seinem Vater, war wie dieser ein großer, dunkler, gut aussehender, sehr starker und robuster Mann. Auch von vielen weiteren Vorzügen hatte sie berichtet. Der Großteil ihrer Beschreibungen entsprach offenbar der Wahrheit. Er war tatsächlich groß und ein dunkler Typ. Wie er da so neben seiner Mutter herging, die ein ganzes Stück kleiner war als er, wirkte er auch durchaus robust und stark. Jetzt, da sie ihn vor sich hatte, glaubte sie jedes Wort, das sie über seine Feldzüge gegen die Franzosen gehört hatte. Ob er gut aussehend war, ließ sich allerdings schwer beurteilen, denn er machte ein verdrießliches Gesicht, das sich mit jedem Schritt, den sich die beiden näherten, noch verfinsterte. Das lag wohl daran, dass seine Mutter permanent auf ihn einredete und ihn zu beschimpfen schien.

Alice beobachtete das Pärchen neugierig. Die zierliche, ältere Frau schien bemüht, ihren Sohn zu verscheuchen, indem sie mit der Hand herumwedelte, als wäre er eine lästige Fliege. Dabei schalt sie ihn in scharfem Ton. Der Mann, den Alice für Lord Jonathan hielt, schien ungerührt von ihren Gesten und Worten. Gleichmütig schritt er neben Lady Fairley her, blieb stehen, wann immer sie es tat und ihn mit erhobenem Finger maßregelte, und fiel nach jeder Standpauke wieder in ihren Schritt ein. Die beiden gaben ein merkwürdiges, geradezu amüsantes Bild ab und Alice musste unwillkürlich lächeln.

»Was belustigt dich so?«, erkundigte sich ihre Mutter neugierig. Sie spähte Alice über die Schulter. Als sie ihre Freundin und den jungen Mann entdeckte, begann sie, zu strahlen. »Oh! Da kommt Margaret. Sieh nur, der junge Jonathan begleitet sie.«

Alice entging der vielsagende Blick, den ihre Mutter mit Onkel James wechselte, nicht. Doch ihr blieb nicht viel Zeit, darüber nachzudenken, denn sie wurde sogleich von der Bank, auf der sie sich niedergelassen hatte, verjagt.

»Lass Lady Fairley dort sitzen. Hab Respekt vor den Älteren.«

Alice erhob sich automatisch, ihre Mutter und Onkel James dagegen blieben sitzen. So war sie die Erste, die Lady Fairley und ihren Sohn begrüßte.

»Ah, guten Morgen, meine Liebe«, murmelte die edle Dame. Der kühle Ton, den sie dabei anschlug, verwunderte Alice, denn Lady Margaret war für gewöhnlich ein warmherziger und freundlicher Mensch. Der frostige Empfang überraschte und verwirrte sie.

Die Dame strafte ihren Begleiter mit einem grimmigen Seitenblick und stellte ihn dann vor: »Das ist mein Sohn Jonathan.« Sie lächelte gezwungen und lustlos. »Jonathan, dies ist Lady Alice von Houghton.«

»Guten Morgen, Mylady«, begrüßte er sie mit einem strahlenden Lächeln, durch das sein kantiges Gesicht geradezu hübsch wirkte, nahm ihre Hand und beugte sich darüber.

»Guten Tag, Mylord«, murmelte Alice und erwiderte artig sein Lächeln, während Lady Fairley bereits erklärte: »Er war so freundlich, mich hierher zu begleiten, doch er kann nicht bleiben. Er hat einen Auftrag vom König erhalten, den es zu erfüllen gilt.«

»Ach, wie schade«, raunte Alice höflich. Dabei beobachtete sie die beiden neugierig. Die ältere Dame blickte noch immer missmutig drein, und auch die Miene ihres Sohnes hatte sich wieder verfinstert. Zwischen den beiden tobte offenbar ein Streit, den sie nur mit den Augen austrugen.

»Ich sehe keine Veranlassung, unverzüglich aufzubrechen«, widersprach Lord Jonathan. »Sicherlich kann ich noch einen Augenblick erübrigen, um die liebe Freundin meiner Mutter und ihre entzückende Tochter kennenzulernen.«

Alice kam nicht umhin zu bemerken, dass seine freundlichen Worte Lady Fairley offenbar nur noch mehr aufbrachten. Sie winkte gereizt mit der Hand ab, wandte sich dann um und stolzierte zur Bank, wo Alices Platz frei geworden war. Offenbar war die höfliche Vorstellungsrunde damit beendet. Es ließ sich nur schwerlich übersehen, dass Lady Fairley unerklärlicherweise vergessen hatte, ihren Sohn Alices Mutter vorzustellen. Auch ihr Onkel James war übergangen worden. Ihre Mutter hatte den Onkel am Morgen unverständlicherweise herbeizitiert, obwohl sie sich für gewöhnlich genierte, sich mit dem Mann zu zeigen, der bei Hofe als Dandy verschrien war. Noch verwunderlicher war allerdings die Freundlichkeit, mit der Lady Fairley ihn nun plötzlich behandelte. Nicht, dass Alice von der Adligen unhöfliches Betragen erwartet hätte, doch soweit sie hören konnte, überschüttete die Lady ihren Onkel geradezu mit Schmeicheleien. Verblüffend. Derart überschwängliche Gefühlsregungen hätte Alice vonseiten der ehrwürdigen, älteren Dame niemals erwartet, und schon gar nicht gegenüber einem Mann wie Lord James von Houghton.

Alice beschloss, über diese unerwartete Entwicklung später genauer nachzudenken, und widmete ihre Aufmerksamkeit wieder dem grimmigen Lord Jonathan. Ihr Blick wanderte vom Sohn weiter zur Mutter, just in dem Augenblick, in dem Lady Fairley sich unterbrach und ihren Sohn – und wenn Alice sich nicht sehr irrte, auch sie selbst – böse ansah.

»Komm an meine Seite, mein Sohn. Oder besser noch: Widme dich der Erledigung deiner Aufgabe.«

Das herrische Benehmen der Adligen empfand Alice als empörend, doch Jonathan reagierte weder verärgert noch beleidigt, sondern lächelte lediglich. In dem Lächeln lag eine gewisse Zuneigung für die ältliche Dame, aber auch noch etwas anderes.

»Unsinn, Mutter. Ich weiß, dass du dir Gedanken um die

Erfüllung der mir auferlegten Aufgabe machst, aber es genügt wohl, wenn ich morgen damit beginne, mich mit diesem Unterfangen zu befassen. Außerdem kann ich ja wohl kaum zulassen, dass Lady Houghtons Tochter ganz alleine stehen muss. Auf eurer Bank ist ja nun kein Platz mehr für sie. Demnach muss ich bleiben und ihr Gesellschaft leisten – so geziemt es sich nun mal. Apropos Lady Alice« – fügte er gedehnt und mit einem merkwürdigen Lächeln hinzu – »die Beschreibung, die du mir von ihr gegeben hast, war wirklich unangemessen. Sie ist viel lieblicher, als du behauptet hast.«

Alice errötete angesichts dieses unerwarteten Kompliments ein wenig, Lady Fairley dagegen lief tiefrot an. Die Röte steigerte sich sogar noch und schlug schon fast ins Purpurne um, als ihr Sohn unbeirrt fortfuhr: »Wie hast du sie doch gleich wieder umschrieben?«

Jonathan verstummte und Alice spähte wieder vom Sohn zur Mutter. Etwas ging zwischen den beiden vor, doch sie begriff nicht ganz, was.

»Du hast allerdings nicht erwähnt, dass ihr Haar in allen Farben des Sonnenuntergangs leuchtet: sanftgolden und feurig rot. Oder, dass ihre Augen blau sind wie der wolkenlose Himmel. Was hast du doch gleich wieder über sie gesagt?« Nachdenklich tippte der Ritter sich ans Kinn, während seine Mutter sich kerzengerade aufrichtete. Alices Verwirrung steigerte sich noch.

»Ah, ja, jetzt erinnere ich mich wieder. Du hast dich über ihre Figur geäußert. Wie hast du sie bezeichnet? Als … üppig? Rund und saftig wie eine vollreife Beere?«

Alice war unschlüssig, wie sie dieses Kompliment auffassen sollte, doch bevor sie reagieren konnte, sprach Lord Jonathan bereits weiter. »Nein, nein, du hast etwas anderes gesagt. Was war es nur?«

Lady Fairley schien kurz davor, aus der Haut zu fahren. »Ach, wenn du unbedingt willst, dann setz dich eben zu ihr«, platzte sie heraus. »Aber schweig jetzt.«

Schmunzelnd verneigte sich Lord Jonathan vor seiner Mutter, ergriff Alices Arm und führte sie eilfertig zur Bank auf der gegenüberliegenden Seite des Pfades. »Sollen wir uns hier niederlassen, Mylady? Ich gelobe auch, Euch nicht mit weiteren Schmeicheleien zu beschämen.«

»Ähm … Ja. Danke«, erwiderte sie zurückhaltend. Der Wortwechsel, der eben stattgefunden hatte, verwirrte sie mindestens so sehr, wie die Worte, die der stattliche Lord gewählt hatte, um sie zu beschreiben. Nie hatte jemand ihr Haar oder ihre Augen so gepriesen. Und wie er ihre Figur umschrieben hatte … Nun, eigentlich geziemte es sich für einen Kavalier nicht, die Figur einer Dame zu kommentieren. Jetzt verstand Alice auch, weshalb. Seine Worte hatten aufreizend geklungen, fast sinnlich. Wahrscheinlich nur, weil er Bilder von Früchten und Reife heraufbeschworen hatte, versuchte sie sich zu beruhigen. Sie sah zur anderen Bank hinüber. Lady Fairley schien Alices Onkel inzwischen vergessen zu haben. Stattdessen steckten nun sie und Alices Mutter die Köpfe zusammen. Die beiden flüsterten miteinander und setzten verstohlene, zufriedene Mienen auf.

»Bitte seht meiner Mutter ihre Launenhaftigkeit nach«, bat Lord Jonathan mit gedämpfter Stimme. »Wir haben eine Meinungsverschiedenheit.«

»Aha.« Alice setzte sich auf die Bank und ließ den Blick wandern, wobei sie es geflissentlich vermied, den großen Mann, der sich neben ihr niederließ, anzusehen. Seltsam, als sie ihn zum ersten Mal gesehen hatte, hatte er überhaupt nicht einschüchternd auf sie gewirkt. Doch nun erschien er ihr so enorm … männlich. Peinlich berührt von ihren albernen Gedanken räusperte sie sich befangen. »Mir ist aufgefallen, dass sie heute etwas verstimmt ist.«

»So ist es.«

Alice überwand sich, ihn anzusehen und stellte fest, dass er das Trio auf der gegenüberliegenden Bank beobachtete. Was er dort erblickte, gefiel ihm offenbar nicht besonders. Schon wieder entstellte ein Anflug von Verdruss seine Züge und ließ sein grobes Gesicht schroff erscheinen. Überrascht blickte Alice ebenfalls hinüber. Lady Fairley hatte ihre Unterhaltung mit Alices Mutter beendet. Sie und Alices Onkel James befanden sich nun inmitten eines anscheinend recht vertraulichen Zwiegesprächs. Lady Houghton döste derweil im Sonnenschein vor sich hin.

»Euer Onkel …«, erkundigte sich Jonathan. Verwundert über seinen barschen Tonfall wandte sich Alice nach ihm um. »Ist er verheiratet?«

»Nein. Er ist verwitwet. Seine Frau ist vor einigen Jahren, kurz nach der Geburt ihres einzigen Sohnes, gestorben. Ihm stand nicht der Sinn danach, sich neu zu vermählen.«

»Warum?«

Die Frage überraschte Alice. Es schien beinahe so, als wäre er verärgert darüber, dass ihr Onkel sich nicht wieder gebunden hatte. »Nun ja«, begann sie bedächtig, »wahrscheinlich hat keine der für ihn infrage kommenden verwitweten Damen sein Gefallen gefunden. Außerdem gab es dazu ja keine Veranlassung … Bis dann sein Sohn und mein Vater starben.« Er sah sie aufmerksam an und sie beantwortete seine unausgesprochene Frage: »Sie fielen beide der Pest zum Opfer.«

»Oh.«

»Ja.« Sie seufzte niedergeschlagen und fuhr dann fort: »Onkel James hat den Titel meines Vaters geerbt und war fortan für Mutter und mich verantwortlich.«

»Die Pest hat so viele mit sich genommen«, sagte Lord Jonathan mitfühlend. Ehe sie es verhindern konnte, traten Alice

Tränen in die Augen. Sie hatte auf einen Schlag eine jüngere Schwester, den Vater, ihren Cousin und ihren Verlobten an die Pest verloren. Damals hatte sie nicht geglaubt, mit diesem unfassbaren Verlust jemals fertig werden zu können, und noch immer schmerzte sie die Erinnerung. Doch in den vergangenen fünf Jahren war ihr Kummer ein wenig abgeklungen. Nur manchmal, so wie jetzt, kam das alte Leid unverhofft wieder und überwältigte sie. Vielleicht flüchtete sie sich deshalb so gern in Bücher und Gedichte …

Beschämt über ihren plötzlichen Gefühlsausbruch wandte Alice den Blick ab, blinzelte hastig und wischte die vereinzelten Tränen, die ihr über die Wangen geflossen waren, verstohlen fort.

»Was hast du jetzt wieder angerichtet, Jonathan? Du hast das arme Mädchen zum Weinen gebracht.«

Alice richtete sich auf und rutschte hastig zur Seite, um Lady Fairley Platz zu machen, die sich unvermittelt zwischen sie und Jonathan drängte und auf die Bank plumpsen ließ.

»Es war nicht seine Schuld«, verteidigte sie ihn rasch. »Ich habe nur erzählt, dass mein Vater, meine Schwester, mein Cousin und mein Verlobter der Pest zum Opfer gefallen sind.«

»Oh. Ja. Das ist schlimm. Jonathans Vater, sein Bruder und seine Verlobte haben ebenfalls nicht überlebt.«

»Ach du meine Güte. Das tut mir leid«, murmelte Alice.

»Ja, mir auch.« Lady Fairleys Augen bekamen kurz einen feuchten Glanz. Dann kehrte ihre alte Entschlossenheit zurück. »Aus diesem Grund befinden wir uns derzeit auch bei Hofe.«

»Tatsächlich?«, erkundigte sich Alice höflich.

»In der Tat. Nun ja, eigentlich ist Jonathan deswegen hier. Ich bin gekommen, um dich und deine Mutter zu besuchen. Es ist ja so schön, nach einem langen, harten Winter wie dem letzten wieder vor die Tür zu kommen.«

»Das stimmt«, pflichtete Alice ihr bei. »Der Winter war streng. Es hat so viel geschneit, dass unsere Männer zeitweise die Burg nicht mehr verlassen konnten. Nicht einmal zum Jagen schafften sie es, durch den Schnee zu dringen, obwohl wir das Fleisch dringend brauchten.«

»Wir hatten mit ähnlichen Schwierigkeiten zu kämpfen«, räumte Lady Fairley ein. »Das ist eben einer der Nachteile, wenn man im Norden lebt.«

»So ist es.«

»Als der Schnee endlich schmolz, trieb es mich gleich von Fairley fort. Darum war ich auch zufällig hier, als Edward nach Jonathan schickte.«

»Ach? Der König hat ihn hergerufen?«

»Ja. Ich wusste nichts davon, aber es sieht so aus, als hätte Seine Majestät beschlossen, dass es für Jonathan an der Zeit ist, zu heiraten.«

Alice sperrte verblüfft den Mund auf, fing sich jedoch sofort wieder. Sie fand es schwer vorstellbar, dass jemand diesem großen, starken Ritter Befehle erteilte! »Ich … verstehe«, sagte sie schließlich, weil ihr keine andere Erwiderung einfiel.

»Ja, ja.« Lady Fairley seufzte schwer und bedachte ihren Sohn wieder mit einem finsteren Blick. »Jonathan hat zu lange gezaudert, und nun hat der König die Geduld mit ihm verloren. Ihm bleiben zwei Wochen, um eine Braut zu finden, oder Seine Majestät wird eine für ihn auswählen.«

»Oh … je«, sagte Alice sanft und blickte zu Lord Jonathan hinüber. Seit seine Mutter sich zu ihnen gesetzt hatte, schwieg er verärgert und unglücklich.

»Ja, er steckt wirklich in der Klemme«, vertraute ihr Lady Fairley betroffen an. »Jonathan ist, wie soll ich sagen, nicht gerade begabt in derlei Dingen. Turniere und Schlachten sind seine Stärken. Und ich kann ihm in dieser Angelegenheit auch kaum behilflich sein. Er hat bisher jede junge Dame im heiratsfähigen Alter, die ich ihm vorgestellt habe, abgelehnt. Wahrscheinlich sollte ich mich nicht darüber wundern. Ich bin schließlich eine alte Frau und kenne mich nicht damit aus, welche Ansichten die jungen Leute heutzutage haben und was solche Jungspunde wie mein Sohn für anziehend halten.«

Alice spähte zu dem Ritter hinüber und stellte sich dieselbe Frage, doch er schenkte der Unterhaltung keinerlei Beachtung. Ohne von ihm eine Antwort erhalten zu haben, setzte Alice an: »Oh, ja, also …«

Lady Fairleys Miene hellte sich mit einem Schlag auf und sie erfasste Alices Hände. »Ich habe eine großartige Idee!«

»Ja?«, fragte Alice vorsichtig. Sie beschlich der Verdacht, dass ihr das, was sie gleich zu hören bekommen würde, nicht gefallen würde.

»Du bist jung und wirst besser beurteilen können, welche Braut Jonathan wohl gefällt. Vielleicht bist du in der Lage, ihm zu helfen, Alice.«

»Ich?«, fragte sie verblüfft. Von solchen Dingen hatte sie keine Ahnung!

»Mutter«, zischte Lord Jonathan warnend, doch die Dame ignorierte ihn.

»Oh, also, ich glaube nicht …«, setzte Alice an.

»Das ist ein fantastischer Einfall.«

Alice klappte den Mund wieder zu und drehte sich fassungslos nach ihrer Mutter um. Lady Houghton stand plötzlich mit strahlendem Lächeln vor ihnen.

»Mutter …«

»Das ist bestimmt gar kein Problem. Alice wird dir und deinem Sohn gern helfen. Sie hält sich schon eine ganze Weile bei Hofe auf und kennt einige reizende, junge Damen, die Jonathan inspizieren könnte.«

»Inspizieren?«, wiederholte Alice stirnrunzelnd. Die Worte, die ihre Mutter da gewählt hatte, empörten sie. »So, wie man Falken inspiziert, bevor man ihnen eine Kapuze überzieht und sie festbindet?« Zwar wünschte sie sich, eines Tages zu heiraten, doch wie ein Gegenstand begutachtet werden, wollte sie nicht – und mit Sicherheit empfanden es die anderen Mädchen genauso.

»Ja, so ist es in etwa, nicht wahr?«, pflichtete Lady Fairley ihr zu Alices Entsetzen bei.

»Tochter, fertige doch eine Liste an und dann kannst du mit denen, die Jonathans Gefallen finden, Treffen arrangieren«, begeisterte sich Alices Mutter.

»Perfekt!«, rief Lady Fairley und tätschelte ihrem Sohn tröstend den Arm. Er sah sie argwöhnisch an, während sie ihm erklärte: »Siehst du, mein Lieber? Mit Alices Hilfe wirst du innerhalb kürzester Zeit eine Braut finden.«

Der Ritter reagierte darauf lediglich mit einem lang gezogenen Stöhnen.

Alice konnte das sehr gut verstehen.

2

»Mütter!« Alice rümpfte ärgerlich die Nase und wartete ungeduldig darauf, dass die Liste, die sie gerade vollendet hatte, endlich trocken wurde. Dank ihrer Mutter, die sie so großzügig für diese Aufgabe angepriesen hatte, hatte sie den Großteil des gestrigen Tages und zudem fast den ganzen heutigen Morgen damit zugebracht, die Namen aller ungebundenen Damen bei Hofe zusammenzustellen – eine wahrlich undankbare Aufgabe. Es gab ungefähr ein Dutzend Dinge, die sie lieber getan hätte, und zudem hätte sie es vorgezogen, nicht mehr hier sein zu müssen.

In Houghton Castle fühlte sie sich wohl, dort konnte sie in Ruhe lesen, in den Feldern spazieren gehen und für sich sein. Doch ihre Mutter machte sich Sorgen, weil sie so viel Zeit allein verbrachte, und hatte schließlich darauf bestanden, dass sie nach London ging. Das an sich war schon schlimm genug – denn Alice hatte für den Pomp und die Intrigen bei Hofe nicht viel übrig –, doch nun hatte die gute Frau sie auch noch dazu verpflichtet, bei der Suche nach einer Braut für Lord Jonathan zu helfen. Bestimmt war dies kein allzu schwieriges Unterfangen, denn der Mann war gut aussehend, stark und ein gefeierter Krieger. Wahrscheinlich würden die Damen Schlange stehen, um ihm vorgestellt zu werden. Was hatte ihre Mutter nur dazu bewegt, Alices Unterstützung bei diesem Unternehmen anzubieten? Liebe Güte, eigentlich hatte sie sie doch hierher geschickt, weil sie so ein eigenbrötlerisches Leben führte und kaum Freundschaften mit Mädchen ihres Alters pflegte. Wie kam sie jetzt ausgerechnet auf die Idee, dass sie all die Frauen kannte, die zu einem Mann wie Lord Jonathan passten?

Trotzdem war ihr die Liste der verfügbaren Damen, die sie angefertigt hatte, recht gut gelungen. Um sie zusammenzustellen, hatte sie sich einer List bedient und den größten Klatschmäulern bei Hofe anvertraut, welche Aufgabe ihr auferlegt worden war – schon hatte sie ihre Liste beisammengehabt. Sie musste sie jetzt nur noch Lord Jonathan vorlegen, dann war diese lästige Pflicht erledigt. Als sie an ihn dachte, tauchte plötzlich sein Gesicht in ihrem Kopf auf. Das irritierte sie ein wenig. Sie hörte auf, die Liste trocken zu wedeln, und rief sich seine Züge ins Gedächtnis. Der Mann war tatsächlich recht ansehnlich. Und gestern war er wirklich ausnehmend freundlich gewesen … zumindest, wenn er sich nicht gerade über seine Mutter geärgert hatte.

Lächelnd erhob sie sich. Seltsamerweise hatte sie seine finstere Miene als durchaus liebenswert empfunden. Der struppige Ritter hatte fast wie ein eigensinniges, argwöhnisches Kind gewirkt und trotz seiner wilden Rede war unübersehbar gewesen, dass er seine Mutter abgöttisch liebte.

»Fertig?«

Ihre Mutter betrat den Raum. Alice betrachtete die Liste. »Ja. Du kannst sie Lady Fairley jetzt bringen.«

»Das geht nicht«, widersprach sie. »Ich habe eine Audienz bei der Königin. Du wirst sie wohl selbst abliefern müssen. Mein Bruder hat vorhin erwähnt, er hätte Lady Fairley und ihren Sohn bei den Ställen angetroffen. Wenn du dich sputest, solltest du sie dort noch finden können.«

»Bei den Ställen?« Alice starrte ihre Mutter entgeistert an. »Aber Onkel James hasst doch Pferde, seit –«

»Seit damals, als ihn sein Reittier in den Baum geschleudert und er sich das Bein gebrochen hat«, vollendete Lady Houghton ungeduldig den Satz für sie. »Ja, ja, diese Geschichte habe ich schon oft genug von ihm zu hören bekommen. Anscheinend ist er aber Lady Fairley zuliebe trotzdem bereit, sich die Tiere anzusehen und womöglich auch zu reiten. Da wir gerade von ihr sprechen, du solltest jetzt aufbrechen, sonst triffst du sie vielleicht nicht mehr an.«

»Oh, aber … « Alice führte den Einwand nicht zu Ende, denn ihre Mutter war aus dem Zimmer geeilt und hörte sie schon nicht mehr. Somit blieb ihr nichts anderes übrig, als den Botengang selbst zu erledigen. Trotz des Widerwillens, den sie verspürte, rollte sie eilig den Pergamentbogen zusammen und machte sich auf den Weg.

Als Alice bei den Ställen ankam, waren weder Lady Fairley noch ihr Onkel zugegen, doch sie traf Lord Jonathan dort an. Er spähte gedankenverloren in die Ferne und ein Stirnrunzeln entstellte seine wohlgestalteten Gesichtszüge. Alice verharrte einen Augenblick, um ihn zu betrachten. Seine missmutige Miene erschien ihr beinahe kindlich. Ein amüsiertes Schmunzeln spielte auf ihren Lippen. Doch dann begriff sie, dass sie gerade kostbare Lesezeit verschwendete – denn solange ihre Mutter bei der Königin weilte, konnte sie Alice nicht dafür schelten, dass sie ihre Nase in Bücher steckte. Alice holte noch einmal tief Luft, nahm die Schultern zurück und ging auf ihn zu.

»Mylord«, setzte sie an, »meine Mutter meinte, ich würde Euch und Lady Fairley hier antreffen. Das Schicksal hat es offenbar gut mit mir gemeint, denn Ihr seid tatsächlich hier.«

Der Ritter drehte sich nach ihr um und nickte knapp. »Ja. Hier bin ich. Meine Mutter leider nicht. Sie ist mit Eurem Onkel zu einem Picknick aufgebrochen.«

»So …«, sagte Alice unschlüssig. Diese Neuigkeit verwirrte sie genauso, wie die Abscheu, mit der er sie hervorgestoßen hatte. Schwer nachvollziehbar, dass Lady Fairley ernsthaftes Interesse an James haben sollte. Der Mann war ein Schwachkopf. Sie

konnte sich nicht vorstellen, dass eine Frau, die einen so statt-
lichen und starken Sohn wie Lord Jonathan aufgezogen hatte,
Gefallen an einem Dandy finden könnte.

Sie schob ihre sorgenvollen Gedanken zur Seite und schenkte
Lord Jonathan ein Lächeln. »Das ist wahrscheinlich einerlei.
Dies hier könnt Ihr genauso gut wie die edle Dame in Empfang
nehmen.«

»Was ist das?«, fragte der groß gewachsene Mann, nahm ihr
die Schriftrolle ab und schenkte Alice nun seine ganze Aufmerksamkeit.

»Eine Liste der verfügbaren Damen, die sich momentan bei
Hofe befinden. Wie Ihr sehen könnt, gibt es eine ganze Menge
Kandidatinnen.«

»Eine ganze Menge?« Der Ritter entrollte den Bogen und
bekam große Augen. »Hier stehen mindestens vierzig Namen.«
Sein durchdringender Blick richtete sich auf sie.

»Tatsächlich sind es fast fünfzig«, erwiderte Alice, machte einen Schritt rückwärts und trat unauffällig den Rückzug an. »Ihr
könnt die Aufstellung durchsehen und die Namen der Frauen
auskratzen, die Euren Vorstellungen nicht entsprechen. Die Übrigen könnt Ihr dann treffen und … «

»Großartig!«, unterbrach sie Lord Jonathan und sah sie dabei
auf eine Art an, die ihr Herz flattern ließ. »Wir beide werden ein
Picknick machen … und diese Aufstellung gemeinsam durchsehen.«

»Ein Picknick?«, fragte Alice entgeistert. »Oh, ich … «

»Nun, ich kenne diese Damen ja kaum«, erläuterte er. »Ich
benötige Eure Hilfe, um mehr über sie zu erfahren. Ihr seid doch
ein aufgewecktes Mädchen. Kommt mit mir.« Der große Mann
ignorierte ihren schwachen Protest, ergriff ihren Arm und zog
Alice mit sich in die Ställe. »Wir brauchen Pferde. Ich weiß auch
schon, wo wir hinreiten.«

»Verfluchtes Pferd, wirft mich hin und her wie einen Mehlsack! Ich könnte schwören, dass mein Allerwertester inzwischen die Farbe von – oh, ich sollte wohl derartige Dinge nicht in Eurer Gegenwart erwähnen, Mylady.«

Margaret verdrehte die Augen. Seit sie vom Palast in die königlichen Wälder aufgebrochen waren, beschwerte sich James unablässig, und seine Wortwahl ließ dabei die meiste Zeit sehr zu wünschen übrig. Lady Houghtons Bruder war weitaus vulgärer, als sie es von dem angeblichen Dandy erwartet hatte. Wenn es eine Möglichkeit gegeben hätte, ihren Plan jetzt noch zu ändern, hätte sie es vielleicht in Erwägung gezogen. Doch inzwischen war es dafür zu spät. Jonathan sprach einfach großartig darauf an. Wie erwartet zeigte ihr Sohn keinerlei Interesse daran, dass sie neuerdings James von Houghton so viel Aufmerksamkeit schenkte, obwohl ihr Sohn, genau wie sie selbst, hohe Ansprüche an potenzielle Heiratskandidaten für sie stellte. Als ob sie jemals Jonathans Vater ersetzen würde! Sie wollte nur eines: Enkelkinder!

Lady Fairley sah sich um, brachte ihr Pferd auf einer kleinen Lichtung zum Stehen und stieg ab. Als sie mit beiden Füßen fest auf dem Boden stand, nahm sie die beiden Taschen, die sie an den Sattel gehängt hatte, und sagte: »Ich dachte, wir könnten hier picknicken. Das ist ein recht schöner Flecken.«

Der Mann keuchte verblüfft: »Liebe Güte, du willst doch nicht etwa tatsächlich picknicken?«

»Aber ja, James. So haben wir es doch geplant.« Lady Fairley schüttelte belustigt den Kopf und nahm die Wolldecke zur Hand, die sie aus dem königlichen Haushalt entliehen hatte. »Stellt das ein Problem dar?«

»Ein Problem? Selbstverständlich!«, sprudelte es aus dem ältlichen Dandy heraus. »Ein Picknick zieht doch nur Schädlinge und Insekten an. Außerdem gibt es hier draußen wilde Tiere, Margaret. Der Essensgeruch wird sie anlocken, und dann müssen wir unseren Käse und unser Hammelfleisch mit dem Leben verteidigen.«

Diesmal verzichtete Margaret darauf, über seine überzogenen Behauptungen die Augen zu verdrehen, sondern machte sich daran, die Decke auszubreiten. Gefasst versicherte sie ihm: »Wir werden es schon überleben.«

»Aber … «

»Möchtest du deine Nichte nun verheiraten, oder nicht?«, unterbrach sie ihn gereizt.

Lord Houghton verzog das Gesicht, doch es blieb dem herausgeputzten Edelmann nichts anderes übrig, als widerwillig vom Pferd zu steigen.

Lady Fairley ließ sich zufrieden nickend auf der Decke nieder. »Das habe ich mir gedacht.«

»Hmm.« Griesgrämig schlenderte Lord Houghton zu ihr hinüber. Sie begann derweil, die Taschen auszupacken. Er betrachtete das Essen voller Gier, schaffte es aber trotzdem, ärgerlich zu klingen, als er erklärte: »Nun, selbstverständlich möchte ich, dass das Mädchen geheiratet wird. Ich liebe meine Schwester und ihre Tochter, doch Elizabeth hatte schon immer eine spitze Zunge, und Alice schlägt ihrer Mutter in dieser Hinsicht auf unangenehme Weise nach. Das Letzte, was ich brauche, sind zwei lamentierende Frauen in meinem Haus!«

Lady Fairley schmunzelte. Betty war tatsächlich schon immer scharfzüngig gewesen, nicht zänkisch, aber stets ehrlich. Insbesondere gegenüber den Menschen, die sie gut kannte, zügelte sie sich nicht, sondern vertrat stets offen ihre Ansichten. Ihr träger, anspruchsloser Bruder, dem der Titel ihres Mannes in den Schoß gefallen war, hatte das schon des Öfteren zu spüren bekommen.

Wenn Alice ihrer Mutter in dieser Hinsicht ähnelte, so konnte das Lady Fairley nur recht sein. Eine verschlagene, hinterhältige

Schwiegertochter wollte sie nun wirklich nicht, genauso wenig, wie eine zu fügsame. Sie schätzte es, zu wissen, woran sie war und sie hoffte, dass Alice sie darüber nie im Unklaren lassen würde. Zwar war das Mädchen bisher reserviert und zurückhaltend aufgetreten, doch Margaret war sich sicher, dass das nur ihrer guten Erziehung geschuldet war. Mit ein wenig Ermunterung würde aus dem Mädchen eine mutige, kluge junge Frau werden – Margarets Ansicht nach das einzig passende Gegenstück für ihren Sohn. Denn schließlich brauchte er jemanden, der ihn hin und wieder herausforderte, eine Rolle, die sie bisher in seinem Leben übernommen hatte. Ein Eheweib musste aufrichtig sein, genau, wie Alices Mutter. Und sie musste ein gewisses Selbstwertgefühl mitbringen, um für ihren Sohn attraktiv zu sein.

Ein Rascheln in den Büschen erregte Lady Fairleys Aufmerksamkeit. Für einen kurzen Moment entdeckte sie dort ein Augenpaar, das durch die Zweige spähte und dann wieder verschwand.

Aha!, dachte sie selbstzufrieden. Jonathan war ihr also gefolgt … genau, wie sie gehofft hatte. Wie erwartet missfiel ihm der Gefährte, den sie sich für diesen Ausflug ausgewählt hatte. Einfach perfekt. Eigentlich hatte sie sich erhofft, dass Alice an der Seite ihres Sohnes sein würde – denn wahrscheinlich war der aussichtsreichste Weg, die beiden zu verkuppeln, die beiden so häufig wie möglich zusammenzubringen – aber Hauptsache, alles ging seinen Gang.

Halt! Das Schicksal meinte es offenbar gut mit ihren Plänen, denn Margaret bemerkte, dass im Unterholz ein hellrosa Tuch aufleuchtete. Sie war sich ziemlich sicher, dass ihr Sohn diese Farbe nicht tragen würde.

Sie widmete sich wieder dem Mittagessen, das sie aufgetischt hatte, und flüsterte dabei so leise, dass nur Lord Houghton sie hören konnte: »Wir haben Besuch bekommen.«

Der alte Adlige, der sich gerade angeschickt hatte, sich auf der Decke niederzulassen, sprang, sehr zu Lady Fairleys Verblüffung, hektisch auf, zog linkisch sein Schwert aus der Scheide und wirbelte herum, wobei er angstvoll ausrief: »Was ist da? Ein Wolf? Ein Wildschwein?«

Lady Fairley verdrehte angesichts seiner panischen Reaktion die Augen, zupfte ihn an der Kniehose und zischte unwirsch: »Setz dich, du alter Narr. Ich meinte doch meinen Sohn und deine Nichte.«

Dass sie sich mit diesem Dummkopf abgab, bewies, wie sehr sie ihren Sohn liebte. Lord Houghton steckte etwas beschämt sein Schwert weg und ließ sich nun doch neben ihr auf der Decke nieder. Dabei knurrte er: »Das hättest du auch gleich sagen können.«

Margaret kniff verärgert die Lippen zusammen und spähte so diskret wie möglich nach den Büschen, konnte dort jedoch nichts mehr entdecken. In der Hoffnung, dass dem Paar, das sich dort verbarg, Lord Houghtons befremdliches Benehmen entgangen war, ergriff sie die Schale mit den Erdbeeren. Es wurde Zeit für den zweiten Teil ihres Planes.

»Was tun wir hier?«

»Pst«, zischelte Jonathan und beobachtete weiter das Paar auf der Lichtung. Was ging dort vor? Lord Houghton war gerade aufgesprungen und hatte mit gezücktem Schwert eine Drehung auf der Picknickdecke vollführt, als wollte er eine Horde Banditen abwehren.

Versuchte der alte Simpel seine Mutter etwa mit der Aufführung erfundener Heldensagen zu beeindrucken? Wenn ja, dann war alles in bester Ordnung, denn Lady Fairley war eine kluge Frau und derartiges Getue würde ihr kaum imponieren – insbesondere von einem Spaßvogel wie Lord Houghton. Der Mann konnte Jonathans Vater nicht das Wasser reichen, denn der war ein wahrer Rittersmann und Ehegatte gewesen!

Zuversichtlich spähte er wieder durch die Büsche. Seine Mutter hatte sich inzwischen zu dem dümmlichen Lord Houghton gebeugt und bot ihm nun eine Erdbeere an. Seltsamerweise hielt sie ihm nicht einfach die Schüssel hin, sondern drückte ihm die Frucht direkt an die Lippen, als wäre er ein Kleinkind, dass gefüttert werden musste.

»Was passiert da?«, erklang Alices ungeduldige Stimme an seinem Ohr.

Er verzog das Gesicht und war ebenfalls irritiert. »Das versuche ich doch gerade herauszufinden! Warum füttert sie ihn? Ist Euer Onkel inzwischen so hinfällig, dass er nicht mehr allein essen kann? Muss er wie ein Säugling gepflegt werden?«

Alice rückte näher heran, um das Pärchen durch die Blätter beobachten zu können. Ungeduldig zuckte sie mit den Schultern und meinte dann mürrisch: »So füttert man kein Kind, sondern einen Liebhaber.«

»Einen Liebhaber?«, fragte er steif. »Ausgeschlossen. Das sähe meiner Mutter nicht ähnlich. Außerdem verstehe ich nicht, was Ihr meint.«

Alice blickte noch einmal flüchtig durch die Büsche und sah ihn dann mit weit aufgerissenen Augen an. »Ihr begreift es tatsächlich nicht?« Sie seufzte und schien unverständlicherweise verärgert. Dann rappelte sie sich auf. »Wartet hier.«

»Was habt Ihr vor?«

Alice beachtete ihn nicht mehr, sondern schob sich durch die Büsche auf die Lichtung hinaus. Sein aufgeregt gezischter Protest verhallte ungehört. Alice marschierte direkt auf das Paar auf der Picknickdecke zu. Die Fassungslosigkeit, die ihr Erscheinen bei den beiden auslöste, brachte sie zum Schmunzeln. Sie begrüßte sie fröhlich. »Guten Tag, lieber Onkel, guten Tag,

Lady Fairley. Könntet Ihr wohl eine Erdbeere für mich erübrigen?«

»Eine Erdbeere?«, wiederholten die beiden verdutzt. Alice nickte ernst. »Jawohl. Ich möchte Lord Jonathan etwas demonstrieren, doch dafür benötige ich eine Erdbeere.«

»Aha.« Lady Fairley und Lord Houghton tauschten verwunderte Blicke. Dann griff Jonathans Mutter nach der Schale mit den Beeren und hielt sie ihr hin. »Nehmt, soviel Ihr wollt. Wir haben reichlich.«

»Vielen Dank.« Alice nahm sich drei Erdbeeren und wandte sich ab. »Meine Liebe!«, rief Lady Fairley ihr nach.

»Was gibt es?«, fragte sie und drehte sich noch einmal um.

»Was *tut* Ihr hier?« Jonathan befand, dass seine Mutter verlegen wirkte.

»Es ist so«, erklärte Alice, »Mutter meinte, dass ich Euch bei den Ställen finden würde, doch dort traf ich nur Euren Sohn an. Ich habe ihm die Liste mit den Namen der möglichen Bräute übergeben, die ich auf Euer Bitten hin erstellt habe, und er bestand darauf, hierher zu kommen, um sie gemeinsam mit mir bei einem Picknick durchzusehen.«

»Bei einem Picknick?« wiederholte Lady Fairley scheinbar verwirrt. Jonathans Verärgerung steigerte sich.

»So ist es.« In vertraulichem Ton fuhr sie fort: »Allerdings befürchte ich, dass er unglücklicherweise versäumt hat, auch etwas für ein Picknick mitzubringen.«

»Ah.« Lady Fairley lächelte. »Nun, ihr beiden seid uns hier herzlich willkommen. Wir haben reichlich von allem«, verkündete sie.

»Ich werde Euren Sohn davon in Kenntnis setzen«, versprach Alice. Damit wirbelte sie herum und verschwand eilig wieder in den Büschen. Bei ihrer Rückkehr traf sie einen verzweifelten Jonathan an, der wiederholt den Kopf gegen einen Baumstamm stieß. Alice hob lediglich die Augenbrauen, schüttelte den Kopf und setzte sich dann wortlos an seine Seite.

Sofort fuhr er zu ihr herum. »Wir wollten sie doch heimlich beobachten ... « Sie brachte ihn abrupt zum Schweigen, indem sie ihm eine Erdbeere in den Mund schob.

»Das ist mir durchaus klar, Mylord«, erklärte sie. Er kaute automatisch die Frucht und schluckte sie hinunter. »Ich bin schließlich kein Dummchen.«

»Warum seid Ihr dann ... «

Wieder unterbrach eine Beere seine Rede.

»Euch dabei zu helfen, eine Braut zu finden, ist gut und schön«, zischte sie, »doch Euch dabei zu unterstützen, Eurer Mutter und meinem Onkel in einem privaten Moment nach-zuspionieren, geht zu weit. Und jetzt ...«

Alice hielt ihm die dritte Erdbeere hin und lächelte auf eine Art, die Jonathan nur als verführerisch bezeichnen konnte. Verdattert klappte er den Mund zu. Alle Gedanken an seine Mutter und Lord Houghton zerstoben, als Alice sich zu ihm beugte und mit der Frucht zart über seine Lippen strich. »Darf es noch eine pralle, süße, saftige Erdbeere sein, Mylord?«

Jonathan konnte kaum glauben, dass sie in diesem sinnlichen Ton zu ihm sprach. Er riss die Augen auf, doch seine Kiefer blieben fest geschlossen. Der puderige, verlockende Duft ihres Parfüms umgab ihn. Er kam nicht umhin, festzustellen, dass sich ihm jetzt, da sie sich zu ihm neigte, eine reizende Aussicht in den Ausschnitt ihres Kleides bot. Ihre weichen, üppigen Brüste, die sich liebevoll aneinander schmiegten und dabei nach oben strebten, als wollten sie auf ihn zuspringen, zogen seinen Blick wie magisch an.

Da er Alice einfach nur tatenlos und benommen anstarrte, zog sie die Beere von seinen Lippen fort und führte sie an ihren Mund. Er folgte ihrer Bewegung. Sein Blick fiel auf ihre vollen, weichen und ungemein einladenden Lippen. Sie leckte bedächtig über die runde Spitze der Frucht. Er schluckte schwer. Dann schlossen sich ihre Lippen langsam um die Erdbeere. Der Saft tropfte aus ihren Mundwinkeln. Jonathan richtete sich kerzengerade auf. Gierig verfolgte er mit den Augen die nasse Spur, die sich über Alices Kinn zog, und verspürte plötzlich den befremdlichen Drang, sie aufzulecken. Doch bevor er etwas unternehmen konnte, ließ das Mädchen auch schon die Zunge hervorschnellen und fing damit den tropfenden Saft auf. Jonathan schluckte noch einmal und bemerkte, dass sein Atem hastig und schwer ging – als wäre er es selbst, an dem sie leckte und knabberte!

Alice hatte ihre Demonstration offenbar beendet, denn sie richtete sich auf und ihre Miene wurde wieder ganz sachlich. Sie stopfte sich den Rest der Beere in den Mund und kaute energisch. »Seht Ihr?«, fragte sie und schluckte. Ihr Verhalten hatte sich wieder vollständig verändert. »So füttert man bestimmt kein Baby.«

Jonathan zwinkerte irritiert. Ihre kleine Darbietung hatte ihn mit Begierde erfüllt und von den Haarspitzen bis zu den Zehen in höchste Erregung versetzt. Missmut überkam ihn. Noch schlimmer, er begriff plötzlich, dass seine Mutter drüben auf der Picknickdecke diesen Einfaltspinsel auf dieselbe Art fütterte. Bestimmt kam der alte Mann dabei auf die gleichen Ideen wie Jonathan – etwa den klebrigen, süßen Saft von Alices weichen Lippen zu lecken, sie auf dem Rücken ins Gras zu drücken und … Brüllend sprang er auf, zog sein Schwert und brach durch die Büsche.

Alice starrte Lord Jonathan verwundert hinterher, sprang dann ebenfalls auf und stolperte ihm nach. Sie holte ihn ein, als er vor der Decke, auf dem das ältliche Paar saß, haltmachte. Er hielt sein Schwert umklammert, seine Brust hob sich schwer bei jedem Atemzug und sein Blick zuckte wutentbrannt zwischen seiner Mutter und ihrem Begleiter hin und her. Die beiden sahen ihn verblüfft an.

»Oh, wie schön. Ihr möchtet euch also zu uns gesellen.«

Trotz der freundlichen Worte, die Lady Fairley aussprach, klang die herzliche Begrüßung in Alices Ohren falsch. Sie schien sich nicht wirklich über ihr und Jonathans Erscheinen zu freuen, sah ihren Sohn sogar ungemein finster an. Seltsam, denn Alice war sich eigentlich sicher gewesen, dass die vorherige Einladung aufrichtig gemeint gewesen war.

Bevor sie weiter darüber nachgrübeln konnte, ließ sich Jonathan unvermittelt vor der Decke auf den Boden fallen und legte sein Schwert ab, wobei die Schwertspitze Alices Onkel streifte. Alice überlegte, ob das wohl versehentlich geschehen sei, konnte den Gedankengang aber nicht vollenden, denn der Ritter fasste sie an der Hand und zog sie zu sich hinunter. Beinahe wäre sie auf seinem Schoß gelandet.

»Wir stoßen nur zu gern zu euch«, behauptete er. Dabei hielt er Alice an der Schulter fest und schenkte gleichzeitig seiner Mutter ein rätselhaftes Lächeln. Dann griff er in die kleine, hölzerne Schüssel, die auf der Decke stand, und nahm eine Erdbeere heraus. An Alice gewandt fragte er: »Möchtest du eine Erdbeere, meine Süße?«

»Wie bitte?« Alice fuhr mit weit aufgerissenen Augen und offen stehendem Mund herum. Jonathan schob ihr die Beere hinein. Anschließend drückte er ihr den Mund zu und drehte sich wieder lächelnd zu seiner Mutter um.

»Wir haben uns gedacht, dass es nett wäre, meine Verlobung bei einem Picknick zu planen.«

»Ja, davon habe ich gehört«, entgegnete Lady Fairley verstimmt. »Außerdem habe ich vernommen, dass dir entfallen ist, das Essen für das Picknick mitzunehmen.«

»Ein bedauerliches Versehen«, rechtfertigte sich Jonathan

zähneknirschend. Dann setzte er ein Strahlen auf. »In Gegenwart einer Schönheit wie Alice vergisst man derartige Nebensächlichkeiten leicht.«

Alice klappte die Kinnlade herunter – und sofort landete eine zweite Beere in ihrem Mund. Jonathan schenkte ihr ein Lächeln, das ihr ganz und gar nicht gefiel, und schloss ihr behutsam wieder den Mund. Sie musterte den Ritter argwöhnisch. Wie gemein von ihm, mit derartigen Komplimenten um sich zu werfen, obwohl er sie doch gar nicht so meinte! Geradezu grausam. Nun wurde offensichtlich, dass er sie nur mit hierher gebracht hatte, um seine Mutter in aller Ruhe bespitzeln zu können!

Sie schluckte die Frucht herunter und wandte sich dann an Lady Fairley »Ja, Mylady, Ihr müsst das verstehen. Im Gegensatz zu uns Frauen können Männer eben nicht an mehrere Dinge gleichzeitig denken. Ich bin immer wieder erstaunt, wie sie es trotzdem schaffen, gleichzeitig zu laufen und sich zu unterhalten – zumindest einige von ihnen«, fügte sie trocken hinzu. Jonathan funkelte sie verärgert an. Er schien mit ihrem Ausfall nicht gerechnet zu haben. Alice starrte ungerührt zurück.

Erst, als Lady Fairley ein Geräusch fabrizierte, das sich verdächtig nach einem Lachen anhörte, wandten sie ihre Blicke wieder voneinander ab. Sofort bekam die alte Dame einen Hustenanfall und musste sich mehrfach räuspern, ehe sie endlich vorschlagen konnte: »Vielleicht sollten wir uns diese Liste einmal ansehen.«

Alice nickte und sah Jonathan erwartungsvoll an. Er zog leise schimpfend die Schriftrolle hervor und übergab sie seiner Mutter. Lady Fairley entrollte das Pergament und lass es aufmerksam durch. »Sieh an, das ist aber eine schöne Auswahl. Du bist ein wahrhafter Glückspilz, Jonathan!«

Alices Onkel beugte sich mit einem Grunzen ebenfalls über die Liste. »Die Hälfte dieser Weiber sind hasenzähnige Hexen oder echte Drachen. Nichtsdestotrotz bleibt noch eine ansehnliche Auswahl übrig.«

»In der Tat«, pflichtete ihm Lady Fairley bei. »Möglicherweise lassen sich einige Kandidatinnen von vornherein ausschließen. Sollen wir sie einmal durchgehen?« Da niemand widersprach, machte sie es sich auf der Decke bequem und begann, die Namen zu verlesen.

Alice hörte sich schweigend die Aufzählung der heiratsfähigen Frauen an und stellte überrascht fest, dass Lady Fairley zu jeder Dame eine wohlwollende Bemerkung abgab. Einige der Mädchen waren tatsächlich reizend, oder zumindest in Hinsicht auf Charakter und Aussehen annehmbar, doch die meisten der Damen, die Lady Fairley so lobte, waren ... eigentlich gar nicht lobenswert. Entweder kannte Lady Margaret die Damen bei Hofe nicht besonders gut, oder aber es war ihr egal, welche von ihnen ihr Sohn heiratete. Eine furchtbare Vorstellung, doch Alice zwang sich, ihre Gedanken für sich zu behalten. Schließlich ging sie das überhaupt nichts an.

Als allerdings Heloise von Brock an die Reihe kam, und Lady Fairley die Frau als »freundliches Mädchen« bezeichnete, konnte sie nicht länger an sich halten und murmelte diskret: »*Freundlich* ist gut. Sie war zu beinahe jedem Mitglied der königlichen Wache ›freundlich‹.«

Obwohl sie nur geflüstert hatte, war Jonathan der Kommentar sehr zu ihrem Leidwesen nicht entgangen und er brach in schallendes Gelächter aus.

Lady Fairley bedachte sie mit einem abschätzigen Blick. Alice richtete sich sofort kerzengerade auf und bemühte sich, unschuldig auszusehen. Sie hatte den Verdacht, dass ihr dies völlig misslang. Überraschenderweise kam ihr der Onkel zu Hilfe, indem er Lady Fairley anstupste und neugierig nachfragte: »Wer steht denn noch auf der Liste, Margaret?«

Alice bemerkte, wie sich Jonathan versteifte, als ihr Onkel seine Mutter vertraulich beim Vornamen ansprach. Sie seufzte still in sich hinein. Wie lächerlich das alles doch war.

»Lady Rowena«, las Lord Jonathans Mutter vor und sah dann lächelnd auf. »Oh, sie ist so ein entzückendes, junges Ding und hat so einen angenehmen Charakter. Jonathan, du solltest sie unbedingt in die engere Auswahl nehmen.«

Jonathan wartete ab, bis sich seine Mutter wieder in die Liste vertieft hatte, um Alice mit einem fragenden Blick zu bedenken. Sie zögerte, denn sie wollte keinesfalls unhöflich erscheinen oder etwas sagen, was ihr erneut Lady Fairleys schweigende Missbilligung einbrächte. Doch dann beschloss sie, dass es einfach gemein sei, wenn sie die anderen nicht vor Lady Rowena von Wilcox warnen würde. Die Frau war ein Schätzchen, doch ihr Äußeres ließ stark zu wünschen übrig. Rowena wog ungefähr soviel wie Onkel James' beste Kuh – und mit ihren großen, schielenden Glupschaugen sah sie derselben unglücklicherweise auch noch ein wenig ähnlich. Aus einem schalkhaften Impuls heraus nickte Alice, blies die Backen auf und ahmte das Schielen der armen Rowena nach.

Wieder prustete Jonathan los, womit er sich erneut den Missmut seiner Mutter zuzog. Die ältere Dame runzelte verdrossen die Stirn und Alice senkte reumütig den Kopf und war froh, als Lady Fairley mit der Liste fortfuhr.

Erst drei Namen später wagte sie es, wieder aufzusehen. Lady Fairley pries eben Lady Blanche für ihr sanftes und freundliches Wesen. Jonathan hob erneut fragend die Brauen.

Alice antwortete mit einem Schulterzucken. Lady Blanche war ihr bislang noch nicht vorgestellt worden. Im Gegenzug hob und senkte Jonathan die Brauen, deutete mit dem Daumen auf sich selbst und nickte dazu. Alice fasste das als Zeichen dafür auf, dass er die Frau kannte, oder zumindest schon von ihr gehört hatte.

Ihre Vermutung bestätigte sich, denn Jonathan vollführte nun eine Imitation der betreffenden Dame, indem er die Unterlippe einsog, den Unterkiefer zurückzog und so seine Schneidezähne entblößte. Dazu schielte er fürchterlich.

Alice konnte sich nicht zurückhalten und lachte lauthals auf. Er sah einfach zu albern aus. Sie versuchte, sich zu beherrschen und legte schnell die Hand auf den Mund. Lady Fairley sah wieder von der Schriftrolle auf, und Alice duckte sich schuldbewusst.

»Nun«, verkündete die Frau ungehalten und rollte das Pergament, aus dem sie vorgelesen hatte, wieder zusammen. »Offenbar kommen wir heute in dieser Angelegenheit nicht mehr weiter. Dann können wir auch genauso gut zusammenpacken und zur Burg zurückkehren. Vielleicht könntet ihr drei schon einmal anfangen, während ich … ähm … noch einen kleinen Spaziergang mache, um meine Gedanken zu ordnen.«

Um Wiedergutmachung bemüht nickte Alice eifrig und machte sich schnell daran, Lady Fairleys Bitte nachzukommen. Jonathans Mutter verschwand. Alices Onkel lehnte sich entspannt zurück und ließ keinerlei Zweifel daran aufkommen, dass er Aufräumen als Frauensache ansah. Lord Jonathan kam ihr dagegen überraschenderweise zu Hilfe. Er wickelte den noch unberührten Käse wieder in sein Tuch und steckte den Brotlaib zurück in den Sack. Schnell war alles verstaut und ihnen blieb nichts weiter zu tun, als auf Lady Fairley zu warten. Sie ließ sich ungemein viel Zeit.

Alice befürchtete bereits, dass die Dame womöglich in Not geraten sei und Hilfe benötigte, als diese plötzlich auf der gegenüberliegenden Seite, von der sie aufgebrochen war, etwas derangiert und atemlos aus dem Wald auf die Lichtung stolpert kam. Alice wunderte sich über ihren Zustand, denn sie hatte eigentlich angenommen, dass die Dame lediglich ein dringendes Bedürfnis verrichtet hätte. Sie bekam jedoch keine Gelegenheit, dies anzusprechen, denn die Männer waren bereits ungeduldig geworden und sprangen nun sofort auf, um aufzubrechen.

»Weißt du, ich glaube, ich habe eine großartige Idee«, verkündete Lady Fairley. Jonathan half Alice gerade, die Picknickdecke wieder zusammenzufalten. »Vielleicht könnten wir heute Abend einen Tanz veranstalten, zu dem wir alle infrage kommenden Damen einladen. Dann könntest du dir selbst ein Bild davon machen, welche für dich passend wäre, Jonathan.«

Alice überraschte es nicht, dass der Ritter den Vorschlag mit verhaltener Begeisterung, ja, sogar mit Entsetzen aufnahm.

»Darf ich vorschlagen, Mutter, dass wir das nicht tun?«, begann er, doch Lady Fairley ließ ihn nicht weitersprechen.

»Vielen Dank, mein Sohn«, sagte sie und nahm ihm die Decke aus den Händen, steckte sie zurück in die Tasche und befestigte diese wieder am Sattel. »Ihr beide solltet jetzt vielleicht eure Pferde holen.«

Nachdenklich verfolgte Jonathan, wie sich seine Mutter aufs Pferd setzte, und nickte dann. »Ja. Wir sind gleich wieder zurück.«

Er ergriff Alices Arm und führte sie von der Lichtung. Sie schwieg.

Sie hatten ihre Reittiere in einiger Entfernung von der Stelle, an der sie sich vorhin niedergelassen hatten, angebunden. Alice durchschaute erst jetzt, dass Jonathan das mit Absicht getan hatte, um zu vermeiden, dass die Pferde sie bei der Beobachtung des ältlichen Paares verrieten. Das hatte sie vorhin allerdings noch nicht gewusst. Er war mit ihr in großer Hast vom Palast aufgebrochen und hatte dabei die ganze Zeit die Zügel von Alices Pferd festgehalten, als hätte er befürchtet, dass sie umdrehen und zurückreiten könnte. Dann war er abrupt stehen geblieben und hatte den Kopf schief gelegt, als lausche er, und ihr dann befohlen, auf ihn zu warten. Daraufhin war er davon geritten und hatte sie einige Minuten allein gelassen. Als er wieder erschienen war, hatte er vorgeschlagen, dass sie absteigen und die Pferde an einen Baumstamm binden sollten. Erst dann hatte er ihr gestattet, ihn zu begleiten und sie zu dem Platz hinter den Büschen geführt, von wo aus er spioniert hatte.

Sobald ihr Lord Jonathans Absichten klargeworden waren, hatte sich ihre aufrichtige Natur gegen den Eingriff in die Privatsphäre ihrer Angehörigen aufgelehnt. Die ganze Zeit über hatte sie auf einen Vorwand gehofft, unter dem sie dem Paar ihre Gegenwart offenbaren konnte und schließlich war sie zu ihnen geeilt, um die Erdbeeren zu borgen. Allerdings hatte sie auch interessiert, wie Jonathan reagieren würde, wenn sie ihn mit den Früchten fütterte.

Wie dem auch sei, jedenfalls mussten die beiden eine nicht unbeträchtliche Strecke zurücklegen, bis sie wieder zu ihren Pferden kamen … oder besser gesagt, zu *Jonathans* Pferd. Ihr eigenes Reittier war nicht mehr da.

»Was zum Teufel?«, fluchte Jonathan, als er das einsame Tier entdeckte, und rannte durch die Bäume zu ihm hin. Alice folgte ihm auf dem Fuß. Der große Mann untersuchte sein Pferd genau und begutachtete dann den Ast, an dem die Zügel des Hengstes noch immer fest verknotet waren. »Verflucht! Jemand hat Euer Pferd gestohlen.«

»Glaubt Ihr wirklich?« Alice blickte sich nervös um. »Vielleicht hat sich auch nur der Knoten gelöst und es ist davongelaufen.«

»Ausgeschlossen, ich habe es sorgfältig festgebunden. Beide Pferde.« Jonathan machte sein Tier los und blickte sich finster um. »Jemand muss Eures gestohlen haben.«

»Oh je.« Ihr Blick wanderte über die Bäume und den Stamm, an dem ihr Pferd festgemacht gewesen war. »Ach …« Ihre Miene hellte sich auf. »Ich kann mit meinem Onkel zurückreiten. Die beiden warten doch auf der Lichtung auf uns.«

»Richtig.« Jonathan nickte und schob einen Fuß in den Steigbügel. Alice schickte sich an, durch den Wald zurückzulaufen, als sie hörte, wie er nach ihr rief.

»Was habt Ihr vor?«

Sie sah über die Schulter. »Ich will zurück zur Lichtung gehen, um … « Weiter kam sie nicht, denn ihr Fuß verfing sich in einem Ast und sie stürzte. Verlegen murmelnd hockte sie sich schnell wieder auf die Knie, blieb dann aber wie erstarrt sitzen. Ein blauer Stofffetzen, der sich nah bei ihrem Gesicht in einem Zweig verfangen hatte, fesselte ihre Aufmerksamkeit. Dieselbe Farbe hatte doch auch Lady Fairleys Kleid … Da wurde sie jäh unter den Achseln gepackt und auf die Füße gestellt.

»Alles in Ordnung?«

Alice registrierte überrascht Lord Jonathans Besorgnis und blickte zu ihm auf. Er sah sie nicht direkt an, sondern ließ seinen Blick über ihren Körper wandern, gefolgt von seinen Händen, um sich zu versichern, dass sie sich nicht verletzt hatte. Sie errötete unter der vertraulichen Berührung seiner Finger und trat schnell einen Schritt zurück, wobei sie erneut beinahe gestolpert wäre.

»Es geht mir gu-gut«, beteuerte sie ein wenig atemlos. Er hielt sie am Arm fest, damit sie nicht fiel. »Wirklich«, fügte sie hinzu, da er noch nicht beruhigt schien. Er sah sie kurz an, schluckte und nickte dann, ehe er wieder die Zügel seines Pferdes ergriff.

Erneut irrte ihr Blick zu dem kleinen, blauen Stofffetzen, doch ehe sie Jonathan darauf aufmerksam machen konnte, packte er sie um die Taille und hievte sie auf sein Reittier.

Augenblicklich hob sie an zu protestieren. »Also wirklich, Mylord, wir müssen doch nicht beide reiten. Ich kann auch zur Lichtung laufen. Ich … «

Sie gab jedoch schnell auf, in erster Linie, weil er ihrem Widerspruch keinerlei Beachtung schenkte. Stattdessen stieg er vor ihr aufs Pferd und führte ihre Hände um seine Taille.

»Festhalten«, wies er sie an.

Alice lehnte sich an seinen Rücken und atmete tief, um ihre aufgewühlte Nerven zu beruhigen. Die Nähe eines Mannes zu spüren, war neu für sie. Noch nie zuvor war es so weit gekommen. Ledigen Damen waren solche Vertraulichkeiten nicht gestattet. Allerdings waren dies besondere Umstände und …

Ihre Gedanken verwirrten sich, denn sein Duft stieg ihr in die Nase. Er roch nach den Wäldern und dem Fluss und … nach Mann. Eine erstaunlich angenehme Mischung. Sie schnupperte und umklammerte dabei seine Körpermitte, spürte, wie seine Bauchmuskeln arbeiteten, und legte die Finger flach darüber, um alles genau fühlen zu können – bis ihr aufging, was sie da tat und es ihr vor Scham schier den Atem verschlug. Hastig hielt sie die Finger ganz still.

Allerdings konnte Alice nicht für immer den Atem anhalten. Sie schaffte es zwar für die Dauer des kurzen Ritts zurück zur Lichtung, doch dort angekommen, atmete sie mit einem leisen Zischen aus. Die Lichtung war verlassen. Lady Fairley und ihr Onkel hatten nicht auf sie gewartet, sondern waren offenbar schon vorausgeritten. Alice erinnerte sich wieder an das kleine Stoffstück, das sie in der Nähe der Pferde entdeckt hatte, und fragte sich, was Lady Fairley wohl bei den Tieren zu suchen gehabt hatte. Sie hatte doch nicht etwa Alices Reittier losgebunden? War sie etwa so böse auf sie gewesen, dass sie die Absicht gehabt hatte, sie zur Strafe zur Burg zurücklaufen zu lassen?

»Wenn wir sie noch einholen wollen, müssen wir uns beeilen«, erklärte Lord Jonathan.

Er trieb das Pferd zum Trab an. Alice heftete den Blick auf seinem Hinterkopf, schmiegte sich an ihn und klammerte sich fest. Diesmal hielt sie den Atem nicht an, sondern saß aufrecht hinter ihm, drückte ihre Brüste gegen seinen Rücken, verschränkte die Hände vor seinem Bauch und atmete tief seinen Duft ein. Das war so schön, dass es eine ganze Weile dauerte, ehe sie bemerkte, dass sich Jonathan seiner Behauptung zum Trotz nicht sonderlich bemühte, ihren Onkel und seine Mutter einzuholen. Er ließ das Pferd zwar traben, jedoch nicht sehr schnell. Auf dem Weg von der Burg hierher waren sie um einiges schneller geritten. Vor Verblüffung lockerte sie unbewusst den Griff um seine Taille und beugte sich nach hinten. Er fing sie auf.

»Haltet Euch lieber gut fest«, riet er. »Ich möchte nicht, dass Ihr vom Pferd fallt.«

Alice bemerkte, dass seine Stimme belegt klang, dachte jedoch nicht weiter darüber nach. Sie beschloss, den Ritt einfach zu genießen und lehnte sich entspannt an seinen Rücken.

3

Jonathan schaffte es, wenn auch nur mit Mühe und Not, weiter zu lächeln, obwohl ihm seine Tanzpartnerin einmal mehr auf den Zehen herumtrampelte. Er konnte mit voller Aufrichtigkeit behaupten, dass sogar die Belagerung von Calais, bei der er sich eine unfassbar schmerzhafte Bauchwunde zugezogen hatte, an der er beinahe gestorben wäre, angenehmer gewesen war, als diese Hölle, in die seine Mutter ihn geschickt hatte.

Das Brautfest. So nannte sie es. Sie hatte es mit Zustimmung des Königs arrangiert, und er musste es nun durchleiden. Schon der Name behagte ihm nicht. Wäre Bräutigamsfest nicht passender gewesen? Schließlich war es *sein* Fest. *Er* war der angehende Bräutigam. Aber nein. Seine Mutter pochte darauf, dass es bei der Festivität darum ginge, eine Braut für ihn zu finden und Brautfest darum durchaus passend sei.

Jonathan verzog angewidert das Gesicht. Die Bezeichnung war schon absurd, die Veranstaltung selbst aber noch weitaus schlimmer. Seine Mutter hatte es tatsächlich geschafft, die Erlaubnis zu erhalten, die große Halle im königlichen Palast zu nutzen. Sogar der König und die Königin waren zugegen.

Verstimmt beobachtete Jonathan den finster dreinblickenden Monarchen und dessen Gattin. Unablässig schickte Edward strenge, missgünstige Blicke durch den Raum, von denen die meisten Jonathan trafen. Wahrscheinlich wollte Seine Majestät, der König, damit unterstreichen, wie ernst es ihm mit seiner Anweisung war und dass er ihr unbedingt Folge zu leisten hätte. Jonathan verstand.

Seine Zehe bekam einen weiteren Tritt ab und er konzentrierte sich wieder auf seine Tanzpartnerin. Dabei seufzte er in sich hinein. Die Dame war kurzsichtig und stolze vierunddreißig Jahre alt. Jonathan selbst war zwar auch schon dreißig, daher konnte man sie nicht gerade als *uralt* bezeichnen, doch das ideale Alter, um Kinder zu gebären, hatte sie bereits hinter sich gelassen. Sie hätte beim Picknick von der Liste gestrichen werden sollen, aber leider war es nun mal so, dass überhaupt niemand ausgesondert worden war. Seine Mutter hatte die Liste unangetastet gelassen, und alle aufgelisteten Hofdamen waren heute Abend zu Gast.

Jonathan ließ den Blick schweifen und musste wieder an Alice und den Ritt zurück zum Schloss vor zwei Tagen denken. Instinktiv blickte er zu der jungen Frau hin, die bei ihrer Mutter, ihrem Onkel und seiner eigenen Mutter in der Nähe des Königs und der Königin stand.

Es verwunderte Jonathan selbst, wie oft er seit jenem Tag an das Mädchen denken musste. Das waren ganz spezielle Gedanken. Immer wieder erinnerte er sich an ihre sinnliche Stimme, und wie sie die kühle, süße Erdbeere an seine Lippen gedrückt hatte. Noch immer konnte er ihren erotischen, betörenden Duft riechen. Und er sah ihre appetitlichen Brüste vor sich, die sich vor seinen Augen erhoben und ihn für alles andere blind gemacht hatten. Dann waren da auch noch die sinnlichen Erinnerungen an die Rückkehr zur Burg, die ihn nicht losließen. Wenn er sich konzentrierte, konnte er beinahe wieder ihre Arme spüren, die sich um seinen Körper schlangen und ihre Brüste, die sich an seinen Rücken schmiegten.

Ja, es ließ sich nicht verleugnen, dass er den gemeinsamen Ritt mit ihr als ungemein erregend empfunden hatte. Sein Körper hatte auf dieses Mädchen reagiert, wie auf kein anderes weibliches Wesen zuvor, ein Umstand, der ihn, als sie schließlich wieder die Ställe erreicht hatten, beschämt und in große Verwirrung gestürzt hatte. Er war Alices Blick ausgewichen, aus Angst, sie könnte möglicherweise die unreinen Gedanken, die in seinem Kopf umherwirbelten, erahnen. Seit jenem Tag hatte er alles daran gesetzt, ihr aus dem Weg zu gehen.

Ärgerlicherweise war das nicht schwer gewesen. Das Mädchen hatte ihn ebenfalls gemieden.

Seine Zehen wurden wieder gequetscht und Jonathan konzentrierte sich auf den Tanz. Glücklicherweise beendeten die Musiker das Stück und bewahrten so seine Tanzpartnerin vor seinem Zorn. Zähneknirschend übergab er die Dame wieder deren Mutter und warf dann seufzend einen Blick auf die Frauenschar, die noch auf ihn wartete. Im Raum befanden sich unzählige Frauen, jedoch nur drei Männer. Nein, zwei, verbesserte er sich, als sein Blick auf den leeren Platz fiel, wo eben noch der König gethront hatte. Edward und seine Frau hatten ihre Pflicht erfüllt und sich nun offenbar eine amüsantere Zerstreuung gesucht, als der Geißel von Crécy dabei zuzusehen, wie sie mit mehr heiratswütigen Damen tanzte, als damals nach dem Sieg noch Franzosen übrig geblieben waren.

Missmutig hielt Jonathan nach Lord Houghton Ausschau. Der Alte konnte ihm angesichts dieses Mobs durchaus ein wenig zur Seite stehen, dachte er feindselig, denn immerhin war er der einzige weitere Mann im Raum. Doch der in Samt gekleidete, alte Geck klebte geradezu an Jonathans Mutter. Houghton war Lady Fairley den ganzen Abend über nicht von der Seite gewichen und hatte es Jonathan überlassen, mit den versammelten hasenzähnigen Weibern und hässlichen Spinatwachteln über die Tanzfläche zu wirbeln – natürlich unter den wachsamen Augen der anderen fünfzig Möchtegernbräute und ihrer Mamas, Tanten oder sonstigen Begleiterinnen.

Nur zweimal hatte er es gewagt, sich eine Pause auszubitten und sich an den Tisch zu seinem Bierkrug geflüchtet, doch auch dort war er, ehe er sich versah, wieder von einer Rotte gieriger Wölfinnen umzingelt, die auf ihn einschnatterten und plapperten und ihn mit langen, ausgiebigen Beschreibungen ihrer vorzüglichen Begabung für Stickarbeiten bombardierten. Obwohl ihm die Füße schmerzten, hatte sich Jonathan jedes Mal schnellstens wieder auf die Tanzfläche begeben, um ihnen zu entkommen.

Er bemerkte, dass seine Partnerlosigkeit auffiel und die Frauenschar schon wieder auf ihn zuhielt. Hastig murmelte Jonathan der Wölfin, die ihm am nächsten stand, eine Entschuldigung zu und bahnte sich geschwind einen Weg zu seiner Mutter, die mit Alice, deren Onkel und Lady Houghton zusammenstand. »Mutter, darf ich … «

»Ah, Jonathan!«, fiel ihm seine Mutter gut gelaunt ins Wort. »Dieser Abend ist ein voller Erfolg, findest du nicht auch?«

»Nein, das finde ich durchaus *nicht*«, zischte er zurück. Ihre fröhliche, selbstzufriedene Miene fiel in sich zusammen.

»Wie bitte?«, fragte sie verletzt. »Er verläuft doch ganz wunderbar.«

»Ganz im Gegenteil. Er verläuft schrecklich«, teilte er ihr mit.

»Aber … «

»Mutter, es befinden sich bestimmt hundertfünfzig Frauen im Saal.«

»Nun, ja«, wandte sie beschwichtigend ein, »aber nur fünfzig von ihnen sind wirklich von Bedeutung. Die anderen sind doch nur die Anstandsdamen der Mädchen.«

»Trotzdem: fünfzig Frauen und ein Mann. Das ist unfair.«

»Ach, Jonathan«, entgegnete sie ungerührt, »ein Krieger wie du wird doch wohl mit einer Schar Frauen zurechtkommen. Außerdem bist du ja nicht der einzige Mann. Lord Houghton ist ebenfalls anwesend«, bemerkte sie, rückte etwas näher an den Betreffenden heran und strich mit der Hand besitzergreifend über seinen Arm. Die Geste jagte Jonathan eine Gänsehaut ein.

»Er steht nur nutzlos herum. Da hätte er auch genauso gut wegbleiben können«, blaffte Jonathan.

»Jonathan!«, rief Lady Fairley aus, schockiert vom Benehmen ihres Sohnes.

Der ließ nun endgültig alle Höflichkeit fahren. »Komm mir nicht mit ›Jonathan‹. Lord Houghton hängt schon den ganzen Abend sabbernd an dir, während ich mir die Füße wund tanze. Meine Zehen sind völlig zerquetscht, meine Ohren bluten von dem vielen Gerede und mein bester Waffenrock ist verdorben, weil einige von diesen tollpatschigen Weibern vor lauter Geschwätz nicht aufpassen können, wo sie hintanzen und …« er hielt kurz inne, schnüffelte probeweise in Alices Richtung und knurrte dann: »Und zu allem Übel ist offenbar auch noch mein Geruchssinn dahin, da meine arme Nase die widerwärtigen Körperausdünstungen und übermäßig aufgetragenen Parfüms der Hälfte aller Edelfrauen von ganz London ertragen musste!«

Alice biss sich auf die Lippe und bemühte sich sehr, über Lord Jonathans Ausbruch nicht in schallendes Gelächter zu verfallen. Sie beobachtete interessiert, wie Lady Fairley auf die Tirade reagierte: Zuerst stand ihr einen Augenblick lang der Mund offen, doch dann verzog sie, sehr zu Alices Verblüffung, das Gesicht wie ein beleidigtes, kleines Kind.

»Egal, was ich für dich tue, *nie* weißt du es zu würdigen, Jonathan. Ich habe mich so angestrengt, um für dich die Erlaubnis zu erringen, dieses Fest abzuhalten – du weißt, dass wir dem König dafür zu großem Dank verpflichtet sind –, ich habe mich darum gekümmert, dass du diesen Saal nutzen darfst, für Essen und Getränke gesorgt und alle eingeladen, und das Einzige, was ich dafür von dir zu hören bekomme, ist …«

»Oh, ich bin sicher, dass Euer Sohn Eure Bemühungen zu schätzen weiß, Mylady«, kam Alice dem Ritter, der nun sehr schuldbewusst aussah, zur Hilfe. »Ich glaube, er wollte eigentlich sagen, dass er ein wenig überfordert ist. Es ist schon viel verlangt, dass er so viele Frauen gleichzeitig bei Laune halten soll. Möglicherweise wäre es besser gewesen, wenn Ihr noch einige weitere Männer als Beistand für dieses Unterfangen geladen hättet.«

»Ganz genau«, pflichtete Jonathan ihr bei. »Endlich eine Frau mit ein bisschen Vernunft.«

»Möchtest du damit andeuten, ich wäre unvernünftig?«, fragte Lady Fairley eisig. Der Ritter machte ein entsetztes Gesicht und Alice hätte beinahe schon wieder laut los gelacht.

»Aber nein, Mutter, nein«, beeilte er sich zu versichern, »selbstverständlich nicht. Ich würde nie wagen … «

Als Lady Fairley Luft holte, um zu einer, wie Alice vermutete, deftigen Strafpredigt anzusetzen, konnte sie sich nicht zurückzuhalten und griff erneut ein. »Ganz bestimmt wollte er Euch nicht beleidigen, Mylady. Er ist offenkundig von den Verpflichtungen des heutigen Abends erschöpft und kann nicht mehr klar denken. Vielleicht wäre es das Beste, wenn wir einen kurzen Spaziergang machen würden. Die kühle Nachtluft wird ihm sicher dabei helfen, seine Gedanken wieder zu ordnen.«

»Oh ja.« Jonathan packte die Möglichkeit zur Flucht sofort beim Schopf. Anstatt sich jedoch, wie Alice es eigentlich erwartet hätte, so schnell wie möglich aus dem Staub zu machen, griff er nach ihrer Hand und zog sie mit sich fort. »Ein kleiner Rundgang durch die Gärten wird sicher belebend wirken.«

»Oh, aber ich meinte nicht … «, protestierte Alice, doch er zerrte sie aus dem großen Saal.

»Kommt mit. Eure Gegenwart wird die anderen Weibsbilder davon abhalten, mich zu belästigen«, beharrte er und schleppte sie hinter sich her.

Alice zog zwar hinter seinem Rücken eine Grimasse, doch es war sinnlos, sich gegen ihn zu wehren. Zudem war es ihr sogar ganz lieb, die Festivität verlassen zu können. Es war fürchterlich langweilig gewesen, am Rande der Tanzfläche zu stehen und Jonathan dabei zu beobachten, wie er mit einer Vielzahl an Damen tanzte. Die ganze Zeit über hatte sie daran denken müssen, wie sie sich nach dem Picknick auf dem Ritt zurück an seinen Körper geschmiegt und seinen Duft gerochen hatte.

Alice seufzte, als diese Erinnerungen wieder einmal aufstiegen. Das war in den vergangenen beiden Tagen unangenehmerweise häufiger vorgekommen, obwohl sie nicht ganz verstand, weshalb. Noch nie zuvor hatte sie etwas Vergleichbares verspürt, noch nie hatten sie die Erinnerungen an ein einzelnes Erlebnis so geplagt. Doch es ließ sich nicht verleugnen, dass sie sich in den letzten Tagen in Gedanken ständig mit Jonathan und der gemeinsam verbrachten Zeit beschäftigt hatte.

»Gott sei Dank.«

Alice wurde aus ihren Grübeleien gerissen. Sie standen inzwischen im Freien. Alice atmete tief die Nachtluft ein und spürte, wie sie sich ein wenig entspannte. Erst jetzt bemerkte sie, wie steif und angespannt sie schon den ganzen Abend gewesen war. Jonathan dabei zuzusehen, wie er mit all den Damen übers Parkett wirbelte, hatte ihr keine Freude bereitet. Im Stillen hatte sie sogar mit der schrecklichen Ungerechtigkeit gehadert, dass er sie nicht zum Tanzen aufgefordert hatte, nicht *ein einziges Mal*.

Selbstverständlich nur, weil sie gerne herausgefunden hätte, wie sich ein Tanz mit ihm im Vergleich zu dem gemeinsamen Ritt anfühlte, redete sie sich hastig ein, obwohl sie genau wusste, dass es nicht stimmte. Insgeheim war sie unglücklich darüber, dass sie nicht als mögliche Braut für Jonathan angesehen wurde. Warum nur? Außerdem verstand sie nicht, weshalb seine Mutter sie nur zu mögen schien, wenn Jonathan nicht in der Nähe war, sie jedoch frostig behandelte, sobald er auftauchte.

»Passt auf, wo Ihr hintretet«, riss Jonathan sie aus ihren Gedanken.

Alice konzentrierte sich wieder auf ihre Umgebung und schaffte es gerade noch, einer dunklen, widerwärtig aussehenden Masse am Boden auszuweichen.

»Wo gehen wir hin?« Sie sah sich beklommen um. Eigentlich ging sie niemals ohne Begleitperson mit einem Mann mit, nicht einmal, wenn es sich bei dem Mann um den Sohn einer alten Freundin der Familie handelte. Wenn man es näher bedachte, war es eigentlich sehr merkwürdig, dass ihre Mutter ihnen nicht als Anstandsdame gefolgt war. Sie blickte über die Schulter zurück. Nein, niemand kam ihnen nach. Ja, sie beide waren definitiv ganz allein. Höchst ungewöhnlich.

»Zu den Ställen.«

Alice konzentrierte sich wieder auf ihren Begleiter.

»Warum?«

»Ich dachte, wir könnten ein wenig ausreiten.«

Die Vorstellung behagte ihr – wieder hinter ihm sitzen zu können, die Arme um ihn geschlungen und ihre Körper aneinander geschmiegt. Doch ihre Begeisterung legte sich ebenso schnell wieder. Erstens würde er wahrscheinlich erwarten, dass sie auf ihrem eigenen Pferd ritt und zweitens war nachts zu reiten nicht gerade ungefährlich. Die Pferde konnten leicht fehltreten und sich verletzen. Im Grunde war ein Ritt um diese Zeit keine gute Idee. Und was wäre, wenn sie jemand hier draußen zusammen sähe? Würde man nicht ihre Tugendhaftigkeit infrage stellen?

Lord Jonathan spürte erneut Alices Widerwillen und begriff, dass sie sich diesmal nicht fügen würde. Er blieb stehen und drehte sich nach ihr um. Was er in ihrem Gesicht las, schien ihn dazu zu bewegen, die geplante Unternehmung selbst noch einmal zu überdenken. Er seufzte niedergeschlagen. »Ein Ausritt kommt wohl doch nicht infrage.«

»So ist es«, stimmte Alice ihm zu.

Er nickte resigniert. »Ich wäre gern noch einmal mit Euch geritten. Ich habe unseren Ausflug sehr genossen.«

Sein verlegenes Geständnis traf sie unvorbereitet. Er wich ihrem Blick aus, doch trotz des Anflugs von Schüchternheit schien er es ernst zu meinen. Der gemeinsame Ritt hatte ihm tatsächlich genauso gut gefallen wie ihr!

»Vielleicht …«, begann sie, verstummte jedoch gleich wieder, denn er wagte es nun doch, sie direkt anzusehen. Sein Blick war auf ihren Mund geheftet. Ein seltsames Kribbeln breitete sich auf ihren Lippen aus und Alice bekam kaum noch Luft. Selbst, wenn sie es gewollt hätte, sie hätte kein Wort herausbringen können. Er stahl sich unbeholfen ein Stückchen näher heran und Alice verschlug es endgültig den Atem. Sie war sich mit einem Mal absolut und vollkommen sicher, dass er sie gleich küssen würde. Zaghaft wagte sie es, sich ihm ebenfalls ein wenig zur nähern.

»Jonathan! Da bist du! Ich habe James doch gleich gesagt, dass ich glaubte, du seist hierher gegangen.«

Alice und Jonathan fuhren schuldbewusst auseinander und wirbelten herum. Lady Fairley und Alices Onkel kamen auf sie zu.

»Mutter.« Jonathan stieß das Wort beinahe wie ein Stöhnen aus. Alice konnte das sehr gut nachvollziehen. Sie hätte am liebsten selbst laut aufgestöhnt. Sein Mund war ihrem so nah gewesen, dass sie seinen Atem auf ihren empfindlichen, prickelnden Lippen gespürt hatte. Doch die süße Verheißung auf einen Kuss würde sich heute Nacht wohl nicht mehr erfüllen.

»Ich habe beschlossen, dir zu vergeben«, verkündete Lady Fairley und hakte sich bei ihrem Sohn unter. »Ich bin sogar zu dem Schluss gekommen, dass du, was den heutigen Abend angeht, möglicherweise … nun ja, nicht ganz unrecht hattest.«

»Ach ja?« Alice registrierte geistesabwesend den misstrauischen Tonfall des Ritters. Ihr Onkel ergriff derweil still-

274

schweigend ihre Hand und führte sie hinter Margaret und ihrem Sohn her.

»Jawohl«, hörte Alice Margaret sagen. »Ich habe beschlossen, dass wir ein weiteres Fest geben.«

»Noch eines?« Lord Jonathan blieb abrupt stehen.

»Ja. Noch eines.« Seine Mutter lachte ihn für sein offenkundiges Entsetzen aus, hakte sich wieder bei ihm ein und zerrte ihn mit sich. Dann fügte sie gut gelaunt hinzu: »Eigentlich sogar zwei. Ich muss nur noch mit dem König sprechen.«

Nachdem Jonathan die zwei Tage, die zwischen dem Picknick und dem Fest des gestrigen Abends lagen, damit verbracht hatte, Alice und den verwirrenden Gefühlen, die sie in ihm auslöste, aus dem Weg zu gehen, war das Erste, was er tat, nachdem er am Morgen erwacht war, sich auf die Suche nach ihr zu begeben. Er fand das Mädchen in der großen Halle vor, wo sie gerade ihr Frühstück einnahm. Offenbar aßen dort fast alle Gäste, die sich momentan bei Hofe befanden, denn der Raum war überfüllt und die Bänke bogen sich unter dem Gewicht der Anwesenden. Alice saß an einem der Tische im vorderen Bereich, an einer Seite flankiert von ihrer Mutter und an der anderen von einem Jonathan nicht bekannten, anzüglich grinsenden Unhold. Jonathan marschierte auf die Gruppe zu. Mithilfe eines bösen Blicks und seiner Ellbogen schaffte er es, den Burschen, der eindeutig viel zu dicht neben Alice saß, dazu zu veranlassen, zur Seite zu rutschen, damit er sich zwischen ihn und Alice drängen konnte.

Bei seinen Anstrengungen, sich in die schmale Lücke zu quetschen, rempelte er Alice versehentlich an und sie fuhr überrascht zu ihm herum. Angenehmerweise presste sich dabei ihre Brust an seinen Oberkörper. Jonathan genoss die wenigen Sekunden, die es dauerte, bevor das Mädchen puterrot anlief und sich hastig wieder von ihm wegdrehte.

»Guten Morgen, Mylord.«

Ihre Stimme klang belegt. Jonathan musste schmunzeln, denn er konnte nachvollziehen, dass ihr diese Begegnung peinlich war. Seine eigene Stimme hätte in diesem Augenblick genauso geklungen – allerdings nicht vor Scham. Die kurze, intime Berührung ihrer Leiber hatte ihn ungemein erregt. Er räusperte sich, grunzte eine undeutliche Begrüßung und widmete sich dann dem Essen, das man ihm vorgesetzt hatte. Erst als sich sein Körper wieder entspannt hatte, wagte er es, sie anzusehen.

Er erkannte, dass auch sie sich in dieser kurzen Zeitspanne gefasst hatte. Die Röte war verschwunden und ihre Beklemmung einem verträumten Ausdruck gewichen. »Habt Ihr schon Pläne für den heutigen Tag, Mylady?«, erkundigte er sich.

»Nein, warum fragt Ihr, Mylord?« Sie musterte ihn neugierig. Was sollte er ihr antworten? Noch während er sich den Kopf darüber zerbrach, zeichnete sich plötzlich Verstehen auf ihrer Miene ab und sie schmunzelte verschmitzt. »Ach so. Die Liste.«

»Die Liste?«, wiederholte Jonathan verständnislos.

»Aber ja. Sicher möchtet Ihr die Liste noch einmal durchgehen … Jetzt, da Ihr einige der Damen näher kennengelernt habt. Um die inakzeptablen Kandidatinnen zu streichen«, erklärte sie, da er sie weiterhin ausdruckslos anstarrte.

»Ah, ja«, nuschelte er und senkte nachdenklich den Blick auf seinen Teller. Deswegen war er nicht zu ihr gekommen. Warum genau, konnte er allerdings auch nicht sagen. Er hatte sie einfach nur wiedersehen wollen. Und vielleicht auch küssen, da seine Mutter ja gestern Abend erschienen war, als sich gerade etwas angebahnt hatte, dass bestimmt ein höllisch guter Kuss geworden wäre. Obwohl er sich natürlich nicht sicher sein konnte, ob er sie tatsächlich geküsst hätte. Er hatte einfach gehandelt, ohne nachzudenken. Zumindest hatte er nicht gedacht *Ich werde sie jetzt küssen*, sondern eher, dass ihre Lippen voll und weich und verlockend waren und dass sie wahrscheinlich genau so gut schmeckten, wie sie aussahen, und …

Aber das spielt jetzt keine Rolle, ermahnte sich Jonathan. Der Punkt war, dass er sich die halbe Nacht lang einen Kuss vorgestellt hatte, den er ihr gar nicht gegeben hatte. Die andere Hälfte der Nacht hatte er damit zugebracht, davon zu träumen, dass er sie tatsächlich geküsst hatte … und mehr. Die Traumbilder waren furchtbar wollüstig gewesen, erfüllt von Alices nacktem, zartem Fleisch in seinen Händen und seinem Mund, und wie es sich um seinen harten …

»Ich habe heute noch nichts geplant und würde Euch in dieser Angelegenheit sehr gern behilflich sein.«

Für einen kurzen Augenblick glaubte Jonathan, sie spiele auf seine Träume an. Sein Herz sprang ihm vor Dankbarkeit beinah aus der Brust und sein Körper verhärtete sich augenblicklich wieder. Doch beim Anblick ihres unschuldigen Lächelns begriff er, dass sie ihm wohl nur bei der Durchsicht der Liste behilflich sein wollte.

Er hatte sie zwar nicht aus diesem Grund aufgesucht, hätte es aber tun *sollen.*

»Großartig«, sagte er und ärgerte sich, dass seine Stimme dabei so rau klang. Er räusperte sich und versuchte es noch einmal. »Vielen Dank, das ist sehr zuvorkommend.«

»Wenn Ihr mit dem Essen fertig seid, könnten wir sofort beginnen«, verkündete sie und zu Jonathans Entsetzen schickte sie sich an, sich zu erheben. Er hielt sie am Arm fest.

»Ich, ähm …« Er spähte in seinen Schoß und hob sofort wieder den Kopf, um sie nicht auf den unseligen Zustand, in dem sich seine Männlichkeit momentan befand, aufmerksam zu machen. Nach einem weiteren Räuspern behauptete er: »Ich bin noch nicht fertig mit Essen.«

Sie blickte auf seinen Teller und Jonathan fiel erst jetzt auf, dass er, ohne es zu merken, alles, was man ihm vorgesetzt hatte, bereits verspeist hatte.

»Ich bin heute Morgen ungewöhnlich heißhungrig«, rechtfertigte er sich dürftig, doch sie nickte und setzte sich wieder. Jonathan atmete erleichtert auf, winkte einen der Diener heran und bat um mehr Essen und Trinken. Dann lächelte er Alice an. Ihre Mutter musterte die beiden mit einem Seitenblick. Jonathan beugte sich vor und sprach sie an: »Wie ist das werte Befinden heute Morgen, Mylady?«

»Oh.« Lady Elizabeth von Houghton errötete. »Gut. Danke, Mylord. Wie steht es um Euch? Seid Ihr bereit für die Herausforderungen des heutigen Tages?«

»Herausforderungen?«, fragte er vorsichtig nach.

»Ja, die Vorbereitungen für Euer nächstes Fest.«

»Wie bitte?« Jonathan verhehlte sein Entsetzen nicht. Noch ein Fest? Nur über seine Leiche! Niemals würde er sich den Qualen, die er am gestrigen Abend erlitten hatte, noch einmal aussetzen. Er hatte seiner Mutter gestern nur nicht sofort widersprochen, weil er davon ausgegangen war, dass der König sich niemals auf ihre Pläne einlassen würde. Doch offenbar hatte seine Mutter mehr Einfluss auf Edward, als er vermutet hatte.

»Oh je«, hörte Jonathan Alice flüstern und sah sie fragend an, worauf sie ihm erklärte: »Daran habe ich überhaupt nicht mehr gedacht. Ich habe Eurer Mutter heute Morgen versprochen, ihr bei den Vorbereitungen für die Festlichkeiten zu helfen.«

»Das ist nicht nötig«, entgegnete er. »Ich glaube wirklich nicht, dass wir noch eine weitere derartige Festivität veranstalten müssen. Die Letzte war zwar nicht völlig nutzlos, jedoch eine Tortur für mich, der ich mich ungern noch einmal aussetzen würde.«

»Ach, aber deshalb habe ich mich ja bereit erklärt, Euch zu helfen. Ich wollte sichergehen, dass sich das Debakel von gestern Abend nicht noch einmal wiederholt«, erklärte sie ihm. »Dieses

Mal werden wirklich nur geeignete Damen geladen und, um die Balance zu wahren, wird die Hälfte der Gäste männlich sein. Auf diese Art könnt Ihr Euch einer Dame nach der anderen widmen, und die übrigen Herren unterhalten derweil den Rest.« Sie strahlte ihn an. »So wird es sicher besser gelingen.«

Jonathan verzog das Gesicht. Ihre Ausführungen beruhigten ihn ganz und gar nicht, aber offenbar blieb ihm in dieser Angelegenheit kaum eine andere Wahl. Und was ihn noch mehr ärgerte, war die Tatsache, dass Alice seiner Mutter nun offenbar mit Feuereifer bei der Suche nach einer Braut für ihn zur Seite stand.

Warum störte ihn das nur so sehr?

4

»Oh, entschuldigt bitte, Mylord. Ich bin so ungeschickt.«

»Wie bitte? Ach so.« Jonathan riss sich von Alices Anblick los und lächelte der jungen Frau, mit der er gerade tanzte, gezwungen zu. Seinen pochenden Zehen nach zu urteilen, entschuldigte sie sich dafür, dass sie ihm auf den Fuß getreten war. Es war das erste Mal an diesem Abend, doch er hatte es kaum bemerkt, denn Lady Houghtons Tochter nahm seine ganze Aufmerksamkeit ein – und der Mann, der sie gerade über die Tanzfläche führte.

Er verfluchte in Gedanken seine Mutter und ihre verflixten Pläne, murmelte seiner fehlgetretenen Tanzpartnerin eine Höflichkeit zu und konzentrierte sich dann wieder auf Alice. Dies war nun das zweite Brautfest. Jonathan, seine Mutter, Alice und deren Mutter hatten sich dafür mehrere Tage ins Zeug gelegt. Auch Lord Houghton war bei den Vorbereitungen zugegen gewesen, mehr aber auch nicht. Der alte Faulenzer war wohl der Ansicht, körperliche Arbeit sei unter seiner Würde.

Jonathan seufzte im Stillen. Es gab ungefähr eintausend andere Dinge, die er in den letzten Tagen lieber getan hätte. Es war für einen Krieger wie ihn absolut lächerlich, sich über das Essen und die Getränke zu zanken, die bei diesen verfluchten Festen, die seine Mutter ständig aussheckte, serviert werden sollten. Allerdings hätte er bei seinen alternativen Unternehmungen auf Alices Gegenwart verzichten müssen. Sie hatte nun einmal versprochen, seine Mutter zu unterstützen, was bedeutete, dass er, wenn er Zeit mit ihr verbringen wollte, ebenfalls mithelfen musste. Und Jonathan sehnte sich nach Alices Gesellschaft.

Dank ihr waren die vergangenen beiden Tage sogar vergnüglich gewesen. Beim Ausführen der Anweisungen seiner Mutter hatten sie viel geredet und zusammen gelacht und sich bei der gemeinsamen Arbeit aneinander erfreut. Wie er vermutet hatte, war Alice eine kluge Frau, und ihre geistreiche Ausdrucksweise und ihr frecher Sinn für Humor übten magische Anziehungskraft auf Jonathan aus.

»Hoppla, jetzt ist es mir schon wieder passiert.«

Diesmal wusste Jonathan sofort, was geschehen war, denn er hatte das Knirschen seiner Zehen gespürt. Hatte sie ihn da gerade etwa mit voller Absicht getreten und am Ende auch noch den Fuß gedreht, um ihm möglichst großen Schmerz zuzufügen? Es war offensichtlich, dass die zarte, kleine Göre, mit der er tanzte, über den Mangel an Aufmerksamkeit verärgert war.

Eigentlich hätte er wütend werden müssen, doch Jonathan konnte es ehrlich gesagt nachvollziehen, dass sie seine Unaufmerksamkeit als rüpelhaft empfand. Er hatte den, wenn auch etwas armseligen, Angriff seiner Tanzpartnerin durchaus verdient. Im Grunde war er zu beinahe jeder einzelnen, jungen Dame, mit der er getanzt hatte, so unhöflich gewesen, denn die ganze Zeit über hatten seine Blicke und seine Aufmerksamkeit Alice und ihren Freiern gegolten. Das schamlose Frauenzimmer hatte kaum einen Tanz ausgelassen. Unablässig flog sie am Arm irgendeines kleinen Lords übers Parkett. Warum, zum Teufel, hatte er seiner Mutter gestattet, so verflucht viele Männer einzuladen? Und warum waren sie alle nur so verflixt attraktiv?

Der dritte Tritt auf seinen Fuß machte für Jonathan das Maß voll, da er besonders schmerzhaft war. Humpelnd eskortierte er das kleine Gör von der Tanzfläche und lieferte es bei seiner Mama ab, wo es sich über sein Verhalten beschweren konnte. Dann hielt er nach seiner eigenen Mutter Ausschau, mit der Absicht, ebenfalls eine Beschwerde vorzubringen.

»Ah, da ist ja mein stattlicher Sohn.«

Jonathan zog im Geiste eine Grimasse und nickte der Schar aus Edelfrauen, die sich um Lady Fairley versammelt hatten, höflich zu. Langsam kam er sich vor wie ein Zuchthengst, der zum Decken angepriesen wurde.

»Bitte sehr, meine Liebe.«

Als der allgegenwärtige Lord Houghton mit einem Getränk für seine Mutter erschien, verzog Jonathan offen das Gesicht. Allerdings tat er das mehr aus Gewohnheit, denn einen wirklichen Grund gab es dafür eigentlich nicht. Inzwischen war ihm klar geworden, dass der Mann einfach nur ein Plagegeist war und seine Mutter klug genug, um sich nicht auf diesen Gecken einzulassen. Wenn sie sich natürlich unversehens dazu entschließen sollte, den Mistkerl zu heiraten, dann musste Jonathan ihn wohl umbringen. Aber darüber konnte er sich Gedanken machen, wenn es so weit war. Im Moment hatte er eher mit Alices Eskapaden zu kämpfen.

»Sag selbst, Jonathan, findest du nicht auch, dass das Fest eine großartige Idee und ein voller Erfolg war?«

Er nickte gedankenverloren, ohne die Frage seiner Mutter oder die allgemeine Zustimmung der Damen, die ihn umringten, zu hören. Gerade verfolgte er unglücklich, wie Alice schon wieder mit einem Mann tanzte. Sie war eine anmutige Tänzerin und ihr Körper bewegte sich in perfektem Einklang mit der Musik. Sie stellte alle anderen auf der Tanzfläche in den Schatten.

»Findest du das nicht auch, Jonathan?«, fragte seine Mutter noch einmal.

»Hmm?« Ein Dutzend erwartungsvolle Augenpaare hatten sich auf ihn gerichtet. Er nickte abwesend und bemerkte dann: »Lady Alice scheint sehr begehrt zu sein, nicht wahr? Sie hat schon mit fast allen anwesenden Männern getanzt.«

Seine Mutter hob ungeduldig die Hand. »Also wirklich, Jonathan. Was interessiert es dich, mit wem Lady Houghton tanzt? Sie muss ja nicht heiraten. Du schon. Warum führst du nicht Lady Jovell als nächste zur Tanzfläche? Mit ihr hast du bisher noch nicht getanzt.«

Jonathan passte dieser Vorschlag ganz und gar nicht in den Kram, doch es wäre unhöflich gewesen, die junge Frau durch eine Weigerung zu beleidigen. Er ergriff den Arm des pickligen Mädchens, das aus der Gruppe vortrat, und führte sie auf die Tanzfläche. Glücklicherweise war die Kleine schweigsam und wollte sich während des Tanzes nicht unterhalten. Auch schien es sie nicht zu stören, dass er Lady Alice und die Schar von Schönlingen, die darum wetteiferten, mit ihr tanzen zu dürfen, nicht eine Sekunde aus den Augen ließ. Womöglich lag das aber auch daran, dass sie den Kopf gesenkt hielt und unablässig ihre Füße anstarrte.

Wenigstens trampelte sie ihm nicht zur Strafe für seine Unachtsamkeit auf den Zehen herum. Das sprach schon einmal für sie, dachte er, als die Musik endlich endete.

Da er befürchten musste, dass seine Mutter ihm sofort eine weitere junge Dame aufnötigen würde, brachte er Lady Jovell ohne großes Aufhebens zurück, indem er sie eilig zu der Gruppe führte, die Lady Fairley umstand, und dann schnurstracks davon eilte. Als seine Mutter ihm etwas hinterher rief, tat er so, als würde er sie nicht hören, und rannte so hektisch davon, dass er beinahe Alice umgestoßen hätte. Er fing sie auf, strahlte sie an – er lachte zum ersten Mal an diesem Abend – und umfasste ihren Arm.

»Aha, da seid Ihr ja. Kommt mit. Tanzt mit mir.«

»Kommt her, kommt her, kommt und tanzt mit mir«, knurrte Alice. Jonathan erschrak. Obwohl sich auf der Tanzfläche gerade eine Lücke auftat, blieb er unbeweglich vor ihr stehen.

»Möchtet Ihr nicht mit mir tanzen?«

»Oh.« Sie lächelte verschmitzt. »So habe ich das nicht gemeint, Mylord, obwohl ich vom vielen Tanzen durchaus ein wenig erschöpft bin und gehofft hatte, eine kurze Pause einlegen zu können.«

»Warum … «

»Mylord, Ihr habt die unangenehme Angewohnheit, mich herumzukommandieren«, bemerkte sie. »Als wäre ich Euer Lakai. Zwar habe ich mich darauf eingelassen, Euch zu helfen, doch mir war nicht klar, dass ich dadurch zu Eurer Dienstmagd werde.«

»Dienstmagd?« entgegnete er bestürzt. »Ich sehe Euch ganz bestimmt nicht als Dienstboten an.«

»Nicht?«, fragte sie mit erhobenen Augenbrauen. Ein ironisches Lächeln spielte dabei auf ihren Lippen. »Dann habe ich mir das wohl nur eingebildet.«

Die Musik hob an und sie begannen schweigend, auf ihre Schritte konzentriert, zu tanzen. Der Tanz trennte sie, so dass sie hüpfend und springend verschiedenen Partnern zugeführt wurden.

Als sie wieder zusammenkamen, räusperte sich Jonathan und sagte: »Ihr meintet, Ihr bräuchtet eine Pause. Würdet Ihr lieber … «

»Nein, danke, Mylord. Ich kann mich ja nach diesem Tanz erholen.«

»Ach, es wundert mich nicht, dass Ihr ermattet seid. Mir ist aufgefallen, dass Ihr als Tanzpartnerin sehr begehrt seid.«

Im selben Augenblick, da er die Worte aussprach, wünschte Jonathan schon, er hätte es nicht getan. Seine Bemerkung hatte zu verdrießlich geklungen, und dem Blick nach zu urteilen, mit dem Alice ihn bedachte, bevor der Tanz sie wieder von ihm weg führte, war auch ihr das nicht entgangen. Es fühlte sich wie eine Ewigkeit an, ehe der Tanz sie wieder zu ihm brachte.

»Ich war selbst von meiner Beliebtheit überrascht«, war ihr einziger Kommentar.

»Überrascht?«, fragte er missmutig. »Es gibt absolut keinen Grund, darüber überrascht zu sein. Ihr seid eine wunderschöne Frau, klug und geistreich. Es ist nur natürlich, dass Ihr beliebt seid.«

»Findet Ihr das wirklich?« Sie flüsterte fast.

Jonathan sah sie scharf an. Ihre Augen waren ganz feucht geworden. Einen Moment lang befürchtete er, sie würde nur wegen des Kompliments, dass er ihr gemacht hatte, anfangen zu weinen. Er warf ihrem Onkel einen finsteren Blick zu. Offenbar hielt sich dieser Schuft nicht damit auf, Alices Vorzüge zu loben, wie er es eigentlich sollte. Wie es jeder, der sie gern hatte – und unter dessen Fürsorge sie stand – es eigentlich sollte.

»Ja«, sagte er leise. »Alice, in meinen Augen seid Ihr das und noch so viel mehr.«

»Meint Ihr, wir könnten uns noch einmal für einen kleinen Spaziergang davonstehlen?«, fragte sie.

Ihr Vorschlag überraschte Jonathan. Augenblicklich überschlugen sich in seinem Kopf die wildesten Gedanken. Ein romantischer Spaziergang im Sternenlicht? Würde er Gelegenheit haben, den Kuss, der ihm vor zwei Nächten entgangen war, nachzuholen? Da bemerkte er, wie Alice, die offenbar erst jetzt begriff, was sie da vorgeschlagen hatte, das Gesicht verzog. Jonathan bekam Angst, dass sie das Angebot zurückziehen könnte, und eilte schnell zur Tür.

Beinahe hatten sie es schon geschafft, hinauszuschleichen, als seine und Alices Mutter ihnen den Weg versperrten.

»Da bist du ja!«

Jonathan schloss die Augen. Langsam konnte er diesen Satz nicht mehr hören.

»Alice, deine Mutter fühlt sich nicht wohl und möchte, dass du sie aufs Zimmer bringst.«

Jonathan ließ sich nicht täuschen. Ihm war der entschlossene Gesichtsausdruck seiner Mutter nicht entgangen – ebenso wenig wie Lady Houghtons Verwirrung, bevor sie eine wenig glaubhafte Leidensmiene aufgesetzt hatte.

»Oh, Mutter!« Alice eilte zu der älteren Dame und bot ihr sofort den Arm an. »Hast du womöglich etwas Falsches gegessen?«

»Ich, also, da bin ich mir nicht sicher, mein Liebes.« Lady Houghtons Blick zuckte kurz zu Lady Fairley. »Es könnte sein. Ich fühle mich jedenfalls furchtbar.«

Jonathan stellte fest, dass Lady Houghton eine wirklich lausige Schauspielerin war. Seufzend sah er ein, dass die Gelegenheit, mit Alice alleine draußen unter dem Mond und den Sternen zu wandeln, dahin war.

»Nun, dann komm mit mir. Ich helfe dir in unsere Wohnräume und dort bringen wir dich ins Bett.« Alice warf Jonathan noch einen bedauernden Blick zu und ging dann mit ihrer Mutter davon. Jonathan wandte sich nach seiner eigenen Mutter um, doch bevor er den Anschuldigungen, die in seinem Kopf durcheinanderwirbelten, Luft machen konnte, zerrte sie ein klapperdürres Mädchen heran. »Darf ich dir Lady Estemia Kolpepper vorstellen, mein Lieber? Du hattest bisher noch nicht die Gelegenheit, mit ihr zu tanzen.«

Wieder einmal hatte sie ihn ausmanövriert. Er ergriff den Arm der Dame, die seine Mutter ihm so großzügig überlassen hatte, warf Lady Fairley jedoch im Gehen einen Blick zu, der Rache verhieß.

Es bereitete Jonathan größte Qualen, Alice mit einem Mann nach dem anderen tanzen zu sehen. Dass er mit ebenso vielen Damen übers Parkett geschritten war, war unerheblich. Es zählte allein, dass sie bei den Herren, die bei diesem letzten Brautfest anwesend waren, viel zu große Beliebtheit genoss, was ihm ganz und gar nicht passte.

Als der Tanz endlich vorbei war, eskortierte Jonathan seine momentane Partnerin von der Tanzfläche und stellte sie ungefähr da ab, wo er sie aufgegabelt hatte. Dann marschierte er auf Alice zu. Er hatte die Nase voll davon, mit plumpen Kühen und verzogenen Töchterlein zu tanzen. Ebenso war er es leid, mit anzusehen, wie Alice von jedem höfischen Lüstling über die Tanzfläche gezerrt wurde. Hatte seine Mutter etwa absichtlich alle Nichtsnutze eingeladen, die sie bei Hof gefunden hatte?

»Oh, Jonathan.« Alice starrte ihn an. »Kennt Ihr Lord Roderic von Somersby?«

»Nein, und ich habe auch keinerlei Interesse daran, das zu ändern«, erwiderte er kurz angebunden. Die Musiker begannen, wieder zu spielen, weshalb er sie mit sich auf die Tanzfläche schleppte.

Erst, nachdem das erste Stück verklungen und das Zweite bereits begonnen hatte, fiel ihm auf, dass Alice in seinen Armen zitterte. Seine schlechte Laune verpuffte und wurde sofort von der Sorge abgelöst, dass sie womöglich weinte oder etwas anderes, typisch weibliches tat, doch ein schneller Blick verriet ihm, dass sie bebte, weil sie versuchte, ein Lachen zu unterdrücken.

»Was zum Teufel findet Ihr so lustig?«

»Euch«, antwortete sie prompt und lachte dabei laut auf. »Ihr seht aus wie ein eingeschnappter, kleiner Junge. Was ist Euch über die Leber gelaufen, Mylord? Habt Ihr etwa keine Freude an diesem Brautfest?«

Jonathan quittierte ihren sanften Spott mit einem leisen Knurren. Sein Blick ruhte derweil sehnsuchtsvoll auf ihren glitzernden Augen und ihrem fröhlich schmunzelnden Mund. »Nein, doch ich hatte den Eindruck, dass Ihr euch gut amüsiert.«

»Mylord, ich muss Euch leider sagen, dass Ihr euch irrt.«

Sie klang dabei so munter, dass Jonathan schon glaubte, sich verhört zu haben.

»Wollt Ihr damit sagen, dass Euch das Fest nicht gefällt?«

Ihr Lächeln verblasste und sie seufzte. »Mylord, meine Füße schmerzen, die Luft im Raum ist völlig stickig und wenn ich mir noch eine weitere Geschichte über Tapferkeit und Heldenmut im Angesicht des Feindes anhören muss, werde ich mit Sicherheit vor Langeweile sterben.«

Ihre Klage munterte Jonathan seltsamerweise auf, so dass er lächeln musste.

»Ist Euch aufgefallen, dass schon wieder ein neues Stück angefangen hat, Mylord?« Er starrte sie verständnislos an und sie erklärte: »Dies ist bereits unser dritter Tanz.«

»Das habe ich überhaupt nicht bemerkt«, behauptete Jonathan. »Nach drei Tagen Feiern und Tanzen klingen für mich alle Stücke gleich.« Er beugte sich zu ihr und vertraute ihr an: »Ich habe die Länge der Tänze eigentlich nur daran bemessen, wie oft mir auf die Füße getreten wurde.«

Lord Jonathans Geständnis amüsierte Alice. Allerdings hatte er offenbar nicht verstanden, worauf sie hinaus wollte. »Nun, ich befürchte, Eurer Mutter ist es durchaus aufgefallen und sie scheint langsam ärgerlich zu werden.«

Ihr Tanzpartner spähte nach seiner Mutter. Seine einzige Reaktion bestand darin, dass er ihre Hände noch fester fasste.

Sie versuchte es noch einmal. »Sie scheint sogar zornig zu werden. Ich kann das durchaus nachvollziehen, Mylord, denn schließlich geht es bei diesem Fest doch darum, eine Braut für Euch zu finden, oder? Das dürfte allerdings schwierig werden, wenn Ihr weiterhin mit mir tanzt und die anderen Kandidatinnen vernachlässigt.«

»Ich brauche die anderen Kandidatinnen nicht auch noch zu

begutachten. Sie sind alle austauschbar. Außerdem tanze ich gerne mit Euch. Ihr tretet mir nicht auf die Zehen, haucht mir keinen Knoblauchatem ins Gesicht oder schüttet mir Essen über. Und Ihr versteht es, eine Konversation zu führen.«

Alice blinzelte irritiert, erst einmal, dann noch einmal, ehe sie sich wagte, zu fragen: »Eine Konversation? Soll das heißen, dass einige der Damen … «

»… es nicht fertigbringen, mehr als zwei Worte mit vier Buchstaben aneinanderzureihen. Außerdem sind viele von ihnen hinterlistig und durchtrieben. Ihr solltet hören, wie sie übereinander herziehen!«

»Ach herrje.« Alice biss sich auf die Zunge, um nicht laut loszulachen. Dann sah sie plötzlich besorgt aus. »Oh weh, Eure Mutter ist auf dem Weg zu uns. Wahrscheinlich wird sie Euch gleich wieder belehren, dass ihr nicht mit mir, sondern mit den anderen Damen tanzen solltet.«

Lord Jonathan blickte sich nach der Frau um und marschierte dann mit Alice im Schlepptau in die entgegengesetzte Richtung davon.

»Was habt Ihr vor?«, fragte sie verblüfft.

»Ich bringe uns hier heraus.«

»Oh, aber … «, setzte Alice an, kam jedoch nicht weiter, denn Lord Jonathan legte noch an Geschwindigkeit zu und schob Alice vor sich her aus dem großen Saal hinaus. Bevor sie durch die Tür traten, sah er noch einmal zurück. Lady Fairley war mit zusammengekniffenen Augen und in die Hüften gestemmten Händen stehen geblieben und verfolgte ihre Flucht. Sie wirkte ganz und gar nicht zufrieden. Wieder einmal wurde Alice daran erinnert, dass Lady Fairley in ihr keine geeignete Braut für ihren Sohn sah. Unerklärlicherweise machte sie das sehr traurig.

Endlich im Freien angekommen, verlangsamte Lord Jonathan seinen Schritt. Der Mond schien und Alice spähte neugierig nach

Lord Jonathans Gesicht. Er schien abwesend. Sie überließ ihn seinen Gedanken und schritt einige Augenblicke schweigend neben ihm her. Als sie erkannte, welche Richtung er einschlug, musste sie schmunzeln.

»Geht es wieder zu den Ställen, Mylord?«, erkundigte sie sich mit amüsiertem Unterton.

»Wie bitte?«, entgegnete er perplex und brauchte einen Augenblick, bis er begriff, dass sie sich nach dem Ziel ihres Spaziergangs erkundigt hatte. Er schüttelte den Kopf. »Nein.«

Nichtsdestotrotz setzten sie ihren Weg unverändert fort, doch Alice drang nicht weiter in ihn. Ihr fiel allerdings auf, dass er sich gedankenverloren den Bauch rieb und dass es in seinem Gesicht arbeitete, als grüble er gerade über ein schwerwiegendes Problem nach. Plötzlich fragte er: »Alice, hast du Hunger?«

Es verwunderte sie so sehr, dass er sie mit dem Vornamen ansprach, dass sie seine Frage nicht gleich verstand. Sie dachte einen Augenblick ernsthaft nach und nickte dann. »Ja, ich bin tatsächlich hungrig.«

»Ich ebenfalls. Komm mit.« Er nahm sie wieder bei der Hand, führte sie vom Pfad fort und schlug einen anderen ein, der sich hinter dem Bergfried entlangschlängelte. Vor einer Tür blieb er stehen und schob sie wortlos hindurch. Drinnen legte er einen Finger über die Lippen und führte sie dann einen Korridor entlang. Je weiter sie in den Gang vordrangen, desto wärmer wurde es.

Vor einer Doppeltür blieb er wieder stehen. »Warte hier«, wies er sie an und schlüpfte dann hindurch.

Alice hielt sich für etwa eine Minute an seine Anweisung, doch dann gewann ihre Neugier die Oberhand. Sie öffnete vorsichtig die Türen. Es überraschte sie nicht sonderlich, dass vor ihr die Küche lag. Und wie riesig sie war, dachte sie ehrfürchtig. Auch Houghton Castle verfügte über eine recht ansehnliche Küche, doch diese war bestimmt zehnmal so groß. Wahrscheinlich war das hier im Palast unerlässlich. In Houghton Castle gab es, selbst wenn man alle Dienstboten und Ritter mitzählte, viel weniger Münder zu füttern als bei Hofe.

Sie beobachtete, wie die kleine Armee Bediensteter die Küche aufräumte. Dann entdeckte sie Jonathan. Der Ritter unterhielt sich gerade mit einem Mann, bei dem es sich wohl um den Küchenmeister handelte. Der Koch machte ein verkniffenes Gesicht und schüttelte immer wieder nachdrücklich den Kopf.

Jonathan, Lord von Fairley, ließ jedoch ein Nein nicht als Antwort gelten. Alice wurde Zeugin, wie er unablässig auf den Küchenmeister einredete, lächelte und versuchte, ihm zu schmeicheln, und sich schließlich darauf verlegte, ihn zu bestechen. Er zog ein kleines Säckchen, in dem sich vermutlich einige Münzen befanden, hervor und drückte es dem Mann in die Hand. Das Gebaren des Kochs veränderte sich schlagartig. Er verwandelte sich von einem widerspenstigen Griesgram in einen vergnügten, pausbäckigen Engel, drückte Jonathan einen Korb in die Hand und begann, ihn durch die Küche zu führen, wobei er ihm den Tragekorb mit Essen füllte. Alice schob die Tür vorsichtig wieder zu.

Als Lord Jonathan einen Augenblick später auf den Gang gestolpert kam, schleppte er einen übervollen Korb und hatte einen Schlauch Wein unter seinem Kinn klemmen. Alice musste über seinen bestürzten Gesichtsausdruck lachen. Dann nahm sie ihm schnell den Wein ab.

»Ein zuvorkommender Bursche, nicht wahr?«, fragte sie belustigt.

»Zumindest, nachdem ich einige Münzen springen ließ.« Er schüttelte den Kopf. »Vielleicht war ich ein wenig zu großzügig.«

Alice lachte leise. »Nun ja, das Säckchen, das du ihm angeboten hast, schien mir gut gefüllt.«

»Ich war so hungrig, dass ich ihm sogar die Hälfte von Fairley Castle gegeben hätte … Anfangs habe ich befürchtet, dass ich das tatsächlich müsste. Er war nicht gerade erpicht darauf, uns zu versorgen.« Er schmunzelte.

Alice grinste ebenfalls und beugte sich dann im Gehen über den Korb. »Was hat er dir mitgegeben?«

»Alles.« Jonathan ging etwas langsamer, damit sie nicht stolperte, weil sie gleichzeitig versuchte, zu laufen und die Ausbeute zu begutachten. »Es wäre einfacher, aufzuzählen, was er uns nicht gegeben hat.«

Uns. Alice unterbrach die Inspektion des Tragekorbs und sah zu dem Ritter auf. Dann wandte sie eilig den Blick wieder ab. Das Wort hallte in ihrem Kopf wider. *Uns.* Als *wären wir ein Paar*, dachte sie bei sich, während sie den Wohnturm auf demselben Weg wieder verließen, auf dem sie ihn betreten hatten. Die Vorstellung gefiel ihr ungemein. Sie konnte es tatsächlich selbst kaum fassen, wie sehr. *Uns.* Sie folgte Jonathan hinaus in die Finsternis und ertappte sich dabei, wie sie heimlich vor sich hin lächelte.

»Hier. Das ist der perfekte Platz.«

Er blieb stehen. Auch Alice begutachtete die Stelle, die er ausgewählt hatte. Sie befanden sich auf einer kleinen Lichtung tief in den königlichen Gärten. Am Wegesrand standen zwei Bänke, eine davon unweit von einer Statue, die im Mondlicht silbrig schimmerte. Das Standbild verriet ihr, wo genau sie sich befanden: Dies war dieselbe Lichtung, auf der sie Lord Jonathan an jenem Morgen zum ersten Mal begegnet war, als er ihr mit seiner Mutter die Aufwartung gemacht hatte. Sie betrachtete noch einmal die Statue. Bei Tag wirkte sie so lieblich und das Gesicht der weiblichen Figur zeigte einen wehmütigen und liebevollen Ausdruck. Doch nun, da der Mond tiefe Schatten über sie warf, sah sie vollkommen anders aus. Ihre rührenden Gesichtszüge muteten nun verführerisch an, als würde sie nach einem Liebhaber Ausschau halten. Auch die Robe, die im Hellen nüchtern und züchtig ausgesehen hatte, schien sich nun viel enger an ihren Leib zu schmiegen und ihre üppigen Formen zu betonen.

»Ah.«

Alice riss sich vom Anblick der Statue los und konzentrierte sich wieder auf Jonathan. Er hatte sich auf der Bank niedergelassen, auf der sie auch an jenem ersten Tag gesessen hatten, räumte den Korb aus und arrangierte dessen Inhalt in der Mitte der Bank. Alice wandte sich von der Statue ab und ging zu ihm. Sie verfolgte schmunzelnd, wie er begeistert jeden einzelnen Schatz bewunderte, den er aus dem Korb zutage förderte. Offenbar hatte er nicht darauf geachtet, was der Küchenmeister ihm mitgegeben hatte, denn er wirkte von den vielen Dingen, die er hervorholte, aufrichtig überrascht.

»Oh ja, ein wahrhaft königliches Mahl.« Seufzend platzierte er das letzte Lebensmittel auf der Bank und stellte den Tragekorb beiseite.

»In der Tat.« Auch Alice bestaunte die Speisen mit großen Augen.

»Wie viele Münzen befanden sich doch gleich in dem Beutel, den du dem Küchenmeister überreicht hast?«

»Offenbar zu viele«, gestand der Ritter schmunzelnd. »Setz dich.«

Er klopfte auf den freien Platz auf der Bank. Sie ließ sich nieder. Er bot ihr eine Hähnchenkeule an, die sie nur zu gern annahm, denn zu ihrer eigenen Überraschung war sie wirklich sehr hungrig. Sie aßen schweigend, bis sie beide ein wenig gesättigt waren. Dann begannen sie, sich zu unterhalten.

Es passierte, als Alice in einen Fruchtkuchen biss. Der Teigmantel der Pastete zerbrach, so dass sie sich versehentlich die

Fruchtfüllung an die Wange schmierte. Kichernd beugte sich Jonathan zu ihr hin, wischte die klebrige Masse mit dem Finger ab und steckte ihn, ohne groß darüber nachzudenken, in den Mund. Alice starrte ihn mit weit aufgerissenen Augen an. Jonathan begriff, was er getan hatte. Ihre Blicke trafen sich. Für einen bedeutsamen Moment sahen sie einander in beredtem Schweigen tief in die Augen.

»Was für eine schöne Nacht«, platzte Alice heraus. Sie legte den Rest des Kuchens auf die Bank.

»Ja.« Jonathan sah sich um und blickte dann zum Himmel auf. »Eine klare Nacht voller Sterne. Allerdings ist die Brise kühl. Frierst du?«

Alice wollte den Kopf schütteln, bemerkte jedoch, dass sie sich schon die ganze Zeit unbewusst die Oberarme gerieben hatte. Sie zuckte mit den Schultern. »Ein wenig. Aber nicht so sehr, dass ich diesen schönen Abend abbrechen möchte.«

Jonathan runzelte die Stirn. Auf keinen Fall sollte sie sich unwohl fühlen, doch ebenso wenig wünschte er, dass dieses Intermezzo wieder endete. Einen Augenblick verlor er sich in Staunen darüber, dass es ihr ebenso erging, und dass sie es auch noch offen zugegeben hatte. Allerdings war ihm ihre ungekünstelte Aufrichtigkeit schon früher aufgefallen. Ehrlichkeit und Anstand waren ihr offenbar sehr wichtig. Schließlich hatte sie sich vehement geweigert, seine Mutter und Lord Houghton zu bespitzeln. Er zögerte kurz, zog dann den Umhang aus und legte ihn ihr über die Schultern.

»Oh, aber jetzt wird dir ja kalt«, protestierte sie und versuchte, das Cape abzustreifen.

»Aber nein, deine Gegenwart wärmt mich genug«, beteuerte er leise und schob ihr den Stoff wieder über die Schultern. Ihre Miene wurde weich. Er zögerte kurz. Dann ergriff er den Aufschlag des Capes und zog Alice an sich.

Diesmal würden weder seine noch ihre Mutter überraschend auftauchen, nichts und niemand würde ihn von seinem Vorhaben abhalten. Ein leises Seufzen entfuhr ihm, als sein Mund den ihren traf. Ihre Lippen waren genau so weich und nachgiebig, wie er es erwartet hatte. Einen Augenblick lang genoss er einfach nur ihre Wärme. Dann begab sich seine Zunge auf die Suche nach ihrer. Überrascht stellte er fest, dass sich ihr Mund sofort für ihn öffnete. Wahrscheinlich geschah es mehr aus Verblüffung, als in bewusster Reaktion auf sein Vorhaben, denn obwohl sich ihre Lippen teilten, versuchte sie, sich von ihm zurückzuziehen.

Er lächelte, ohne ihren Mund freizugeben, und unterband ihren Rückzug, indem er ihr die Hand in den Nacken legte. Dann küsste er sie, so, wie er es sich seit dem Picknick immer wieder vorgestellt hatte. Alice zögerte noch einen Augenblick, doch dann erwiderte sie seinen Kuss, etwas ungeschickt zwar, dafür aber voller Inbrunst. Jonathan half ihr ein wenig. Als die Lehrstunde vorüber war und er der Kuss beendet hatte, waren sie beide richtiggehend außer Atem.

»Du liebe Güte«, keuchte Alice zitternd. Sie sahen einander im Mondlicht an.

»Allerdings«, raunte Jonathan. Er strich mit dem Daumen sanft über ihre Wange, und dann, weil er ihren vor Leidenschaft geröteten Lippen nicht widerstehen konnte, küsste er sie noch einmal. Sie war eine gelehrige Schülerin. Diesmal benötigte sie keine Anleitung mehr, sondern öffnete die Lippen für ihn. Ihre Kühnheit brachte Jonathans Blut zum Kochen. Als sie sich fester an ihn schmiegte und ihr Oberkörper sich an seine Brust drückte, ließ er alle Selbstbeherrschung fahren und schickte seine Hände auf die Reise. Die Hand, die eben noch in ihrem Nacken geruht hatte, glitt über ihre Schulter hinweg, ihren Arm entlang nach vorne, bis sie die Rundung ihrer Brust fand und sie umfing.

Alice versteifte sich sofort und keuchte auf, wobei sie ihm für einen Augenblick alle Luft aus dem Mund sog, doch dann wurden ihre Küsse sogar noch wilder. Sie schlang die Arme um seinen Hals und klammerte sich beinahe verzweifelt an ihn, während er ihre Brust drückte und streichelte, bis er schließlich durch den Stoff ihres Kleides hindurch spürte, dass ihre Brustwarze hart wurde. Er gab ihren Mund frei.

»Oh, bitte«, flüsterte sie an seiner Wange. »Oh, ahhh.«

Lächelnd saugte und knabberte er an der zarten Haut ihres Halses. Sie warf den Kopf zurück. Ihr Atem kam keuchend. Sie hob den Kopf, suchte seinen Mund und verlangte voller Gier nach einem weiteren Kuss. Jonathan gab ihr, wonach sie sich sehnte. Seine zärtlichen Küsse wurden fordernder und seine Hand stahl sich zu ihrer Taille, glitt über den Stoff ihres Kleides an ihrer Hüfte entlang und rutschte schließlich darunter auf ihre Beine. Durch seine Zärtlichkeiten abgelenkt bemerkte sie nicht sofort, was geschah, doch als er ihren Schenkel berührte, fuhr sie erschrocken zusammen, unterbrach den Kuss und sah ihn verunsichert aus großen Augen an.

Jonathan hielt die Hand ganz still, damit sie sich an das Gefühl ihrer Gegenwart gewöhnen konnte. Er lächelte sie, wie er hoffte, liebevoll an und strich dann wieder sanft mit den Lippen über ihre. Als sie auf seine Zärtlichkeit nicht reagierte, sich weder gegen den Kuss wehrte, noch sich an ihm beteiligte, strich er mit seinen Lippen noch einmal über ihren Mund und ließ sie daraufhin weiter zu ihrem Ohr wandern. Dort machte er sich daran, an ihrem weichen, runden Ohrläppchen zu knabbern und zu zupfen. Auch der empfindsamen Stelle hinter ihrem Ohr widmete er sich.

»Ohhhh«, stöhnte Alice bebend und ergab sich nun doch ganz seinen Liebkosungen. Jonathan verspürte unendliche Erleichterung. Allein ihre Küsse hatten ihn schon hart gemacht. Er war sich gewiss, dass er, wenn er jetzt aufhören müsste, bestimmt sterben würde. Selbstverständlich wusste er, dass sie unschuldig war und dass er es nicht zu weit treiben durfte, aber er war sich sicher, dass er sich beherrschen konnte. Er würde nur noch ein klein wenig weitergehen und die Leidenschaft, die in dieser schönen Frau erwachte, etwas länger auskosten. Sie berühren, sie schmecken, und … Lieber Himmel, er wollte sie, wie noch keine Frau zuvor, doch Jonathan wusste, dass er ihr die Unschuld nicht rauben durfte. Ein weiteres Mal widmete er sich ihrer Kehle und ihrem Ohr und drückte dann die Hand etwas fester zwischen ihre Beine, presste den Stoff ihres Kleides gegen ihre Haut und begann vorsichtig, zu reiben. Dabei schob er wieder die Zunge in ihren Mund.

Alice verging fast vor Lust. Obwohl ihre Augen offen waren, sah sie die Sterne am Himmel nicht mehr. Lord Jonathan tat köstliche Dinge mit ihr. Sie wusste, dass diese Dinge eigentlich verboten waren, doch ihr Körper geriet unter seinen zarten, fordernden Berührungen so in Aufruhr, dass sie es nicht über sich brachte, Jonathan aufzuhalten. Als die Hand zwischen ihren Beinen sich zurückzog, hätte sie sogar fast enttäuscht aufgeschluchzt. Glücklicherweise schaffte sie es, sich auf die Lippe zu beißen, und so diese schamlose Geste zu unterbinden.

Dann spürte sie jedoch, wie seine Hand ihre nackte Wade berührte. Er hatte sich gar nicht zurückgezogen, sondern nur ihren Rock hochgeschoben. Nun strich seine Hand zärtlich über ihr Knie und die empfindsame Haut ihres Schenkels. Sie kicherte nervös an seinen Lippen und wand sich unter seinen prickelnden Zärtlichkeiten. Seine Hand erreichte wieder die Stelle zwischen ihren Beinen und diesmal war da nichts mehr, was sie vor seinen Berührungen abschirmte.

Alice schickte ein tiefes, langes Stöhnen in seinen Mund und zuckte kurz, als seine Finger ihre feuchte Mitte fanden.

Die Empfindungen, die seine Berührungen auslösten, waren atemberaubend. Alice bemerkte kaum, wie er sie mit der freien Hand quer über die Reste des Picknicks an sich zog. Ihre Schenkel berührten sich, sein Mund legte sich über ihren und er drückte sich an sie, während seine Berührungen immer angriffslustiger wurden.

Die beiden bemerken kaum, dass sie von der Bank fielen. Lord Jonathan bewies zumindest so viel Geistesgegenwart, dafür zu sorgen, dass er zuerst auf dem Boden landete und sie auf ihm. Dann rollte er sie auf den Rücken. Er presste den Mund auf ihre Brust, wobei er mit den Lippen die üppige Rundung bedeckte, die sich unter ihrem Kleid verbarg.

Alice spürte seinen heißen, feuchten Atem durch den Stoff hindurch. Dann hörte sie Jonathan leise fluchen. Er zog die Hand, die eben noch zwischen ihren Schenkeln gelegen hatte, zurück. Nun machte er sich mit beiden Händen am Mieder ihres Kleides zu schaffen. Alice vermisste seine Berührungen sofort schmerzlich und kam ihm eilig zur Hilfe. Sie zerrten und zogen gemeinsam an ihrer Robe, bis schließlich ihre Brüste entblößt waren. Er umfing eine der geschwollenen Brustwarzen mit den Lippen. Alice stöhnte auf und bäumte sich ihm entgegen. Seine Hand verschwand wieder unter ihrem Rock und seine Zärtlichkeiten begannen von Neuem. Alice wand sich bebend vor Lust. Seine Liebkosungen brachten sie beinahe um den Verstand.

»Bitte«, flehte sie atemlos. »Bitte Jonathan, oh, bitte.«

Bereitwillig ergab sich ihr Körper seinen Berührungen. Alices tastende Hände suchten Jonathan, strichen über seinen Kopf, sein Haar, seine Schultern und seine Oberarme. Ihre Beine zuckten unablässig. Jonathan legte ein Bein über ihren Schenkel, damit sie stillhielt. Dann spürte Alice, wie etwas in sie drängte. Erschrocken fuhr sie zusammen und schlug die Augen auf. Jonathan lag noch immer vollständig bekleidet halb auf ihr. Nur seine Hand war unter ihrem Rock verschwunden. Es dauerte einen Moment, ehe sie begriff, dass sie seinen Finger tief in ihrer Mitte spürte. Das fühlte sich so seltsam an, dass sie ganz stillhielt, unschlüssig, ob sie seine Berührung als angenehm empfand oder nicht. Seine Zärtlichkeiten von vorhin hatten ihr jedenfalls sehr gut gefallen … Noch während sie darüber nachdachte, machten sich Jonathans flinke Finger wieder ans Werk, ähnlich wie zuvor, doch ein wenig anders und versetzten sie erneut in Ekstase. Verschwommen registrierte sie, dass er wohl seinen Daumen so geschickt einsetzte, doch zu weiteren klaren Gedanken war sie nicht mehr fähig. Es war ja auch ganz egal, was genau er da tat, Hauptsache, er hörte nicht damit auf. Sie schmiegte sich an ihn, bewegte sich im Einklang mit seiner Hand und zog seinen Kopf zu sich, um einen Kuss einzufordern, nach dem sie sich verzehrte.

Nur zu gern erfüllte er ihre Sehnsüchte. Sein Kuss war so heiß und leidenschaftlich, wie sie es sich erhofft hatte. Doch er dauerte nicht lange, denn Alice riss plötzlich den Mund fort und schrie auf. Pure Lust überrollte sie, ihre Muskeln zogen sich zitternd zusammen, ihre Schenkel krampften sich um Jonathans Hände, ihre Hände und Arme spannten sich und ihr Herz schien auszusetzen.

Als sich ihr Körper wieder beruhigte, spürte sie, dass Lord Jonathan sie festhielt. Er redete sanft auf sie ein und überschüttete ihr Gesicht mit zarten Küssen.

»Ich … «, stotterte Alice verlegen und beschämt, doch ihr Liebhaber brachte sie sofort mit einem sanften, beschwichtigenden Kuss zum Schweigen.

»Jonathan!«

Ein entrüsteter Schrei machte dem Kuss ein abruptes Ende. Hastig zog Lord Jonathan Alice den Rock herunter, setzte sich auf und schob sich vor sie, um sie vor fremden Blicken zu schützen. Alice mühte sich krampfhaft, ihre Robe wieder Ordnung zu bringen.

»Mutter!« Lord Jonathan erzürnte die Unterbrechung unüberhörbar. Alices Hände, die vor Demütigung zitterten, kämpften verzweifelt mit dem Stoff ihres Kleides.

»Von wegen ›Mutter‹. Sag das nicht so, als wäre ich diejenige, die etwas falsch gemacht hat, Sohn. Wie konntest du nur?«

»Ich glaube, du kommst jetzt am besten mit mir, Alice.«

Alice, die endlich ihre Kleidung wieder in Ordnung gebracht hatte, verharrte mitten in der Bewegung, setzte sich auf und spähte vorsichtig über Lord Jonathans Schulter. Ihre eigene Mutter und Lady Fairley standen vor ihr. Ein leises Seufzen entschlüpfte ihren Lippen. Natürlich musste sie ausgerechnet jetzt hier sein und die Schande ihrer Tochter mit ansehen, dachte Alice niedergeschlagen. Wenigstens war Onkel James nicht auch noch zugegen.

»Alice.«

Der Tonfall ihrer Mutter duldete keinen Widerspruch. Alice rappelte sich widerstrebend auf, ging um Lord Jonathan herum und folgte Lady Houghton, die sich abrupt abgewandt hatte und bereits davon marschiert war.

»Warte! Alice.«

Jonathan kam auf die Füße und schickte sich an, sie zu verfolgen. Alice, die den Schauplatz ihrer Erniedrigung so schnell wie möglich hinter sich lassen wollte, blieb nicht stehen, verlangsamte ihre Schritte jedoch ein wenig, damit er sie einholen konnte. Erleichtert stellte sie fest, dass ihre Mutter unbeirrt weiterging und gar nicht bemerkte, dass ihre Tochter ihr nicht mehr auf dem Fuß folgte. Für einen kurzen Augenblick hoffte Alice auf die Möglichkeit, ein vertrauliches Wort mit Jonathan zu wechseln, das sie darin bestärken würde, dass er nicht so schlecht über sie dachte, wie es offenbar alle anderen taten. Diese Hoffnung aber zerstob schnell, denn Lady Fairley trat ihrem Sohn in den Weg.

»Lass sie gehen!«, zischte sie. »Ich habe dir doch gesagt, dass dieses Mädchen nicht gut genug für dich ist, und jetzt finde ich sie hier vor, wie sie sich mit dir auf dem Boden herumrollt wie eine Wirtshaushure.«

Mehr brauchte Alice nicht zu hören. Die ganze Zeit schon hatte sie sich darüber gewundert, wie Lady Fairley sie behandelte. Immer, wenn ihr Sohn nicht in der Nähe war, verhielt sie sich zuvorkommend, in seiner Gegenwart dagegen kühl und ablehnend. Jetzt begriff sie. Lady Fairley verabscheute sie. Der Tonfall, in dem die Frau zu ihrem Sohn gesprochen hatte, bestätigte diesen Hass. Am Grund für ihre Abneigung hatten ihre Worte keinen Zweifel gelassen.

Alice wandte sich ab. In ihren Augen brannten Tränen. Eilig hastete sie ihrer Mutter nach. Das wundervolle Erlebnis, das sie mit Jonathan geteilt hatte, wurde plötzlich zu einer schmutzigen, schändlichen Sache und die zarten Hoffnungen auf die Zukunft, die es in ihr zum Keimen gebracht hatten, starben abrupt.

»Sag kein einziges Wort mehr, Mutter, oder ich schwöre dir, ich ... « Jonathan verstummte, schluckte die Galle, die ihm in den Hals gestiegen war, herunter und versuchte gleichzeitig, auch seinen Zorn zurückzudrängen. Noch nie zuvor hatte er so große Wut verspürt, wie in dem Augenblick, als seine Mutter Alice beleidigt hatte. Er hatte sogar die Hand erhoben, um sie für ihre Worte zu ohrfeigen, sich dann aber beherrscht und die Hand fest in die Seite gedrückt. Alice war gegangen, beruhigte er sich. Solange sie die Worte nicht gehört hatte, konnten sie sie auch nicht verletzen – und sie würde sie niemals zu hören bekommen. Niemals. Er holte tief Luft und erklärte seiner Mutter eisig: »Mir ist bekannt, wie du für Alice empfindest. Du hast deinen Gefühlen mehrfach Ausdruck verliehen. Allerdings würde ich dir empfehlen, deine Abneigung gegen sie zu überwinden, denn ich beabsichtige, sie gleich morgen früh zu bitten, mich zu heiraten.«

Damit wandte er sich ab und schritt forsch davon.

5

»Alice!«

»Ach, verflucht«, flüsterte Alice leise, als sie die Stimme erkannte. Sie hörte den donnernden Hufschlag und wusste auch
ohne sich umzudrehen, dass Lord Jonathan von hinten angerit-
ten kam. Sie hatte sich am Morgen aus dem Palast gestohlen, um
ihm aus dem Weg zu gehen. Einen Tag, das war alles, was sie sich
erhofft hatte. Einen Tag, um sich zu sammeln und sich darauf
vorzubereiten, ihm nach dem beschämenden Ende der letzten
Nacht wieder unter die Augen zu treten.

Offenbar war das zu viel verlangt gewesen.

Er schloss zu ihr auf und griff nach den Zügeln ihres Reittieres.
»Ich suche dich schon den ganzen Morgen«, sagte er vorwurfsvoll und brachte ihr Pferd und sein eigenes zum Stehen. »Alle
suchen nach dir. Nicht einmal deine Mutter wusste, wo du bist.«

»Mir war nach einem kleinen Ausritt. Ich …« Sie kam nicht
weiter, denn er beugte sich zu ihr und drückte seine Lippen auf
ihren Mund. Einen Augenblick erstarrte sie, doch dann entspannte sie sich und erwiderte den Kuss.

»Guten Morgen, Mylady«, raunte er.

Alice öffnete die Augen. »Guten Morgen«, antwortete sie
feierlich.

»Ich möchte dir danken.«

Sie begriff nicht, was er meinte. »Wofür, Mylord?«

»Für letzte Nacht.«

Augenblicklich errötete sie vor Verlegenheit und Scham. Er
trieb sein Pferd näher an ihres und versuchte, sie gleichzeitig zu

umarmen und sie von ihrem Reittier auf seines zu ziehen, doch sie entzog sich ihm, indem sie ihr eigenes Pferd seitlich ausweichen ließ. »Bitte, Mylord. Ich … «

»Nenn mich Jonathan«, rügte er sie und ließ sie für den Augenblick davonkommen.

»Das halte ich für keine gute Idee.«

»Wie du wünschst«, sagte er nachsichtig. »Wenn die Hochzeitsfeierlichkeiten allerdings erst einmal vorüber sind, werde ich darauf bestehen müssen, dass du mich Jonathan nennst – zumindest, wenn wir unter uns sind.«

Alice hielt an und suchte seinen Blick. »Das Hochzeitsfest? Ihr habt eine Braut erwählt?«

»Ich habe dich erwählt. Wenn du mich möchtest.«

Für einen kurzen Augenblick schien es Alice, als würde ihr das Herz vor Freude aus der Brust springen. Doch dann kamen die Erinnerungen an Lady Fairley wieder, und es landete mit schmerzhafter Wucht an seinem alten Platz.

»Alice?«, fragte Jonathan besorgt, als sie nichts erwiderte. »Du *wirst* mich doch heiraten, oder?«

»Nein.«

»Nein?« Er starrte sie fassungslos an. »Aber … Mir ist klar, dass wir uns noch nicht sehr lange kennen, doch ich dachte, wir verstehen uns gut und … «

»Es liegt nicht an dir, Jonathan«, versicherte sie ihm. »Ich würde dich sofort heiraten, wäre da nicht … «

»Was?«, fragte er und packte sie an den Armen, als fürchtete er, sie könne entfliehen.

»Deine Mutter«, erwiderte sie leise.

Lord Jonathan ließ resigniert die Hände sinken. »Meine Mutter.«

»Ja, leider. Sie kann mich nicht ausstehen. Dessen bin ich mir sicher.«

»Aber nein, sie … «

»Ich habe gestern Abend gehört, was sie gesagt hat«, unterbrach sie seinen Einspruch. Sie konnte sehen, wie ihn die Wut überkam. Dann erbleichte er und wandte hilflos den Blick ab. Offenbar hatte er die Fruchtlosigkeit all seiner Argumente begriffen, denn sie kannte bereits die Wahrheit.

»Du würdest ja nicht meine Mutter heiraten«, sagte er beinahe schon flehentlich, als er sich ihr endlich wieder zuwandte.

»Ja. Ich weiß. Aber wenn ich dich heiraten würde, dann müsste ich für den Rest meines Lebens mit ihr und ihrer Abneigung mir gegenüber leben.« Die Qual in seinen Augen schmerzte auch sie. Zärtlich streichelte sie seine Wange und versuchte, ihm die Gründe ihrer Entscheidung verständlich zu machen. »Ich liebe dich, Jonathan, doch ein Leben mit einer Schwiegermutter, die mich hasst, könnte ich nicht aushalten. Meiner Mutter ist es so ergangen. Die Mutter meines Vaters hat ihr das Leben zur Hölle gemacht. Als ich noch jung war, litten wir alle unter dem Groll, den sie gegen meine Mutter hegte, und den sie ständig völlig offen zur Schau trug. Es war, als lebe man auf einem Schlachtfeld, auf dem statt mit Schwertern mit Worten gekämpft wurde. Ich könnte das nicht ertragen. Es tut mir leid. Ich weiß, wie sehr du deine Mutter liebst. Ich habe erlebt, wie du sie vor Onkel James beschützen wolltest. Niemals würde ich etwas tun, dass eure Beziehung zerstören könnte.« Sie nahm ihm die Zügel ihres Pferdes aus den schlaffen Händen, wendete und galoppierte zurück zur Burg, ohne sich nach der Zukunft, die sie zurückließ, umzudrehen. Jonathan ließ sie gehen.

»Mutter!«

»Oh je.« Lady Fairley eilte durchs Zimmer zum Hocker am Kamin, ließ sich darauffallen und griff gerade nach ihrer Haarbürste, als Jonathan auch schon in die Kammer gepoltert kam.

»Guten Morgen, mein Sohn«, sagte sie angriffslustig und bürstete betont gleichgültig ihr Haar aus. »Gehe ich richtig in der Annahme, dass du diesem Mädchen einen Antrag gemacht hast?«

»Ja.«

Margaret musste schwer an sich halten, um nicht aufzuspringen und einen Siegesschrei auszustoßen. Sie wartete einen Augenblick und sammelte sich ein wenig, ehe sie zu ihm sprach. »Und wann wird diese Hochzeit stattfinden?«, wollte sie wissen, bemüht, die Frage möglichst höhnisch klingen zu lassen. Nach fünf Jahren harter Arbeit ging ihr Plan endlich auf!

»Niemals. Sie hat mich zurückgewiesen.«

Nun sprang Lady Fairley doch auf, aber ihr Schrei war ganz und gar nicht triumphierend. »*Was?*«

»Ich sagte, dass sie mich zurückgewiesen hat«, wiederholte er.

»Aber warum?«, keuchte Lady Fairley. »Sie hält sich doch wohl nicht für zu gut für dich?«

»Nein, sie hält sich für zu gut für dich«, fauchte er.

Bestürzt sank Margaret auf den Hocker zurück. »Wie bitte?«

»Alice weiß, dass du sie nicht magst. Sie hat gestern Abend mitgehört, wie du über sie geschimpft und sie beleidigt hast.«

»Oh … Ich verstehe.« Lady Fairley biss sich auf die Lippe und versuchte, dem anklagenden Blick ihres Sohnes standzuhalten. Gefasst erklärte sie: »Nun, das ist wohl kaum von Bedeutung. Schließlich heiratet sie nicht mich.«

»Genau so habe ich auch argumentiert, aber scheinbar hatte ihre Mutter unter einer missgünstigen Schwiegermutter zu leiden, die sie ebenfalls nicht ausstehen konnte. Alices Großmutter hat Alice, deren Mutter und deren Vater mit ihrem Hass auf Lady Houghton tagtäglich gequält. Alice möchte nicht, dass sich das noch einmal wiederholt. Also weigert sie sich, mich zu heiraten. Deinetwegen.«

»Ach herrje, das hatte ich ganz vergessen«, murmelte Margaret nachdenklich.

»Wie bitte?« Jonathan sah sie scharf an.

»Schon gut. Ich werde mich um diese Angelegenheit kümmern«, verkündete sie und legte die Bürste ab.

»Was? Wie?«, fragte er eindringlich, während er ihr zur Tür folgte.

»Ich werde James bitten, sie zu suchen und sie zu mir zu schicken, damit ich mit ihr reden kann.«

Ihr Sohn, der große, staatliche Rittersmann, hob hilflos die Hände. »Oh, *das* wird sicher hilfreich sein. Dann kann ich auch gleich den König bitten, mir eine Braut auszuwählen. Wenn du dich jetzt einmischst, wirst du sie nur ganz vergraulen.«

»Unsinn.« Margaret lächelte in sich hinein. Sie wusste, wie sie den beiden helfen konnte. »Hab doch ein bisschen Vertrauen in deine Mutter.«

Auf dem Weg zu Lady Fairleys Kammer musste sich Alice immer wieder selbst maßregeln. Sie empfand keinerlei Verlangen danach, die Frau, die ihr Lebensglück ruiniert hatte, zu treffen, und schon gar nicht, mit ihr zu sprechen. Leider hatte ihr Onkel sie in dem kleinen Alkoven aufgespürt, in den sie sich zurückgezogen hatte, um in Selbstmitleid zu schwelgen und ein paar Tränen zu vergießen. Sie hatte sich dafür gescholten, dass sie das Glück, das sie mit Jonathan hätte teilen können, aufgegeben hatte und sich gleichzeitig damit getröstet, dass es die richtige Entscheidung gewesen war. Ein Leben mit einer Schwiegermutter, die sie ablehnte, wäre für sie beide unerträglich geworden.

Ihr Onkel, der noch nie Tränen hatte sehen können, hatte alles im Zimmer betrachtet, nur nicht Alice, und dabei verkündet, dass sie sich sofort und ohne Umwege zu Lady Fairleys Kammer zu begeben hätte. Dabei hatte er ihr deutlich zu verstehen gegeben, dass es sich um eine Anweisung ihrer Mutter handelte, der sie sich nicht zu widersetzen und sofort Folge zu leisten hätte.

Einen Augenblick lang hatte Alice erwogen, sich gegen den Befehl, Lady Fairley einen Besuch abzustatten, aufzulehnen, hatte dafür jedoch nicht die nötige Energie aufbringen können. Nun stand sie also ohne eine Ahnung, weshalb sie gerufen worden war, vor der Tür dieser gemeinen Hexe, die ihr Leben zerstört hatte. Sicherlich hatte es etwas mit Jonathan zu tun. Möglicherweise hatte er seine Mutter von dem Vorhaben, ihr einen Antrag zu machen, unterrichtet und Lady Fairley wollte nun sichergehen, dass Alice auch bestimmt Nein zu ihm sagte. Inzwischen waren ihre Sorgen in dieser Hinsicht überholt, aber womöglich hatte Jonathan sie noch nicht über Alices Absage informiert. Das musste sie dann wohl selbst übernehmen. *Großartig.*

Sie holte tief Luft, setzte ein gleichmütiges Lächeln auf und klopfte an die Tür.

»Herein.«

Der Befehlston der Dame missfiel Alice, doch sie schluckte den Ärger eilig herunter, schützte ein freundliches, falsches Lächeln vor und öffnete die Tür.

»Ah, Alice.« Lady Fairley erhob sich von ihrem Platz am Feuer und kam auf Alice zu. Seltsamerweise lächelte sie dabei freundlich. Alice wurde noch misstrauischer. »Danke, dass Ihr gekommen seid. Ich … «

»Ihr müsst Euch keine Sorgen machen, Mylady. Ich werde Jonathan nicht heiraten«, platzte Alice heraus. Das Lächeln verschwand vom Gesicht der älteren Dame und sie blieb wie vom Donner gerührt stehen.

Da Alice davon ausgegangen war, dass sich Lady Fairley über die Neuigkeiten, die sie ihr verkündet hatte, freuen würde, war sie völlig unvorbereitet darauf, dass diese sie anbrüllte: »Oh doch, das werdet Ihr sehr wohl!«

Alice war sich nicht sicher, ob sie die Dame recht verstanden hatte. »Wie bitte?«

»Mein liebes Mädchen, ich habe zu lange und zu hart daran gearbeitet, euch beide zusammenzubringen, um jetzt zuzulassen, dass Ihr Jonathan einen Korb gebt.«

Alice starrte sie mit offenem Mund an. »Was sagt Ihr da?«

»Ihr habt mich sehr wohl verstanden. Setzt Euch.«

Verwirrt ließ sich Alice auf der nächstbesten Sitzgelegenheit, der Kante von Lady Fairleys Bett, nieder. Die Dame begann, im Zimmer auf und ab zu gehen.

»Zuallererst einmal«, stieß Jonathans Mutter hervor, »muss ich wissen, ob Ihr meinen Sohn liebt, beziehungsweise glaubt, dass Ihr ihn eines Tages lieben lernen könntet.«

»Ich … Ja«, stotterte sie, zu überwältigt, um lügen zu können. »Das tue ich.«

»Gut.« Lady Fairleys zufriedenes Lächeln wirkte nicht gerade beruhigend auf Alice. »Ich kann das alles erklären. Jonathan ist ein großartiger Junge: intelligent, charmant, gut aussehend, liebevoll … Einen besseren Sohn könnte sich eine Mutter nicht wünschen. Er hat jedoch einen Makel. Er ist genauso stur und widerspenstig, wie es sein Vater war.«

»Das wären dann aber zwei Makel, Mylady. Ich habe diese Eigenheiten übrigens auch bemerkt«, stimmte Alice ihr zu. Lady Fairley kniete sich neben sie.

»Natürlich habt Ihr das. Ihr seid ein gewitztes Mädchen!« Sie erfasste Alices Hände, erhob sich und setzte sich zu ihr aufs Bett. »Doch trotz dieser Makel könntet Ihr ihn lieben.«

»Niemand ist perfekt, Mylady. Sturheit und Widerspenstigkeit sind bei den Männern recht weit verbreitet.«

»Das ist wohl wahr«, stimmte Lady Fairley ihr seufzend zu. »Allerdings befürchte ich, dass Euch die Ausmaße seiner Sturheit und Widerspenstigkeit, insbesondere in Bezug auf mich, noch nicht ganz klar sind. Bedauerlicherweise … hat Jonathan mich ständig in Verdacht, dass ich hinter seinem Rücken Intrigen schmiede und Pläne aushecke und … nun ja, wenn ich zum Beispiel behaupten würde, der Himmel sei blau, so würde er Stein und Bein schwören, dass er orangefarben sei, nur um mir zu widersprechen, insbesondere, wenn er den Eindruck hätte, dass meine Behauptung etwas mit einem vorgeblichen Komplott gegen ihn zu tun hätte.«

»Du liebe Güte.« Alice tätschelte mitfühlend Lady Fairleys Hand. »Das ist sicher aufreibend.«

»Ach, meine Liebe, Ihr habt ja keine Ahnung.« Lady Fairley schüttelte dramatisch den Kopf und seufzte schwer. »Ich habe eine Weile mit angesehen, wie er die Suche nach einer Braut wieder und wieder aufgeschoben hat und dann habe ich – oh!«, unterbrach sie sich und lachte nervös auf. »Ich wollte natürlich sagen, nachdem der König den Befehl erließ, dass er innerhalb von zwei Wochen eine Braut finden müsse, habe ich beschlossen, ihm ein wenig auf die Sprünge zu helfen. Zwei Wochen sind eine sehr kurze Zeitspanne, um eine Frau zu finden. Allerdings wusste ich, dass er meinen Ratschlag nicht annehmen würde, darum …« Sie zuckte hilflos mit den Schultern.

»Darum habt Ihr hinter seinem Rücken einen Plan geschmiedet, um ihm bei diesem Unterfangen zu helfen«, meinte Alice.

»So ist es«, erwiderte Lady Fairley, die den ironischen Unterton in Alices Stimme offenbar überhörte. »Eure Klugheit ist einer der Gründe, aus denen ich mir sicher war, dass Ihr die ideale Frau für ihn wärt. Oh ja, ich war mir sogar ganz sicher, dass Ihr perfekt zu ihm passen würdet, meine Liebe. Gut, ich habe ihm die Töchter von vielen anderen Freunden vorgestellt, doch ich wusste, dass er sich nicht für sie erwärmen würde. Er sollte aber Vergleichsmöglichkeiten haben, wenn er Euch schließlich träfe, denn ich wusste, dass Ihr all die anderen Frauen überstrahlen würdet. Natürlich konnte ich ihm Euch nicht auf die gleiche Weise vorstellen wie die anderen Damen. Er hätte Euch rundweg abgelehnt, egal, ob er Interesse an Euch gehabt hätte, oder nicht, einfach nur, um sich mir zu widersetzen. Ich musste einen Weg finden, um in ihm den Wunsch zu wecken, mit Euch zusammen zu sein … Also haben Eure Mutter und ich …«

»Onkel James«, flüsterte Alice. Nun wurde ihr einiges klar.

Jonathans Mutter nickte. »Ich muss leider zugeben, dass ich von Eurem Onkel nicht sehr angetan bin. Nichtsdestotrotz hat er sich als sehr nützlich für uns erwiesen. Ehrlich gesagt benötigten wir ihn aber nur für die ersten ein, zwei Tage. Danach hat sich Jonathan kaum noch für uns interessiert. Mein Plan entwickelte sich großartig. Er war voll und ganz von Euch eingenommen.«

Alice ließ dies erst einmal auf sich wirken. »Soll das also heißen, dass Ihr und mein Onkel dieses Techtelmechtel nur vorgetäuscht habt, um Jonathan dazu zu bringen, mich um meine Hand zu bitten?«

»Ja.«

Sie dachte kurz über diese Behauptung nach und fragte dann geradeheraus: »Aber warum? Ihr verabscheut mich.«

»Ich Euch verabscheuen? Ach was, mein Kind! Ich bin ganz vernarrt in Euch. Ihr werdet eine großartige Schwiegertochter abgeben. Ihr seid klug und liebenswert und von Grund auf ehrlich und …« Sie verstummte, legte die Hände um Alices Gesicht und versicherte ihr dann in aufrichtiger Zuneigung: »Alice, wenn ich anstatt eines Sohnes eine Tochter hätte, so würde ich mir wünschen, dass sie so wäre wie Ihr.«

Alice spürte, wie ihr bei dieser freundlichen Behauptung die Tränen in die Augen traten, doch sie schüttelte verwirrt den Kopf. »Aber ich habe gehört, wie Ihr zu Jonathan gesagt habt … «

»Das tut mir leid, meine Liebe«, unterbrach sie Lady Fairley mit aufrichtigem Bedauern. »Jonathan hat mir schon berichtet, dass Ihr gestern Abend meine Worte mitgehört habt. Dieser Unsinn war jedoch nicht für Eure Ohren bestimmt. Was ich gesagt habe, war nicht wahr. Ich wollte Jonathan nur auf eine falsche Fährte locken, um sein Interesse an Euch noch zu verstärken, indem ich vorschützte, Euch nicht zu mögen.«

»Ich verstehe«, murmelte Alice und senkte den Blick auf ihre Hände.

Schweigend überdachte sie alles, was sie gerade erfahren hatte. Lady Fairley konnte sich nicht länger gedulden. »Was ist nun? Werdet Ihr meinen Sohn heiraten?«

Alice hob langsam den Kopf und sah Margaret eine ganze Weile lang an. Dann nickte sie. »Ja.«

»Ach, wie schön!«, rief Jonathans Mutter erfreut aus und fiel ihr um den Hals. »Ihr seid wie füreinander geschaffen. Ich weiß, dass ihr glücklich werden werdet. Ich …«

»Unter einer Bedingung.«

Lady Fairley richtete sich auf. »Eine Bedingung?«

»Ja. Ihr liebt Jonathan und ich weiß es zu schätzen, dass Ihr nur das Beste für ihn wollt … Und ich weiß es zu schätzen, dass Ihr uns zusammengeführt habt, aber ich muss darauf bestehen, dass Eure Einmischungen hier und jetzt enden. Ich werde Jonathan nicht heiraten, wenn ich mir für den Rest meines Lebens ständig Gedanken machen muss, ob Ihr gerade wieder etwas ausheckt.«

»Ach, meine Liebe.« Lady Margaret schenkte ihr ein strahlendes Lächeln und ergriff liebevoll ihre Hand. »Das mache ich nur zu gern. Mein einziger Wunsch war, meinen Jungen glücklich zu sehen, und ich wusste, dass er mit Euch sehr, sehr glücklich werden würde. Jetzt, da ihr beide zueinander gefunden habt, gibt es für mich keine Veranlassung mehr, mich weiterhin einzumischen. Nun kann ich mich endlich zur Ruhe setzen und meine besten Jahre genießen.«

Alice entspannte sich ein wenig und lächelte. Mit tränenfeuchten Augen drückte sie die Hände der älteren Dame. »Danke. Für alles, was Ihr getan habt.«

»Gern geschehen, meine Liebe.« Lady Margaret umarmte Alice kurz. »So. Jonathan wartet draußen im Garten, dort, wo wir euch beide letzte Nacht entdeckt haben. Geht zu ihm und erlöst meinen Sohn von dem Leid, in den Eure Zurückweisung ihn gestürzt hat. Ich verspreche, dass ich diesmal nicht stören werde.«

Strahlend sprang Alice auf und rannte aus dem Zimmer. Lady Fairley sah ihr nach und klappte dann mit einem zufriedenen Seufzen die Truhe, die neben ihr stand, auf.

»Margaret, was hast du jetzt wieder vor?« Elizabeth von Houghton schlüpfte hinter den Vorhängen hervor, hinter denen sie sich die letzten Minuten verborgen hatte. Ihre beste Freundin seit Kindertagen nahm ein Stück Pergament, einen Federkiel und ein Tintenfass aus der Truhe.

»Ich muss einen Plan erdenken, wie Alice möglichst schnell schwanger werden kann. Um alles zu einem perfekten Ende zu bringen, fehlen nur noch Enkelkinder.«

»Nach dem, was ich letzte Nacht mit angesehen habe, bevor wir die beiden *endlich* bei ihrem Treiben unterbrachen, dürften Enkel kein Problem bedeuten«, bemerkte Elizabeth gleichmütig. Sie trat hinter ihre Freundin und spähte über deren Schulter auf die Liste, die sie gerade erstellte.

»Ich habe dir doch schon erklärt, weshalb wir sie nicht zu früh unterbrechen durften. Wenn Jonathan zu diesem Zeitpunkt nicht schon vorgehabt hätte, Alice zu heiraten, so hätten wir das, was wir beobachtet haben, als Druckmittel verwenden können, um die beiden zur Ehe zu zwingen. Wenn wir zu früh dazwischen gegangen wären, wäre das nicht möglich gewesen«, erläuterte Lady Fairley etwas gereizt. »Außerdem können die beiden noch so begeistert zur Sache gehen, man kann trotzdem nicht sicher sein, wie es mit der Fruchtbarkeit steht. Ein bisschen Hilfe wird sicher nicht schaden.« Mit einem verschmitzten Glitzern in den Augen fuhr sie fort: »Beinahe den ganzen Winter über habe ich Recherchen darüber angestellt, welche Kräuter die Fruchtbarkeit der Frau verbessern und welche sich förderlich auf die Leidenschaft des Mannes auswirken … Man weiß ja nie.«

»Das hast du wohl in der knappen freien Zeit getan, in der du nicht damit beschäftigt warst, die beiden zusammenzubringen und mit mir über die Einzelheiten deines Plans zu korrespondieren«, meinte Elizabeth sarkastisch.

»Ja, es war ein langer Winter, nicht wahr?« erwiderte Lady Fairley. »Und es ist immer schön, während dieser endlosen, bitteren Winter ein Projekt zu haben, das einen ablenkt.«

»Hmm.« Lady Houghton konnte über die Eskapaden ihrer Freundin nur den Kopf schütteln. Sie verfolgte, wie Lady Fairley eine Liste mit Maßnahmen erstellte, die das baldige Eintreffen von Enkelkindern begünstigen würden. »Habe ich nicht eben gerade noch gehört, wie du geschworen hast, dich nie wieder in die Leben unserer Kinder einzumischen?«

»Oh, nun ja, das werde ich auch nicht mehr … sobald ich sichergestellt habe, dass sich Enkelkinder einstellen.«

»Aber du hast es bei deiner Ehre geschworen«, spottete Lady Houghton.

Margaret sah sie ungerührt an. »Elizabeth, Liebes, du weißt doch genau so gut wie ich, dass eine Mutter ihre eigenen Bedürfnisse und auch ihre Ehre immer hinten anstellt, wenn das Glück ihres Kindes auf dem Spiel steht … oder das Bekommen von Enkelkindern.«

»Alice!« Jonathan sprang sofort auf, als er sie entdeckte, und dankte seiner Mutter im Stillen, für was auch immer sie zu ihr gesagt hatte. Da Alice gekommen war, musste sie alles wieder ins

Lot gebracht haben. Das Lächeln, das ihr Gesicht zum Leuchten brachte, als sie ihn erspähte, bestätigte seine Vermutung. Sie rannte auf ihn zu und warf sich in seine offenen Arme.

»Oh, Gott sei Dank«, raunte er, drückte Alice an sich und wirbelte sie herum. Nachdem er sie wieder auf die Füße gestellt hatte, sah er ihr tief in die Augen und fragte: »Hat Mutter alles in Ordnung gebracht? Wirst du mich heiraten?«

»Ja«, erwiderte Alice strahlend. »Sie hat mir alles erklärt. Jonathan, sie ist wirklich ein herzensguter Mensch. Du kannst dich sehr glücklich schätzen, sie zu haben.«

»Herzensgut? Ich soll mich glücklich schätzen?«, fragte er ungläubig. »Ihretwegen hätte ich dich beinahe verloren.«

»Ach was. Sie liebt dich sehr, Jonathan, und ohne ihre Hilfe hätten wir sicher nicht zueinandergefunden.«

»Ihre Hilfe? Pah!«, höhnte er. »Sie hat doch alles in ihrer Macht Stehende unternommen, um mich von dir abzulenken. Hätte ich auf sie gehört, wären wir uns niemals begegnet. Schon an diesem ersten Morgen hat sie alles darangesetzt, mich davon abzuhalten, sie in die Gärten zu begleiten, wo sie dich, deine Mutter und deinen Onkel treffen wollte.«

»Wodurch dein Verlangen, mit ihr zu gehen, nur noch dringlicher wurde«, belehrte Alice ihn nachsichtig.

Jonathan, der die ganze Zeit auf und ab gegangen war, blieb abrupt stehen und wandte sich langsam nach Alice um. Allmählich dämmerte ihm, was geschehen war. »Sie hat mich manipuliert.«

Alice nickte. »Sie wusste, dass du dich geweigert hättest, mit ihr zu gehen, wenn sie dich offen darum gebeten hätte, die Tochter einer Freundin kennenzulernen. Ihr war auch bewusst, dass sie nicht den Anschein erwecken durfte, mich für eine geeignete Partnerin für dich zu halten. Sonst hättest du einen Vorwand gefunden, mich abzulehnen. Also hat sie … «

»Mich ausgetrickst. Sie hat so getan, als wäre sie überzeugt, dass du völlig ungeeignet für mich wärst, und ...« Nachdenklich kniff er die Augen zusammen. »Was ist mit deinem Onkel?«

»Ich fürchte, auch das war nur eine Finte«, gestand sie ihm. »Sie hatte kein ernsthaftes Interesse an ihm. Die drei haben sich das ausgedacht, damit du dich mit meiner Familie beschäftigst und mich so besser kennenlernst.«

»Deine Mutter war auch darin verwickelt?«, fragte er entsetzt.

»Nun ja ...« Alice zog eine Grimasse. »Deine Mutter hat zwar behauptet, sie hätte nichts damit zu tun, aber ich glaube ihr nicht. Nur Mama hätte Onkel James dazu überreden können, mitzuspielen.«

»Verflucht!« Jonathan sank langsam auf die Bank nieder. Alice sah ihn sorgenvoll an.

»Jonathan? Geht es dir gut? Hat sich denn nun alles verändert? Möchtest du mich doch nicht mehr heiraten?«

»Was?«, fragte er abwesend. Dann begriff er, was sie gesagt hatte und sprang wieder auf. »Nein! Ich meine ja! Selbstverständlich will ich dich noch immer heiraten. Es ist nur so ... Also, ich ...« er verzog missmutig das Gesicht. »Die Erkenntnis, dass Frauen so leichtes Spiel mit mir haben, ist ernüchternd.«

Er bemerkte, dass sein Geständnis Alice amüsierte, und fragte sie schnell: »Hat Mutter zugegeben, hinter dem Befehl des Königs zu stecken, dass ich heiraten muss?«

»Ähm ... Nein, eigentlich nicht. Dieses Thema kam nicht zur Sprache.« Sie zog die Stirn kurz in Falten und trat dann direkt vor ihn. »Aber ist das denn wichtig, Mylord? Willst du mich denn nun heiraten oder nicht? Du willst mich doch hoffentlich nicht nur zur Frau nehmen, weil du sowieso heiraten musst und ich die akzeptabelste Kandidatin bin ... Oder?«

Jonathan ergriff ihre Hand, um ihre Befürchtungen zu zerstreuen. Auf keinen Fall sollte sie derartigen Unsinn glauben.

»Aber nein, Alice. Du bist nicht nur die nächstbeste Kandidatin. Selbst, wenn ich nicht dazu gezwungen wäre, mich zu verheiraten, so würde ich dich trotzdem zu meiner Frau nehmen wollen und das so schnell wie möglich. Ich weiß nicht, ob es dir aufgefallen ist, aber immer, wenn du in meiner Nähe bist, überkommt mich die Leidenschaft.«

Sie zog den Kopf ein und rieb mit den Fingern über seine Fingerknöchel. »Es ist mir in der Tat aufgefallen, Mylord. Allerdings kam es mir gestern Abend so vor, als seist du der Beherrschte von uns beiden, und ich diejenige, die sich von ihrer Leidenschaft übermannen ließ.«

»Aber nur, weil meine Mutter uns unterbrochen hat«, versicherte er. »Wieder und wieder habe ich mich ermahnt, dass ich dir nicht die Unschuld rauben dürfte und dass deine Befriedigung allein genügen müsste, bis wir ordnungsgemäß verheiratet wären …«, erklärte er verdrossen. »Ach Unsinn, ich war kurz davor, über dich herzufallen und dich zu nehmen wie eine Dirne.«

Alice errötete, lächelte jedoch.

»Bist du sicher, dass du einen so schamlosen Kerl wie mich heiraten willst?«, fragte er unsicher, worauf sie ihm schüchtern gestand: »Ich muss leider zugeben, dass ich nichts dagegen gehabt hätte, wenn du über mich hergefallen wärst. Und falls dir noch immer der Sinn danach steht, würde ich keinen Widerspruch einlegen.«

Jonathan spürte, wie sich sein Körper allein von dieser Andeutung spannte und verhärtete. Er schluckte schwer. Verflixt, schon allein die Vorstellung brachte sein Blut zum Kochen. Hastig blickte er sich um und erwog, ob man sie wohl entdecken könnte. Auch wenn sie bald heiraten würden – noch waren sie kein Ehepaar. Er würde nicht zulassen, dass sie entehrt wurde, bevor er … Seine Gedanken rissen abrupt ab, als er bemerkte, dass sich Alices Hand der unübersehbaren Beule in seiner Hose näherte.

»Vielleicht«, flüsterte sie und sah dem verdatterten Jonathan kühn in die Augen, »könntest du mir ja beibringen, wie ich dir so viel Lust bereiten kann, wie du mir, Mylord. Deine Mutter hat versprochen, uns diesmal nicht zu stören.«

»Oh, meine süße Alice.« Jonathan lachte. »Egal, ob meine Mutter nun die Hand im Spiel hatte oder nicht, du bist eindeutig die richtige Frau für mich.«

Sie belohnte seine Worte mit einem strahlenden Lächeln, er- griff seine Hand und führte ihn um die Bank herum zu den Bü- schen, die dahinter wuchsen. »Ich bin froh, dass du dieser An- sicht bist, Mylord. Auch ich glaube, dass wir furchtbar glücklich miteinander werden.«

»Bis sich meine Mutter wieder einmischt«, bemerkte er sar- kastisch.

»Oh, nein.« Alice schmiegte sich mit ernster Miene an seine Brust, legte die Hände in seinen Nacken und zog ihn zu einem Kuss an sich.

Die Intensität, mit der sie ihn küsste, ließ Jonathans Knie weich werden. Diese liebreizende Dame lernte schnell! Er schlang die Arme um sie, legte die Hände auf ihr Hinterteil und presste sie gegen die Härte zwischen seinen Beinen. Ihre Zunge tauchte in seinen Mund ein und erforschte ihn so ausgiebig, dass es ihn erzittern ließ. Er ertappte sich dabei, dass er laut aufstöhnte, als sie den Kuss unterbrach, sich zurücklehnte und murmelte: »Sie hat geschworen, nie wieder einzugreifen.«

»Oh, na dann ist ja alles in Ordnung«, flüsterte er heiser und widmete sich wieder ihren Lippen.

Jonathan machte sich keine großen Hoffnungen, dass sich seine Mutter an diesen Schwur halten würde. Diese Frau wuss- te überhaupt nicht, wie man sich *nicht* einmischte. Doch diese winzige Nebensächlichkeit würde er für sich behalten, denn er hatte nicht vor, die Frau, die er liebte, zu vergraulen. Stattdessen hoffte er darauf, dass Alice, wenn sie eines Tages begriff, dass seine Mutter einfach nicht dazu in der Lage war, sich an dieses Versprechen zu halten, sie so sehr lieben gelernt haben würde, um über diese Schwäche hinwegzusehen. Lady Margaret von Fairley war eine Frau, die einem schnell ans Herz wuchs und die stets nur in bester Absicht handelte. Sie liebte ihren Sohn und wollte nur das Beste für ihn. Ausnahmsweise war Jonathan mit seiner Mutter einer Meinung. Als seine zukünftige Braut ihn tiefer ins Gebüsch führte, musste er zugeben, dass Alice einfach großartig war. Und trotz ihrer Zwistigkeiten, oder vielleicht auch gerade deswegen, galt das ebenso für seine Mutter.

Katie MacAlister

Light Dragons
Drache wider Willen

Roman

**Glühend heiß – die neue
Drachenserie von Katie MacAlister!**

Tully Sullivan führt mit ihrem neunjährigen Sohn eigentlich ein ganz normales Leben. Bis sie eines Tages erfährt, dass sie angeblich Ysolde de Bouchier ist – und vor mehreren Hundert Jahren mit Baltic, dem berüchtigten Wyvern der Light Dragons, verheiratet war. Bald stellt sich heraus, dass Baltic gar nicht so grausam ist wie erwartet ... Und ehe Tully es sich versieht, hat der Drache sich mit seiner raubeinigen Art in ihr Herz geschlichen.

»Katie MacAlister wirkt ihre kreative Magie und fügt ihrer Welt der sexy Werdrachen eine neue Ebene hinzu.« *Darque Reviews*

Band 1 der Serie
336 Seiten, kartoniert mit Klappe
€ 9,99 [D]
ISBN 978-3-8025-8663-7